# MIRROR BAY

Du même auteur
chez Sonatine Éditions

*La Dernière Maison avant les bois*, traduit de l'anglais (États-Unis) par Pierre Szczeciner, 2023.

Catriona Ward

# MIRROR BAY

Traduit de l'anglais (États-Unis)
par Pierre Szczeciner

SONATINE ÉDITIONS

Directeur de collection : Arnaud Hofmarcher
Coordination éditoriale : Marie Misandeau et Jeanne Evrard

Titre original : *Looking Glass Sound*
Éditeur original : Viper, une collection
de Serpent's Tail, une maison de la société d'édition
indépendante Profile Books Ltd

Sonatine Éditions
92, avenue de France
75013 Paris
lisezsonatine.com

Ouvrage réalisé par Cursives à Paris

ISBN 978-2-38399-166-3
N° d'édition : 1166 – Dépôt légal : mars 2024

*Pour Edward Christopher McDonald*

# Le Rôdeur de Whistler Bay

*Extrait des mémoires non publiés de Wilder Harlow*
*Juin 1989*

Je me regarde dans le miroir de la salle de bains et je pense à l'amour, parce que j'ai l'intention de vivre une histoire d'amour cet été. Je ne sais pas comment et je ne sais pas avec qui. Dehors, la ville est une pagaille bitumeuse et brûlante. Il doit bien y avoir à New York quelqu'un qui… Ah, mais pourquoi est-ce que j'ai un physique aussi étrange ? Je ne demande même pas qu'on m'aime en retour, je voudrais simplement savoir ce que ça fait. J'esquisse une grimace devant le miroir : je tire sur ma lèvre jusqu'à voir apparaître ma gencive, puis sur mes paupières jusqu'à voir apparaître le rouge de mes yeux.

« Bonjour, je lance à mon reflet. Je t'aime. »

Ma mère entre sans frapper, m'arrachant un cri.

« Maman ! Ça te parle, l'intimité ? »

Surpris, un cafard jaillit de derrière les tuyaux et fonce en ligne droite à travers le carrelage fissuré, tel un poisson ramené par un pêcheur.

« Si tu voulais de l'intimité, tu n'avais qu'à mettre le verrou, rétorque maman en m'attrapant par le bras. Allez viens, crapaud, on a une grande nouvelle à t'annoncer. »

Elle me traîne jusqu'au salon où le climatiseur rugit comme une meute de lions. Papa brandit un morceau de papier.

« La liquidation de la succession est terminée, annonce-t-il. Le cottage est à nous ! »

Dans sa main, le papier frémit – je me demande si c'est à cause de l'air conditionné ou si c'est parce que papa tremble. En tout cas, il a l'air épuisé. Pour peu qu'elles soient assez intenses, je crois que les émotions positives ou négatives peuvent provoquer le même genre d'effet.

Papa retire ses lunettes et se frotte les yeux. L'oncle Vernon est mort en avril. Papa l'aimait beaucoup. Il va lui rendre visite tous les étés – enfin, il allait. Nous, on ne l'accompagnait jamais.

« Vernon est un ours, avait-il coutume de dire. Les femmes et les enfants, ce n'est pas trop son truc. »

L'oncle Vernon était le dernier représentant de ce côté de la famille de papa. Chez les Harlow, on n'est pas très doués pour rester en vie donc, d'une certaine manière, Vernon s'en est plutôt bien tiré en dépassant les soixante-dix ans.

« Il faut mettre en vente tout de suite, poursuit papa. Avant la fin des beaux jours. C'est important. »

On le sait tous, que c'est important ; on n'arrête pas de recevoir des courriers marqués *Dernière relance* ou *Mise en demeure* en lettres rouges.

« Et si on allait plutôt y passer quelques jours ? suggère maman. Avant de vendre.

– Quoi ? s'exclame papa en essuyant ses lunettes – ses yeux rougis ont l'air nus.

– Ce serait l'occasion de partir un peu en vacances. »

Signe qu'elle est enthousiaste, maman remet derrière son oreille une mèche de cheveux imaginaire. On n'est pas partis en vacances depuis notre séjour à Rehoboth Beach, quand j'avais sept ans.

« Qu'est-ce que tu en dis, Wilder ? ajoute-t-elle.

– Ça pourrait être sympa », je réponds, avec une hésitation.

La mer me semble un bon endroit pour une histoire d'amour. Et puis, s'ils prennent des congés, peut-être que mes parents arrêteront de se disputer. Ils pensent que je n'entends pas, mais ils se trompent. La nuit, certains murmures font plus de bruit que des cris.

« Tu l'as bien mérité, crapaud, murmure-t-elle. On est très fiers de toi. »

On a reçu le coup de téléphone hier – le lycée privé de Scottsboro où je suis en pension accepte de renouveler ma bourse. Je laisse maman m'étreindre. En vérité, l'année scolaire s'est plutôt mal passée. Les dernières semaines, j'étais à deux doigts de craquer. Je me rendais d'un cours à l'autre en pressant le pas pour ne pas risquer qu'on m'interpelle dans les couloirs et j'emportais systématiquement un livre à la cantine afin de ne croiser aucun regard. Comme ça, je pouvais au moins faire semblant de ne pas entendre ce qu'on disait sur moi. J'avais les mains irritées à force d'essorer mes vêtements que les autres s'amusaient à inonder d'eau de Javel ou à tremper dans les toilettes, voire pire.

Scottsboro est une école très chère. Si je peux la fréquenter, c'est uniquement parce que je bénéficie d'une bourse. *Encore quelques années à tenir*, je me répète inlassablement. *Tiens le coup. Un jour, ce sera terminé.* Ensuite, j'irai à l'université et, à partir de là, tout sera différent. J'écrirai des livres.

Je ne parle pas à mes parents de ce qui se passe au lycée. Je n'ai pas envie que ça envenime encore plus les choses, entre eux.

Nous quittons New York en juin, par une belle matinée annonciatrice d'une énième journée caniculaire. Alors que la voiture progresse vers le nord à travers bois et que la température diminue, j'ai l'impression de remonter dans le temps. De sortir de l'été pour retrouver le printemps.

En fin d'après-midi, nous quittons la voie rapide. Au bord de la route, des herbes hautes, bien vertes. Il y a des fleurs des champs que je ne connais pas, le chant des grillons. Le vent tiède est chargé de sel.

À la nuit tombée, nous nous garons au pied d'une petite colline verdoyante marquée par un sentier gravillonné. Au sommet, tel un goéland sur une falaise, se dresse Whistler Cottage. En nage, nous gravissons la pente, les roues de nos valises traçant des sillons sur le chemin. Une clôture en bois pourvue d'un portail délimite l'enceinte de la propriété. La maison elle-même est bardée de bois blanc et percée de fenêtres aux volets bleus. Je songe que je n'ai jamais rien vu d'aussi beau, d'aussi parfait. La terrasse est décorée de rangées de coquillages, et des morceaux de bois flotté tordus et blanchis par les éléments sont suspendus au-dessus de la porte. Derrière le murmure des feuilles de l'érable à sucre, je perçois un gémissement, une longue note aiguë, comme quelqu'un qui chanterait faux.

C'est la toute première fois que j'entends le fameux sifflement qui a donné son nom à Whistler Bay – littéralement, la baie du siffleur. Le bruit m'évoque des créatures marines auxquelles on n'est pas censé croire : sirènes, selkies et autres femmes-poissons.

La main de ma mère sur mon épaule me ramène à la réalité. Je me rends compte que je viens de passer plusieurs longues secondes immobile sur la terrasse, la bouche ouverte.

« Allez, entre, Wilder.

– C'est quoi, ce son étrange ? »

J'ai presque l'impression qu'il vient de l'intérieur de moi.

Papa se retourne, la main sur la poignée de la porte.

« Ça provient des rochers. Les marées successives y ont creusé plein de petits trous, comme une sorte de flûte géante, et quand le vent vient de l'est, du large, il s'engouffre à l'intérieur et produit ces longs sifflements. Sympa, hein ?

– Bizarre, plutôt.

– Maintenant que tu le dis, la position dans laquelle on a retrouvé le corps d'oncle Vernon était assez bizarre elle aussi, murmure papa, songeur. Il était assis sur ces fameux rochers, les yeux ouverts, au milieu des sifflements. On aurait pu croire que c'était eux qui l'avaient emporté…

– Très drôle », je marmonne en franchissant la porte – je sais très bien que Vernon est mort d'un infarctus à l'hôpital.

À l'intérieur du cottage, tout est blanc et bleu et vide – une plage que l'océan aurait balayée. Ma chambre dispose d'un lit simple noyé sous d'épaisses couvertures en laine rêche et d'une petite lucarne ronde qui évoque un hublot de bateau.

« Il faut bien fermer les fenêtres la nuit, dit papa. Il y a eu pas mal d'effractions dans le coin. J'irai acheter des verrous demain matin.

– Et tu feras attention en allant te baigner, ajoute ma mère. Des gens se noient tous les ans par ici.

– Promis, très chère mère. »

Elle me donne une petite tape sur le bras. Parfois, elle s'agace quand je la taquine mais, au fond, je sais que ça l'amuse.

J'ouvre mon hublot et m'endors au son des rochers et de la mer.

Le lendemain matin, je me réveille avant mes parents. En enfilant mon short de bain, je constate qu'il est trop petit – j'ai beaucoup grandi en un an. Un peu tard pour se faire la réflexion. Je passe un caleçon, chausse mes tongs, attrape une serviette et sors par la porte de derrière.

Le soleil encore rouge achève de disperser la brume océanique de la nuit. Ma serviette sur l'épaule, je descends le sentier.

Sur la plage, les galets sont déjà tièdes. Je retire mes lunettes et les pose délicatement sur un rocher. Sans réfléchir, je me débarrasse de mon caleçon et pénètre dans l'eau, entièrement nu. Aussitôt, l'océan m'étreint de sa poigne de verre. L'espace d'une seconde, je me demande s'il s'agit d'un contre-courant qui va m'emmener vers le large, mais la mer est calme. Fraîche. Accueillante. Ceci est mon élément et je n'en avais même pas conscience. Même sous l'eau, je perçois toujours le sifflement du vent dans les rochers. Et derrière, j'entends qu'on m'appelle. Je remonte à la surface. Les cheveux dégoulinants, je tousse.

Une fille et un garçon se tiennent sur la rive, ils doivent avoir à peu près mon âge. La fille porte une salopette et un grand chapeau mou, et ses cheveux sont d'un roux si profond qu'ils paraissent presque rouges... comme du sang. Elle a une montre d'homme au poignet, dorée, massive. Son bras a l'air tout frêle, en comparaison. Je me dis *Eh ben, ça n'aura pas traîné*, parce que je suis déjà amoureux d'elle.

Le nez froncé de dégoût, elle tient un bâton au bout duquel pendouille mon caleçon.

« Il faut vraiment être un pervers pour laisser traîner ses sous-vêtements sur la plage », commente-t-elle.

Son mépris évident est magnifié par son accent : elle est anglaise. Mais elle n'a rien à voir avec les touristes pleines de coups de soleil qu'on peut croiser l'été à Times Square. Non. Elle semble sortir tout droit d'un film. Elle a la classe.

La brise s'engouffre dans mon caleçon et gonfle le tissu – on dirait qu'il est porté par un être invisible qui se tortille, empalé au bout du bâton.

« Ça va, intervient le garçon. Il pouvait pas savoir qu'il était pas tout seul. »

Lui aussi a un accent, mais je ne parviens pas à l'identifier. Il est grand, il dégage quelque chose de sympathique et d'assuré. *Ça, c'est le genre de mec qui n'a aucun problème avec les nanas.* Comme pour confirmer ma pensée, il pose une main sur l'épaule de la fille.

« Allez, rends-lui son caleçon, Harper. »

Harper... Un prénom étrange pour une Britannique, mais ça lui va bien. Peut-être que ses parents aiment la littérature.

À contrecœur, elle lui tend le bâton. Il retire son tee-shirt, attrape mon caleçon et entre dans l'eau. Visiblement, ça ne l'embête pas de mouiller son short.

« Reste où tu es, me lance-t-il. J'arrive. »

D'un crawl lent et efficace, il me rejoint au centre de la crique.

« Tiens, mec ! »

À la réflexion, son accent n'a rien de britannique.

Il repart vers la plage. Je m'efforce de me rhabiller, mais ce n'est pas évident – je n'ai pas pied et mes orteils n'arrêtent pas de se prendre dans le tissu. Je finis par y parvenir et reviens à mon tour vers la rive.

Le garçon est en train de parler à la fille – elle rit. *Ils se moquent de moi*, je songe, horrifié. Mais il pose à nouveau la main sur son épaule pour l'inviter à se retourner en désignant quelque chose sur la falaise et je comprends alors que c'est encore une délicate attention de sa part : il fait en sorte que je puisse sortir de l'eau en toute intimité.

Frigorifié, je m'enroule dans ma serviette. Moi qui pensais que cet endroit avait quelque chose d'unique, je me suis trompé. Le monde est le même partout. J'ai l'impression d'être de retour au lycée.

« Salut », je leur lance en me dirigeant vers le sentier.

Je presse le pas pour m'éloigner. Dans mon dos, les regards des deux adolescents et le sifflement diabolique des rochers semblent faire partie d'un même tout. Je retourne au cottage sans un regard en arrière et reste enfermé longtemps après avoir entendu le garçon et la fille remonter de la plage, passer devant la maison et redescendre la colline en direction de la route.

Je me demande quelle est leur relation, s'ils sortent ensemble, s'ils l'ont déjà fait. Malheureusement, je n'en sais pas assez sur ce que « le faire » signifie pour me forger un avis. Le garçon a touché Harper par deux fois. Ses gestes étaient à la fois assurés et décontractés, mais je n'ai pas pour autant perçu entre eux le moindre signe de complicité amoureuse – en tout cas, pas comme on peut en voir dans les films.

J'avais pris la résolution de profiter de ces vacances pour tenir un journal, mais je n'ai pas envie de relater ce qui s'est passé ce matin. Je me lave plusieurs fois le visage à l'eau froide pour que mes parents ne remarquent pas les résidus de larmes autour de mes yeux quand ils se lèveront pour prendre leur petit déjeuner.

J'ai tellement envie de rentrer à la maison que l'idée me fait saliver. Je pense à la longue table au bout de laquelle je m'assois chaque fois que je vais à la bibliothèque. Je pense aux lampes avec leur abat-jour vert et aux disques de lumière jaune qu'elles projettent. Au moins, là-bas, on vous aide à comprendre les choses.

«Allez, viens, mon grand, me dit mon père. Ça va te faire du bien de sortir. Ce serait quand même dommage de passer les vacances enfermé dans ta chambre.»

Alors je l'accompagne faire des courses à Castine. Je n'ai pas vraiment le choix.

En attendant qu'il ressorte de la poste, je remonte la rue principale et regarde les sacs de nourriture pour animaux entassés devant la supérette. On se sent parfois bien seul, quand on est en famille.

Un vieux pick-up se gare dans un grincement le long du trottoir d'en face, au niveau d'un magasin à la devanture bleu et blanc. «POISSON FRAIS», indique l'enseigne. Le pick-up est rouillé et cabossé de partout. *Son propriétaire a sûrement un penchant pour la bouteille*, je songe. Une phrase me vient : *L'air de la mer ronge les peintures autant que l'esprit.* Peut-être que je la noterai plus tard.

Un maigrichon en marcel descend du pick-up et entreprend de décharger les caisses en plastique entassées sur le plateau. Quelques instants plus tard, l'odeur puissante du poisson cru me parvient aux narines. Je considère cet homme avec intérêt. Il dégage une telle confiance en lui. Ses mouvements sont rapides, précis. Régulièrement, il se penche au-dessus du caniveau pour cracher un long filet de jus brun. *Un vieux loup de mer.* Un teint hâlé, une peau tannée comme du cuir, un visage buriné par les éléments et, au milieu, deux yeux d'un bleu insondable. Je l'imagine vivant au bord de l'eau, dans une cahute en bois blanchie par le sel et le soleil, embarquant tous les matins sur son bateau avant le lever du jour. Son passé recèle de nombreuses tragédies, j'en suis convaincu. Son air triste et un peu sauvage m'évoque un cow-boy – mais un cow-boy de la mer, ce qui est nettement plus cool. Je me réfugie à l'ombre d'une petite impasse. Je ne veux pas me faire remarquer.

Un tintement de cloche, et une jeune femme sort du magasin à la devanture bleu et blanc pour accueillir le pêcheur avec un sourire amical. Il la salue. Elle a les yeux bouffis, le nez rouge. Je comprends qu'elle était en train de pleurer et, aussitôt, un sentiment de compassion me submerge. À moins qu'elle ne soit enrhumée? Elle se mouche et enfouit le Kleenex dans sa poche. Elle attrape une première caisse, disparaît dans la boutique et la rapporte quelques instants plus tard, vide. Puis elle recommence. Chaque fois qu'elle franchit la porte, dans un sens ou dans l'autre, la cloche tinte joyeusement. Ce n'est pas un rhume; elle a pleuré, c'est certain. D'ailleurs, elle pleure toujours. Des larmes scintillantes roulent sur ses joues, qu'elle éponge à petits gestes rapides.

« Désolée », murmure-t-elle, comme si son attitude avait quelque chose de malpoli.

L'homme hoche la tête. Le monde est rempli de chagrin, semble dire son silence. *Peut-être qu'ils étaient amants*, je pense, excité. *Peut-être qu'il l'a quittée.*

Une fois la douzaine de caisses déchargée, elle lui tend une liasse de billets. Le pêcheur l'accepte, se retourne vers son pick-up mais, alors que la vendeuse rentre pour la dernière fois dans sa boutique, le Kleenex avec lequel elle a tamponné ses larmes tombe de sa poche. Cela n'a pas échappé au pêcheur, qui le ramasse avant que le vent ait pu l'emporter et le glisse dans sa poche. Ce geste plein d'humilité me paraît un acte de bonté pure : l'homme récupère le mouchoir de la femme inconsolable pour éviter qu'il finisse à la mer.

Comme s'il avait senti mon regard, l'homme tourne lentement la tête. Quand ses yeux se posent sur moi, il sourit, amusé.

« Hé, me lance-t-il. Qu'est-ce que tu fais, caché là ? »

Je sors de l'allée, un peu honteux.

« Tu veux que je te dépose quelque part? me propose-t-il en désignant le siège passager. Je dois aller au port pour recharger. »

Les gens d'ici ne sont pas très bavards, mais ils ont l'air serviables.

« Je ne peux pas. J'attends mon père. »

Il acquiesce, s'installe au volant et s'éloigne dans un bruit de casseroles en direction de l'océan. Je regrette de ne pas avoir accepté. Ça aurait été marrant de voir le port.

Quelqu'un me fait « Bouh ! » et je sursaute.

Le garçon de la plage.

« T'es parti vite, l'autre jour », me dit-il.

Il a l'air encore plus détendu et plus bronzé que dans mes souvenirs.

« Je m'appelle Nat, ajoute-t-il. Nathaniel.

– Comme Nathaniel Hawthorne ?

– Hein ? Non, Pelletier.

– Je voulais dire, Nathaniel Hawthorne, l'écrivain. »

Il a l'air un peu mal à l'aise, alors je m'empresse de me présenter :

« Wilder. Je sais, c'est bizarre. Tu peux m'appeler Will, si tu préfères. »

Ça fait un moment que je veux essayer ce surnom.

« Non, Wilder, ça me plaît bien, réplique-t-il. Ça fait un peu nom de catcheur. Wilder l'Assommeur ! »

Et il esquisse une grimace féroce qui détonne avec la douceur de ses traits.

« Wildah », je répète en singeant son accent du Maine, parce que je trouve que c'est agréable à l'oreille – on dirait presque une réplique de théâtre.

Il me donne un petit coup de poing sur le bras, faussement vexé, et j'éclate de rire. Il sourit.

« T'en fais pas pour Harper, me dit-il. Elle est riche, alors les bonnes manières, ça lui passe au-dessus. »

Je ris à nouveau parce que je crois que c'est une plaisanterie mais, au fond, je pense *C'est vrai qu'elle m'a paru très mal élevée.*

« Tu veux venir te baigner avec nous, en fin d'après-midi ? me propose-t-il. On va sûrement faire un feu de camp. »

J'hésite. J'ai envie d'accepter, mais j'ai peur. Je ne sais pas comment m'y prendre pour parler aux gens.

Je m'apprête à refuser quand mon père sort de la poste et m'interpelle.

«Il faut que j'y aille, je souffle.

– On sera à la plage vers 17 heures», me lance-t-il alors que je m'éloigne.

D'un côté, je suis ravi parce qu'il a l'air de vouloir sincèrement devenir mon ami; de l'autre, je suis un peu affolé parce que tout ceci semble se décider sans moi.

Je décrète que je ne les rejoindrai pas. C'est une très mauvaise idée, de toute façon. Quand ils passeront devant le cottage, je leur dirai que je suis occupé.

Nat, Harper et moi sommes assis sur le sable, silencieux et un peu gênés. Nous regardons la marée descendre. Le sable mouillé, lisse et gris, me répugne. On dirait des viscères. Quelque chose qui ne devrait jamais apparaître à l'air libre. Derrière nous, sur la plage, le feu de camp se résume à un timide panache de fumée – il s'avère qu'aucun de nous trois n'a les compétences requises pour faire un bon boy-scout. Dans la lumière du soir, Harper est encore plus belle. Je me fais la réflexion que ses traits, à la fois souples et bien dessinés, sont ceux d'une fée ou d'une enfant espiègle et, immédiatement, je regrette de ne pas pouvoir noter la phrase pour m'en servir plus tard. Je me sens de plus en plus à l'étroit dans mon pantalon et je décide d'arrêter de la regarder, me contentant de sa présence à côté de moi, chaude comme un petit soleil.

«Je suis désolée, lâche Harper. J'ai été vraiment pas sympa l'autre jour.

– Oh, pas de problème, je réponds, prudent. Ce n'était qu'une blague.»

C'est toujours ce qu'il faut dire aux gens qui risquent de s'en prendre à vous. Ça permet de désamorcer une situation potentiellement explosive.

«Non, c'était méchant, insiste-t-elle. Parfois, j'ai des réactions bizarres. J'essaie de me retenir, mais je n'y arrive pas toujours.»

Une pause, puis elle ajoute :

« Et j'étais un peu perturbée ; tu as un visage très... »

Une nouvelle pause. Je comprends qu'elle essaie de se retenir, et la compassion m'envahit.

« Je sais, je la rassure. On me le dit tout le temps. »

Les gens ont tendance à vite me juger à cause de mon apparence physique. J'ai de très grands yeux; en théorie, c'est plutôt un avantage mais, dans mon cas, ils sont trop grands, comme ceux d'un lémurien. Et ils sont très clairs. Tellement clairs qu'il est difficile d'en déterminer la couleur et qu'ils se confondent avec ma peau, très pâle elle aussi. Cet été, j'ai l'intention de bronzer, afin de ressembler plus à un jeune homme qu'à un insecte.

« Le gars qui habitait cette maison avait les mêmes yeux que toi, intervient Nat. La même couleur. »

Il plisse les paupières pour m'examiner et recule légèrement la tête.

« Ouais, t'es son portrait craché, mais en plus jeune, ajoute-t-il. Lui aussi aimait bien nager le matin... Il était sympa. On discutait, parfois. Il se baladait pas mal le long de la côte pour prendre des photos.

– Je croyais qu'il était mort, dit Harper avant de se tourner vers moi. Est-ce que tu es un fantôme ?

– C'était mon oncle Vernon, je réponds. Et tu as raison, il est mort il n'y a pas longtemps.

– Harper... »

Malgré le ton décontracté de Nat, Harper rougit.

« Désolée, bredouille-t-elle. J'ai tendance à poser des questions un peu trop personnelles.

– T'en fais pas. Je ne le connaissais pas. Mon père appelle ça le "look Harlow" : grands yeux d'insecte et peau blanche. »

Discrètement, je jette un regard à Harper. Elle aussi a la peau très blanche, mais d'un blanc crémeux, constellé de taches de rousseur. En tout cas, elle, elle ressemble à un être humain. Alors que moi... Elle frissonne et je voudrais lui prêter mon sweat-shirt, mais je n'ose pas. Dans les films, on voit souvent le garçon poser sa veste sur les épaules de la fille. Moi, je ne l'ai jamais fait. D'ailleurs, je n'ai jamais vraiment parlé avec une fille, et je suis timide.

« Où est-ce que vous allez au lycée ? je leur demande.

– Ici, à Castine, répond Nat. J'habite une petite maison près de l'eau. »

Je devine de quel genre de maison il veut parler – une cabane en bois blanchie par les éléments, avec un toit en tôle ondulée.

Nat porte un short en jean rapiécé et un vieux maillot des Boston Red Sox trop grand pour lui. La honte m'envahit. Les élèves de Scottsboro me traitent de pauvre si souvent que je me suis habitué – tous les ans, plutôt que de m'acheter un nouveau pantalon d'uniforme, ma mère défait l'ourlet du mien pour le rallonger, et j'ai une bourse pour les manuels scolaires. Mais je prends conscience à présent que je ne suis pas pauvre.

« Moi, je commence l'internat en septembre, soupire Harper. C'est un lycée privé réputé, mais je suis nulle en cours. Je vais sûrement me faire virer et atterrir à Fairview. »

J'ai entendu parler de Fairview, un établissement pour filles où les riches expédient leurs gamines quand elles n'ont plus nulle part où aller.

« Franchement, ça irait plus vite de m'inscrire directement là-bas, ajoute Harper en triturant le sable avec un bâton. Fairview, c'est un lycée pourri pour les cancres, tout le monde le sait. Et j'y serai comme un poisson dans l'eau, ajoute-t-elle avant de pousser un long soupir. Je veux rentrer chez moi.

– Ah. Alors, au revoir. »

Je suis dévasté. Au moins, j'aurai passé une heure avec elle.

« Je voulais dire, chez moi, en Angleterre, précise-t-elle.

– Ça risque de faire juste, avant la nuit, plaisante Nat.

– Très drôle. Je n'ai pas envie d'aller à l'internat. Samuel va trop me manquer.

– Samuel ? »

Je me suis efforcé de garder un ton neutre, malgré la jalousie qui me brûle de l'intérieur. J'espère que Harper n'a rien remarqué.

«Mon chien. C'est un teckel. Il est petit, mais il ne se comporte pas comme un chiot, il est fier. Mes parents vont le donner à la femme de ménage. Enfin, c'est ce qu'ils m'ont dit, mais c'est sûrement un mensonge. Je pense que ma mère va le faire piquer. Il est tellement mignon. Dès que je ne suis pas bien, il le sent et il vient se blottir contre moi.»

Elle se lève et frotte ses mains l'une contre l'autre pour enlever le sable.

«Bon, pour le coup, il faut vraiment que j'y aille. Il va bientôt faire nuit.

– Je te raccompagne? propose Nat.

– Il vaut mieux pas. Ça ne leur plairait pas.»

Ils échangent un regard entendu qui ravive ma jalousie. Une fois de plus, je me demande s'ils l'ont déjà fait.

Nat et moi regardons Harper remonter le sentier dans la lumière déclinante, puis longer la crête avant de disparaître dans le ciel aux reflets violets.

Nat se rassoit en tailleur sur le sable.

«Harper a été virée de toutes les écoles d'Angleterre, m'explique-t-il.

– Ah bon? Qu'est-ce qu'elle a fait de si terrible?

– À peu près tout ce qu'il est possible d'imaginer. Elle affiche une "méfiance systématique à l'égard des structures de pouvoir institutionnelles", récite-t-il en imitant à la perfection l'accent guindé de Harper.

– Ça fait longtemps que vous vous connaissez?

– Quelques années. Ses parents viennent ici tous les étés.

– Et je... Est-ce que vous... sortez ensemble?

– Non.

– J'ai cru que, peut-être...

– Non, mais je suis amoureux d'elle.

– Pardon?»

Je trouve que c'est quelque chose de très choquant à dire à haute voix. Comme si quelqu'un se déshabillait en pleine rue.

« Je suis amoureux d'elle, répète-t-il. Et je vais tout faire pour qu'un jour elle m'aime en retour.

– Mais on ne dit pas des choses pareilles ! »

J'ai les poings serrés. Je n'arrive pas à raccrocher ma colère à quoi que ce soit de rationnel, ce qui a le don de m'énerver encore plus.

« On les garde pour soi. C'est trop personnel.

– Oui, enfin, on les garde pour soi, ou on essaie, réplique-t-il, piqué au vif. Parce qu'on peut pas dire que tu sois très doué. Tu crois que je te vois pas la dévorer des yeux à la moindre occasion ? Et pourtant, tu es incapable de croiser son regard. Franchement, c'est la honte. On dirait que t'as jamais vu une fille de ta vie.

– Et toi, ça fait combien de temps que tu espères lui prendre la main sans oser le faire ? je rétorque. Tu crois que tu as la moindre chance ?

– Plus de chances que toi, en tout cas », lâche-t-il, sûr de lui, et je sais qu'il a raison.

Avant même d'avoir le temps de comprendre ce que je suis en train de faire, le plat de ma main s'écrase sur sa joue, y laissant une marque rouge vif.

« Tu... m'as... giflé ? » demande-t-il en détachant chaque mot.

Je recule pour esquiver son poing qui se dirige droit vers mon visage et m'atteint au sternum, juste au niveau du cœur, dans une explosion de douleur qui chasse l'air de mes poumons. Je me jette sur lui et fais pleuvoir les coups sur son visage et sur son torse et partout où je peux l'atteindre. Si je ne sais pas me battre, Nat n'est pas très doué non plus : l'immense majorité de nos attaques ne trouvent pas leur cible. Malgré tout, j'hérite d'un œil au beurre noir et lui d'un bleu sur la joue.

Nous nous bagarrons jusqu'à cracher le sable qui s'est insinué dans le moindre de nos orifices, jusqu'à être épuisés, à bout de forces. Comme aucun de nous ne semble en mesure de remporter ce combat maladroit, nous finissons par rouler chacun de notre côté et par nous étendre sur le dos, à quelques pas d'écart.

« Pardon, je lâche, hésitant. Je… Je croyais vraiment que vous étiez ensemble.

– Non, on est juste amis. »

Il soupire et ajoute :

« Au début, j'ai cru que toi et moi aussi, on pourrait devenir amis.

– Je me suis dit la même chose. Mais ça ne peut pas marcher si on est tous les deux amoureux d'elle.

– Pourtant, je crois qu'on n'a pas le choix, fait remarquer Nat. On est condamnés à être amis et à aimer Harper. »

Il a raison. Les deux processus semblent impossibles à enrayer.

« On ne peut pas passer notre temps à se taper dessus, j'acquiesce.

– On devrait établir une sorte de pacte.

Bonne idée. Alors… règle n° 1 : interdiction d'agir dans le dos de l'autre. À partir de maintenant, aucun de nous n'a le droit de tenter quoi que ce soit avec elle. C'est d'accord ?

– Et on ne lui en parle jamais, ajoute-t-il. Ça aussi, il faut que ce soit une règle. Tu valides ?

– Je valide. »

Et on se serre la main.

Nat grimace en se tâtant la pommette du bout de l'index.

« Heureusement que mon père pêche de nuit, en ce moment. Il verra pas mon visage à la lumière du jour avant au moins une semaine. »

Il marque une pause, avant de conclure :

« Mais c'était marrant. Une bonne bagarre. »

Nous recouvrons de sable les vestiges de notre feu de camp, avant de remonter le sentier.

« À demain », me lance Nat par-dessus son épaule.

J'ai un peu peur de la réaction de mes parents quand ils verront mon œil au beurre noir, mais mon appréhension est de courte durée. Ma mère me met de l'arnica sur le visage en faisant des *tut-tut* désapprobateurs.

« C'est rien, je la rassure. Nat et moi, on est amis, maintenant.

– Parce que tu trouves que se battre comme un chiffonnier est une bonne façon de se faire des amis, toi ? »

Mais je comprends à son ton amusé qu'elle estime que « se battre comme un chiffonnier » est une activité plutôt saine pour un garçon de mon âge.

Le lendemain matin, après le petit déjeuner, Harper et Nat m'attendent près du portail. Harper scrute mon visage.

« Impressionnante ecchymose, commente-t-elle de son ton emprunté – je remarque qu'elle dégage une odeur étrange.

– Je t'ai déjà expliqué, lui lance Nat. J'ai trébuché, je me suis rattrapé à Wilder et on a tous les deux dégringolé le long du chemin. »

Puis, se tournant vers moi :

« On va prendre le bateau. Il est amarré au corps-mort. »

Harper descend le sentier argileux avec des précautions exagérées.

« Surtout, ne pas glisser », marmonne-t-elle pour elle-même, tout en me jetant un regard à la dérobée.

Sous le soleil matinal, le bateau tangue doucement au gré des vagues. Il est cabossé et griffé de partout, et les divers éclats de peinture sur la coque offrent un aperçu de ses différentes couleurs successives. *La Sirène*, peut-on lire sur la poupe en lettres noires irrégulières. À l'arrière, le moteur hors-bord exsude un mince filet d'huile.

Comme il n'y a que deux gilets de sauvetage à bord, nous prenons la décision que personne n'en portera.

« Si l'un d'entre nous meurt, on meurt tous, je décrète – l'idée me plaît.

– Tâchez déjà de ne pas vous entretuer », ajoute Harper en me scrutant comme un oiseau de proie, avant de glisser sa grosse montre en or dans un sac congélation qu'elle range sous la banquette.

Le petit moteur hoquetant entre les vagues, nous mettons cap vers le large à la recherche de grands requins blancs, tandis que la terre ferme disparaît derrière nous. Nat attend qu'il n'y ait plus que l'océan à perte de vue pour couper les gaz. Tour à tour, nous sautons alors à l'eau, haletant à cause du froid et des monstres que nous imaginons rôder sous nos pieds. Nous n'apercevons aucun requin et, bientôt, nous nous sentons bien seuls au milieu de cette étendue d'eau infinie. Sur le chemin du retour, nous poussons tous un grand cri de soulagement en retrouvant la côte, à croire que cela faisait des jours que nous étions à la dérive.

Nous suivons lentement le rivage, dépassant des maisons perchées sur des falaises, des collines hérissées de pins, des prairies verdoyantes constellées de marguerites. Dans une crique isolée, nous surprenons une famille de phoques lézardant sur les rochers. De leurs étranges yeux ronds, ils nous regardent passer, sereins. Ils savent que nous ne représentons pas une menace – nous faisons partie de l'océan, à présent.

Harper parle de Grace Kelly. Elle adore Grace Kelly. Les mots sortent pêle-mêle de sa bouche, comme s'ils avaient été emprisonnés trop longtemps à l'intérieur de son corps. Sa façon de s'exprimer est presque impersonnelle – elle ne semble pas chercher à communiquer, mais plutôt à se décharger d'un trop-plein.

«C'est quelqu'un qui ne perdait jamais le contrôle, murmure Harper, tournée vers le large. Dans sa vie professionnelle autant que dans sa vie personnelle. Et d'une franchise à toute épreuve. Pour se protéger des dangers du monde qui l'entourait, elle s'était bâti une véritable forteresse afin que personne ne puisse jamais l'atteindre. La perfection.

– Harp?»

Nat la ramène à la réalité d'un petit coup de pied qui la fait sursauter.

« Oh, désolée. Mais c'est que, pour moi, les actrices sont sacrées, vous voyez ? »

Harper parle aussi de son chien.

« Ce qui me manque le plus, avec Samuel, c'est la façon dont il me protégeait de mon père, explique-t-elle avant de se redresser soudain et de scruter la côte. Vous pensez que le Rôdeur est en train de nous observer ? lance-t-elle à brûle-pourpoint.

– Je ne suis pas sûr que ce soit un bon sujet de conversation, intervient Nat, visiblement mal à l'aise. C'est un peu glauque.

– Moi, je pense que oui. Je pense qu'il attend qu'on débarque dans une crique un peu isolée pour se jeter sur nous, vif comme l'éclair, en brandissant sa lame… »

Elle lève le poing au-dessus de sa tête et fait mine de poignarder quelqu'un. Son visage encadré de cheveux roux s'est assombri, il a désormais quelque chose d'effrayant.

« De quoi vous parlez ? je demande.

– Du type qui entre par effraction chez les gens d'ici, répond Harper. Tu n'as jamais entendu parler du Rôdeur ? En même temps, tu n'es pas du coin, donc personne ne te raconte rien… »

Je ne lui fais pas remarquer qu'on peut difficilement se considérer comme étant « du coin » quand on possède une villa qu'on occupe un mois dans l'année.

« Tu n'as qu'à me raconter, toi.

– Ça s'est passé l'année dernière, commence Harper. Il y a eu plusieurs effractions. Toujours chez des touristes, jamais des gens d'ici. Mais le truc, c'est que…

– Il prend en photo les gens qui dorment, la coupe Nat. Pas de quoi non plus en faire toute une histoire.

– Il prend exclusivement en photo des mômes et ce n'est pas rien, Nat ! proteste Harper. On soupçonne qu'il cible les enfants parce qu'ils seraient plus faciles à maîtriser si jamais ils se réveillaient. Ensuite, il ressort comme il est entré, *a priori* sans rien voler. Les familles ne se rendent même pas compte que quelqu'un est entré chez eux.

– Mais alors, comment… ?

– Il leur envoie les photos après coup, m'explique Harper. Des Polaroid. En tout cas, c'est ce que mon père a entendu dire. Apparemment, dessus, on voit une espèce de lame sur la gorge des enfants endormis. C'est arrivé aux Mason, aux Bartlett et aussi à une autre famille, je ne me rappelle plus laquelle. À la fin de l'été, ça s'est arrêté. Et maintenant, tout le monde a peur que ça recommence.

– On n'est pas des enfants, je fais remarquer. On devrait être tranquilles. »

Je suis envahi par le malaise, mais aussi par un autre sentiment. Je regarde les doigts de Harper se crisper sur sa cuisse et je me demande si elle le fait pour donner plus de crédibilité à ce qu'elle dit ou simplement à cause du roulis du bateau. Ses ongles sont rongés jusqu'au sang et elle a un vieux pansement grisâtre autour du pouce. Ses jambes sont parsemées de minuscules poils dorés qui scintillent au soleil. Quand je relève la tête, je constate qu'elle me dévisage.

« Ce surnom, dit-elle d'un ton rêveur sans détourner les yeux. Je trouve que ça sonne tellement bien. Le Rôdeur, le Rôdeur…

– S'il te… »

J'ai l'impression qu'il va se passer quelque chose si elle prononce le nom une troisième fois.

« J'en ai un ! » s'écrie Nat à l'avant du bateau, et Harper et moi sursautons, comme tirés d'une rêverie.

Nat décroche le poisson frétillant de l'hameçon et se met aussitôt à le frapper contre la coque jusqu'à ce que des gerbes de cervelle s'élèvent dans l'air. Le corps est long et fuselé et ensanglanté.

« Un bar rayé », annonce-t-il en déposant le poisson dans la glacière, avant de remettre délicatement sa canne à pêche au fond du bateau.

Nous débarquons sur une minuscule plage de sable blanc. De l'eau jusqu'au torse, Nat ramasse des huîtres dans les rochers et les ouvre avec son couteau.

« C'est mon père qui l'a gravé, déclare-t-il fièrement en exhibant l'outil à la longue lame effilée et au manche en noyer orné de gravures représentant des petits poissons. Il me l'a offert pour mes sept ans. Sympa, hein ?

– Mon père ne m'aurait jamais laissé jouer avec un truc pareil, je réponds, un peu jaloux.

– Le mien est plutôt cool. Parfois, il attrape des phoques sur la ligne en acier pour la pêche au requin. C'est pour ça qu'il y a toujours une gaffe à bord de *La Sirène*. Quand le phoque est au bateau, tu t'approches discrètement, tu l'assommes avec la gaffe et tu lui passes la ligne en acier autour du cou. Ensuite, tu le traînes jusqu'à ce qu'il n'ait plus la force de se défendre. À ce moment-là, il ne te reste qu'à le ramener sur la berge pour l'achever. »

Sans vinaigre ni citron, les huîtres sont infectes, mais j'en mange quand même deux. Nous ramassons du bois flotté pour faire un feu. Cette fois, nous nous en sortons un peu mieux – nous ajoutons le bois petit à petit plutôt que de tout mettre d'un coup. Après avoir vidé le poisson, nous l'enveloppons dans de l'aluminium et le faisons cuire sur les braises. La chair est carbonisée à certains endroits et presque crue à d'autres, mais nous la dévorons avidement. De petites araignées de mer s'approchent sur leurs longues pattes fines. Nous leur lançons les arêtes et les regardons se précipiter dessus pour les nettoyer. Le repas terminé, nous nous allongeons sur le sable blanc et observons le panache de fumée qui s'élève dans le ciel, tandis que le soleil nous brûle la peau.

*C'est le plus beau jour de ma vie.* J'ai failli le dire à voix haute, mais je me suis retenu au dernier moment. Toute cette vie, je veux la garder à l'intérieur de moi, bouillonnante et dangereuse.

Harper sort une bouteille de Jim Beam de son sac. Il en reste un tiers et nous la faisons passer, ingurgitant à petites gorgées le bourbon qui nous brûle l'œsophage et nous fait tousser.

« Tu peux bien me l'avouer, me lance Harper. Pourquoi vous vous êtes battus ?

– On ne s'est pas battus, je rétorque, l'esprit embué par l'alcool. Nat a trébuché sur le sentier et m'a entraîné dans sa chute.

– Si tu le dis... Vous n'êtes pas très doués pour mentir, ni l'un ni l'autre. »

Elle termine le bourbon et ajoute :

« On joue au jeu de la bouteille ? »

Une boule chaude dans ma gorge. Mon estomac se serre. Je n'ai jamais joué au jeu de la bouteille. Je n'ai jamais embrassé personne. Je me demande ce que ça ferait d'embrasser Harper. Je me demande si je vais vomir. Et, en voyant Nat qui m'observe, je me demande dans un brouillard de panique ce que ça signifie pour notre pacte.

« Harper », intervient Nat, mais elle le fusille du regard et le fait taire d'un « chut » sonore.

Harper pose la bouteille entre nous trois sur un rocher plat. Elle la fait tourner. Une hélice de verre éblouissante. La bouteille ralentit, s'immobilise. Le goulot pointe vers moi, le cul vers la mer.

« Il faut que tu embrasses l'océan, m'indique Harper.

– Mais ce n'est pas ça, la... », je commence à protester, avant de me résigner.

Peut-être que j'ai mal compris les règles ; ce n'est pas comme si j'avais déjà joué à ce jeu, moi.

« On recommence ? je tente.

– Non, Wilder, insiste Harper d'un ton ferme. Ce sont nos règles. Tu dois embrasser ce qu'indique la bouteille. »

Je me lève. J'ai l'impression d'être un cerf-volant ballotté au bout de son fil – ai-je vraiment tant bu que ça ? Je titube jusqu'au rivage. L'eau inonde les galets et les fait scintiller comme des pierres précieuses.

« Ravi de faire votre connaissance, je murmure à l'intention de la mer. Votre robe vous va à ravir. »

Une petite vague déferle sur mes pieds.

« Je vois que madame sait ce qu'elle veut », j'ajoute en m'agenouillant.

J'embrasse l'océan, qui m'embrasse en retour, langue froide qui me caresse la bouche. Je ferme les yeux et imagine que je pose les lèvres sur une peau salée.

« Avec la langue ! crie Harper. Mets-y du cœur ! »

Et je comprends qu'elle est plus ivre que moi.

Après ça, c'est Nat qui doit aller embrasser un rocher, puis Harper qui manque s'étrangler en enfouissant le visage dans un gros tas d'algues.

« C'est la bouteille qui décide, je lui rappelle d'un ton solennel, avant de m'approprier son exhortation : Avec la langue ! »

Elle me pousse sans ménagement et je tombe à la renverse sur le sable chaud. Je ris si fort que j'ai l'impression que je vais mourir.

Nous nous réveillons les pieds dans l'eau. La marée est montée – ignorant le mal de crâne qui nous assaille, nous regagnons le bateau à la nage en tenant nos vêtements et nos sacs au-dessus de la tête, tandis que les vagues salées et froides giflent nos bouches ouvertes.

Harper s'assoit à l'arrière de l'embarcation et regarde au large, une main dans l'eau.

« Je ne sais pas comment elle se débrouille, me glisse Nat, sa voix à peine audible derrière le bruit du moteur et des vagues. Chaque fois qu'on joue à ce jeu, la bouteille désigne toujours un arbre ou un caillou.

– Parce que vous y jouez souvent juste tous les deux ? je demande en remettant mon jean.

– C'est un peu ridicule, hein ? »

Il voit mon visage et s'empresse d'ajouter :

« Mais c'est fini. Maintenant, il est hors de question qu'on joue sans toi. »

Quand on arrive enfin en vue de Whistler Bay, nous sommes tous les trois aussi épuisés les uns que les autres.

Cette nuit-là, je flotte au-dessus de mon lit. J'ai chaud, je me sens bizarre, comme si le soleil avait pénétré dans mon corps. J'ai l'impression de percevoir encore le ballottement du bateau. *C'est ça, la vraie vie*, je songe. *C'est toujours aussi intense.* Puis je me précipite jusqu'à la salle de bains, où je régurgite violemment des morceaux de poisson à moitié cru au milieu d'un torrent de Jim Beam.

Le lendemain matin, mes parents partent tôt. Ils se rendent à un salon de l'artisanat, ou peut-être à un marché aux poissons, ou peut-être qu'ils vont simplement faire un peu de tourisme. Je ne sais pas. Je me retourne et étouffe un gémissement.

« Sans moi, je leur réponds, la tête enfoncée dans l'oreiller. Je vais rester ici, j'ai des choses à lire pour la rentrée.

– Pas de problème », répond mon père, ravi.

Et je replonge aussitôt dans les ténèbres, les tempes serrées dans un étau.

Enfin, vers 10 heures, je me réveille pour de bon. Dehors, il fait déjà très chaud. Je prépare du café, pioche une poignée de céréales dans le paquet et sors dans le jardin.

Harper est assise dans l'herbe, de l'autre côté du portail. À ses traits tirés, je soupçonne que sa nuit a été encore pire que la mienne. Un frisson d'excitation. Elle est venue me voir, moi.

« Ça fait combien de temps que tu es là ? je lui demande d'un ton détaché. Tu aurais dû m'appeler. Ou frapper, au moins.

– Je ne suis pas pressée, réplique-t-elle avec un haussement d'épaules. Je m'ennuie, c'est tout. Nat a des choses à faire, aujourd'hui. Je me disais que tu pourrais me proposer un café et qu'ensuite on pourrait passer la journée ensemble ? »

Cette perspective m'enthousiasme autant qu'elle me terrifie.

« Si tu veux, je réponds. Enfin, avec plaisir ! On peut rester ici, si tu préfères. Mes parents ne sont pas là.

– C'est agréable d'être à proximité d'une maison, parfois, acquiesce-t-elle. J'en ai un peu assez de la mer.

– Tu as petit déjeuné ? » je demande en lui présentant ma main ouverte, et nous mangeons les céréales avec les doigts.

Nous grimpons dans l'érable. Nous sommes là, chacun assis sur une branche, vaguement mal à l'aise, et je réfléchis à ce que je pourrais dire quand elle me donne un petit coup dans la cuisse avec un bâton.

« Qu'est-ce qui s'est vraiment passé entre Nat et toi ? Je suis sûre que vous vous êtes battus. Est-ce qu'il éprouve quelque chose pour moi ? »

Je crois percevoir du désir dans sa voix.

« Moi aussi, j'ai une question à te poser, j'élude. Pourquoi la bouteille de bourbon que tu as apportée était déjà aux deux tiers vide ? »

S'ensuit entre nous un combat de regards que je finis par perdre.

« Je suis désolé, Harper. Je n'aurais pas dû te poser cette question. Je n'ai jamais eu d'amie fille, avant. D'ailleurs, je n'ai jamais eu d'amis tout court. »

Je regarde le sol, attendant qu'elle me détruise d'une pique bien sentie, ou qu'elle s'en aille, peut-être.

« Je n'ai pas d'amis non plus, à part Nat, avoue-t-elle. Tout le monde me déteste. Je passe l'année scolaire à attendre les vacances d'été, parce que je sais que je vais venir ici. Et toi, comment ça se fait ?

– Toi d'abord. Pourquoi est-ce que tout le monde te déteste ?

– Je ne suis pas très douée avec les gens.

– Pour quelle raison ? Vas-y, dis-moi la vérité. »

Harper pâlit et me fait non de la main. Un geste délicat, très guindé.

« Allez, j'insiste. De quoi tu as peur ?

– De rien, arrête. »

Son visage s'illumine, et elle reprend :

« Est-ce que tu as quelque chose à boire ?

– Mes parents ne boivent pas d'alcool. »

Il y a une bouteille de Martini dans le placard de la cuisine – ma mère aime bien s'en servir un petit verre avec une tranche de citron pour l'apéritif –, mais il est hors de question que je la donne à Harper. Quand je croise à nouveau son regard, je constate qu'elle pleure. Elle le fait en silence, ses larmes scintillant dans les rayons de soleil qui jouent avec le feuillage de l'arbre.

« Oh... », je fais.

Je m'empresse de descendre de mon perchoir et m'approche de la branche sur laquelle elle est assise. Maladroitement, je lève les bras et lui tapote la cuisse, comme on caresserait un cheval. Elle s'écarte à mon toucher.

« C'est Samuel, dit-elle. Il me manque tellement.

– Ton chien. »

Je suis fier de m'en être souvenu.

« Il était si gentil. Si attentionné. Il veillait sur moi. Il aimait les frites, mais seulement noyées sous une tonne de moutarde. C'est bizarre, hein ?

– Je suis sûr que c'est un très bon chien. Et je suis sûr qu'il est très heureux, où qu'il se trouve. »

Je me demande si ses parents l'ont déjà fait piquer. En tout cas, aujourd'hui, Harper en parle au passé. Se pourrait-il qu'ils aient été aussi rapides ?

« Je crois que je préférerais qu'on fasse un jeu de société, dit Harper. Ça t'irait, Wilder ?

– D'accord. »

Nous trouvons un jeu de backgammon dans le placard sous l'escalier et Harper m'explique les règles. Je suis très mauvais.

« Mince ! je m'exclame après avoir perdu une énième partie.

– T'as le droit de dire "merde", tu sais. Je ne suis pas ta mère.

– Oui, mais je préfère ne pas prendre de mauvaise habitude. Je ne voudrais pas risquer que ça sorte devant elle par inadvertance.

– Tu es vraiment un garçon bizarre. »

À sa manière de le dire, ça ressemble à un compliment.

Après le backgammon, on s'installe sur le canapé et on mange du fromage à tartiner sur des crackers en regardant la télé. C'est un vieux poste, avec une espèce d'arc-en-ciel permanent dans un des angles de l'écran, mais on trouve un film qui nous convient – une histoire d'amitié entre deux barmans. De tout l'après-midi, je ne ressens qu'une seule fois la décharge électrique si particulière me parcourir la colonne vertébrale. Une seule fois.

«Est-ce qu'il t'arrive de te demander si tu es imaginaire? lâche Harper d'un ton rêveur en posant la tête sur mon épaule. De te demander si tu n'es pas une vraie personne?

– Tu es une vraie personne», je lui réponds, tous les sens en éveil.

Elle bâille.

«Bon, je l'ai assez vu, ce film.

– Je croyais que c'était la première fois que tu le regardais?

– Ben oui.»

Elle a un petit tressaillement.

«Désolée, je crois que je suis en train de m'endormir. Je ferais mieux d'y aller.

– Je vais te raccompagner.

– Pourquoi? s'étonne-t-elle. Qu'est-ce que tu veux qu'il m'arrive?»

Elle n'a pas l'air en forme, alors je commence à insister, mais elle s'énerve et je renonce.

Par la fenêtre, je la regarde suivre la crête de la falaise dans la lumière déclinante.

En rangeant le pot de fromage à tartiner, je remarque que la bouteille de Martini a disparu. Quand l'a-t-elle prise? Pendant que j'étais aux toilettes?

J'ai peur que mes parents s'en rendent compte, mais quand ils reviennent, ils sont distraits. Troublés. Au moins, pour une fois, ils ne se disputent pas. Il y a un problème à Castine. Ce matin, à l'aube, une femme est partie nager et elle n'est pas revenue. Il s'agit d'une commerçante qui a toujours vécu dans la région. Apparemment, les garde-côtes sont à sa recherche.

« J'espère qu'ils vont la retrouver, dit ma mère, le visage blême. De l'avis de tous, Christy est la personne la plus gentille de Castine.

– En tout cas, à partir de maintenant, interdiction pour toi d'aller nager en dehors de la baie, me glisse mon père en posant une main sur celle de ma mère, qui la retire aussitôt – je fais semblant de n'avoir rien remarqué. Si tu pars en bateau avec tes copains, tu restes à bord. Et emportez toujours un jerrycan d'essence de secours. Les courants sont mortels, par ici. »

La lumière du salon se reflète sur ses lunettes, et sa barbe est tout en désordre à cause du vent.

« Il faut que je puisse voir mes amis ! »

Je suis inquiet, mais j'entends bien à mon ton que je donne l'impression d'être en colère. En même temps, j'ai peur qu'il refuse de me laisser sortir, maintenant.

« Je veux juste que tu sois prudent, me dit-il. Est-ce que tu as réussi à avancer dans tes lectures, aujourd'hui ? »

Il me faut quelques instants pour me souvenir de mon mensonge de ce matin.

« Ah, oui, j'ai vraiment bien travaillé, je réponds, et il a l'air si heureux que je le prends dans mes bras.

– Il faut que j'aille chercher la pièce pour la tondeuse », annonce-t-il en me donnant une petite tape sur l'épaule avant de s'éclipser.

Ma mère le suit du regard.

Il rentre très tard ; le bruit de la porte d'entrée se mêle à mes rêves.

Certains jours, Harper a des choses à faire avec ses parents, ou alors elle est privée de sortie, et je me retrouve en tête à tête avec Nat. Dans ces cas-là, nous parlons d'elle fiévreusement. De ses yeux, de ses cheveux, du fait qu'elle est la personne la plus cool que nous connaissions. Nous nous jurons que nous n'aimerons jamais personne d'autre de toute notre vie. Et cela nous rapproche. C'est étrange, mais savoir que nous l'aimons tous les deux renforce notre pacte. Cela signifie que nous pouvons être vraiment certains à cent pour cent que l'autre ne tentera jamais rien.

Au début, je prête mes livres préférés à Nat. C'est vraiment un ami en or, et si nous pouvions parler littérature, il serait absolument parfait.

« Mais est-ce que Tom te plaît, en tant que personnage ? je lui demande alors que nous slalomons entre les flaques à marée basse. Selon toi, Dickie méritait-il de mourir ?

– Personne ne mérite de mourir, me répond-il en me tendant une épuisette.

– Je ne sais pas si je partage ton avis... »

Je pense à l'école. Je suis déçu. J'ai l'impression qu'il n'a même pas lu le livre.

« Un bigorneau », m'indique Nat en désignant un petit coquillage noir.

À l'intérieur, j'aperçois un minuscule mollusque luisant.

« On peut les faire cuire et les manger, ajoute-t-il.

– Et... tu veux qu'on le fasse ?

– Je ne sais pas, tu as faim ?

– Non.

– Alors, non. »

Il repose délicatement le coquillage dans sa flaque.

Je ne sais pas grand-chose de la vie de Nat. Je ne sais même pas précisément où il habite – il n'en parle jamais. C'est toujours lui qui vient me chercher, et il ne franchit jamais le seuil, même quand mes parents l'invitent à entrer. Il doit être plus à l'aise dehors, sous le soleil, à côté de l'océan.

Tout le temps que durera notre amitié, je ne le verrai jamais à l'intérieur. Sauf à la toute fin.

Nous arpentons un sentier ombragé sous les pins. Nat a une carabine à plomb sur l'épaule. Nous sommes censés aller à la chasse au lapin, mais j'espère secrètement que nous rentrerons bredouilles. De temps en temps, nous nous arrêtons pour disposer des pommes de pin sur une souche et nous entraîner au tir. Pour un débutant, je ne suis pas mauvais du tout.

C'est une belle journée ensoleillée. Nat n'a rien apporté à manger, alors je partage mon sandwich avec lui. À mon grand soulagement, nous ne croisons aucun lapin. Nat m'apprend à reconnaître les plantes. Les arbres, les fleurs.

« Rat des villes ! »

Sur le chemin du retour, nous nous arrêtons dans une prairie inclinée qui surplombe la baie. Par-delà la cime des hêtres, nous apercevons la mer. Aujourd'hui, elle est d'un bleu profond. Un ruisseau murmure à travers la prairie. Nous nous accroupissons pour boire, les mains en coupe. Puis nous nous asseyons dans l'herbe, tandis que des graines de pissenlit volettent autour de nous.

« Mes parents se disputent beaucoup. »

Ça fait du bien d'en parler à quelqu'un.

« Ils sont comment, tes parents ? demande Nat.

– Normal, je réponds, légèrement surpris par sa question. Mon père est un peu ringard.

– Tu passes beaucoup de temps avec lui ?

– Ça arrive. Mais pas autant qu'avant.

– Ma mère me manque. Elle nous a abandonnés quand j'étais petit. »

En voyant mon expression, il précise :

« C'est pas grave, hein, c'était il y a longtemps. »

Il ouvre son vieux portefeuille à scratch.

« Mon père n'est pas au courant que j'ai ça. Ça ne lui plairait pas. »

Une femme à la longue chevelure blonde, dont son fils hériterait quelques années plus tard. Elle est dans un bar, les joues rosies par la bière et la chaleur ambiante. Nat a plié la photo en deux afin qu'elle tienne dans l'étui en plastique transparent censé accueillir le permis de conduire – je devine que c'est pour la voir chaque fois qu'il ouvre son portefeuille.

« Elle s'appelle Arlene. Parfois, je me demande où elle est. Ce qu'elle fait.

– Peut-être qu'un jour tu iras la retrouver. Ce serait l'occasion de découvrir le monde.

– Non, je partirai pas d'ici. Quel intérêt ? ajoute-t-il en désignant tour à tour l'océan, la prairie et le ciel bleu.

– J'ai l'impression que tu éprouves la même chose pour cet endroit que Harper pour son chien. Il lui manque beaucoup, hein ?

– Harper n'a jamais eu de chien, soupire Nat en secouant la tête.

– Comment ça ?

– Si elle veut t'en parler, elle t'en parlera. »

J'ai beau insister, il ne me confie rien de plus et finit par changer de sujet.

« Demain, mon père n'a pas besoin de moi, donc on peut prendre le bateau. Harper et moi, on viendra te chercher à 7 heures.

– Du matin ? je demande, incrédule.

– Oui, ils annoncent un temps à dieux.

– Un temps radieux ?

– C'est ce que j'ai dit. »

Je suis presque sûr que ce n'est pas ce qu'il a dit.

Je frissonne et, d'un coup, tout s'assombrit. Comme si un nuage était passé devant le soleil. Nat m'observe.

« Qu'est-ce qui t'arrive ?

– Il faut que je rentre. Ma mère m'attend. »

Mon père ne sera probablement pas là. Je le sais. Ces temps-ci, je le vois à peine.

Mais en réalité, si je veux partir, c'est parce que, soudain, je n'aime plus cet endroit. Je ne sais pas pourquoi. Comment peut-on ne pas aimer une sublime prairie fleurie qui donne sur l'océan ? Pourtant, je n'ai qu'une hâte : m'en éloigner. J'ai même l'impression que je vais vomir.

Nat me donne une tape amicale dans le dos et je ne me retourne pas pour lui dire au revoir. Je me dépêche de descendre vers la mer.

Dès que je quitte la hêtraie et retrouve le sentier de la falaise, je me sens mieux. Je n'ai aucune explication à ce que je viens d'éprouver. C'est comme si une main invisible avait soudain agrippé mon estomac pour le serrer de toutes ses forces. *Reprends-toi, Wilder. Ce n'est qu'un endroit.* Mais un endroit que j'ai détesté. J'avais la sensation qu'il m'observait.

Le lendemain matin, le ciel gris et plat semble écraser l'horizon. Au fond du bateau, une corde, un grappin et le couteau de Nat. Mon regard n'arrête pas de revenir se poser sur ces trois objets, alors que notre embarcation quitte la baie pour longer la côte.

« C'est pour quoi faire ? je finis par demander en désignant le grappin.

– On va dans un endroit spécial », me répond Harper.

Elle a l'air tendue et je devine à ses yeux vitreux qu'elle a bu. Je me sens mal à l'aise pour elle, mais aussi un peu excité : elle a des problèmes. Elle a besoin de mon amitié. Une fois de plus, je me sens à l'étroit dans mon pantalon.

Noire et bordée de liserés blancs, la mer s'agite et postillonne.

« Pas franchement un temps radieux, je commente.

– Un temps à dieux, rectifie Harper. Le temps idéal pour rendre hommage à notre divinité préférée.

– Quelle divinité ?

– Elle raconte des bêtises, intervient Nat. Harper fait semblant de croire qu'une créature habite au fond de la grotte. Et quand tu l'invoques, surtout quand la mer est agitée…

– … elle se réveille, complète Harper, les yeux braqués sur l'horizon. La femme de la mer. La déesse. »

J'ai peur et j'hésite à leur demander de faire demi-tour, mais je n'ai pas envie de passer pour un dégonflé. Peut-être que c'est ça, qu'ils ont prévu depuis le début : se lier d'amitié avec moi afin de m'amener ici pour m'offrir en sacrifice. Ma main est tellement moite que j'ai du mal à me tenir au plat-bord.

« Hé, me dit Nat d'une voix douce. Rassure-toi, ce n'est qu'une illusion sonore et visuelle. Il n'y a rien du tout, dans cette grotte.

– Pourquoi prendre le couteau, alors ?

– Pour avoir peur, répond Harper. C'est marrant d'avoir peur. Mais pour que ça marche, il faut jouer le jeu – histoire d'avoir peur pour de vrai. »

Elle pose une main sur la mienne.

« Ne t'en fais pas, il n'y a rien de vrai. Mais il faut faire comme si. »

Sa main serre la mienne.

« On va rendre visite à Rebecca, conclut-elle et, comme je comprends qu'elle veut que je lui pose la question, je lui accorde ce plaisir.

– C'est qui, Rebecca ? »

Harper sourit. Quand elle entame son récit, je note qu'elle a un peu de mal à articuler certains mots.

« Rebecca était une jeune actrice. Il y a une douzaine d'années, elle a décroché le rôle qui devait lancer sa carrière : celui d'une nageuse olympique dans une grande production hollywoodienne. Elle est venue passer l'été ici pour s'entraîner. Tous les jours, elle allait nager, s'éloignant chaque fois un peu plus du rivage.

« Rebecca était mariée à l'homme idéal. Au crépuscule, il accrochait une lumière pour elle au bout de la jetée, afin qu'elle retrouve son chemin dans la pénombre – une lanterne avec une ampoule bleue. Quand elle regagnait la jetée, il l'aidait à sortir de l'eau, l'enveloppait dans une serviette bien épaisse pour la réchauffer, puis il lui proposait un verre de vin et il s'occupait de préparer le dîner.

« Un soir, comme d'habitude, il va au bout de la jetée accrocher la lanterne. Puis il rentre lui faire couler un bain et lui servir un verre de vin. Et il attend son retour. Il attend, il attend, mais sa femme ne rentre pas. La nuit tombe, les étoiles apparaissent. Toujours personne.

« De son côté, Rebecca suit la lumière bleue en pensant au bain chaud qui l'attend, au dîner, à la serviette moelleuse et à son mari idéal. Elle y est presque, elle est heureuse. Ses muscles s'engourdissent peu à peu, mais elle aime cette sensation de fatigue alors qu'elle sait que l'effort est bientôt terminé. Pourtant, les minutes passent et la lumière ne semble pas se rapprocher. Ses bras et ses jambes sont de plus en plus lourds. Elle continue à nager, mais elle commence à avoir peur.

« La nuit est noire à présent, et Rebecca a l'impression qu'elle ne progresse pas. La lumière bleue est toujours là, au loin, hors d'atteinte. Rebecca redouble d'efforts, sa respiration se fait haletante. Elle essaie de ne pas penser à toutes les créatures qui rôdent sous la surface, de ne pas penser à la petitesse de son corps par rapport à l'immensité de cet océan obscur.

« Soudain, elle se rend compte qu'à l'exception de la lumière bleue qui scintille toujours, elle est dans l'obscurité complète. Elle lève la tête et constate qu'il n'y a pas d'étoiles. Pas de lune non plus. Les ténèbres absolues. Et le bruit de l'eau est différent. Il y a comme un clapotis, un écho.

« Rebecca comprend qu'elle n'est plus dans l'océan. Tout autour d'elle, il y a des murs en pierre. Au-dessus de sa tête aussi. Elle est dans une grotte. La lumière bleue est toujours là, pourtant, se reflétant sur l'eau et sur les parois. Elle se met à pleurer à gros sanglots ; elle est épuisée et terrifiée. Malgré tout, elle fait demi-tour et se remet à nager de plus belle pour s'éloigner de cette lueur. Hélas, partout où elle va, ses doigts finissent par rencontrer la pierre. Il n'y a pas d'issue. Elle est seule sous la roche et la marée monte. Elle sait qu'elle va mourir. La lumière bleue scintille de plus en plus, comme si elle se délectait de ce moment. Et soudain, elle se met à bouger. Rebecca s'arrête de nager et, alors que la lumière s'approche d'elle, elle comprend qu'il ne s'agit pas d'une lumière, mais de deux. Deux yeux qui scintillent dans l'obscurité. Deux yeux qui fondent sur elle. Rebecca se met à griffer les parois, à chercher désespérément une ouverture synonyme de salut. Elle plonge et voit le corps de la créature. Celle-ci est immense – elle envahit la grotte comme de l'encre se répandant dans l'eau. Bientôt, Rebecca est cernée par cette déesse infernale qui lui agrippe les jambes, délicatement d'abord, puis fermement. La déesse entraîne la jeune femme vers le fond et, sous l'eau, elles s'absorbent l'une l'autre jusqu'à ne plus former qu'une seule et même entité.

« Mais Rebecca est forte. Très forte. Elle a beau être morte depuis des années, elle continue tous les jours d'essayer de regagner la côte, de retrouver sa vie d'avant, son mari. Malheureusement, tous ces efforts l'ont affamée. Donc si tu sens quelque chose t'attraper la jambe, sous l'eau, tu as intérêt à faire tes prières, Wilder. Parce que Rebecca ne relâche jamais sa proie. »

Un frisson agréable me parcourt toute la colonne vertébrale, de la nuque au coccyx.

« Alors ? m'interroge Harper en fixant sur moi ses yeux brillants. Est-ce que tu sens sa présence ? »

Je me tourne vers Nat.

« Est-ce qu'il y a une once de vérité dans ce qu'elle vient de raconter ?

– Il arrive que des gens se noient. Comme Christy Barham, qui tenait la poissonnerie. Tout le monde est très affecté, d'ailleurs. Et il y a effectivement une certaine Rebecca qui a disparu, il y a des années. En tout cas, c'est ce qu'on raconte. Peut-être que ce n'est qu'une légende que les gens se sont appropriée. Pour le reste, Harper a tout inventé.

– Très bien. Dans ce cas, allons réveiller la déesse !

– Est-ce que tu as peur ? murmure Harper.

– Oui, je réponds, avant de brandir la longue lame du couteau. Mais si elle nous attaque, on l'aura avec ça ! »

Un roulis imprévu du bateau, et je manque lâcher l'outil par-dessus bord.

« Fais gaffe, m'avertit Nat. C'est un cadeau d'anniversaire. Mon père me l'emprunte parfois. Si je le perds, il s'en rendra compte. »

Nous amarrons le bateau à un rocher qui se dresse hors de l'eau tel un obélisque. Derrière, un étroit passage balayé par les vagues s'ouvre entre les récifs, au fond duquel on aperçoit une bouche noire percée dans la falaise. La grotte.

« Mon père m'a emmené ici quand j'étais petit, nous raconte Nat. Il m'a expliqué que c'était un endroit spécial, pour lui. »

En voyant les gerbes d'écume au pied de la falaise, j'hésite.

« Euh... Ce n'est pas un peu dangereux ?

– On est déjà venus plein de fois, rétorque Harper, les yeux rivés sur l'entrée de la grotte.

– Pas quand la mer était aussi agitée », objecte Nat.

D'abord surpris, le regard que lui jette Harper se teinte soudain de rage.

« Vous n'avez qu'à rester là », nous lance-t-elle.

Et, avant qu'on ait pu réagir, elle saute par-dessus bord. Le bruit de la mer dans l'étroit passage est si assourdissant qu'on ne l'entend même pas tomber à l'eau.

« Je crois qu'on n'a plus le choix, maintenant, dit Nat en s'équipant d'une lampe frontale. N'oublie pas le couteau.

– Attends... »

Mais lui aussi a sauté. Je suis seul dans le bateau.

Je prends une profonde inspiration, serre le manche du couteau et me jette à l'eau. Elle me paraît plus froide et plus salée que le premier jour. Presque dure. Comme une main qui me giflerait.

Dès que nous franchissons l'entrée de la grotte, la température chute. À l'intérieur, le son est différent. La lumière de l'extérieur danse sur les parois et le plafond. L'un derrière l'autre, nous remontons un étroit boyau à la nage. On a l'impression de sentir la respiration de l'océan : les vagues nous projettent contre les murs escarpés qui nous éraflent. Le plafond est si bas que, lorsque je lève la main, mes doigts frôlent la pierre.

La mer nous porte. Elle n'a pas encore fini de monter. J'essaie de ne pas imaginer nos jambes vues de dessous, s'agitant maladroitement dans le noir. Au bruit, je devine que le boyau a fini par nous mener à une cavité. Nous sommes désormais à l'intérieur de la falaise. Je sens le poids des rochers au-dessus de nos têtes.

Je ne vois pas grand-chose, jusqu'à ce que Nat allume sa lampe frontale et en promène le faisceau autour de lui.

Nous sommes effectivement dans une salle assez vaste. Le bruit assourdissant me fait penser au grondement d'un moteur. Quelques mètres plus loin, je devine une grosse pierre plate qui surplombe l'eau, juste assez large pour s'y tenir debout.

« Allez, c'est le moment de l'invoquer ! » s'écrie Harper.

Sa voix, déformée par la caverne, semble venir d'ailleurs.

« Ouais ! » répond Nat.

Lui aussi a une voix étrange. Une énergie étrange, plutôt.

« La grotte est en train de se remplir, ajoute-t-il en nageant jusqu'à moi. Et à marée haute, il y a de l'eau jusqu'au plafond, donc on n'a pas intérêt à traîner.

– Dites-moi ce que je dois faire », je réponds, aveuglé par le faisceau de sa lampe.

Harper s'approche à son tour. De sa figure, je ne distingue que le reflet de sa joue humide.

« Certains prétendent que c'est la femme qui s'est noyée, dit-elle. D'autres disent qu'elle a toujours vécu là. On l'appelle Rebecca, mais qui sait s'il s'agit de son vrai nom ? Elle risque d'essayer de t'embrasser. »

Le visage de Harper est tout proche du mien, à présent.

« Si tu la laisses faire, c'est fini pour toi. »

Sa respiration emplit mes oreilles et réchauffe mon bas-ventre, malgré l'odeur un peu rance de son haleine.

« Elle t'enveloppe dans ses bras et t'entraîne lentement vers les abysses, ajoute-t-elle. Tu te noies, mais c'est la plus belle des morts. »

Et là, ballotté dans l'eau froide au milieu de cette grotte obscure, je comprends pourquoi Harper m'a dit qu'il fallait jouer le jeu. Parce que j'y crois. Je sens la présence de Rebecca sous nos pieds. Qui attend.

« Je pense qu'il faudrait que ce soit Wilder qui l'invoque », suggère Nat.

Je ne vois pas son visage. Son ton est amical, mais il dégage quelque chose que je ne parviens pas à identifier.

« Pourquoi ? je demande.

– Tu ne veux pas ?

– Si, si, je vais le faire. »

Je ne veux pas que Harper me prenne pour un trouillard.

« Alors, grimpe sur le rocher », m'ordonne-t-elle.

Je lui tends le couteau et rejoins le promontoire en quelques brasses.

Nat passe devant, se hisse sur le rocher plat qui s'avance au-dessus de l'eau et m'aide à monter.

« Mets les mains dans ton dos, m'indique-t-il. Je vais te tenir les bras. Toi, tu te penches vers l'avant et tu lui dis ton secret. »

Il m'attrape fermement les poignets en écartant les pieds pour avoir un meilleur équilibre. Très lentement, je m'avance, un peu méfiant. Mes bras sont tendus vers l'arrière ; j'ai du mal à respirer.

La voix de Harper résonne dans la grotte.

« Tu dois lui dire un secret. Il n'y a que ça qui fait venir la déesse.

– Je n'ai pas de secret.

– Tout le monde a des secrets. »

Elle a raison, bien sûr. Je pourrais leur confier mon grand secret. Celui dont j'ai pris peu à peu conscience, au cours des derniers mois. Soudain, je me sens euphorique. *Je vais le faire.*

Je ne sais pas comment le dire, comment formuler cette nouvelle idée – que peut-être je ne suis pas seulement attiré par les filles. Mais ce sont mes amis, je trouverai les mots.

« D'accord, je cède. Nat, tu peux me faire descendre. »

Et je me penche au-dessus de l'eau. J'ai l'impression d'être la proue d'un bateau. Dans mon dos, j'entends les grognements de Nat, qui me retient pour éviter que je tombe. Il y a des rochers sous la surface scintillante. Soudain, je me rends compte que je ne peux plus bouger. Mes bras sont tendus dans mon dos, mes muscles sont paralysés, j'ai la poitrine en feu.

Je ne pense plus à ces histoires de secrets. Désormais, je n'ai plus qu'une chose en tête : que ça s'arrête. La pression sur mes poumons et sur ma cage thoracique est insoutenable. J'ai du mal à respirer.

«Remonte-moi ! Vite !» je parviens à articuler, alors que l'eau me lèche le visage.

Et je pense : *Il a l'intention de me noyer.*

«Relève-le, Nat ! Relève-le ! C'était une mauvaise idée !»

La voix de Harper. Elle me parvient étouffée, comme si j'avais déjà la tête sous l'eau.

«C'est ce que j'essaie de faire !» hurle Nat.

Mais ses mains glissent le long de mes poignets et l'eau sombre se rue sur mon visage. Elle se referme sur ma tête. Un rocher m'érafle le ventre. La mer est partout, elle m'étouffe comme la fois où, au lycée, on m'a écrasé un sweat-shirt sur le visage pour m'empêcher de crier. L'eau froide s'engouffre dans ma gorge. Je m'étrangle, je tousse, je parviens à tourner la tête pour reprendre mon souffle.

Quatre mains essaient d'agripper mon corps trop glissant. Harper n'a aucune force, ses ongles s'enfoncent dans la chair de mes bras. Je me retrouve à nouveau immergé, je bois à nouveau la tasse. Harper et Nat crient en même temps :

«Je n'arrive pas à le relever !»

«Lâche-le !»

«Les rochers !»

Quelqu'un m'attrape par l'arrière de mon short et me hisse sur le petit promontoire rocheux. Il n'y a pas assez de place pour trois. Harper tombe à l'eau. Nat titube. Il me tient. Je m'agrippe à son corps, le souffle court.

«Pardon, Wilder, me murmure-t-il à l'oreille. Pardon.

– Vous m'avez amené ici pour me faire une sale blague.

– Harper était censée se cacher sous l'eau et remonter à la surface pour t'embrasser. Ça devait être amusant. Ça devait être...

– Ne te fâche pas, Wilder !» me lance Harper.

Je l'ignore.

« Je t'ai dit de me remonter, mais tu n'as pas bougé, je n'arrivais plus à respirer… »

J'entends les sons qui sortent de ma bouche. Je comprends qu'il s'agit de mots, mais la peur et l'adrénaline qui parcourent mes veines m'empêchent de saisir leur signification.

Je pousse Nat et nous tombons tous les deux dans le noir. La mer froide se referme sur moi. Quand je remonte à la surface, j'entends des cris. Ils rebondissent contre les parois de la grotte et semblent ricocher sur l'eau, de sorte qu'il m'est impossible de savoir d'où ils proviennent. Je suis tellement désorienté que je ne sais même plus où est le haut et où est le bas. Et puis, enfin, j'aperçois le soleil qui danse sur les vagues, une étroite bande de bleu au fond du boyau, et je me mets à nager le plus vite possible dans cette direction. Le plafond est encore plus bas qu'à l'aller et je n'ai plus assez de souffle pour crier. Je respire trop vite, j'hyperventile, mais je parviens malgré tout à m'extraire du boyau. Derrière moi, Harper et Nat m'appellent. Je ne les attends pas.

La marée montante a réduit l'entrée de la grotte à un petit croissant de lumière. C'était moins une. Je plonge, franchis l'entrée et, quand je refais surface au soleil, je m'accroche à un rocher couvert de coquillages et me laisse flotter quelques instants, profitant de la chaleur sur mon visage.

Mes muscles semblent s'être dissous. J'ai du mal à me hisser à bord du bateau. L'état de choc, j'imagine. Nat essaie de m'aider, mais je le repousse.

« Je ne pouvais pas t'entendre, Wilder. Le temps que je me rende compte que… Je suis désolé. »

Il tremble. Il a l'air plus petit, plus voûté. Ses cheveux trempés sont plaqués sur son front.

Je me contente de secouer la tête.

Nous longeons la côte en silence, bercés par le vrombissement du moteur et le clapotis des vagues. Harper pose une main sur ma jambe.

« Ça devait être une petite blague. Ça a mal tourné. »

Je ne peux pas la regarder. C'est comme si cette journée que nous avons passée ensemble n'avait jamais existé.

Lorsque nous arrivons à l'entrée de Whistler Bay, je n'attends même pas que le bateau se rapproche de la plage pour sauter à l'eau.

«Wilder», appelle Nat, mais je me mets à nager le plus vite possible en direction du rivage.

J'ai le sentiment que l'océan est une créature immense qui attend son heure pour me tuer. J'ai hâte d'avoir les pieds sur le sable. *Oui*, je songe. *Il y a bien ici quelque chose qui dévore les gens.*

C'est marrant d'avoir peur, a dit Harper. Est-ce que c'est plus marrant de faire peur aux autres?

Une fois à terre, je me retourne. Harper et Nat sont toujours là, sur le bateau. Ils me regardent.

«Vous vous rendez compte qu'on a failli mourir? je leur lance. Comment avez-vous pu être aussi stupides?»

Puis je hurle à pleins poumons :

«Allez vous faire voir!»

Et je me dirige vers le sentier. Il semblerait qu'au même titre que l'amour, l'amitié peut vous briser le cœur.

Dans la pièce voisine, ma mère et mon père sont encore en train de se disputer. C'est compliqué, ces derniers jours. La voiture démarre au milieu de la nuit et, parfois, le lendemain matin, mon père n'est pas là. J'ai été tellement naïf de croire que des vacances au bord de la mer régleraient tous les problèmes entre eux. J'ai entendu plusieurs fois les voix de Nat et de Harper, à la porte. J'ai chargé ma mère de leur dire que je n'étais pas là. Je ne veux plus jamais les revoir.

«Je te l'interdis, lance ma mère à mon père. Je vais m'en occuper.»

La porte de ma chambre s'ouvre à la volée.

«Viens avec moi, Wilder.»

Je pousse un grognement et tire la couverture au-dessus de ma tête. Mes draps ont la même odeur de moisi que moi, comme si j'avais fusionné avec eux.

L'obscurité disparaît brusquement et je me retrouve allongé sur le dos dans la lumière aveuglante. Je n'ai pas le temps de me cacher les yeux que ma mère m'agrippe fermement le poignet.

« Viens, crapaud, m'ordonne-t-elle. Je t'ai acheté un nouveau short de bain. »

Dehors, je tâche d'ignorer les griffures du vent et du jour et je suis ma mère sur le sentier. Sa silhouette menue progresse devant moi, sa serviette claquant dans la brise.

Sur la plage, le froid me fait frissonner. Mon nouveau short de bain est un peu trop grand, mais surtout il est orné de petites ancres – on dirait un maillot d'enfant.

Ma mère s'avance dans l'eau jusqu'à ne plus avoir pied, nage quelques brasses et se retourne vers moi.

« Elle est bonne, Wilder. Viens.

– Je n'ai pas envie.

– Fais ce que je te dis, s'il te plaît. »

Il y a dans son ton une dureté inhabituelle.

« À quand remonte ta dernière douche, crapaud ? »

La mer m'enveloppe. Une sensation agréable – il y a quelque chose de réconfortant à se sentir si minuscule au milieu d'une telle immensité.

Ma mère disparaît sous l'eau et remonte au bout de plusieurs secondes, les joues rouges et le souffle court. Ses cheveux ne sont plus qu'une tignasse informe, elle n'est pas maquillée. C'est rare. D'habitude, elle est toujours tirée à quatre épingles et parfaitement coiffée. Nous flottons l'un à côté de l'autre.

« Tes amis voudraient avoir de tes nouvelles, me dit-elle.

– Ce ne sont pas mes amis.

– Qu'est-ce qui s'est passé, Wilder ?

– Ils m'ont fait un sale coup. Une mauvaise blague. C'était cruel. »

Un obscur résidu de loyauté m'empêche de tout lui raconter : mon visage maintenu sous l'eau, l'impression de me noyer. Je sais, pourtant, qu'ils ne voulaient pas me faire de mal. Je le sais. Mais ils se sont moqués de moi et je me sens humilié.

« C'est dur d'avoir seize ans, dit ma mère. À cet âge-là, on ne sait pas ce qui est grave et ce qui ne l'est pas. Je m'en souviens comme si c'était hier.

– Pour moi, ce qui s'est passé est grave », je réplique sèchement.

Et je lui tourne le dos pour regagner la plage. J'ai fait ce qu'elle m'a demandé, non ?

« Ne pars pas tout de suite. »

Elle soupire et ajoute :

« Ton père ne veut pas que je t'en parle, mais je crois que je n'ai pas le choix. Je... Il y a eu une période où j'ai passé beaucoup de temps au lit. Ça a commencé quand j'avais à peu près ton âge. Je sentais un énorme poids sur ma poitrine et je n'avais pas la force de me lever.

– Ça a duré combien de temps ? je demande, fasciné – ma mère ne parle quasiment jamais d'elle.

– Six ans, par intermittence. »

Elle prend une longue inspiration, comme si le poids sur sa poitrine était soudain revenu.

« J'avais l'impression d'être loin du monde et de le voir à travers une vitre teintée. Nous étions cinq enfants, tu sais. Cinq bouches à nourrir. Mes parents ne savaient pas quoi faire de moi. À leur époque, on gardait ses sentiments pour soi. Ils n'avaient jamais entendu parler de dépression. »

Un froid obscur m'envahit quand j'entends les mots de ma mère. Une ombre qui couvrirait le soleil.

« Un médecin m'a donné des médicaments, poursuit-elle. Et ça a fini par m'aider. Ou alors je me suis habituée. Je ne sais pas. Je suis sortie de mon lit, j'ai trouvé un travail au lycée et j'ai rencontré ton père. Mais avant ça, j'ai raté beaucoup d'étés comme celui-ci. »

Sous l'eau, sa main trouve la mienne.

« Je ne veux pas que tu rates quoi que ce soit, Wilder. Jamais. Je veux que tu sois heureux. Je pense que si j'avais réagi dès le début, si j'avais résisté quand ça a commencé, peut-être que j'aurais réussi à me débarrasser de ce mal. Alors, tu veux bien essayer ? Tu veux bien essayer d'être heureux, pour moi ?

– Oui », j'acquiesce, déterminé.

Je ne l'avais encore jamais vue pleurer, et c'est horrible. Son visage est rose et tout luisant.

Elle me prend dans ses bras et je m'accroche à elle ; dans l'eau, sa chair est froide et glissante. *Comme un cadavre*, je songe avant d'avoir pu chasser l'image de mon esprit.

« Je ne suis pas sûr que Nat et Harper reviennent me chercher, je soupire. Peut-être qu'ils sont passés à autre chose.

– Ils viendront, m'assure-t-elle en me caressant les cheveux de sa main glacée. Les enfants sont d'éternels optimistes. »

Et effectivement, Nat et Harper reviennent. Quand j'ouvre la porte, ils ont l'air étonnés, pris de court. Nous regardons tous les trois nos pieds. Il est difficile de retourner à la surface des choses une fois qu'on a vu ce qui se cachait dessous, au plus profond de chacun d'entre nous.

« On n'a qu'à aller à la plage », je suggère.

C'est beaucoup plus simple au bord de l'eau ; si on se sent encore timide ou mal à l'aise, il y a toujours quelque chose dans quoi donner un coup de pied, quelque chose à ramasser, quelque chose à regarder. Et, en arrière-plan, l'océan qui semble nous surveiller. Quand le soleil commence à décliner, nous décidons de faire un feu.

« C'était vraiment stupide, cette blague », lâche soudain Nat en dessinant un demi-cercle avec son orteil, avant de jeter une brassée de bois blanc comme des ossements sur la pile.

La marée est en train de descendre, laissant dans son sillage une multitude de petites flaques scintillantes.

« C'est allé trop loin, approuve Harper – à ses yeux rouges, je comprends qu'elle va pleurer. On voulait seulement te faire un peu peur, mais ensuite Nat n'a pas réussi à te remonter. C'était trop flippant. »

Je suis content qu'ils soient désolés. Et en même temps, je suis un peu déçu, parce que le mystère qui les enveloppait s'est effrité et que je vois à présent ce qui se cache en dessous. Deux gosses. Pas très différents de moi.

« Il n'y a plus qu'à allumer », annonce Nat, et il approche un briquet du petit lit d'herbes sèches que nous avons placé sous le bois.

Une lueur rouge grandit en filaments incandescents, puis les premières flammes apparaissent. Derrière le cercle de chaleur, la mer s'étend dans le noir. Je songe que le monde est beaucoup plus grand et beaucoup plus vieux que nous. Nous ne sommes que des petits feux brûlant dans la nuit.

« Je te jure qu'on ne te mentira plus jamais, dit Nat. On a été stupides.

– Moi aussi, je te le promets, renchérit Harper en glissant sa main dans la mienne. Et on a décidé que tu aurais le droit de nous distribuer un gage à chacun.

– Comment ça ?

– À un moment donné, quand tu voudras, tu pourras nous demander n'importe quoi et on n'aura pas le droit de refuser. Et il n'y a pas de date d'expiration : même si on a, genre, quatre-vingts ans, on sera quand même obligés de le faire.

– N'importe quoi ? je répète.

– N'importe quoi, s'empresse d'acquiescer Nat.

– Hmm… Si vous saviez les supplices que je vous réserve ! »

Harper rit, même si ce que j'ai dit n'était pas particulièrement drôle, et nous regardons le feu qui crépite.

« Je sais qu'on a tout inventé, mais j'ai quand même eu très peur, dans la grotte, avoue Harper. Je n'arrêtais pas de voir des choses dans le noir. Des images, des inscriptions. Je te demande pardon, Wilder. C'était mon idée. Je pensais que je te plaisais et… »

Elle est toute rouge, à présent.

«… et je me suis dit que ce serait ça, ton secret. Quand tu l'aurais dit, je serais remontée à la surface en me faisant passer pour Rebecca et je t'aurais embrassé. Je pensais que ce serait amusant. Je n'ai pas réfléchi.

– On n'est pas très doués pour les blagues», confirme Nat.

Je laisse échapper un petit rire, parce que leur idée était vraiment nulle et que la réalisation était complètement ratée.

«Je voudrais te faire une confidence», reprend Harper.

Elle retire sa grosse montre d'homme et me la tend.

«Je n'ai pas de chien.

– Harper, je ne peux pas acc…

– Mais je ne te la donne pas, idiot! Regarde l'inscription au dos.»

Je retourne la montre et lis un nom gravé à l'arrière du cadran. *Samuel.*

«Sam, mon frère.

– Pourquoi avoir prétendu que c'était un chien?

– Parce que j'aime bien parler de mon frère décédé, mais je sais qu'à la longue c'est déprimant pour les autres. Bref, ça me permet de parler de lui sans évoquer ce qui s'est passé, tu vois?

«Il était à peine plus âgé que nous aujourd'hui quand il est mort. Il était à moto, il est arrivé trop vite dans un virage. Peut-être que c'est pour ça que c'est aussi difficile, cette année. Parce que je sais que, bientôt, je vais le dépasser. Il ne mangeait ses frites qu'avec de la moutarde. Et il sentait toujours quand je n'étais pas bien.»

Je lui tapote maladroitement l'épaule. Il faudrait que je trouve une autre astuce quand je me retrouve face à une femme qui pleure. Ces derniers temps, j'ai l'impression que ça arrive souvent.

«On n'est pas obligés de s'éterniser sur le sujet, dit Harper en se lissant les cheveux. C'est juste que, après ce qu'on t'a fait subir dans la grotte, j'ai pensé que tu méritais de connaître la vérité. Tu sais, reprend-elle, avec la sorcellerie, on peut parfois ramener les gens d'entre les morts. J'ai essayé, mais ça n'a pas marché.»

Elle oscille lentement, les yeux rivés sur quelque chose qu'elle est seule à voir. Je comprends qu'une fois de plus, elle est ivre.

«C'était quoi, le secret que tu comptais dire à Rebecca? demande-t-elle après un long silence.

– Je n'en avais pas, je mens. Et toi, Nat? Il y a quelque chose que tu voudrais partager avec nous?

– Hein? fait Nat, soudain un peu nerveux, comme s'il ne voulait surtout pas nous décevoir. Je ne sais pas?

– Natty! s'esclaffe Harper. Tu es beaucoup trop transparent pour les secrets!

– C'est faux! proteste-t-il. Bien sûr que j'en ai.

– Comme quoi? je demande, et il réfléchit quelques secondes.

– Ça me regarde», répond-il enfin d'un ton digne.

Harper et moi l'observons, un grand sourire aux lèvres.

«Quoi?»

Lire l'agacement sur son beau visage honnête n'arrange rien. Nat déteste qu'on se moque de lui – c'est une des rares choses qui l'irritent. Harper glousse, et j'éclate de rire à mon tour. Quelques secondes plus tard, nous nous roulons tous les deux sur le sable en nous tenant les côtes.

«Qu'est-ce qu'il y a de drôle? n'arrête pas de répéter Nat. Je ne comprends pas.»

Notre fou rire dure un certain temps.

Je pense que c'est le genre de fou rire dont seuls les enfants sont capables. Les adultes sont trop accoutumés à l'absurdité du monde.

Les jours qui suivent sont calmes et agréables. Nous retournons nous promener en bateau, mais nous sommes prudents. Fini les grottes, fini les aventures au large – nous restons près de la côte et de ses criques bien abritées. Je n'arrête pas de penser à Christy Barham qui a disparu alors qu'elle nageait du côté de Castine.

Je découpe un de mes vieux jeans pour me faire un short. Ma peau bronze, le coiffeur devient un souvenir lointain, et je constate que je ressemble de plus en plus à Nat, ce qui me réjouit. Parfois, je songe qu'on doit nous prendre pour deux frères. Je me mets même à singer son accent, mais je comprends aux regards qu'il me jette que je suis loin du compte.

Je réfléchis aux gages que je dois leur donner. Je veux trouver le défi parfait. En parallèle, je cherche une activité qu'on pourrait faire tous les trois – quelque chose d'un peu dangereux, d'un peu osé. Quelque chose qui nous mettrait sur un pied d'égalité.

Ma grande idée me vient alors que j'aide mon père à vider le cabanon de jardin derrière la maison et que je tombe sur de vieilles bombes de peinture rouillées. Je me demande si elles fonctionnent encore, sans toutefois me faire trop d'illusions. J'appuie sur l'embout. À ma grande surprise, une gerbe verte jaillit. En regardant le disque coloré sur ma jambe nue, le projet prend forme.

« Est-ce que tu peux emprunter *La Sirène* ce soir ? » je demande à Nat.

Nous sommes en train de faire rôtir des chamallows au-dessus des braises de notre feu mourant. Je vais bientôt devoir remonter à la maison pour le dîner, mais j'espère que ce ne sera que le prélude à une longue soirée.

« Oui, répond-il. Mon père a passé la journée en mer sur son bateau de pêche, il doit déjà dormir. Par contre, il faudra qu'on soit rentrés pour le lever du soleil, c'est-à-dire à 5 h 30 au plus tard.

– Moi aussi, je dois pouvoir me débrouiller pour venir, dit Harper. Je ferai croire à mes parents que je vais me coucher tôt.

– Ah, mince, tu as cru que tu étais invitée ? » je lui lance d'un ton taquin.

Elle me donne un petit coup de poing, puis tire sur son chamallow tiède pour former un long fil gluant. Je n'ai pas le temps de comprendre ce qu'elle fait qu'elle me pose délicatement le morceau de guimauve fondu sur la tête, où il se colle aussitôt à mes cheveux.

La petite lucarne ronde de ma chambre s'ouvre en silence, laissant entrer l'air tiède de la nuit et le chant des rochers en contrebas. Je me coule à l'extérieur.

« On n'a qu'à descendre vers le sud », je suggère.

Au fond de notre embarcation, dans le vivier vide, j'entends rouler la bombe de peinture.

« Ce qu'il me faudrait, c'est une grande falaise qui donne sur la mer, à un endroit où il y a beaucoup de bateaux qui passent.

– On peut aller à la pointe de Penobscot, dit Nat. Qu'est-ce que tu comptes faire ?

– Tu verras. »

Dans la nuit, la pointe est un tigre endormi. Le mur de la falaise se dresse devant nous. Il est assez lisse, parfait pour mon projet.

Je me mets debout en titubant à cause du roulis. Je ne veux pas prendre le risque d'utiliser une lampe de poche. Me fiant à mon instinct, je sors la bombe de peinture du vivier.

« Wilder, me souffle Harper. Qu'est-ce que tu fais ? »

Dans le noir, ballotté par les mouvements du bateau, j'inscris mon message sur la falaise – en lettres capitales, afin qu'il soit lisible depuis la mer.

Une vague me fait perdre l'équilibre et je pousse un cri en m'affalant sur les genoux de Harper. En haut, sur la falaise, une lueur jaune surgit – quelqu'un a allumé une lampe torche. Nat fait aussitôt rugir le moteur hors-bord et nous filons vers le large alors qu'un homme hurle des menaces inintelligibles et que le faisceau de sa lampe balaie l'eau noire dans notre sillage.

« Qu'est-ce que tu as fait ? me demande Nat une fois que nous sommes hors de vue. Qu'est-ce que tu as écrit, Wilder ?

– J'ai écrit "Le Rôdeur vous salue".

– Quoi ? s'étrangle Nat. Mais pourquoi tu as fait une chose pareille, merde ? »

Nat ne jure quasiment jamais.

« C'est par rapport à l'histoire que vous avez inventée, je tente de me justifier, un peu perturbé par sa réaction. Comme vous avec Rebecca, dans la grotte.

– Ce n'est pas une histoire inventée, intervient Harper d'une voix blanche. Le Rôdeur existe vraiment. Tu n'aurais pas dû faire ça, Wilder. »

L'obscurité est très révélatrice. Ainsi, dans le noir, il est beaucoup plus difficile de dissimuler les émotions de sa voix. La peur, par exemple. Cette fois, Harper ne fait pas semblant. Elle ne joue pas. Elle est vraiment terrifiée.

« Ça va, ce n'est qu'un graffiti... », je lâche avec assurance pour masquer ma gêne.

Mais j'aurais aimé savoir que cette histoire était vraie. Que le Rôdeur était réel.

Le lendemain, dans le journal, il y a une photo de mon graffiti maladroit. Aux premières lueurs de l'aube, les pêcheurs ont vu mon message sur la falaise. J'ai ramené le Rôdeur d'entre les morts. C'est Harper qui m'a apporté le journal. Pendant que nous discutons, elle grimpe dans l'érable. Elle a toujours besoin de remuer. J'ai beau me répéter que son attitude n'a rien d'étrange, je ne peux pas m'empêcher de l'imaginer comme une vigie surveillant l'horizon.

Je parcours l'article.

« N'aie pas peur, Wilder, me dit Harper du haut de son perchoir. Ce n'était pas très malin de ta part, mais les gens finiront par oublier.

– Je n'ai pas peur », je réponds distraitement.

Je n'arrive pas à détacher mon regard de la photo. Et c'est vrai, je n'ai pas peur. Je suis comme anesthésié.

Si j'avais feuilleté le journal local que mon père se fait livrer tous les jours, j'aurais su que le Rôdeur existait vraiment. Si j'avais prêté attention aux conversations à la supérette de Castine au lieu de réfléchir à des intrigues ou de songer à la peau de Harper, j'aurais sûrement entendu parler des événements de l'été précédent. Et peut-être que si je n'avais pas autant cherché à passer à autre chose après l'épisode de la grotte et que j'avais pris le temps de poser des questions à Nat et à Harper, j'aurais réussi à démêler le vrai du faux. Pour moi, le Rôdeur était une de leurs inventions, au même titre que Rebecca.

« On devrait se faire discrets quelque temps, suggère Harper. Se limiter à des activités d'ados normales.

– Bonne idée, j'acquiesce. De toute façon, crois-moi, je n'ai aucune envie de recommencer. »

Une vague de nausée me submerge, comme si j'avais avalé quelque chose qui ne passait pas.

« Bonjour, monsieur Harlow ! »

Les feuilles bruissent au-dessus de moi. Harper agite la main avec enthousiasme pour saluer mon père, debout à la fenêtre de la cuisine. Il lève la main en retour. Malgré mon appréhension initiale à l'idée que mes parents rencontrent Harper, ils semblent l'apprécier. Il m'a fallu un moment pour le comprendre : ils pensent que c'est ma petite amie. Je ne démens pas ; c'est plutôt agréable. Ils connaissent moins Nat. Il faut dire que celui-ci ne franchit jamais la porte de la maison. Je crois que les parents, ça l'intimide. D'ailleurs, je n'ai jamais rencontré son père, M. Pelletier.

Aujourd'hui, je décide de tenir mon journal. Fini les blagues, fini de faire le mur. Je vais écrire, lire un bon roman et convaincre mon père de m'emmener conduire sur les petites routes, histoire d'être prêt pour passer le permis à la rentrée. Bref, des activités d'ados normales, comme a dit Harper.

Je m'habille. Ma mère est dans le jardin, en train d'étendre du linge. Quand je lui demande où est papa, elle secoue la tête, les lèvres pincées. En bas de la colline, la voiture n'est plus là.

J'ai besoin de réveiller mon cerveau, alors je fouille la cuisine à la recherche de café, quand je remarque quelque chose contre la fenêtre, derrière le petit cactus de maman. Je m'approche, saisis l'objet. C'est un Polaroid. L'image est floue, la lumière n'est pas bonne, mais je reconnais tout de suite la vue depuis la fenêtre de notre maison. On distingue la falaise, avec l'érable à sucre en arrière-plan. Une lueur semble zébrer l'océan, et le ciel est sombre – peut-être que la photo a été prise juste avant un orage. Je remarque également une longue trace pâle sur le bas du cliché. Un doigt, je pense.

Les pensées se bousculent dans ma tête jusqu'à prendre la forme d'une seule question : combien de personnes possèdent un appareil Polaroid par ici ? Et un même nom qui tourne en boucle, prononcé par la voix de Harper : *Le Rôdeur.*

« Vernon adorait cet appareil », dit papa.

Je sursaute – je ne l'ai pas entendu entrer.

« Souvent, on allait se promener tous les deux pour trouver des choses à immortaliser, ajoute-t-il, avant de s'interrompre en remarquant mon visage livide. Ça va, mon grand ?

– Oui, oui, c'est juste que... ça m'a fait penser à cette histoire, avec les enfants endormis.

– Ne te tracasse pas avec ça, mon grand ! C'est de l'histoire ancienne ! Sûrement un vagabond qui était dans la région l'été dernier et qui est reparti depuis. Ou alors peut-être des gamins qui s'ennuyaient... »

Quelques heures plus tard, alors que j'essaie de lire dans ma chambre mais que je n'arrête pas de penser à Harper, je suis interrompu par un fracas assourdissant. Un bruit de perceuse qui vient de l'extérieur de la maison.

Je sors. Mon père est en train d'installer des entrebâilleurs sur toutes les fenêtres, afin de limiter leur ouverture à quelques centimètres. Il a également équipé la porte d'entrée d'une nouvelle serrure plus robuste.

« Tu vois, il aura fallu du temps, mais je me suis enfin décidé, me lance-t-il joyeusement. C'est pour rassurer ta mère. Et puis, mieux vaut prévenir que guérir. »

Le journal local est ouvert à côté de lui, à la page où figure la photo de mes derniers exploits. Je me rends alors compte d'à quel point mon écriture est reconnaissable, même quand je trace mes lettres dans le noir au moyen d'une bombe de peinture. Mon *V* ressemble toujours à un *U*. Mon père suit mon regard ; ses yeux se posent sur la photo, puis sur moi.

« Des vandales, commente-t-il, résigné. Ne t'en fais pas pour ça, Wilder. »

Il attrape la visseuse, met la dernière vis en place et vérifie que la fenêtre ne s'ouvre pas de plus de la largeur d'une main.

« Et voilà, parfaitement sécurisé ! dit-il en se dirigeant vers la fenêtre du salon. Plus moyen d'entrer ni de sortir par là ! »

Il se baisse, ramasse une poignée de vis et se met à fredonner une vieille chanson française. Du Gainsbourg, je crois. Il aime bien toutes ces choses un peu obscures.

Ma mère sort de sous l'escalier le carton contenant les Polaroid de l'oncle Vernon. Je m'ennuie, alors je m'assois sur le canapé pour les feuilleter à ses côtés. Ou peut-être que ce n'est qu'un prétexte et que j'ai envie de passer un peu de temps avec elle, même si je ne le reconnaîtrais jamais.

« Qu'est-ce que tu as grandi, cet été ! s'exclame-t-elle. On dirait que tu as pris un mètre ! Et regarde, je n'arrive même plus à passer mes bras autour de tes épaules !

– Arrête, maman », je proteste mollement, mais je suis étonné de constater qu'elle n'a pas tort.

Soit j'ai grandi, soit elle a rapetissé. J'espère que c'est la première option.

Les photos de l'oncle Vernon sont vraiment médiocres. Et il y en a tellement ! Je crois que les natures mortes sont encore pires que les paysages.

« Qu'est-ce que c'est, d'après toi ? me demande ma mère en scrutant une forme rose couverte d'étranges stries.

– Une main posée sur l'objectif, je devine. Un doigt, en tout cas. »

Une photo d'un sac de courses plein, une autre d'un pied flou sur un trottoir, une troisième d'une table vide, en marge de laquelle figure une inscription tracée d'une main maladroite : *mon stylo*. Soudain, je perçois un petit bruit étouffé. En me retournant, je constate que ma mère a la main plaquée sur la bouche.

« Maman ? »

Le petit bruit étouffé recommence. Elle retire sa main et éclate d'un long rire sonore.

« Tu ne comprends rien, maman, c'est de l'art, je lui lance le plus sérieusement du monde. Un peu de respect, s'il te plaît. »

Elle rit de plus belle et me donne une tape sur l'épaule.

« Qu'est-ce que vous faites ? demande mon père en passant la tête par l'encadrement de la porte.

– Oh, pas grand-chose, répond maman en s'essuyant les yeux. Wilder me racontait une blague. »

Elle sait que ça ne plairait pas à papa qu'on se moque de l'oncle Vernon.

Les jours suivants, je la surprends plusieurs fois à sourire sans raison. Il y a même un soir où, alors que nous sommes tous les trois à table, elle se met soudain à pouffer et manque recracher sa purée. Quand je croise son regard, je comprends qu'elle était en train de repenser aux « œuvres d'art » de l'oncle Vernon.

Sans que je l'aie vu venir, c'est déjà le mois d'août. Puis la mi-août. L'été touche à sa fin.

Aujourd'hui est le jour le plus chaud. Avec mon père, nous sommes réfugiés sous l'érable, dont les feuilles bruissent doucement dans la brise. Certaines se sont déjà parées d'une belle couleur orangée.

Mon père est assoupi dans un fauteuil de jardin, le *New York Times* sur le visage. Je trépigne. Dans moins d'une heure, pourtant, je vais retrouver Nat et Harper sur la falaise. Mais le temps que je passe loin d'eux me paraît désormais vague et irréel. Ce sont mes derniers jours ici, et ils sont précieux.

À l'automne, mes parents mettront la maison en vente et je sais que je ne reviendrai jamais. Une autre famille y passera ses étés. Un autre adolescent regardera les étoiles par la petite lucarne ronde et écoutera le chant des rochers dans la baie. Que deviendront les photos de l'oncle Vernon? J'ai du mal à nous imaginer les rapporter à New York. Elles finiront sûrement à la poubelle. Je ne sais pas pourquoi, mais cette idée me perturbe beaucoup. À tous les coups, le nouvel ado sera très cool. Peut-être même qu'il aura une voiture. Nat et Harper se diront qu'ils n'ont pas perdu au change.

Le journal frémit à chaque respiration de mon père. *S'il mourait, est-ce que j'hériterais de la maison?* je me demande. Peut-être ma mère, en fait. J'ai presque dix-sept ans; on ne pourrait pas me forcer à retourner au lycée.

Je sursaute. Mon père se redresse dans son fauteuil, il me regarde. Depuis combien de temps est-il réveillé?

«L'été est bientôt terminé, dit-il. Est-ce que tu as bien avancé dans tes lectures pour l'école? Parce que la rentrée va vite arriver.

– Oui, oui, j'ai quasiment fini.»

J'ai à peine commencé. La perspective de retrouver Scottsboro est un poignard qui me laboure les intestins. Parfois, j'ai le sentiment que je ne suis pas amoureux de Harper, mais du duo que forment Harper et Nat, et cette idée me met mal à l'aise autant qu'elle m'enthousiasme. Et parfois, je me demande si on peut aimer un endroit comme on aime une personne – cette portion de côte, ces longues journées ensoleillées où on peut se perdre. Cette partie du monde est si reculée, si intime. Chaque crique, chaque bosquet est un secret à part entière.

«Tu sais, le marché locatif est plutôt attractif dans le secteur, me dit mon père.

– Tant mieux pour le marché locatif, je réplique, maussade – comment peut-il se montrer aussi désinvolte alors que j'ai le cœur qui se brise?

– Tu t'es vraiment épanoui, cet été, Wilder. Cet environnement me semble excellent pour toi.

– Il l'est. »

Mon cœur bat à toute allure, mais on ne peut pas brusquer mon père. Jamais. Je le sais, j'ai déjà essayé.

« Et cette maison est un bon placement, ajoute-t-il. Ton oncle a eu le nez creux. Donc, ce qu'on s'est dit, ta mère et moi... c'est qu'on allait la garder, plutôt que de la vendre. Comme ça, on pourrait venir passer l'été ici et la louer le reste de l'année. Qu'est-ce que tu en penses ? »

L'émotion m'empêche de parler. Alors, je le prends dans mes bras et je le serre le plus fort possible. Puis je dévale le sentier à toute allure pour annoncer la nouvelle à mes amis.

J'ai l'impression d'avoir eu à peine le temps de cligner des yeux que c'est déjà le dernier jour. Nous le passons au bord de l'eau, comme d'habitude. En fin d'après-midi, Nat commence à ramasser du bois, mais je lui dis :

« Non, j'en ai marre des feux sur la plage. »

Rien ne me fait plus envie, pourtant, mais je ne supporte pas l'idée que ce soit le dernier.

À la façon dont Harper et Nat me regardent, je sais qu'ils ont compris. D'une certaine manière, c'est encore pire.

« Tellement marre », j'ajoute en me détournant.

Puis, les yeux rivés sur mes pieds :

« Je suis désolé. »

La main de Harper est froide sur mon épaule brûlée par le soleil.

« On monte à la prairie ? suggère-t-elle.

– Bonne idée, acquiesce Nat. Moi aussi, j'en ai assez de la plage. »

Je les aime tellement, tous les deux.

Sous les arbres verdoyants, il fait plus frais ; le soleil et l'ombre jouent à cache-cache sur nos visages.

La prairie est magnifique. Les hautes herbes caressées par la brise de fin d'après-midi sont constellées de marguerites jaunes. Des papillons passent d'une fleur à l'autre, des oiseaux chantent dans la hêtraie voisine. *Un coucou, un chardonneret*, je songe en repensant au premier jour où je suis venu ici. Je ne connaissais pas tous ces noms, à ce moment-là.

Une chose n'a pas changé, en revanche : malgré sa beauté, je déteste toujours autant cette prairie. Chaque fois que je m'assois, une petite voix dans ma tête dit : *Non, pas ici.* Mais je n'en fais pas part aux autres. Aujourd'hui, je préfère ne pas me rendre dans mes endroits préférés. Quitte à déverser ma tristesse quelque part, autant que ce soit dans un lieu que je n'aime pas.

Harper prend place sur une souche et sort de son sac une bouteille de Havana Club. De toute évidence, ses parents ne tiennent pas un inventaire de leur bar. Ils devraient. Elle me regarde boire avec une expression de curiosité teintée d'amusement.

« C'est quoi ton problème avec cet endroit, Wilder ?

– Je ne sais pas. »

Je me balance d'un pied sur l'autre et tente de chasser les nuées de moucherons qui volettent au-dessus de l'herbe. Est-ce que ce sont eux qui me chatouillent, ou est-ce que la démangeaison vient de l'intérieur de moi ?

« J'ai l'impression que quelqu'un est mort ici, ou quelque chose comme ça.

– Il n'y a pas beaucoup d'endroits où personne n'est mort, fait remarquer Nat, très terre à terre.

– J'ai réfléchi aux gages que je devais vous donner. Mais je ne sais pas si ça va être possible.

– On est obligés de les faire, répond Nat. C'est la règle.

– Celui auquel j'ai pensé est plutôt pour Harper, parce que toi, tu habites ici. »

Harper se tourne vers moi. Ses cheveux qui flamboient, sa peau pâle – l'espace d'un instant, j'ai le sentiment que c'est quelqu'un d'autre qui me regarde par ses yeux.

« Je t'écoute, dit-elle.

– Tu dois promettre de revenir ici tous les étés, même quand on sera vieux, pour qu'on se retrouve tous les trois au moins une fois par an.

– Très bonne idée, dit Nat.

– Comment veux-tu que je tienne une telle promesse ? proteste Harper, agacée.

– Je ne sais pas, mais tu as juré, donc tu n'as pas le choix.

– Bon soupire-t-elle. Dans ce cas, il faut conclure un vrai pacte. Vous allez devoir faire exactement ce que je vais vous dire. Mais d'abord, je dois récupérer des choses. Laissez-moi quelques minutes. »

Nat et moi nous faisons passer la bouteille en attendant le retour de Harper. Elle revient alors que nous sommes au milieu d'une discussion animée sur les motocross, si bien que nous ne l'entendons pas arriver.

« Vous savez ce que c'est, ça ? » demande-t-elle.

Nous sursautons. Elle brandit une plante qu'elle tient par la tige au moyen d'un mouchoir, certainement par peur de se salir. La racine, terreuse, est toute tordue et fait penser à une carotte fripée ou à un morceau de gingembre.

Nat et moi secouons la tête.

« De la grande ciguë, répond Harper. Surtout, ne vous avisez pas de la toucher, c'est du poison. Je vais l'intégrer au sort pour sceller notre pacte jusqu'à la mort et même au-delà. »

Je frissonne.

« Tu... Tu es sûre que c'est une bonne idée, Harper ? »

Elle se contente de secouer la tête, agacée, et observe les alentours. Enfin, elle s'éloigne en direction d'une petite dépression naturelle qui forme une espèce de creux dans la terre.

Nat pose une main sur mon dos.

« Ne t'en fais pas, me murmure-t-il à l'oreille. Ça lui prend, parfois. »

Harper ramasse des pierres et délimite un foyer dans le creux. Elle construit ensuite une petite pyramide avec des brindilles et des bâtons. Enfin, elle dépose la plante au centre en laissant le mouchoir.

« Du sang, dit-elle sans se retourner. Il nous faut du sang. De tous les trois. »

Nous nous avançons et tendons chacun la main. Je ne vois pas comment elle s'y prend, mais je ressens une piqûre et, quelques instants plus tard, le liquide rouge et chaud goutte de nos doigts.

«Pas de temps à perdre! s'exclame-t-elle. Vite! Versez-le sur le foyer!»

Nat et moi nous exécutons sans protester et regardons le sang s'écouler lentement sur les brindilles.

Harper craque une allumette. Le feu prend tout de suite – il a fait particulièrement sec. Du bras, Harper nous écarte.

«Il vaut mieux ne pas s'approcher. Je ne sais pas si c'est dangereux de respirer la fumée de la ciguë.

– Dans ce cas, pourquoi tu la brûles? je lui demande.

– Oh, tais-toi donc, Wilder.»

Elle me sourit et j'ai l'impression fugace qu'elle a trop de dents.

«Il faut qu'on reste ici jusqu'à ce que le feu s'éteigne de lui-même, ajoute-t-elle. Sinon, le sort risque de ne pas marcher.

– Et accessoirement, on risque de déclencher un incendie», plaisante Nat.

J'ai remarqué que plus la situation est étrange, plus il semble à l'aise.

«Je vais mettre quelque chose dans la formule qui va t'aider pour le lycée, Wilder, dit Harper. Pour que les autres arrêtent de t'embêter.»

Et elle me serre dans ses bras. Je suis pris au dépourvu – d'habitude, elle est plutôt comme un chat farouche qui ne veut surtout pas qu'on l'effleure. À part avec Nat.

«Tu vas me manquer, je lui dis. Et sinon, toi, tu ne peux pas ajouter un ingrédient pour ne pas aller à l'internat à la rentrée?

– C'est le problème avec la magie, répond-elle en secouant la tête. On ne peut pas s'en servir pour soi. Ça ne marche que pour les autres.

– Elles sortent d'où, ces règles? demande Nat en lui tendant la bouteille de Havana Club.

– Je le sais, c'est tout.»

Elle a soudain l'air très triste. Elle porte la bouteille à ses lèvres et, quand elle me la passe, je note que le niveau a beaucoup baissé. Harper est le genre de personne qui a un besoin intense de croire en quelque chose. Rebecca, la grotte, la magie… Peu importe. À cet instant, je me sens très amoureux d'elle, mais j'ai aussi très envie de la secouer, de lui crier dessus. Je n'en fais rien. Elle me prend la main et l'étreint doucement.

Le petit feu dégage une impressionnante quantité de fumée. Le bois doit être humide. En tout cas, j'espère qu'il va mettre le plus longtemps possible à s'éteindre, parce que je ne crois pas que le sort de Harper améliorera mon quotidien à Scottsboro. Et je ne crois pas non plus que nous reviendrons ici tous les étés. Alors je veux que ça dure. Le feu. Ce moment.

# Pearl

Le premier souvenir que Pearl a de sa mère est sa voix qui s'élève dans le vent et qui l'appelle. Ça se passe au sommet d'une montagne, Pearl ne sait plus où. Elle est petite, elle a mal aux jambes et mal aux oreilles à cause des bourrasques. Elle pleure, parce qu'elle est coincée sur un rocher et qu'elle ne sait pas comment descendre.

Maman se fraie un chemin entre les pierres, sautant au-dessus des trous comme un chamois. Lorsqu'elle arrive à la hauteur de Pearl, elle se penche vers elle et pose les deux mains à plat sur ses oreilles afin de les réchauffer.

« Accroche-toi à moi », lui dit-elle.

Pearl passe les bras autour du cou de sa mère et celle-ci la serre contre sa poitrine avant de rabattre les pans de son manteau sur elle. Après quoi elle la repose par terre et lui prend la main pour l'aider à regagner le pied de la montagne. La descente semble durer des heures.

« Tout va bien, ma puce, murmure-t-elle à l'oreille de sa fille. Tout va bien, tu n'y penseras plus demain. »

Pearl pouffe et, effectivement, elle se sent tout de suite beaucoup mieux. Ça l'a toujours calmée, cette expression qu'affectionne sa mère.

Peut-être que ce n'était pas une montagne, mais une colline. Et probablement que la descente a duré à peine quelques minutes, et non plusieurs heures. Mais chaque fois que Pearl pense à sa mère, elle se souvient d'avoir été sauvée.

Son prénom est inspiré de la pierre préférée de sa mère – la perle –, mais Pearl ne s'en est jamais sentie digne. Depuis que sa mère est partie, elle a le sentiment de ne rien valoir du tout.

On ne peut pas apprendre à connaître les gens une fois qu'ils ne sont plus là. Il ne vous reste plus alors que des souvenirs et quelques instantanés. Bref, rien qui constitue une personne à part entière.

Pearl avait cinq ans. C'était une belle matinée ensoleillée. Ils logeaient sur la côte, à Castine, et tous les jours ils allaient pique-niquer au bord de la mer. Ils avaient leur endroit préféré, une baie où les rochers produisaient un son étrange quand le vent venait du large. Avec papa, Pearl explorait les différentes flaques, elle barbotait, elle construisait des châteaux de sable.

Pendant ce temps-là, maman partait nager pendant environ trois quarts d'heure. Il y avait une petite crique à proximité d'une grotte où elle faisait une pause et prenait le temps de s'étirer, avant de rentrer à la nage. Tous les jours, c'était son rituel. En l'attendant, Pearl et son père étendaient une serviette et sortaient le pique-nique. Après manger, ils reprenaient tous les trois la voiture et regagnaient leur chambre d'hôte, fourbus mais ravis.

Ce jour-là, tout avait commencé comme d'habitude. Ils étaient dans la voiture, suivant la route en direction de la côte. Soudain, sa mère s'est exclamée :

« Zut, j'ai perdu une boucle d'oreille !

– Elle a dû rester au bed & breakfast, a répondu le père de Pearl. On la retrouvera tout à l'heure. »

Ils se sont garés, ils ont gravi la colline et ils ont suivi le sentier qui redescendait de l'autre côté. Maman était grande et musclée. Avec son maillot de bain noir et son bonnet en caoutchouc, elle ressemblait à une créature taillée pour la mer – un poisson ou un dauphin. Ils avaient choisi cette plage en particulier parce que Pearl aimait jouer dans le sable et que c'était une des seules de la région à ne pas être couverte de galets.

« À tout à l'heure pour le pique-nique », a lancé maman avant de se mettre à l'eau.

Bientôt, elle n'était plus qu'un point noir flottant entre les vagues.

Pearl a joué un peu dans l'eau avec son père, puis celui-ci est allé faire une petite sieste à l'ombre des falaises, avec son chapeau posé sur le visage. Pearl en a profité pour explorer les flaques les plus éloignées et pour s'allonger dans le sable et agiter les bras et les jambes : après, ça dessinait la silhouette d'un ange sur la plage. L'heure du déjeuner approchait, maman serait bientôt de retour.

Pearl voulait son sandwich. Son père s'est réveillé et a commencé à préparer la sauce pour la salade en fredonnant. Ail écrasé, moutarde, jus de citron, vinaigre de vin blanc, huile d'olive. Maman avait des goûts très arrêtés en matière de vinaigrette. Et papa attendait chaque fois le dernier moment pour la préparer, afin qu'elle soit le plus fraîche possible.

Pour la énième fois de la matinée, Pearl s'est laissée tomber sur le sable à plat ventre et s'est mise à agiter les bras et les jambes, quand soudain elle a ressenti une douleur insoutenable au niveau de la poitrine. Comme une brûlure. Elle n'avait jamais eu aussi mal de toute sa vie. Tellement mal qu'elle a cru qu'elle allait mourir. Son hurlement est sorti du plus profond d'elle-même. La douleur la paralysait.

La joue enfoncée dans le sol humide, la poitrine en feu, elle a vu son père se précipiter vers elle, faisant voler du sable à chaque foulée. Il l'a soulevée et la douleur a augmenté. En se penchant, elle a pu distinguer une plaque rouge juste au-dessus du haut de son maillot de bain.

Papa a aspergé la marque rouge avec de l'eau de mer, puis il a porté Pearl jusqu'à la glacière et il a versé du vinaigre sur sa peau. Peu à peu, la douleur s'est estompée. Papa l'a prise dans ses bras et l'a bercée tendrement, mais Pearl s'est mise à pleurer de plus belle. D'une certaine manière, ce réconfort était pire encore que la douleur.

« Ce n'était qu'une méduse », a dit son père.

Une méduse échouée, à moitié enterrée dans le sable.

« Ne t'inquiète pas, ma puce. C'est terminé, maintenant. »

Mais ça ne faisait que commencer.

Ils ont attendu, mais maman ne revenait toujours pas, alors papa a autorisé Pearl à manger. Un objet rond et dur dans sa bouche. Elle l'a recraché avant de l'extraire de son sandwich à la confiture et au beurre de cacahuète. Une boucle d'oreille. Elle avait dû tomber quand maman avait préparé les sandwichs.

Maman n'est pas revenue. La plaque rouge sur la poitrine de Pearl s'est estompée, et chaque jour devenait un jour de plus depuis la disparition de sa mère. Papa entretenait l'espoir, mais Pearl savait que ce n'était pas une méduse qu'elle avait sentie dans le sable. C'était la mort de sa mère. Elle n'avait que cinq ans, mais elle le savait. Rebecca s'était noyée. Elle s'était trop éloignée, et elle les avait abandonnés.

Parfois, la nuit, sa mère lui parle. Pearl a pris l'habitude de rester éveillée afin de pouvoir l'entendre. L'arrivée de Rebecca se produit toujours de la même manière : ça commence par le bruit du vent qui rugit dans les oreilles de Pearl, comme ce jour-là, sur la montagne. Puis les mains chaudes de Rebecca se posent sur les oreilles froides de Pearl. Ensuite, Pearl entend la voix de sa maman, étouffée par les mains. Pearl adore le contact de la peau de sa mère, pourtant elle aimerait bien qu'elle retire ses mains pour pouvoir l'entendre plus distinctement. Mais maman ne le fait jamais. Et elle dit toujours la même chose.

*Tout va bien, tu n'y penseras plus demain.*

Pearl conserve la boucle d'oreille perdue dans un médaillon qu'elle porte à son cou. Elle sait que la seconde réapparaîtra un jour. Elle sait aussi que ce jour-là sera un des plus affreux de sa vie.

# [ ]

Oui
Qui
Quoi

Mou
Mu
Où

Sois
Suis

Très
Tes
Te
Je

# Le Rôdeur de Whistler Bay

*Extrait des mémoires non publiés de Wilder Harlow*
*Juin 1990*

J'arrive le premier à Whistler Bay – j'ai pris le train jusqu'à Portland, puis un bus jusqu'à Castine et enfin un taxi jusqu'à notre cottage. Mes parents me rejoindront demain, ils avaient des choses à régler à New York. Ils ont accepté que je vienne par mes propres moyens et que je passe la nuit tout seul – après tout, j'ai presque dix-huit ans. Autant dire un adulte.

Mon sac sur l'épaule, je gravis la colline. Je n'ai pas apporté grand-chose : quelques bermudas, quelques tee-shirts, une paire de tongs, une paire de tennis et un short de bain. Harper sera là la semaine prochaine. Nat, lui, vient me rendre visite dès ce soir. Il y a plusieurs semaines, je lui ai fait parvenir une lettre en poste restante pour lui annoncer mon arrivée. C'est lui qui m'a demandé de procéder ainsi. Je ne connais toujours pas son adresse. Quand je suis passé au bureau de poste de Castine tout à l'heure, sa réponse m'attendait, comme prévu. Un message succinct, tracé de son écriture enfantine : *D'accord. J'aporteré le diner.*

Je pense à tout ce qu'on va faire. Je suis content de pouvoir passer un peu de temps avec Nat avant l'arrivée de Harper. Ça me donnera l'occasion de tâter le terrain. De vérifier si notre pacte tient toujours. Beaucoup de choses peuvent changer en un an... Or je suis déterminé à me trouver une petite amie cet été et, même si je n'y crois pas vraiment, une partie de moi espère que ce sera Harper.

Si notre pacte est toujours d'actualité, tant pis. J'aurai quelques jours pour retisser des liens avec Nat et, après ça, je ne serai pas tenté de trahir notre accord.

Reste à espérer que ma logique tiendra la route. En toute honnêteté, j'ai des doutes.

Il y a une silhouette sur le sentier, qui se découpe contre le ciel. Un homme. Plutôt grand. Il s'arrête à hauteur de la clôture et s'adosse au portail blanc. Je me demande de qui il s'agit et ce qu'il me veut – l'idée de devoir gérer une démarche administrative quelconque alors que j'ai seulement envie de poser mon sac et d'attendre l'arrivée de Nat me déprime d'avance. Je vais dire à cet inconnu de repasser demain, quand mes parents seront là.

L'homme se tourne vers moi dans le coucher de soleil. Il agite la main. Il est encore plus beau que dans mes souvenirs. Nat.

Nous nous étreignons rapidement avant de reculer chacun d'un pas pour nous observer. Je ne trouve rien d'autre à dire que :

« Tu as pris au moins trente centimètres.

– Toi aussi, tu as grandi, Wilder », réplique-t-il poliment avec un sourire.

Jusqu'à cet instant, j'étais fier des huit centimètres que j'avais gagnés depuis l'année dernière. Nat me donne un petit coup sur l'épaule.

« Allez, me lance-t-il. Laisse tes affaires, on va à la plage. J'ai des bières qui nous attendent. »

Sous sa barbe naissante, ses pommettes semblent encore plus prononcées.

Je pose mon sac dans la cuisine, m'adosse au mur et inspire longuement, sans allumer la lumière. Je regarde par la fenêtre. Le soleil couchant n'est plus qu'une ligne verte au-dessus de l'océan. Je sais que Nat m'attend près du portail – je peux presque percevoir son impatience à travers les murs. Malgré tout, je prends le temps de me rendre dans chaque pièce. Sans que je puisse me l'expliquer, il me semble important de remplir la maison de ma présence, de ma respiration. De me l'accaparer. C'est comme de la magie – quelque chose dont Harper serait capable. Je me demande à quel point elle a changé, elle aussi, en l'espace d'un an.

Le cottage semble respirer en retour – un long soupir de soulagement.

J'enfile mon short de bain, attrape un sweat-shirt et sors dans le crépuscule. Je suis chez moi.

Alors que nous descendons vers la plage, Nat s'arrête soudain.

« Attends, dit-il. Suis-moi. »

Il quitte le sentier, grimaçant chaque fois que ses pieds nus se posent sur un caillou pointu.

Les herbes de la prairie paraissent presque blanches dans la nuit naissante. En contrebas, l'océan nous renvoie le reflet frémissant de la lune. Je n'aime toujours pas cet endroit.

« Pourquoi on passe par ici ? je demande.

– Il faut que je récupère quelque chose », répond Nat en braquant le faisceau de sa lampe torche sur un amas de cailloux au pied d'un petit escarpement rocheux.

Il plonge alors la main dans une crevasse sombre et en sort un pack de six bières.

« Ma réserve secrète, ajoute-t-il d'un ton triomphant. N'hésite pas à te servir, au besoin. Par contre, ne bois pas tout. Vu que je n'ai pas vingt et un ans, pour acheter de l'alcool, je suis obligé d'aller à la station-service, où cet escroc de Sonny me fait payer cinq dollars de plus chaque fois. Ou alors il faut que je lui pêche un homard. »

Sur la plage, nous faisons un feu et Nat retourne les pommes de terre enfouies sous les braises avec un bâton. Il est fier de se charger du dîner, fier de m'accueillir comme il se doit.

Nous sommes toujours un peu timides l'un avec l'autre – nous n'avons pas encore retrouvé nos habitudes. Il faut dire que si la situation est la même que l'été dernier, les choses ont un peu changé. C'est presque comme regarder deux tirages d'une même photo, mais dont l'exposition serait différente. Nat a dû lire dans mes pensées, car il me dit :

« Tu as l'air plus vieux. Quand je t'ai vu monter la colline avec ton blazer et tes chaussures en cuir, tout à l'heure, je ne t'ai pas reconnu. Et j'ai l'impression que toi non plus, tu ne m'as pas reconnu. »

Un sourire hésitant, puis il ajoute :

« Bon, il est temps de manger ! »

Il attrape le couteau à sa ceinture et plonge la longue lame dans la carcasse calcinée d'une pomme de terre. Aussitôt, une volute de vapeur s'élève dans la nuit.

« Les patates, c'est la vie ! » s'exclame-t-il.

Les pommes de terre sont trop chaudes, alors nous les découpons en petits morceaux avec le couteau et les écrasons avec les deux fourchettes que j'ai prises dans le tiroir de la cuisine. Nat sort un petit paquet d'aluminium de la glacière et le déplie, révélant un minuscule morceau de beurre. Alors qu'il le partage minutieusement, je ressens une pointe de culpabilité. Si j'en avais acheté une plaquette à Castine ou dans n'importe quelle autre ville que j'ai traversée sur le trajet, nous aurions pu en enduire nos pommes de terre jusqu'à ce qu'elles dégoulinent. Mais Nat voulait faire cela pour nous. Je ne suis pas toujours le plus perspicace, mais j'ai assez de bon sens pour ne pas essayer de l'aider.

Nat termine sa pomme de terre et se met à manger la peau, alors je l'imite. C'est caoutchouteux et ça a un goût de brûlé.

Quand je lève la tête, un frisson me parcourt la colonne vertébrale. Une fille se tient en périphérie de notre feu. Elle est pâle comme une marguerite et ses yeux sont deux trous d'un noir absolu.

« Je croyais qu'on devait se retrouver à la pointe, dit-elle à Nat. Ça fait une heure que je t'attends.

– J'avais oublié », répond Nat avec un haussement d'épaules que j'ai du mal à interpréter – est-ce du mépris ou une manière de s'excuser ?

Il tend le reste de sa pomme de terre sur son lit d'aluminium noirci à la nouvelle venue.

« Tu as faim ? »

Sans répondre, elle accepte son offrande, s'assoit et plonge ses longs doigts fins dans la chair jaune.

« C'est qui ? demande-t-elle en me désignant d'un geste du menton.

– Wilder, répond Nat. Wilder, je te présente Betty.

– Salut », je lui lance.

Betty me dévisage quelques instants avant de retourner à son repas.

« On y va, dit-elle une fois le dernier morceau de peau avalé.

– Mais Wilder vient d'arriver », proteste Nat.

Betty s'essuie la bouche avec le dos de la main, mais ses lèvres gardent un reflet beurré.

« On y va », répète-t-elle.

Nat se tourne vers moi et hausse les épaules, manière de dire : *Désolé, mon vieux.*

« Je ne te retiens pas, Nat. Ça m'a fait plaisir de te revoir.

– Je repasserai demain. »

Nat et Betty s'en vont dans la nuit. Elle passe un bras autour de sa taille. Alors qu'ils s'éloignent, je la vois soulever le tee-shirt de Nat et lui caresser le bas du dos avec son index. Je rougis et détourne aussitôt les yeux.

Je ramasse les bouteilles et les détritus, puis je remplis d'eau de mer la glacière de Nat et la vide sur les restes de notre feu. Un grésillement de vapeur, une odeur de bois brûlé qui s'élève dans la nuit. Je remonte au cottage, essuie la glacière et la pose devant la porte pour ne pas oublier de la rendre à Nat. Après quoi j'enfile mon pyjama, je me lave les dents et je me mets de la pommade censée prévenir l'apparition des boutons d'acné. Quelques minutes plus tard, je suis allongé sur mon lit et j'essaie de lire *Le cœur est un chasseur solitaire*, mais je n'arrive pas à me concentrer, alors je finis par éteindre la lampe. Le bruit de la mer s'infiltre par la lucarne. Je ne dors pas. Depuis que Betty est apparue sur la plage, mon cœur tambourine si fort que j'en perçois le battement dans mes oreilles. Nat a une petite amie. Ce qui signifie qu'il n'est plus amoureux de Harper.

Soudain, au loin, je perçois un bruit aigu en provenance de la baie. Puis un deuxième. Les rochers se sont mis à chanter. Le vent a dû changer de direction.

Le lendemain, mes parents arrivent un peu après 10 heures. Ils semblent surpris de me trouver en pleine lecture dans la cuisine, le cottage parfaitement rangé.

« On avait peur que tu aies invité des amis pour une petite sauterie, me confie mon père.

– J'ai passé la soirée avec Nat, je réponds avec un haussement d'épaules. On est allés se baigner.

– Tu es très responsable, Wilder », me dit ma mère.

Peut-être que c'est mon imagination, mais je trouve qu'elle a l'air déçue.

Une semaine plus tard, assis face à la mer sur une branche de l'érable, j'essaie de me plonger dans mon livre de Carson McCullers. J'ai un crayon derrière l'oreille, mais je ne prends aucune note. Et j'ai l'impression de relire cent fois d'affilée la même phrase.

Soudain, tout devient noir. Des mains sur mes yeux, des doigts froids qui me caressent les paupières. Le cœur battant, je m'immobilise, ce qui est parfois ma façon de réagir au danger.

« C'est la fin pour toi », murmure une voix dans mon oreille.

Un objet pointu glisse en travers de ma gorge. Je sais que c'est mon crayon, puisque j'ai senti quand il a glissé de derrière mon oreille, mais j'ai malgré tout du mal à respirer.

J'attrape un poignet. Il est fin, entouré d'une grosse montre en métal. Les mains sont petites – je le sens, à présent. Je tire la langue au maximum et parviens à lécher un doigt qui s'est aventuré trop bas.

« Beurk ! » s'exclame Harper en s'écartant vivement.

Puis elle m'arrache mon livre et, en me regardant droit dans les yeux, elle passe la langue sur la page que j'étais en train de lire.

« Voilà, maintenant on est quittes, dit-elle en me rendant le roman – la trace humide qui imbibe le papier m'évoque le passage d'une limace.

– Bienvenue, Harper !

– Merci, répond-elle en lançant mon crayon le plus loin possible.

– Eh ! J'en ai besoin !

– Mais non, tu en avais marre de lire. Ce dont tu as besoin, c'est d'aller te baigner avec moi ! »

Contrairement à Nat et moi, Harper n'a pas du tout changé. Physiquement, en tout cas. Les mêmes cheveux rouge sang, les mêmes yeux écarquillés. Elle n'a ni grandi ni rapetissé. Peut-être que j'avais vu juste, la première fois que je l'ai rencontrée et que je me suis dit qu'elle ressemblait à une fée. Je la regarde, et je déborde instantanément d'amour. Non, ce n'est pas une fée. C'est Harper.

Je maintiens mon livre ouvert avec des pierres pour le laisser sécher au soleil et nous descendons à la plage.

D'abord, nous faisons un détour par la prairie qui me met mal à l'aise, afin de récupérer une bière dans la cachette de Nat. Je glisse ma main dans le trou – il est chaud et humide, comme une énorme bouche. J'attends que la mâchoire se referme sur mon bras et le sectionne. Je peux presque entendre le craquement de l'os, sentir le torrent de sang jaillissant de mon épaule.

Il y a quatre bouteilles dans la cachette. J'en tends une à Harper.

« Pas pour moi », décline-t-elle en secouant la tête.

Elle a l'air différente. Son regard est clair.

Quelques minutes plus tard, nous sommes dans l'eau. Je suis tellement content de voir Harper que je ne parviens pas à détourner les yeux de son visage.

« Comment ça s'est passé, l'internat ? je lui demande.

– C'était nul, mais je n'y retournerai pas. J'ai raté beaucoup trop de cours, cette année.

– Est-ce que ça veut dire que...

– Oui, m'interrompt-elle. En septembre, je rentre à Fairview.

– Je pensais que c'était une blague, cette histoire de Fairview.

– Malheureusement, comme souvent avec moi, la blague devient réalité. »

Je m'apprête à la réconforter, mais elle me sourit.

« Ce n'est pas grave, Wilder. Je vais bien, je t'assure.

– C'est vrai que ça a l'air d'aller, je réponds, sincère.

– J'ai raté beaucoup de cours parce que j'ai dû passer quelques semaines dans une institution pour... pour les jeunes femmes qui ont tendance à abuser de l'automédication. Un établissement hors de prix, tu t'en doutes. Mais je n'ai pas envie d'en parler. Ce qui compte, c'est que ça a fonctionné.

– D'accord. Est-ce que ça te manque ? Je veux dire, est-ce que c'est difficile de ne pas... ?

– De ne pas boire ? Honnêtement, non. C'est plutôt un soulagement. Le quotidien est moins marrant, c'est sûr, mais il est aussi beaucoup moins stressant. Et pour le manque, on t'apprend différents mécanismes de compensation.

– Quoi, par exemple ?

– Les passe-temps, répond-elle, soudain timide. Dans cette institution, ils nous encouragent à développer nos centres d'intérêt – le tricot, la vannerie... »

Je m'efforce de ne pas sourire, mais c'est plus fort que moi.

« Qu'est-ce qu'il y a ? demande-t-elle.

– Rien, j'essaie d'imaginer ta tête quand on t'a mis une pelote de laine entre les mains !

– Tu m'étonnes ! s'esclaffe-t-elle. Je leur ai dit que j'avais déjà un passe-temps : la sorcellerie. C'est très intéressant, tu sais. Ça ressemble beaucoup à de la psychologie. »

Elle caresse les vaguelettes du bout de ses longs doigts fins.

« Quand je suis avec toi, il me manque moins, ajoute-t-elle. Mon frère. Samuel.

– Tant mieux. »

J'ai tellement envie qu'elle se sente bien.

« Je pense que c'est parce que tu me fais beaucoup penser à lui », dit-elle.

Et soudain, tout s'effondre. Je déglutis pour me débarrasser du goût de bile qui a envahi ma bouche.

« On devrait proposer à Nat de sortir ce soir, suggère Harper. Je ne l'ai pas encore vu. Il doit être occupé avec son père. D'habitude, il se débrouille toujours pour passer me faire un coucou le jour de mon arrivée. »

Elle se mordille un ongle et ajoute :

« Je suis arrivée hier ; il y a du laisser-aller de sa part.

– C'est vrai qu'il a l'air très occupé. »

J'hésite à évoquer la nouvelle copine de Nat, mais je me dis *Non, ne fais pas ça.* Je ne sais pas pourquoi, mais ça me paraîtrait une violation de notre pacte. Et ensuite, le moment est passé. J'ai trop attendu.

« Tu n'as qu'à venir ce soir. On ira se poser sur la plage tous les trois. »

Harper se tourne vers moi et me fixe avec intensité. J'avais oublié l'effet que cela faisait, cette espèce d'attention absolue dont elle est capable de faire preuve – c'en est presque hypnotique.

« Comment ça va, Wilder ? me demande-t-elle.

– Je vais bien, je réponds, un peu surpris de le penser vraiment. Ça a été une année scolaire… correcte. »

Et c'est vrai. Si cette année a été très solitaire, elle a aussi été très calme. J'ai pu étudier, lire, écrire. Car tous ceux qui me harcelaient l'année précédente semblaient avoir oublié mon existence.

« Je sais, dit Harper. D'ailleurs, tu me dois une fière chandelle.

– Ah oui ?

– Je te rappelle que j'ai fait de la magie pour que ceux qui t'embêtaient te fichent enfin la paix.

– Merci, alors. »

Je mets mes mains en coupe et essaie de lui jeter de l'eau au visage. Elle esquive aisément en tournant la tête.

« Bien tenté ! raille-t-elle.

– Tu veux que j'essaie pour de vrai ? »

Et je me jette sur elle.

J'aimerais bien que Harper se calme avec ses histoires de magie – ça me met mal à l'aise. C'est un peu comme un vestige de l'ancienne Harper, celle qui veut à tout prix ressentir les choses, celle qui boit dès le matin, celle qui pousse Nat à me faire une mauvaise blague dans une grotte ténébreuse et qui manque tous nous tuer.

Nat me rejoint peu après le départ de Harper.

« Comment va-t-elle ? » s'enquiert-il.

Ils n'arrêtent pas de se rater, on dirait presque un vaudeville. Et soudain, je me rends compte que je ne lui ai pas dit qu'elle était arrivée. Comment est-il au courant ? Est-ce qu'il nous espionne ?

« Tu ne l'as pas encore vue ? » je demande innocemment.

Il secoue la tête.

J'ai le sentiment que la vie est très légèrement désynchronisée. C'est troublant, mais aussi un peu excitant – avant, Nat et Harper étaient la paire indivisible au cœur de notre trio. À présent, ils semblent s'être dissociés et tout est en train de se reconfigurer, avec moi au centre.

« Tu n'as qu'à venir ce soir, je lui lance. Comme ça, on sera à nouveau réunis tous les trois. »

Mes parents ont prévu d'aller dîner au restaurant alors, avec Nat et Harper, nous passerons la soirée à la maison. Je sors des cannettes de soda du réfrigérateur et en remplis une glacière pour bien montrer à mes parents que c'est tout ce que nous avons prévu de boire. J'y crois, d'ailleurs. En tout cas, Harper ne boira pas autre chose, elle, donc ce n'est pas un mensonge à cent pour cent.

Pour l'occasion, mon père a mis ses boutons de manchette ridicules : deux capsules de Coca fixées à deux épingles à nourrice avec un point de colle. L'oncle Vernon les lui a fabriqués quand ils étaient petits.

« Papa, tu es vraiment obligé de mettre ces horreurs? je demande, inquiet à l'idée que mes amis les voient. Franchement, c'est gênant...

– Moi, je les trouve cool, répond mon père en prenant la pose, ce qui ne fait qu'accroître mon angoisse.

– Partez, par pitié. »

Je les accompagne jusqu'au portail.

« Bonsoir. »

Nat apparaît dans le crépuscule. Une fois de plus, il me faut quelques instants pour le reconnaître. Qui est cet homme élancé? Il a l'air d'avoir couru. Sa chemise est à moitié déboutonnée et son visage est couvert d'une fine pellicule de transpiration, alors que la nuit n'est pas particulièrement chaude.

« Bonsoir, je réponds. Maman, papa, vous vous souvenez de Nat?

– Bien sûr », dit mon père en lui tendant la main.

L'année dernière, Nat n'était qu'un enfant. Désormais, c'est un homme à qui mon père serre la main.

Nat se fige. Il observe mon père, déboussolé. C'est alors que je constate qu'il a les yeux rivés sur les boutons de manchette. J'avais raison, Nat est horrifié. La honte! Je décide d'intervenir.

« Nat? je fais, et il sursaute.

– Hein? Quoi? »

Puis il se secoue comme un chien et saisit la main de mon père.

« Ravi de vous revoir, monsieur. »

Harper arrive sur ces entrefaites. Ma mère la prend dans ses bras. Tout le temps que dure leur étreinte, Harper garde les yeux braqués sur Nat.

« Amusez-vous bien, les enfants! lance ma mère en replaçant une mèche de cheveux imaginaire derrière son oreille – je devine qu'elle est enthousiaste à l'idée d'aller au restaurant.

– Vous aussi ! je réplique, avant d'ajouter sur le ton de la plaisanterie : Pas de bêtises en notre absence ! »

Ils descendent le sentier. J'entends la voiture démarrer et s'éloigner.

« Bonsoir, Nat », dit Harper.

Nat l'ignore. Il a les sourcils froncés et je suis surpris de constater qu'il tremble légèrement. Harper s'assoit et pose une main sur sa joue comme si elle avait trop chaud.

« Tu as pris un coup de soleil ? » je demande – elle n'a pas l'air si rouge que cela, mais il fait sombre, alors je ne suis pas sûr.

Elle secoue la tête et se tourne vers Nat.

« Ça va, toi ?

– Ouais. »

Nat frotte l'ongle de son index contre son pouce, ce qu'il ne fait que quand il est en train de mentir. Il sort une bouteille de bière de chacune de ses poches et en tend une à Harper.

« Non, dit Harper d'un ton sec. Nat, je t'ai écrit. Tu sais bien que j'ai arrêté.

– Allez, c'est juste une bière, proteste-t-il – il y a quelque chose d'étrange dans sa voix. Wilder en prend une, lui, ajoute-t-il sans m'avoir demandé mon avis.

– J'ai dit non, insiste Harper. Alors, arrête. »

Nat me tend la bouteille, mais je secoue la tête. Je ne veux pas rendre les choses encore plus difficiles pour Harper.

« Comme vous voudrez », s'agace-t-il.

Sur ce, il penche la tête en arrière et vide la bouteille d'un trait, avant de répéter l'opération avec la seconde, sa gorge hâlée remuant à chaque gorgée. Il s'essuie la bouche.

« On joue au jeu de la bouteille ? propose-t-il.

– Je croyais que...

– Quoi, Wilder ? »

Il a senti que j'allais mentionner la fille à la peau pâle. Je décide de m'en sortir par une pirouette.

« Sans moi pour le jeu de la bouteille. Si tu veux m'embrasser, commence déjà par m'inviter au restaurant !

– Tu m'as piqué toutes mes bières, Wilder. J'ai dû aller en racheter à la station-service. Je t'avais pourtant dit de ne pas vider mon stock.

– Mais c'est faux, je proteste, surpris. J'en ai pris une cet après-midi, c'est tout.

– Sois gentil, Nat, intervient Harper.

– Oh, ça va, c'est un grand garçon. Il a qu'à serrer les joues.

– Pardon ? je demande.

– Tu voulais dire "serrer les dents" ? renchérit Harper.

– Ben non..., insiste Nat. Serrer les joues. C'est une expression.

– Non, je dis.

– Non, dit Harper.

– Bon, lâchez-moi », soupire Nat, mais il a le sourire aux lèvres.

Je songe qu'à partir de là les choses vont peut-être enfin retrouver leur cours normal, quand soudain Harper pousse un cri. Une silhouette pâle se tient derrière le portail, grande et fine comme la flamme d'une bougie.

« Qu'est-ce que tu fais là ? demande Nat, agacé. Il faut que tu arrêtes de me suivre partout.

– Je m'ennuyais, dit Betty en s'avançant dans la lumière.

– Salut », fait Harper.

Betty la dévisage sans répondre, et Nat se lève brusquement.

« À demain, les gars ! » nous lance-t-il.

Je les regarde s'éloigner sur le sentier.

« C'est quoi, son problème ? je m'interroge. Tu ne l'as pas trouvé bizarre, toi ?

– Va chercher le backgammon, réplique Harper avec un haussement d'épaules. On n'a pas besoin de lui pour s'amuser. »

Dans ma poitrine, mon cœur se met à tambouriner.

Après seulement deux parties, Harper annonce qu'elle est fatiguée. Je la raccompagne jusqu'à la pointe. Elle marche en silence mais, comme toujours, j'ai la sensation d'avoir un soleil chaud à côté de moi. Je me demande ce que ça ferait de lui prendre la main, de la toucher d'une manière ou d'une autre, mais c'est impossible. Elle est confinée à l'intérieur d'elle-même. Lorsque nous arrivons en vue de sa maison, elle s'arrête.

«Je vais finir le chemin toute seule, dit-elle.

– Tu es sûre que tu ne veux pas que je te raccompagne jusque chez toi ?»

Je ne veux pas la quitter; je veux qu'elle me remarque. Alors je cherche ce qui pourrait me permettre de retenir son attention.

«Moins les parents en savent, mieux ça vaut, déclare-t-elle. Les miens sont un peu méfiants. Il faut dire que je leur ai donné des raisons de l'être.»

Je ne peux pas m'empêcher de songer qu'elle a saisi la première occasion de se retrouver seule. De se soustraire à ma compagnie.

La lampe torche éteinte, je remonte en sens inverse le sentier de la falaise à la lueur de la lune. La soirée a été étrange, frustrante, et je me sens empli d'une drôle d'énergie. Je prie presque pour qu'un accident survienne ; je veux que quelque chose s'abîme ou que quelqu'un se fasse mal, quitte à ce que ce soit moi.

Enfin, le cottage apparaît dans la nuit. La voiture de mes parents n'est toujours pas là. Je m'approche et constate que la lumière est allumée dans le salon. Derrière la vitre, les rideaux tirés semblent flamboyer de rouge. Il y a quelqu'un à l'intérieur.

*Le Rôdeur*, je songe, avant de revenir aussitôt à la raison. *C'est absurde.* N'empêche qu'il y a quelqu'un chez moi. Quelqu'un qui n'a rien à y faire.

Sans un bruit, je longe la maison et attrape le râteau posé contre le mur. Je retiens ma respiration, ouvre la porte et me glisse dans la cuisine plongée dans la pénombre. Un inconnu est assis sur le canapé. D'où je me tiens, je ne vois que l'arrière de sa tête. Une épaisse touffe de cheveux bruns. Je serre le manche en bois. Le râteau est lourd, avec d'épaisses dents en fer.

Au moment où la tête commence à se retourner, je brandis l'outil, prêt à frapper, à faire couler le sang.

En me voyant, ma mère pousse un hurlement de terreur.

« Mon Dieu, Wilder ! Mais qu'est-ce que tu fais ? »

Juste à temps, je parviens à interrompre mon geste, et les dents acérées du râteau terminent leur course dans le dossier du canapé. La panique m'envahit, j'ai les larmes aux yeux. J'étais à deux doigts de...

« Qu'est-ce que tu fais là, toute seule ? je demande.

– J'attendais ton père. »

Après avoir reposé le râteau contre son mur, je retrouve ma mère dans la cuisine.

« Je vais préparer de la tisane, maman. Celle aux fruits rouges que tu aimes bien. »

On emporte les tasses au salon.

« Je me demandais où tu étais passé, dit ma mère. Toutes les lumières étaient éteintes.

– Je raccompagnais Harper. Où est papa ?

– Il a eu une petite indigestion. Je pense que c'est le sandwich au homard. Il ne peut pas s'empêcher d'en commander alors qu'il sait que ça lui fait mal au ventre. Il m'a déposée avant de repartir en quête d'une pharmacie.

– Une pharmacie ouverte à cette heure-ci ? Dans ce coin paumé ?

– Le pharmacien de Castine habite juste au-dessus de sa boutique. Apparemment, s'il est bien luné et qu'on lui demande poliment, il accepte parfois de se relever pour servir un client. »

Elle esquisse un sourire. Je vois bien qu'elle est épuisée.

En tant que garçon, je sais que je ne suis pas censé comprendre que ma mère a probablement ses règles, mais ce n'est pas comme si je pouvais faire autrement : une fois par mois, elle devient soudain très silencieuse et très pâle, et elle passe des heures allongée sur son lit.

Cette nuit-là, je m'endors d'un sommeil agité envahi par des visions désagréables et des odeurs de bière éventée.

Quand je me lève le lendemain matin, mes parents sont encore endormis.

Il est à peine 8 heures, mais il fait déjà chaud. Je descends de la colline en grignotant une biscotte. Pour changer, je vais faire un tour dans les bois. C'est agréable d'être seul. En ville et dans mon lycée, où je suis entouré de gens en permanence, la solitude me pèse, mais pas ici. Au contraire, elle me paraît presque nécessaire.

En plein milieu de la route, en contrebas de la maison, j'aperçois quelque chose de blanc – un papier ou un morceau de plastique. C'est difficile à dire avec la distance. Un détritus que quelqu'un a jeté là, ou que le vent a apporté. Je me sens indigné. C'est chez moi, ici, les gens n'ont pas à balancer leurs déchets ! Je me dépêche d'aller le ramasser.

Un courant d'air soulève l'objet et l'emporte quelques mètres plus loin. Je hâte le pas. Je m'accroupis. Et je comprends alors de quoi il s'agit. Ce petit carré frémissant n'est autre qu'une photo retournée. Un Polaroid, plus précisément. J'imagine que ma mère s'est encore amusée à passer en revue les «œuvres» de l'oncle Vernon et qu'un des clichés s'est envolé.

J'ai hâte de savoir quelle photo ratée a décidé de se faire la belle. S'agit-il du sapin solitaire avec l'horizon complètement de travers ? Ou bien de la vue de l'océan avec un gros pouce rose sur tout le coin inférieur gauche ? Ou encore de la silhouette debout dans le noir complet, à l'exception d'un point brillant comme une étoile ? (Maman et moi pensons que c'était une tentative d'autoportrait, mais que le flash de l'appareil a été perturbé par son propre reflet dans le miroir et qu'il ne s'est pas déclenché.)

Mais c'est un autre cliché.

Le visage surexposé est tellement livide qu'on a l'impression de voir un corps étendu sur une table mortuaire. Difficile de déterminer si c'est un garçon ou une fille. L'enfant est allongé sur le côté, le poing serré sous le menton, une mèche de cheveux reposant sur sa joue. La courbure de la petite oreille est parfaite.

Le pyjama est jaune avec des fusées, ce qui me ferait plutôt pencher pour un garçon. Ou pas, d'ailleurs – les filles aussi aiment les fusées, et les draps sont ornés d'un motif d'ours en peluche. Je remarque qu'il n'y a pas de couette sur le petit lit. Ce constat me glace : je pense que cette photo est récente. Cette semaine, il a fait beaucoup trop chaud pour dormir avec une couverture.

Il faut croire qu'il ne place pas toujours son couteau en travers de leur gorge. Là, en l'occurrence, la longue lame scintillante est posée perpendiculairement à la petite oreille, presque sous le lobe. Il suffirait d'un léger mouvement, d'un coup sec, pour la sectionner. J'imagine l'oreille se détachant du crâne comme un morceau de barbe à papa.

Peut-être que c'est une vieille photo, je tente de me rassurer. Peut-être qu'elle reposait au fond d'un fossé ou qu'elle était coincée dans une branche d'arbre depuis des mois et qu'un coup de vent l'a déposée ici pendant la nuit.

Mais je vois bien que le Polaroid est récent. La surface a gardé son brillant, l'image est nette, les couleurs ne sont absolument pas délavées. Quant à la bande vierge sous le cliché, elle est toujours d'un blanc immaculé.

Comme si elle me brûlait les mains, je lâche la photo mais, quelques secondes après, j'ai toujours la sensation qu'elle me touche. Vite, je ramasse un caillou et le pose dessus. Le carré de papier glacé frémit dans la brise, mais le caillou l'empêche de s'envoler.

Je remonte la colline au pas de course en appelant mes parents à l'aide.

Ils courent à ma rencontre, le visage blême.

« J'ai trouvé une photo, je leur explique, haletant. Une photo du Rôdeur. Il est passé par ici !

– Si c'est une plaisanterie, Wilder…, commence ma mère, mais je sens à son ton qu'elle a peur.

– Tu es sûr, mon grand ? demande mon père.

– Faites vite, je vous en prie !

– Il faut que je ménage mes genoux en descente, Wilder, dit papa. Tu le sais. »

Lorsque nous arrivons en vue de la route, je suis soulagé de constater que le petit carré blanc est toujours là, sous son caillou. Je me remets à courir.

Je ressens comme un picotement au bout des doigts lorsque je retourne le Polaroid et que je revois l'image. Dans mon dos, le souffle saccadé de ma mère.

Des ours en peluche, des fusées, une lame scintillante.

Papa m'accompagne au petit poste de police de Castine.

« Mais puisque je vous dis que je l'ai trouvée sur la route », je leur répète.

Évidemment, vu que j'ai manipulé la photo, ils doivent relever mes empreintes digitales afin de ne pas les confondre avec celles d'un éventuel suspect. Ils demandent à mon père s'il l'a touchée, lui aussi, mais il a un doute. Il se tourne vers moi.

« Est-ce que tu te rappelles, toi, Wilder ? »

Je ne suis pas sûr non plus. Depuis l'instant où j'ai trouvé cette photo, mes souvenirs s'apparentent à une succession d'images sans cohérence particulière. Comme une pile de Polaroid.

Les policiers finissent par relever les empreintes de mon père, au cas où.

Au début, je croyais que ce serait excitant de me retrouver ainsi au cœur d'une enquête criminelle, mais je m'aperçois assez vite que ce n'est pas le cas. C'est à la fois long, ennuyeux et effrayant. On me pose des questions, on prend ma déposition, on relève mes empreintes, et moi, je ne pense qu'à l'enfant sur la photo. En tout et pour tout, je ne compte que trois policiers dans les locaux. Deux hommes d'un certain âge, une femme. J'ai beau essayer, je n'arrive pas à retenir leurs noms.

« Est-ce que ce ne serait pas la petite Abbott ? demande l'un des policiers à son collègue. Mais si, tu sais, les Abbott qui ont racheté la propriété des Salter, cet été ?

– Ah si, on dirait bien. »

Régulièrement, l'inspectrice se penche sur son carnet pour y inscrire quelque chose. C'est toujours très rapide. Un mot ou deux, pas plus. Et ça n'a jamais l'air d'être en réaction à une quelconque déclaration significative. Peut-être qu'elle prépare une liste de courses. Les policiers aussi ont une vie, après tout. Eux aussi vont au supermarché pour acheter du lait. Eux aussi regardent la télévision le soir avant d'aller se coucher.

Mais l'inspectrice n'arrête pas de se mordre la lèvre. Son regard est lointain. Si lointain. Rien ne sera plus jamais normal. Pour elle comme pour nous, parce que nous avons vu la petite Abbott dormir. Parce que nous avons vu ces longs cils, ces draps ornés d'ours en peluche, ce petit poing serré sous ce petit menton. Il nous a forcés à voir à travers ses yeux, et désormais nous ne pouvons plus oublier. En tout cas, moi, jusqu'à aujourd'hui, je n'ai jamais pu.

En partant, je jette un coup d'œil discret au carnet de la policière. Sur la page, les deux mêmes mots répétés, sans ponctuation : *reste calme reste calme reste calme*...

Je voudrais simplement que ma mère me serre dans ses bras, et je n'en ai même pas honte. J'en ai assez de ces histoires d'adultes. Visiblement, je ne suis pas le seul.

Le lendemain, sur la route en contrebas de notre maison, l'inspectrice installe des marqueurs jaunes à différents endroits. Un photographe la rejoint. Il y a aussi un homme en combinaison intégrale blanche. Mais, à leurs épaules voûtées, je devine qu'ils ne trouvent rien d'intéressant. Mes parents et moi observons la scène de la fenêtre. J'ai l'impression que nous ne sommes plus chez nous.

Le policier en combinaison ramasse un objet de sa main gantée, avant de le glisser dans un sachet en plastique transparent. Je crois qu'il s'agit d'un mégot de cigarette. Réalité et imagination commencent à se mélanger. Est-ce que c'est le Rôdeur qui a abandonné ce mégot? Je frémis parce que, dans ma tête, je l'ai imaginé fumer à cet endroit exact, et donc je me sens responsable – comme si c'était moi qui l'avais créé, ou moi qui le contrôlais...

«Je vais voir, j'annonce.

– Comment ça?» proteste mon père.

Sa barbe est particulièrement hirsute, aujourd'hui, signe qu'il est perturbé.

«Laisse les policiers faire leur travail, Wilder. Ils n'ont pas besoin que tu les déranges. Nous avons fait ce que nous avions à faire, maintenant il faut leur ficher la paix.

– Mais, je...»

Je regarde autour de moi, en quête d'inspiration.

«Je pense que l'inspectrice ne serait pas contre un café.»

La tasse fumante à la main, je descends la colline pour la rejoindre. Elle est plantée au milieu de la petite route, l'air songeur. Avec son visage large et ses grands yeux noirs qui ressemblent à deux gros boutons, elle me fait penser à une vieille poupée de chiffon.

«Hmm?» fait-elle en prenant la tasse que je lui tends.

Puis elle finit par me reconnaître.

«Oh, rebonjour. Merci. Tu as mis du sucre?

– Non.

– Tant mieux.»

Elle boit le café en deux longues gorgées. Il doit être très chaud, mais cela ne semble pas la gêner. Elle s'essuie les lèvres avec le dos de la main et me rend la tasse vide.

«Vous pensez que vous allez arrêter le coupable? je demande.

– Qu'est-ce qui te fait dire que c'est un homme?

– Je ne sais pas, je ne vois pas une femme faire ça.

– Moi non plus», soupire-t-elle.

Je n'ai toujours pas retenu son nom, alors je jette un œil au badge épinglé à sa poitrine. *Inspectrice Harden.* J'essaie d'être discret, mais les deux boutons brillants ont suivi mon regard.

«Je sais, Harden veut dire "durcir", et crois-moi, j'ai déjà entendu toutes les blagues graveleuses possibles et imaginables. Tu n'as qu'à m'appeler "inspectrice".

– Ah… Euh… D'accord», je réponds en rougissant. (Je ne peux m'empêcher d'imaginer certaines de ces blagues.)

«Tu as peur, devine-t-elle. Je comprends.

– Est-ce que vous pourriez me dire la vérité, s'il vous plaît? J'ai besoin de savoir. Si vous attrapez le coupable, est-ce qu'il ira en prison pour longtemps? Je pense que j'aurais moins peur si on m'expliquait les faits. Personne ne me dit rien.

– Tu es un enfant, tu n'as pas à t'inquiéter pour ces choses-là.

– J'ai dix-sept ans.»

Je prends une grande inspiration, avant d'ajouter :

«Ce qui signifie que je pourrais être jugé en tant qu'adulte, par exemple.»

Elle pose sur moi ses grands yeux noirs.

«Effectivement. Très bien, pour l'instant, nous n'avons pas beaucoup d'éléments, mais je vais faire de mon mieux. Nous avons une entrée par effraction, ce qui constitue un délit – mais encore faut-il le prouver. Ensuite, il a pris une photo d'un enfant, donc au pire… mise en danger d'un mineur. Voire, violation de la vie privée. Et ensuite, il y a le couteau. Avec un peu de chance, il pourrait prendre dix-huit mois ferme. Alors que c'est le genre d'individu qui mériterait de passer le reste de sa vie derrière les barreaux.

«Bref, même si nous parvenons à mettre la main sur le suspect, il ne risque pas grand-chose. Mais c'est notre devoir d'essayer de l'appréhender. Et c'est ce qu'on fait. On ne peut pas se permettre d'attendre qu'il commette un crime encore plus grave. Parce qu'il est évident qu'il finira par le faire. Ça va, c'est assez factuel pour toi?»

Elle sort une carte de visite de sa poche et me la tend.

«Vous nous en avez déjà donné une hier, je lui fais remarquer.

– Comme ça, tu en auras deux. Une à poser près du téléphone, l'autre à garder sur toi. Appelle-moi si tu remarques quelque chose d'anormal. Même un détail qui te paraît insignifiant.

– Vous pensez qu'il va revenir ici? Qu'il va essayer de retrouver la photo qu'il a perdue?

– C'est possible. Mais rassure-toi, nous allons faire des rondes dans le secteur, ces prochaines nuits. Et puis, il ne semble s'intéresser qu'aux enfants. Heureusement, il n'y en a pas chez vous. »

Elle serre le poing et se donne un petit coup sur la poitrine.

« Pfiou ! Je l'ai bu trop vite, ce café ! Je n'ai pas dormi de la nuit, alors je pensais que ça me ferait du bien. »

Une petite pause, puis elle ajoute :

« Bon, je vais y aller, je suis garée un peu plus loin. »

Je la regarde s'éloigner. Je ne sais pas pourquoi, mais je me sens un peu démuni.

Le suspect a dû faire tomber la photo pendant la nuit ou très tôt le matin, peu de temps avant que je la trouve. Ce qui est sûr, c'est qu'elle n'était pas là la veille.

Est-ce qu'il va revenir la chercher ?

Cette nuit-là, allongé sur mon lit, j'écoute la mer, les grillons et le chant des oiseaux de nuit. Et puis, au bout d'un long moment, je perçois en contrebas de la maison le bruit lointain d'une voiture qui s'approche. C'est inhabituel. Cette route n'est quasiment jamais empruntée. *Ça doit être la voiture de patrouille. Ils vérifient que tout va bien.* J'imagine l'inspectrice Harden au volant, avec son air sérieux et ses yeux noirs qui scrutent les bois alentour. Cette image me rassure. J'envisage un instant d'aller à la cuisine, dont la fenêtre donne sur la route, pour la regarder passer. Mais je n'en fais rien.

Parce que qui me dit qu'il s'agit bien de l'inspectrice Harden ? Et si c'était lui ?

« Regarde où tu mets les pieds ! »

L'avertissement me ramène à la réalité. J'étais perdu dans mes pensées. Je marche sur l'étroite jetée qui s'enfonce au milieu des galets mazoutés de la plage de Castine.

Ma mère fait des courses en ville et j'en ai profité pour m'aventurer jusqu'au port. Il n'y a pas grand-chose à faire ici. C'est un endroit où les gens travaillent – des coques rouillées posées sur leurs bers, des pontons jonchés de filets, une odeur entêtante de poisson et de gazole. Bref, on est très loin de la plage touristique de Coney Island ou de la promenade d'Atlantic City.

« Fais attention ! » me prévient à nouveau la voix, mais c'est trop tard, j'ai déjà perdu l'équilibre.

Mon pied s'enfonce dans un tas d'algues gluantes. Le sol est mou et je m'enlise de plus en plus. Je pousse un cri, tandis que dans ma tête défilent les images de vieux films en noir et blanc et les souvenirs de livres de Sherlock Holmes, et que me reviennent en mémoire toutes les anecdotes que j'ai entendues sur les sables mouvants. Plus je m'agite, plus je m'enfonce, et je finis par tomber. Mes mains plongent dans l'amas mou et malodorant ; je m'imagine un tas de fruits pourris. J'ai de plus en plus de mal à respirer et je m'enfonce toujours plus profondément. Le sol est en train de m'engloutir.

Une main puissante m'attrape par l'épaule et m'aide à me relever.

« Ça va ? »

Le pêcheur aux yeux bleus que j'ai vu ramasser le mouchoir en papier de la poissonnière.

« Alors, on a perdu l'équilibre ? ajoute-t-il, tandis que je souris, un peu honteux. Allez, monte à bord, je t'offre un Coca. »

Son bateau est amarré à la petite jetée. À l'intérieur, ça sent l'essence et le désinfectant. Et c'est très propre – maman apprécierait.

« On dirait une maison », je fais remarquer.

Comme dans notre petit cottage, tout est bien rangé, chaque chose est à sa place. L'espace d'un instant, je m'imagine vivre sur ce bateau, au large, entouré par le bleu infini. Plus besoin de voir des gens. Plus de soucis. Plus d'école.

« Une maison flottante », approuve-t-il fièrement.

Sur une minuscule étagère sont posées deux boîtes en métal : l'une porte l'inscription *thé*, l'autre *kafé*. Le pêcheur ouvre une glacière et en sort deux bouteilles de soda encore givrées qu'il décapsule avec un petit *pop*. L'habileté de ses doigts hâlés est incroyable.

« Je m'appelle Wilder, je lui dis. Pardon, j'aurais dû me présenter plus tôt.

– Et moi, c'est M. Pelletier. Enfin, seulement pour mon banquier. Mes amis m'appellent Alton, ou Al. »

Il doit lire la stupéfaction sur mon visage, car il ajoute :

« Il me semble que tu connais mon fils. Tu es un ami de Nathaniel, non ?

– Oui. Je suis désolé, je ne savais pas.

– Nathaniel a un peu honte de moi, je crois. Mais bon, les enfants veulent une vie meilleure que celle de leurs parents. C'est dans l'ordre des choses. »

Je n'ai rien à répondre à cela. Pour meubler le silence, j'avale une grande gorgée de soda. Je tousse et le liquide me coule par le nez.

« Est-ce que je pourrais récupérer les capsules ? » je demande une fois que j'ai retrouvé une respiration normale.

Elles me font penser à mon père et à ses boutons de manchette ridicules. Peut-être que je pourrais lui en fabriquer une autre paire. Apparemment, il a perdu la sienne.

« Bien sûr, répond M. Pelletier. Mais pourquoi ?

– C'est un peu difficile à expliquer, mais c'est un cadeau pour mon père.

– Alors c'est très bien. L'amour, dans une famille, il n'y a que ça qui compte. »

Dans ma main, les capsules sont deux petites pépites glacées.

« Tu veux voir ma ligne pour la pêche au requin ? » propose-t-il soudain.

J'acquiesce, et il me montre une poulie hydraulique sur laquelle est monté un fil en acier hérissé d'hameçons acérés. Je frémis.

«Je sais, ça fait un peu barbare, dit-il. Pour tout t'avouer, j'ai de plus en plus de réticence à l'utiliser. Les requins ont un regard intelligent. La dernière fois que j'ai remonté un longimane, je l'ai décroché et je l'ai laissé repartir. Je voyais la souffrance dans ses yeux. Les requins bleus, par contre, c'est une autre histoire. De vraies saloperies. Eux, je n'hésite pas à les traîner sur plusieurs milles.»

Je ris. Il me montre ses casiers à homards, ainsi que la dent de requin blanc qu'il porte autour du cou.

«C'est Nathaniel qui me l'a offerte. Brave petit. Bon, il n'a pas attrapé le requin, hein, il a simplement trouvé la dent sur la plage, mais ça reste entre nous, ajoute-t-il en caressant le pendentif. C'est vraiment un brave petit. Mais il grandit. Il rentre de moins en moins souvent à la maison.»

Soudain, son visage s'éclaire.

«J'y pense, j'ai des cookies aux mouches! C'est moi qui les ai faits. Je vais t'en chercher.»

Ça ne dure qu'un instant, mais je vois la tristesse envahir son visage. Je devine que le père de Nat se sent très seul. Je pense alors au mien, qui semble toujours en quête d'une bonne raison de ne pas nous voir, et je me dis que c'est quand même dommage.

Les cookies sont pleins de beurre et se désagrègent au toucher. Les mouches sont en fait de gros raisins secs.

«Depuis que ma femme est partie, c'est moi le cuisinier de la famille, dit M. Pelletier. Je tiens cette recette de ma grand-mère. Autant éviter qu'elle tombe dans l'oubli, tu ne crois pas?

– La mère de Nat, quand est-ce qu'elle est partie?» je demande.

Puis, très vite, j'ajoute :

«Je suis désolé.

– Il n'y a pas de mal.»

M. Pelletier émiette un cookie entre ses doigts agiles.

«C'était il y a dix-sept ans. Une éternité, hein? Arlene venait d'accoucher de Nathaniel. Quel genre de femme peut abandonner son bébé? "Je ne reviendrai pas", qu'elle m'a dit. Moi, j'ai répondu : "Eh ben, tant pis, je garde le petit et je l'élèverai comme il se doit." »

Il marque une pause.

« Elle était retombée dans ses travers. De mauvaises habitudes dont elle avait juré qu'elle s'était débarrassée quand on s'est mariés. Alors je l'ai laissée partir, Nathaniel est resté avec moi et, depuis, on se débrouille tous les deux. »

Une fois de plus, cette expression de tristesse sur son visage.

« Mon regret, c'est qu'il passe de moins en moins de temps à la maison. »

Je regarde ma montre.

« Oh, zut ! je m'exclame, la bouche pleine. Je suis désolé, monsieur Pelletier, il faut que j'y aille. »

Mais quand je retourne au centre-ville, la voiture de ma mère n'est plus là.

Je fais le trajet sur le plateau du pick-up – je passe un très bon moment –, et M. Pelletier me dépose au pied de la colline.

Quand je pénètre dans le salon, ma mère est sur le canapé en train de boire une tisane aux fruits rouges.

« Mais où étais-tu, Wilder ? Je t'ai attendu en ville pendant une heure !

– Désolé, je lui réponds. J'ai croisé un ami.

– Ne me refais jamais un coup pareil, c'est compris ? s'exclame-t-elle. J'étais morte d'inquiétude. Comment peut-on être aussi égoïste ? »

Sa voix n'est désormais plus qu'un murmure, et elle s'avachit dans le canapé, le visage blême.

« Ça va, maman ?

– Oui, oui. J'avais préparé des sandwichs pour le déjeuner, mais il n'y en a plus. Si tu as faim, tu n'as qu'à manger des céréales. Par contre, on est à court de lait. Ton père est parti en acheter.

– Quelle surprise. »

Je saisis une poignée de céréales. Je crois que je préfère les manger comme ça, de toute façon. Et puis, j'ai encore le ventre plein de cookies aux mouches.

« Sors-toi un bol, me dit ma mère, agacée. Et prends un autre ton pour parler de ton père. Un peu de respect, enfin. »

Je sors de la maison et claque la porte derrière moi.

Le sentier de la falaise est balayé par les bourrasques, il fait froid, tout est vraiment nul.

À quelques mètres de moi, j'aperçois une personne qui marche, vêtue d'une veste jaune fluo. À cause du vent, elle ne peut pas m'entendre. À ses épaules détendues, à sa manière de regarder la mer, je devine qu'elle se croit seule.

*Je pourrais courir jusqu'à elle. L'attaquer par surprise. La pousser du haut de la falaise et la regarder rebondir sur les rochers escarpés pour terminer sa course en contrebas, minuscule pantin jaune désarticulé que l'océan ne tarderait pas à engloutir.*

Je ne sais toujours pas s'il s'agit d'un homme ou d'une femme. J'accélère le pas, tout en m'efforçant de faire le moins de bruit possible en marchant. *Si c'est une femme, je lui laisse la vie sauve,* je décide. *Si c'est un homme...*

La personne se tourne à nouveau vers le large. Cette fois, une queue-de-cheval s'échappe de sous sa veste et claque dans le vent.

*Une femme, donc. Elle a de la chance.*

Je me trouve sur la portion de sentier qui passe juste sous la prairie. Je le sens, parce que j'éprouve soudain un profond malaise. Brrr... Qu'est-ce que je déteste cet endroit ! Mais tant pis, je prends sur moi parce que j'ai envie d'une bière. Nat m'a accusé de vider sa réserve, alors autant que ce soit pour quelque chose.

J'entends alors comme une espèce de hululement en provenance de la prairie. Je progresse entre les arbres jusqu'à apercevoir une forme incompréhensible dans les herbes hautes.

On dirait un monstre. Plusieurs bras, plusieurs jambes, des yeux… Je continue à avancer sur la pointe des pieds.

Le monstre s'agite. C'est lui qui est à l'origine de ces sons étranges. *Hou, hou.* Voilà pourquoi cet endroit m'a toujours procuré un sentiment de malaise. J'ai toujours su, au fond, que quelque chose d'horrible allait se dérouler dans cette prairie.

J'observe la scène, mais mon cerveau n'accepte d'enregistrer que certains détails. Des cheveux rouges comme le sang, un short en jean qui s'effiloche, une main bronzée sur un dos blanc, une bretelle de soutien-gorge qui a glissé d'une épaule…

Je croise le regard de Nat. Il m'a reconnu. Harper, elle, me tourne le dos. Après quelques secondes, je rebrousse chemin et m'éloigne à travers les arbres. Nat a rompu notre pacte.

Je grimpe dans l'érable et me tourne vers le large. L'océan se fiche bien des choses comme l'amour. Il ne sait même pas ce qu'est une promesse, alors il ne peut pas la briser.

Ma mère m'appelle pour dîner, mais je ne l'entends pas. Je sursaute et pousse un cri lorsqu'elle tire sur le bout de ma chaussure. Comme souvent, mon père n'est pas là. Nous mangeons les macaronis au fromage instantanés à même la boîte. D'habitude, j'adore ça, mais là, je n'ai pas faim. Je n'arrive pas à finir.

Je n'ai aucun mal à imaginer la réaction de Harper si elle apprenait le genre de pacte que j'ai passé avec Nat. Elle serait révoltée. Mais serait-elle assez révoltée pour tout arrêter entre eux? Je pourrais le découvrir. En plus, je sais que Nat continue à fréquenter Betty. Un mot de moi, et tout s'écroulerait.

Je me dis que, désormais, c'est moi qui ai le pouvoir. Pourtant, je n'en ai pas l'impression.

Allongé sur mon lit, je ne dors pas. La lucarne est ouverte autant que le permet l'entrebâilleur. Impossible pour le Rôdeur d'entrer par là – même si je commence à soupçonner qu'il n'en a pas besoin.

Le moteur de *La Sirène* tourne au ralenti, la mer est calme. Nous faisons cap vers une des petites îles de la baie. Harper veut observer les phoques.

Le short en jean de Nat est en fin de vie. Il tombe complètement en lambeaux. Je déglutis en repensant aux hautes herbes lui chatouillant la jambe, en repensant aux hululements.

« Non, je proteste. Les phoques ne m'intéressent pas. Je veux retourner voir la déesse.

– Quoi ?

– J'ai un secret à lui révéler.

– Wilder, soupire Harper – elle a vraiment envie de voir les phoques.

– Il me reste un gage à donner. J'ai décidé que ce serait ça.

– On n'a pas le choix, Harper », dit Nat.

Il change de cap et accélère.

« Ça va ? lui demande Harper.

– Oui, oui. »

Mais il ment. Je le vois bien frotter l'ongle de son index contre son pouce. Son tic.

« Pourquoi tu veux faire ça ? » me lance Harper.

Je hausse les sourcils et pose la main en pavillon à côté de mon oreille, comme si je ne l'avais pas entendue à cause du bruit du moteur. Harper ne répète pas. Elle se contente de me regarder, les yeux plissés, tandis que le bateau rebondit sur les vagues.

Le soleil brille de plus en plus, alors que mon humeur est de plus en plus sombre – il faut croire qu'il a décidé de me contrarier.

La mer est en train de monter, mais l'entrée de la grotte est toujours bien visible et forme deux lèvres légèrement écartées. À la nage, nous pénétrons dans l'obscurité. C'est moi qui tiens le couteau de Nat, avec sa longue lame scintillante. Dans notre dos, la demi-lune de lumière nous encourage à rebrousser chemin. Ce serait si facile de renoncer, de retrouver la tiédeur de l'extérieur. Le ciel bleu.

«Allez, dépêchez-vous, bande de traînards!» je leur lance, et l'eau salée s'engouffre dans ma bouche et me provoque une quinte de toux.

Nous suivons le boyau et débouchons dans la grande pièce. Les murs sont luisants d'humidité. Aujourd'hui, il n'y a pas un bruit et tout est parfaitement immobile. Comme figé.

«Tiens-moi les bras, je lance à Nat en grimpant sur le rocher plat. J'ai un secret à dire à la déesse.

– S'il te plaît, Wilder. Ce n'est pas une bonne idée.

– Pas le choix, c'est le gage!»

Il me rejoint sur le promontoire et m'attrape les bras.

Tout doucement, il me fait descendre, jusqu'à ce que mes lèvres soient à quelques centimètres de la surface de l'eau. Je savoure la douleur qui me vrille les bras et irradie dans tout mon dos. J'ai presque envie de pleurer.

Je prends une profonde inspiration. Ce que je vais dire va tout saboter pour lui. Pour eux. Ils le méritent.

«Je crois que mon père est le Rôdeur», je m'entends déclarer.

Ce n'était pas le secret que je voulais révéler, mais il s'échappe d'entre mes lèvres. Je suis si fatigué, si épuisé.

«Quoi?» fait Harper.

Nat pousse un cri. Il chancelle. Un de mes bras glisse et, bientôt, il ne me tient plus qu'à une main. Nous vacillons tous les deux quelques instants au-dessus de l'eau, jusqu'à ce que son autre main finisse par lâcher, et je bascule la tête la première.

Sous l'eau, j'ai le temps d'apercevoir une forme qui fonce vers moi, puis la chose crève la surface et se met à hurler à quelques centimètres de mon visage. Le bruit suraigu ricoche contre les parois de la grotte. Un bras apparaît.

Elle me frappe à la tête et des étoiles se mettent à danser autour de moi. *Arrête*, j'essaie de protester. *Arrête*. Je me débats, mais elle revient sans cesse à la charge. Nat hurle, il essaie de s'interposer. Je m'agite dans l'eau et, soudain, je perçois une odeur métallique. Je ne tiens plus le couteau. Qu'est-ce que j'en ai fait? Quelque part, Nat pousse un gémissement de mauvais augure qui remplit tout l'espace.

Nous parvenons à faire sortir Nat de la grotte. Dehors, la lumière aveuglante nous brûle la rétine. Je me retourne. Derrière nous, il y a une longue traînée rouge, comme un ruban de tissu qui flotterait entre deux eaux.

« Les requins ? » murmure Harper.

Je ne veux même pas y penser.

« Est-ce que c'est grave ? » je demande.

Avec un grognement de douleur, Nat nous montre sa main. La lame du couteau l'a traversée de part en part.

Je monte dans le bateau et tire Nat pendant que Harper le pousse. Nous faisons de notre mieux pour ne pas toucher le couteau, mais nous avons peur et nous sommes maladroits. Nat pleure à chaudes larmes, à présent, une vision perturbante à laquelle je ne suis pas habitué. Une fois que nous sommes tous à bord, je démarre le moteur. Nat est blême. Un flot de sang rouge foncé continue à s'écouler de sa blessure. La lame est plantée dans la partie inférieure de sa paume. Est-ce qu'il y a des artères, à cet endroit-là ?

« Fais un garrot autour de son poignet, j'ordonne à Harper. Il faut stopper l'hémorragie. »

Je ne fais que répéter des phrases que j'ai entendues dans des films. Mes connaissances médicales s'arrêtent là.

Harper déchire le bas de son tee-shirt. Nat gémit, il essaie de protester, mais elle noue le morceau de tissu, serre fort, et le saignement semble ralentir. Est-ce que c'est vraiment une bonne idée ? Peut-être que si elle n'est plus alimentée, la main de Nat va se nécroser ? Je suis complètement perdu.

« Qu'est-ce qu'on fait ? je hurle à Harper. Où est l'hôpital le plus proche ? Peut-être qu'il faudrait trouver un téléphone.

– Je ne sais pas ! réplique-t-elle d'une voix si aiguë qu'elle me paraît presque inhumaine. Tu n'as qu'à suivre la côte en direction de Castine et t'arrêter à la première maison qu'on verra ! »

Comme je n'ai jamais piloté de bateau, notre progression est particulièrement laborieuse. À l'aller, nous n'avions pas prêté la moindre attention aux maisons. Cela ne nous paraissait pas important, sur le moment. Désormais, je scrute la côte déserte qui défile à une lenteur exaspérante. L'espace de quelques instants, je me convaincs presque que le monde tel que nous le connaissions a disparu et que nous sommes les trois seuls rescapés, condamnés à errer sur l'océan, Nat pleurant, Harper murmurant : «Je suis désolée, Nat, je suis désolée.» À un moment, elle chuchote un «Je t'aime», mais il ne répond pas. Il a perdu connaissance. Elle le prend dans ses bras pour protéger sa blessure des à-coups de la mer. Nous continuons à longer la côte.

Au bout de quelque temps, nous finissons par repérer un reflet à terre, à quelques dizaines de mètres de la rive. Je m'approche et découvre qu'il s'agit d'une grosse maison moderne, toute en baies vitrées, reliée à une plage de galets par une longue passerelle en bois flanquée d'une palissade blanche. J'accoste et saute du bateau. Je cours sur la plage, mais c'est comme dans un cauchemar : à chaque pas, mes pieds s'enfoncent et je manque trébucher. Je pense à Rebecca, nageant indéfiniment en direction de la lueur bleue. Enfin, j'atteins la passerelle et ses lattes en bois, et je reprends ma course effrénée. Malgré tout, j'ai l'impression de progresser à une allure d'escargot tandis qu'autour de moi le monde tangue comme si j'étais toujours à bord du bateau.

Le couple qui est en train de se servir son premier cocktail de la soirée sursaute lorsque je fais irruption sur sa terrasse. Je suis trempé, j'ai les yeux écarquillés et mes vêtements sont imbibés de sang – une créature dont la mer viendrait d'accoucher.

Harper et moi patientons dans la salle d'attente, recroquevillés sur des chaises inconfortables en plastique orange. Le centre de soins de Castine est une petite bâtisse dans laquelle on se contente surtout de retirer des objets des oreilles des nourrissons et d'administrer des vaccins contre le tétanos. Mais Nat a perdu beaucoup de sang, il n'est pas en état d'être transporté jusqu'à l'hôpital de Belfast.

Régulièrement, quelqu'un sort se chercher un café, ou la personne qui s'occupe de l'accueil va fumer une cigarette, et les portes automatiques s'ouvrent et se referment avec un sifflement de poumon malade.

« Qu'est-ce qui te fait croire que ton père est le Rôdeur ? me demande soudain Harper, le visage plus blanc que jamais.

– Des petites choses, des détails… Mais, mis bout à bout, ça fait beaucoup. J'ai trouvé une photo de la petite Abbott. Un Polaroid.

– Où ça ?

– Juste en bas de chez nous, au milieu de la route. Sauf qu'il n'y a personne qui habite là à des kilomètres à la ronde. Et puis, tous les étés, mon père venait rendre visite à mon oncle Vernon, donc il était sur place l'année où ça a commencé. En plus, il a tendance à s'absenter, le soir. Il a toujours une bonne excuse : il faut aller à la pharmacie racheter des médicaments, à l'épicerie parce qu'on n'a plus de lait… Personnellement, je trouve la coïncidence un peu troublante. »

Je m'éclaircis la gorge. Malgré les circonstances, je suis gêné par ce que je m'apprête à dire.

« J'ai remarqué que les intrusions du Rôdeur ne survenaient qu'à un moment du mois très particulier, j'ajoute. Quand ma mère a ses… ses règles. Je ne sais pas…

– J'ai lu quelque part que certains tueurs en série suivent inconsciemment les cycles de la Lune.

– Mon père n'est pas un tueur en série, je proteste. Mais c'est vrai que mon oncle aimait bien prendre des photos avec son Polaroid. Peut-être qu'ils ont agi ensemble. Peut-être que mon père l'a assassiné. »

Je me prends la tête à deux mains.

« Mon Dieu, Harper ! Si ça se trouve, mon père est un tueur en série ! Il se passe quelque chose d'horrible !

– Tu penses vraiment que c'est lui ? »

Il y a quelque chose d'étrange dans sa voix. Je ne peux pas en être certain, mais il me semble y percevoir du soulagement. Il y a aussi de la peur. J'ai passé suffisamment de temps à dissimuler la mienne, que ce soit à la maison ou à l'école, pour savoir la reconnaître chez les autres.

« Je ne sais pas, je réponds. Je suis perdu.

– Tu penses que Nat va s'en sortir ? me murmure-t-elle à l'oreille.

– Évidemment. »

En vérité, je n'en ai aucune idée. Quand l'ambulance est venue le chercher, sa peau avait pris une drôle de couleur. Et quand nous sommes arrivés à Castine, c'est comme si son corps n'était plus qu'une enveloppe vide.

Le sifflement de la porte coulissante. Dehors, le soleil projette une lumière rasante sur le parking. *Déjà l'aube*, je songe, avant de me rendre compte que non, il s'agit du crépuscule. Cela me semble impossible, mais c'est toujours la même journée.

« Bonsoir, vous deux ! nous lance l'inspectrice Harden, qui tient à la main un gobelet de café plus grand que sa tête. Rude journée, hein ? Je suis désolée, mais ce n'est pas encore tout à fait fini, je vais avoir besoin de vous poser quelques questions afin de faire mon rapport. Après ça, je vous raccompagnerai chez vous. »

Elle s'éloigne en sifflotant et disparaît derrière la porte battante qui mène au bloc.

« Il faut qu'on lui dise, pour ton père », me souffle Harper.

Je m'apprête à répondre, mais elle me pose un doigt sur la bouche.

« Attends, dit-elle. Ceci est un moment très important, alors prends le temps de bien réfléchir, parce qu'une fois que tu les auras prononcés, tes mots seront là pour toujours. Tu ne pourras plus les oublier. Assure-toi que ce n'est pas quelque chose que tu regretteras. »

C'est à croire qu'elle lit dans mes pensées. J'étais sur le point de répondre : « Tu ne peux en parler à personne. » Mais ce serait mal. J'ai vu la petite oreille rose, j'ai vu le poing serré sous le menton, j'ai vu les draps ornés d'ours en peluche. Je ne sais pas encore ce qu'est mon père, mais je sais qu'il est dangereux. Je ne peux pas faire comme si de rien n'était.

Je prends une grande inspiration.

« D'accord. Tu as raison. Je vais tout lui dire. »

La panique m'envahit.

« Enfin, je n'ai aucune preuve de quoi que ce soit, mais... »

La porte battante s'ouvre à nouveau. Quelque chose a changé chez l'inspectrice Harden. Ses traits sont durs. Ses yeux ne ressemblent plus à des boutons, mais à deux têtes d'épingle.

Je me lève pour aller à sa rencontre. C'est maintenant ou jamais. Je sais que si je réfléchis, je vais trouver une excuse pour rester assis.

La policière pointe sur moi un index accusateur. Elle a l'air furieuse.

« Rassieds-toi, m'ordonne-t-elle. Je vous interdis à tous les deux de quitter cette salle d'attente tant que je ne vous y aurai pas autorisés. »

Je me rassois. L'inspectrice marmonne quelques mots dans le combiné de sa radio sans nous quitter du regard.

« Qu'est-ce qui se passe ? je murmure à l'intention de Harper. Tu penses qu'il faut toujours que je lui parle de mon père ?

– Non. Ce n'est plus nécessaire. »

Elle a le visage déformé par l'émotion.

Le couteau planté dans la main de Nat déclenche tout. L'inspectrice Harden l'a reconnu : c'est celui qui figure sur les Polaroid. Sur la photo que j'ai trouvée, on ne voit que la lame. Les autres clichés n'ont jamais été divulgués à la presse, mais apparemment, dessus, il apparaît en entier. Or le manche est très reconnaissable. Alton Pelletier, le père de Nat, l'a gravé à la main dans une branche de noyer.

Au niveau de la garde, les policiers retrouvent un morceau de cheveu d'à peine un millimètre appartenant à la petite Abbott. Il a dû se coincer là quand le Rôdeur s'est introduit dans sa chambre. Ils le soupçonnent d'avoir découpé une mèche sur chacune de ses victimes endormies.

Quand je pense que nous nous sommes servis de ce couteau pour ouvrir des huîtres et décapsuler des bières...

La police perquisitionne la résidence des Pelletier. Ce qu'elle y découvre est tellement horrible et inimaginable qu'on en oublie vite les effractions du Rôdeur. Le monde s'écroule et nous volons tous les trois en éclats. À ce jour, je n'ai toujours pas réussi à recoller tous les morceaux.

Finalement, le véritable danger pour les nageurs ne provenait pas des courants.

Dans la maison d'Alton Pelletier, il y a une cave aux murs recouverts d'une moquette. Cette moquette est constellée de vieilles taches de sang brunâtres. Dans un coin, les policiers découvrent une boîte à cigares renfermant un véritable trésor : un permis de conduire portant le nom de Christy Barham enveloppé dans un mouchoir souillé de larmes, une barrette en plastique à motif écailles de tortue, un porte-clés orné de l'inscription « Daytona », une photo format portefeuille d'une jeune femme aux cheveux violets, une boucle d'oreille en perle ayant appartenu à une femme portée disparue depuis une dizaine d'années dont on pensait qu'elle s'était noyée – Rebecca Boone. Tous ces objets sont rouillés ou tachés de sang. Et recouverts des empreintes digitales d'Alton Pelletier.

Les policiers récupèrent plusieurs centaines de mètres de câbles en acier hérissés d'énormes hameçons – les lignes pour la pêche au requin. Ils mettent aussi la main sur un vivier en aluminium de 1,80 mètre sur 60 centimètres, qu'Alton a fabriqué lui-même et qui se ferme au moyen d'attaches métalliques. À l'intérieur du vivier, il y a des traces de sang humain.

Apparemment, il s'en servait pour déplacer les corps de ses victimes après en avoir terminé avec elles. C'est ce que la police conclut, en tout cas, même si personne ne pourra jamais en être sûr à cent pour cent. En tout cas, ça a dû être un soulagement, pour ces femmes – que ce soit terminé.

Parfois, je repense à la fois où il m'a offert un Coca. Est-ce que le vivier était à bord de son bateau, ce jour-là ? Est-ce qu'il était vide ? Est-ce qu'il était plein ?

La police arrête Alton Pelletier.

Ses empreintes ainsi que celles de Nat sont retrouvées sur le manche du couteau. Ils s'en servaient tous les deux. Mais pour faire quoi, exactement ? La nuit, j'entends la voix de Nat : *Tu lui passes la ligne en acier autour du cou. Ensuite, tu le traînes jusqu'à ce qu'il n'ait plus la force de se défendre.*

Harper et moi passons la journée du lendemain sur le banc étroit du poste de police de Castine, à attendre d'être interrogés – d'abord ensemble, puis séparément, deux fois. Il règne une chaleur étouffante dans les petites salles d'interrogatoire. Nous avons envie de rentrer chez nous, mais nous n'avons pas le choix. Alors nous leur parlons de notre grotte, de la raison pour laquelle nous y sommes allés, de tout ce que nous savons sur Alton Pelletier et sur Nat. Tout ce que nous les avons entendus dire, tout ce que nous les avons vus faire. Je suis tellement épuisé que ma vision se ride.

Je relève la tête et j'aperçois un fantôme. Mais ce n'est que Betty, son visage pâle inondé de larmes. Harper n'est plus à côté de moi.

Je sors en titubant dans la lumière aveuglante de la rue et je regarde autour de moi, perdu.

« J'ai juste besoin de respirer », je réponds quand quelqu'un essaie de s'approcher de moi.

Harper et Betty se tiennent toutes proches l'une de l'autre, sur le trottoir.

« Qu'est-ce que tu leur as dit ? » lui demande Harper.

À première vue, la façon dont elle tient le petit doigt de Betty ressemble à de l'affection. Sauf que l'extrémité de l'auriculaire a viré au violet.

« Qu'est-ce que tu leur as dit ? répète Harper.

– La vérité, lâche Betty. Je leur ai dit de regarder derrière la plinthe du salon. Maintenant lâche-moi ou je t'arrache les yeux. »

La respiration de Harper est saccadée. Ses joues sont marbrées de rouge. Elle finit par libérer le doigt de Betty.

« Nat m'avait prévenu que tu étais une sale fouineuse. Il m'a dit que tu avais surpris son père en train de cacher des trucs. Alors ne mens pas à la police ; tu sais parfaitement que Nat n'a rien à voir avec tout ça.

– Mais bien sûr, répond Betty en détachant chaque mot. C'est pour ça qu'il t'a choisie. Parce que tu crois encore à ses mensonges. Moi, j'ai eu mon compte. Je te souhaite bonne chance. »

Et elle s'éloigne en massant son petit doigt.

« C'est elle, la menteuse », crache Harper.

Elle suit quelque temps Betty du regard, puis son visage se fige en un rictus qui m'évoque un sourire inversé, et de grosses larmes se mettent à rouler sur ses joues.

« Quand je pense qu'on a à peine eu quelques mois ensemble, Nat et moi, murmure-t-elle. Ça ne peut pas se terminer comme ça. »

J'entreprends de passer un bras autour de son épaule.

« Ne me touche pas, Wilder ! s'écrie-t-elle en s'écartant comme un animal effarouché. Je ne veux plus jamais que quelqu'un me touche ! »

Elle se plie en deux et vomit proprement à travers une grille d'égout.

Dans le salon des Pelletier, dans un renfoncement derrière une plinthe, la police met la main sur divers objets : une petite tennis, un trognon de pomme brunâtre grignoté par des dents de lait, une bague en bonbon, un tee-shirt de Bip Bip et Coyote avec des taches séchées de nourriture. À chaque objet est scotchée une photo Polaroid d'un enfant endormi. Les policiers ont beau chercher, ils ne retrouvent aucune empreinte digitale – les objets semblent avoir été manipulés avec des gants.

Dans la même cachette, ils tombent sur les boutons de manchette en capsules de Coca de mon père. Comment ils ont atterri là, qui de Nat ou Alton les a volés, personne ne le sait.

Nat est dans le coma, oscillant entre la vie et la mort. Il est toujours à Castine. Il a perdu beaucoup de sang. Les médecins pensent qu'ils ne pourront pas sauver sa main droite. Nous n'avons pas l'autorisation de le voir ; nous ne savons pas s'il va s'en tirer.

Et moi, je ne sais pas quoi espérer.

Les journaux locaux sont les premiers à rapporter l'affaire, avant que la presse nationale prenne le relais. Alton Pelletier, Nathaniel Pelletier. Leurs noms sont partout. La manière dont ils se découpent sur les pages m'évoque la côte accidentée aux alentours de Castine. Toute en creux et en bosses. Je trouve cela magnifique.

Je ne pensais pas que les choses auraient pu empirer, et pourtant, c'est précisément ce qui s'est passé.

Trois jours plus tard, je me tiens sur la falaise au crépuscule et je regarde en contrebas les bateaux qui arpentent la baie avec leurs gyrophares bleus. Des équipes de plongeurs fouillent toutes les grottes de la côte.

Ils passent la nuit à chercher. Je ne dors pas. Les yeux rivés au plafond de ma chambre, j'écoute le bruit plus ou moins lointain des moteurs – tantôt à peine un murmure, tantôt un véritable grondement en provenance de la plage. Enfin, alors que ma lucarne se teinte de la lueur rose de l'aube, les bruits s'éloignent pour de bon. Ils ont trouvé quelque chose.

Je me lève, sors de la maison et trottine le long de la côte en direction de l'ouest jusqu'à repérer les bateaux. Ils oscillent dans l'étroit passage qui mène à l'entrée de notre grotte. L'espèce d'obélisque auquel nous avions amarré *La Sirène* ne m'a jamais paru aussi noir. Je ne sais pas pourquoi, mais je savais que ça se terminerait là.

Dissimulé derrière des rochers, j'observe la scène en contrebas. Deux plongeurs pénètrent dans la grotte. Je me demande si la déesse va les dévorer.

À plusieurs reprises, les deux plongeurs refont surface l'un après l'autre avant de plonger à nouveau. Chaque fois, ils ramènent des détritus informes mangés par les algues. Puis, vers 11 heures, ils refont tous les deux surface en même temps. Ils ont trouvé quelque chose de lourd. Sur un des bateaux, un garde-côte actionne un treuil auquel est attachée une sorte de palette. Il la fait descendre jusqu'à l'eau, où les hommes-grenouilles y fixent quelque chose au moyen de chaînes. Un bruit de moteur, les chaînes se tendent, et la palette réapparaît. Dessus, un baril en métal rongé par la rouille, le sel et le temps. Le garde-côte se saisit d'un pied-de-biche.

« Non, je murmure à voix haute. Ne l'ouvrez pas. »

Il est obligé de le faire, j'en ai conscience, mais je sais aussi qu'il va le regretter. Le même sentiment de malaise que je ressens parfois dans la prairie fleurie m'envahit. J'ai de plus en plus de mal à respirer, je vois une multitude de petits points noirs.

L'homme insère l'extrémité de son outil sous le rebord supérieur et se met à faire levier. Le couvercle résiste quelque temps avant de se soulever très lentement. L'homme jette un œil par l'ouverture, pose une main sur sa bouche et se penche au-dessus du bastingage pour vomir.

Au bout de vingt minutes, les plongeurs remontent un deuxième baril. Ils grimpent à bord pour l'installer sur le pont du bateau à côté du premier. À la quantité d'algues et de coquillages qui recouvre les deux cylindres en métal, je devine qu'ils ont passé beaucoup de temps sous l'eau. Malgré la distance, j'ai l'impression de pouvoir sentir l'odeur qui s'en dégage.

Un troisième baril, un quatrième, un cinquième... Quand il n'y a plus de place sur le pont, on fait venir un second bateau. En tout, ils en remontent huit. J'apprendrai plus tard que les policiers pensent qu'il y en avait un neuvième ; ils n'ont retrouvé qu'un morceau de chaîne cassée. D'une manière ou d'une autre, le premier baril, le plus ancien, s'est libéré. La marée l'a emporté au large, où il s'est enfoncé pour toujours dans les abysses noirs et insondables.

À la fin de la journée, les deux bateaux alourdis par leur chargement de femmes mortes semblent avoir du mal à flotter.

Rebecca Boone est enfin rentrée à la maison.

J'apprends dans le journal que son baril, coincé dans une anfractuosité au fond d'un bassin et dissimulé par des algues, est le premier à avoir été retrouvé. La lame du couteau de Nat correspond aux marques sur les ossements. Elle a été la première à mourir, il y a plus de dix ans de cela.

Ensuite, les plongeurs n'ont eu qu'à suivre la chaîne pour trouver les sept autres. Les corps sont intacts – certains barils étaient encore étanches. Ces femmes présentent différents types de blessures – apparemment, elles ont été frappées avec une feuille de boucher ou une hache.

Deux des victimes les plus récentes se « dégantent » lorsqu'on les extirpe de leur cylindre métallique. Au début, je ne comprends pas de quoi il s'agit. Je me répète le mot plusieurs fois. Je le trouve plutôt joli, il m'évoque quelque chose que ferait une dame de la haute société victorienne en rentrant chez elle après sa promenade de l'après-midi.

En fait, c'est quand la peau se détache de la chair – cela arrive avec les victimes de noyade ou les cadavres qui sont restés immergés un certain temps.

La police pense que la plupart de ces femmes sont des estivantes portées disparues au fil des ans. Des touristes dont on supposait jusque-là qu'elles avaient été emportées par un contre-courant et qu'elles avaient péri noyées. Toutes présentent des plaies au crâne. La théorie retenue est qu'Alton Pelletier s'approchait d'elles pendant qu'elles nageaient et les assommait avant de les ramener chez lui ; ensuite, quand il en avait terminé avec elles, il les enfermait dans des barils qu'il immergeait dans la grotte.

Ils identifient deux victimes assez rapidement. Rebecca Boone, donc, et Christy Barham, qui se trouvait dans le dernier baril. C'est elle que j'ai vue pleurer devant sa boutique, l'été dernier. Son assassin a ramassé le mouchoir qu'elle avait fait tomber. Je me rends compte que je ne connaîtrai jamais la raison de son chagrin. Que personne ne la connaîtra jamais.

Il m'arrive de rêver de ces femmes. Je les imagine allongées sur un carrelage blanc, avec leur peau grisâtre qui se détache. Mais dans mon rêve, elles se relèvent. Dans mon rêve, leur nouvelle peau est rose et lisse, comme une main dont on viendrait de retirer le gant en satin. Elles sortent de la pièce en laissant leur vieille enveloppe derrière elles. Je ne sais pas où elles vont, je me réveille toujours à ce moment-là, mais j'espère que c'est un endroit agréable.

Elle est là, en première page du journal local : Rebecca. Elle est réelle. Ce n'est ni un monstre ni une légende. Je sors dans le jardin. J'ai l'impression qu'il serait inapproprié de lire cet article à l'intérieur. Je n'arrive pas à détacher les yeux du portrait de Rebecca.

Elle est adossée à un encadrement de fenêtre, il fait beau. Dans la jardinière derrière elle, il y a des fleurs rouges – des tulipes, il me semble. D'une main, elle se protège les yeux du soleil. Ses bras musclés sont bronzés. Une nageuse, à n'en pas douter. Elle est petite, athlétique, plus menue que je ne l'avais imaginée, avec un visage sérieux et des traits fins. Elle a de grands yeux marron et des cheveux bouclés de la couleur des blés mûrs. Une teinture, peut-être. Ils forment un halo autour de sa tête, comme une fleur de pissenlit ou les rayons du soleil. Il y a quelque chose dans son regard, comme si elle savait, au fond, que son temps était compté. J'ai eu l'occasion de me rendre compte que c'est fréquent avec les photos de gens qui sont morts. C'est gravé là, sur leur visage – leur destin. Sauf que, bien sûr, c'est impossible. Il n'y a que ceux qui restent qui le voient. Qui l'inventent, plutôt.

Je pense aux proches de Rebecca et à ce qu'ils doivent ressentir. Ils croyaient qu'elle s'était noyée accidentellement, ils l'ont pleurée. Sa fille doit avoir à peu près mon âge. Mais aujourd'hui, leur passé a été réécrit. Il faut croire que les voyages dans le temps existent vraiment. Certains éléments nouveaux sont capables d'altérer ce qui s'est déjà produit.

Je pense à ma mère, à sa façon de se recoiffer quand elle est enthousiaste, même si ses cheveux sont déjà impeccables. Je me souviens que, quand j'étais petit et qu'elle allait dîner dans un bon restaurant, elle me rapportait toujours des gressins enveloppés dans une serviette en papier. Je me réveillais le matin et son visage était là, juste à côté du mien. J'ouvrais alors la bouche et elle me glissait les morceaux de gressin à l'intérieur, tout en me murmurant à quel point je lui avais manqué.

Deux semaines plus tard, nous apprenons que Nat est réveillé. Je suis en train d'aider mon père à repeindre la clôture du jardin quand la sonnerie du téléphone retentit dans le salon.

« J'y vais, j'annonce en courant vers la maison. Résidence Harlow, bonjour ! »

C'est ma mère qui m'a appris cette façon stupide de répondre au téléphone quand j'étais petit. J'imagine qu'elle trouvait cela mignon. Malheureusement, c'est devenu un réflexe dont je n'arrive pas à me débarrasser.

« Il est sorti du coma, dit une voix avant de prendre une courte inspiration – je devine que la personne au bout du fil est en train de fumer une cigarette.

– Pardon ? »

Je n'avais encore jamais entendu sa voix au téléphone, il me faut quelques instants pour la reconnaître.

« Nat est réveillé, Wilder, réitère Harper. On devrait aller le voir.

– Depuis quand est-ce que tu fumes ?

– Demain, à 14 heures. »

J'entends dans sa voix qu'elle est à deux doigts de craquer.

« Il n'y a pas de visites le matin, ajoute-t-elle.

– D'accord. »

Elle raccroche sans avoir dit au revoir, me laissant seul avec la tonalité du combiné.

Je ressors, récupère mon pinceau et le plonge dans le pot de peinture blanche.

« Tout va bien, mon grand ? » me demande mon père.

Son inquiétude est palpable. Sa main tiède sur mon dos me donne envie de fondre en larmes. C'est un tel soulagement de pouvoir l'aimer à nouveau.

« Euh, oui, papa. »

Je hausse les épaules pour qu'il me laisse tranquille et je trace sur le bois abîmé une longue traînée blanche qui scintille au soleil.

Le lendemain, je suis au centre de soins à 14 heures. Harper est en retard. Après dix minutes à l'attendre dehors, je décide d'y aller seul. Je suis inquiet à l'idée qu'elle ait pu replonger dans l'alcool après tout ce qui s'est passé, mais il n'y a rien que je puisse faire.

Devant la chambre de Nat, un policier en faction.

Je ne sais pas à quoi m'attendre. Nat a l'air malade, mais il ressemble à Nat. Il est gris, maigre. Ses longs cheveux ternes reposent de part et d'autre de son visage pâle. Il a perdu son côté lumineux. Je me rends compte à cet instant précis que je n'ai jamais vraiment été amoureux de Harper, que c'était simplement un moyen de me mesurer à lui.

Je lui donne le livre sur les poissons rares des récifs coralliens que ma mère m'a offert à Noël. J'ai pensé que, vu comme il aime la mer, Nat apprécierait. Mais il regarde la couverture et se met à frissonner. Je me dépêche de remettre le livre dans mon sac. Je m'en veux. C'était une idée stupide.

Je pense que Nat aussi éprouve du remords, ou peut-être qu'il arrive à lire dans mes pensées, parce qu'il me dit :

« Je suis désolé, Wilder. Je suis vraiment désolé.

– Ça n'a pas d'importance. C'est moi qui suis désolé pour ta main. »

L'avant-bras s'arrête net sous le bandage blanc. On dirait qu'il n'est pas terminé. C'est très déroutant, comme le sont toutes les choses inachevées. Je me demande ce qu'ils ont fait de sa main après l'avoir coupée. Est-ce qu'ils l'ont brûlée ?

« Ça ne va pas être évident de remonter les filets avec une seule main, mais si ça se trouve, je vais aller en prison et la question ne se posera même pas.

– Mais tu ne savais rien, Nat, pas vrai ? »

La question a jailli de ma bouche. Encore une fois, je revois les yeux bleus d'Alton Pelletier alors qu'il ramasse le Kleenex tombé par terre. Et j'entends sa voix : « J'ai des cookies aux mouches ! »

« Je ne peux pas en parler, répond Nat. Ne me pose pas la question. »

Ses yeux s'embuent de larmes.

« J'aimerais mieux mourir qu'aller en prison, dit-il. Être enfermé en permanence, sans voir la mer, sans voir le ciel... Un peu comme ici, mais en pire. »

Nat ferme les yeux et se tourne vers le mur. Il a l'air à bout de forces. Sa voix n'est plus qu'un murmure.

« J'ai toujours trouvé ça bizarre, qu'il m'ait raconté cette histoire de phoques qu'il assommait et qu'il étranglait avec la ligne en acier pour la pêche au requin. »

Il pleure à gros sanglots, à présent.

« Il m'a toujours interdit de descendre à la cave, Wilder. Sous prétexte que c'était dangereux. »

Je pense à ce qu'on m'a rapporté à propos de la maison des Pelletier. Elle est toute petite, la cave n'est pas très profonde. En matière d'isolant phonique, la moquette tachée de sang au mur ne devait pas être très efficace.

« Il t'a dit que cette grotte était un endroit spécial pour lui, je fais remarquer.

– C'est vrai, mais je ne savais pas en quoi. Je pensais qu'il aimait simplement y aller pour méditer...

– On a nagé juste au-dessus d'elles. »

Une rangée de barils immergés, reliés les uns aux autres comme une guirlande.

Nat pousse un gémissement étouffé. J'ai tellement de questions, mais la simple idée de les lui poser me rend malade. Je l'imagine s'introduisant dans notre cottage au beau milieu de la nuit pour voler les boutons de manchette de mon père sur la table de chevet pendant que tout le monde dort. Est-ce que c'est comme ça que ça s'est passé ? Je me demande ce qu'ils faisaient derrière la plinthe, au milieu de tous ces objets appartenant à des enfants.

Je me lève d'un bond, faisant tomber ma chaise en plastique au passage.

« Attends, Wilder, m'appelle Nat. Reviens ! Il faut que je te dise quelque chose ! »

Je suis déjà dans le couloir. Mes pieds volent au-dessus du linoléum.

Parfois, au moment de m'endormir, je l'entends – la voix de mon ami qui m'implore de revenir. Chaque fois, je me demande ce qu'il s'apprêtait à me dire. Je ne le saurai jamais, et je crois que ça vaut mieux.

Sitôt franchies les portes coulissantes du centre de soins, je m'accroupis sur le trottoir. Mon cœur se gonfle et se dégonfle à toute vitesse, un coup trop gros pour ma poitrine, un coup trop petit. J'halète. Une douleur abominable me vrille les côtes. Je comprends que je suis en train de mourir.

Quelqu'un m'attrape par le bras et me relève.

« Respire, m'ordonne Harper. Respire, bon sang ! »

Elle vide un sac en papier kraft et me le tend.

« Tiens, sers-toi de ça ! C'est censé marcher. »

Je regarde le sac en papier sans comprendre.

« Il faut respirer à l'intérieur, m'explique-t-elle d'un ton exaspéré, avant de me le prendre des mains pour le plaquer sur ma bouche. Allez. Tu inspires et tu expires lentement, c'est compris ? »

Je m'exécute et, bizarrement, cela semble fonctionner.

« Je ne comprends pas ce qui m'arrive, je souffle, une fois que le pire semble passé.

– C'est une crise d'angoisse, répond Harper en s'allumant une cigarette. J'en ai eu quelques-unes, ces dernières semaines. »

Elle tire une longue bouffée et une femme qui sort du centre de soins lui jette un regard assassin en agitant la main pour dissiper le nuage de fumée.

« Tu vas bien ? je demande.

– Tu as vraiment tout gâché. Tout allait bien avant que tu arrives ici. Tout était sous contrôle. »

Je me remets à trembler mais, cette fois, c'est de colère. Une rage sourde m'envahit.

« Ce qu'a dit Betty, l'autre jour ? Tu étais au courant ? Est-ce que tu savais ce qu'il y avait derrière la plinthe ? Est-ce que tu savais pour les photos ?

– Comment peux-tu me demander une chose pareille ? réplique-t-elle en s'adossant au mur en brique. Évidemment que je ne savais pas.

– Mais tu avais des soupçons. »

Je vois bien qu'elle est bouleversée, mais je suis tellement en colère qu'il faut que ce soit la faute de quelqu'un.

« Peut-être », avoue-t-elle.

Et elle se met à pleurer. Je me sens minable.

« Je te demande pardon, je murmure.

– Il faut qu'on se serre les coudes, Wilder. »

J'ai l'impression que ce qui se passe est irréel. Je m'adosse au mur à côté d'elle et nous nous laissons glisser pour nous asseoir sur le trottoir tiède. Harper se mordille la lèvre.

« Je ne savais pas, dit-elle. Mais il y avait des petites choses bizarres. Certains soirs, Nat n'avait pas le droit de rentrer chez lui. Il avait tout un tas de cachettes réparties le long de la côte, où il entreposait des couvertures, des bières et de la nourriture, quand il devait passer la nuit dehors. Un matin, je me suis levée tôt et je l'ai trouvé endormi sous le porche de ma maison. »

Elle sourit à travers ses larmes.

« Sur le moment, j'ai pensé que c'était romantique mais, si ça se trouve, c'est juste parce qu'il avait plu. Lui, en tout cas, semblait trouver la situation normale. "Mon père a besoin de son intimité." C'est tout ce qu'il avait à dire sur le sujet.

– Mais ces photos d'enfants endormis, ces Polaroid… Est-ce que c'est Nat qui les a prises ?

– Alton est le tueur. J'imagine que c'est aussi lui qui a pris les photos.

– Je ne sais pas, ça me paraît deux choses différentes, j'objecte. En tout cas, les policiers semblent de cet avis. D'ailleurs, il y en a un qui monte la garde devant la chambre de Nat. »

Harper secoue la tête.

« Tais-toi, Wilder.

– Et l'histoire que tu as racontée, la lumière bleue, la déesse…

– C'était simplement une histoire. On en invente tout le temps.

– Sauf que Nat savait qu'elle était là, Harper. Il savait qu'elle était dans cette grotte. »

La voix de Nat, débordant de fierté : *Mon père m'a emmené ici quand j'étais petit.*

« Nat était un enfant quand cette femme a été assassinée, Wilder.

– Non, je sais bien qu'il n'aurait pas pu faire… ça.

– Tu imagines, toi, être élevé par un… enfin, tu vois ? Franchement, moi, ça me fait de la peine pour Nat.

– Quel impact ça a pu avoir sur lui, à ton avis ? Tu ne crois pas que, peut-être, Alton formait son remplaçant ? »

Harper écrase sa cigarette, m'attrape par le col de mon tee-shirt et m'attire à elle. Même si c'est absurde, je me dis *Elle va m'embrasser*. Mais elle serre les dents et gronde :

« Ce n'est pas ce qui s'est passé, Wilder. Alors ne t'amuse pas à aller raconter ça, d'accord ?

– D'a… D'accord, je bredouille.

– Bon. »

Elle soupire.

« Au revoir, Wilder. Je ne pense pas qu'on se reverra. »

Et cette fois, elle m'embrasse. Un baiser rapide, sur la joue.

« Tu es un peu bizarre comme garçon, mais tu es gentil. »

Elle récupère le sac en papier kraft et replace l'objet qu'elle en a retiré à l'intérieur. Un reflet de papier aluminium dans le soleil de l'après-midi. Quelque chose pour Nat. *Ça doit être un goûter*, je songe, avant que les mots de Harper m'atteignent.

« Comment ça, tu ne penses pas qu'on se reverra ?

– Mes parents ne veulent plus revenir. C'est compréhensible. Moi non plus, je n'en ai pas envie.

– Harper…

– Ça vaut mieux. Ici, où que j'aille, Nat est partout. »

Elle entre dans le centre de soins et les portes coulissantes se referment sur elle.

Harper ne s'est pas trompée, je ne la revois pas. Sa famille part dès le lendemain et personne ne me dit où. Parfois, je me demande si elle a effectivement atterri à Fairview.

Ce n'est que plus tard que je repenserai à ce qu'elle a apporté à Nat – l'objet enveloppé dans du papier aluminium. Une forme allongée qui faisait penser à un cigare, mais plus affinée sur l'extrémité. Comme une carotte.

Peut-être que cette façon dont nous nous sommes aimés tous les trois pendant ces deux étés ne se reproduira jamais pour moi. Peut-être que j'ai eu mon content d'amour.

De retour à la maison, je vais m'asseoir sur la falaise. Le vent souffle du large et le sifflement aigu des pierres en contrebas me perfore les tympans. Je me rends compte que je ne supporte plus ce bruit, parce que c'est le son du vent dans une grotte, le son d'un baril en métal frottant contre les rochers.

Je m'enferme dans ma chambre pour y échapper. Mes parents sont en train de faire les valises ; nous devons rentrer à New York le lendemain. Je les entends se disputer. Ils me laissent tranquille.

Tout le monde veut partir. Cette histoire de meurtres en série flotte sur la baie comme une odeur de putréfaction. Je prépare mes affaires en dix minutes, laissant ma chambre aussi dépouillée que je l'ai trouvée en arrivant.

Tout est fini, ici. La ville m'attend, puis le lycée. Je me demande si je vais survivre à cette année. Au moins, je serai loin du sifflement. Loin de l'océan.

Je crois que je n'ai pas encore compris qu'on ne pouvait pas échapper à ce genre de choses.

Le vrombissement de la climatisation. Je suis dans ma chambre, je regarde le mur. Dehors, New York est en ébullition. Les nouvelles à la radio. Vers midi, il fera si chaud qu'on pourra faire cuire un œuf sur le trottoir. Ce soir, telle équipe de base-ball en affrontera une autre.

Mon père se tient dans l'encadrement de la porte. Je sursaute. Il n'entre jamais dans ma chambre et la première chose que je me dis, c'est qu'il s'est passé une catastrophe, que quelqu'un est mort.

« Maman va bien ? je demande.

– J'ai pensé qu'il fallait que tu l'apprennes de ma bouche : Nathaniel Pelletier est décédé il y a quelques jours. »

Il faut croire que les premières impressions sont souvent fondées.

Je ressens cet étrange réagencement du temps et de l'espace qui se produit à l'annonce d'un décès.

« Qui l'a tué ? » je demande.

Devant moi, le visage de Harper, petite fille maligne et rusée.

« Personne ne l'a tué. Il a fait une crise cardiaque. Ce sont des choses qui peuvent arriver. Sa plaie s'est infectée, ça s'est généralisé. Parfois, si la fièvre monte trop, le cœur s'arrête. Peut-être que ça vaut mieux comme ça. »

Il marque une pause.

« Les policiers continuent à trouver des choses dans cette maison, dans cette cave. Ils n'écartent pas l'hypothèse que le père et le fils aient pu commettre certains crimes ensemble. »

Il pose une main sur mon épaule. Il me suffirait de tourner la tête pour lui arracher l'index d'un coup de dents. L'espace d'un instant, je sens le craquement de l'os sous mes molaires.

Je me tourne vers le mur, tremblant. Le matelas fléchit – mon père s'est assis à côté de moi.

«Je sais que c'était ton ami, Wilder.

– Nat n'aurait jamais fait de mal à personne. Jamais.»

Si je me le répète suffisamment, peut-être que je finirai par y croire. Mon père soupire.

«Peut-être qu'au fond c'était un bon gamin. Mais visiblement, il avait aussi certains côtés très... sombres.»

Une courte pause. Je sens qu'il est en train de réfléchir.

«Je ne vois pas pourquoi tu n'aurais pas le droit de savoir ça, reprend-il. Peut-être même que ça t'aidera. Alton Pelletier n'était pas le père de Nathaniel. Les résultats sanguins sont formels. Ils n'étaient même pas de la même famille. À Castine, on raconte que la mère se serait enfuie, un été. Alton l'a retrouvée et il est revenu avec l'enfant en disant que c'était le sien – la mère était une catastrophe ambulante, il préférait l'élever lui-même. Personne n'avait de raison de douter de sa bonne foi, puisque la mère était effectivement quelqu'un de très dérangé. Mais visiblement, il semblerait que ce garçon qu'Alton avait récupéré n'était pas le sien.

– Donc quoi? Nat a été... kidnappé? Si ça se trouve, sa mère est à sa recherche depuis tout ce temps?

– Peut-être, mon grand.»

Mon père me serre dans ses bras, et c'est là que je ressens pour la première fois toute l'horreur d'avoir perdu mon ami. Je repense à Nat tel qu'il était, attentionné et rayonnant, comme un jeune lion. Ou plutôt, à Nat tel que je croyais qu'il était. Quelle que soit la vérité à son sujet, désormais, elle n'existe plus.

«Pendant un temps, j'ai cru que c'était toi, tu sais? je murmure dans l'épaule de mon père. Le Rôdeur.

– Quoi? Mais comment as-tu pu penser une chose pareille, Wilder?

– Tu sortais à des heures impossibles, tu avais un comportement bizarre, tu mentais. Ça fait deux ans que tu es différent. Au début, j'ai cru que c'était parce que je grandissais et que je voyais les choses autrement, mais il n'y a pas que moi qui ai changé. »

Son visage se crispe.

« Je suis désolé que tu te sois inquiété, mon grand. »

Je n'arrête pas de penser à Nat. Était-il au courant qu'il avait été enlevé à sa mère ? Avait-il envisagé de fuguer, de partir à la recherche de sa vraie famille ? J'éprouve tellement de peine pour lui. Puis je me reprends parce que je me dis que le mal engendre le mal et que ce mal prend souvent une forme similaire : des enfants victimes de kidnapping présentent plus de risques de kidnapper un jour d'autres enfants. Peut-être que c'est ce qui s'est passé pour Nat. Peut-être qu'à défaut d'enlever des enfants, il s'est introduit dans leur chambre pour les regarder dormir. Et peut-être que ce n'était qu'une première étape.

Peut-être qu'il était jaloux de ce qu'avaient ces enfants. Un foyer, un lit avec une veilleuse dans une maison où ils pouvaient dormir en toute sécurité au sein de leur famille. Je peux le comprendre. Je peux presque sentir au fond de mes tripes ce manque qu'il a dû éprouver. Mais, même à dix-sept ans, je sais qu'un manque peut se transformer en désir de punir. Est-ce que le but de Nat était de punir ces enfants ?

Et si ça se trouve, je me fourvoie complètement et Alton est responsable de tout, des meurtres comme des effractions.

La porte d'entrée qui se referme. Mon père est sorti. C'est son anniversaire aujourd'hui. Aucun d'entre nous n'est d'humeur à le fêter, mais j'ai un cadeau pour lui. Quelque chose que je lui ai fabriqué.

J'ai trouvé une nouvelle manière de gérer mes angoisses. L'appartement est silencieux, ma mère doit être en train de faire la sieste. Je vais à la cuisine et cherche l'objet qui pourra convenir. Mon choix se porte sur une planche à découper. Je la soupèse

– parfait. Je m'assois. Puis, le plus naturellement du monde, je la brandis et l'abats sur mon genou. La douleur remonte dans mes cuisses, descend jusqu'à mes mollets, et ça m'aide tellement, ça me fait tellement de bien que je recommence. Mais je dois me montrer prudent. *Si je ne suis pas capable de marcher demain, mes parents vont se poser des questions.* Le claquement quand la planche heurte ma jambe me paraît lointain. Des fleurs noires devant mes yeux. *Encore*, je songe. *Juste un coup de plus.* Un sifflement tout autour de moi. Je reconnais le bruit des rochers dans la baie, quand le vent vient de l'est. Et j'entends la voix de Nat qui résonne dans ma tête. *Une bonne bagarre.*

Quand je relève la tête, je constate que ma mère se tient dans l'encadrement de la porte. Son visage est blanc comme de la farine, vide comme s'il n'y avait personne derrière. Ou bien alors quelqu'un que je ne connais pas. Elle tient la bouteille de Martini par le goulot. Son ongle n'arrête pas de gratter l'étiquette.

« Ça va ? je lui demande.

– Ce n'est pas possible, gémit-elle d'une voix aiguë. Je ne peux pas. Ce n'est pas juste, de me laisser gérer tout ça toute seule. »

Elle porte la bouteille à ses lèvres et avale une petite gorgée.

« Maman ? je murmure en me levant avant de boitiller jusqu'à elle.

– Non. Je ne peux pas t'aider. On ne peut pas me demander de le faire.

– Mais personne ne te demande quoi que ce soit, maman. »

Elle est bouleversée, c'est horrible.

« Il ne me laisse pas le choix, réplique l'inconnue qui utilise le visage de ma mère. Ton père nous quitte pour aller s'installer avec une femme, au Canada. En ce moment même, il est au bout de la rue en train de l'appeler depuis une cabine téléphonique. Il l'a rencontrée dans le Maine, au cours d'un des étés qu'il a passés là-bas avec Vernon. Ce n'est pas la première, et ce ne sera pas la dernière. »

La porte d'entrée s'ouvre.

«Coucou, mon grand! s'exclame mon père. Ça te dirait une pizza? C'est mon anniversaire, après tout!»

Ma mère jette la bouteille de Martini contre le mur, où elle se fracasse dans une gerbe d'éclats de verre.

«On s'était mis d'accord pour ne pas lui en parler, dit mon père. Pas tout de suite, en tout cas. Tu ne crois pas qu'il a traversé assez d'épreuves comme ça?»

Ma mère s'est faite toute petite dans le grand fauteuil sous la fenêtre.

«Je refuse de continuer à mentir pour toi», murmure-t-elle en se couvrant les yeux avec la main.

Je ne vois que sa bouche, tordue dans une position horrible, un coin relevé très haut, les lèvres blanches et presque invisibles contre sa peau blême. Une longue traînée de Martini macule le mur, et il flotte dans l'air l'odeur douceâtre de l'alcool. Je prends la parole :

«Papa. Ce n'est pas vrai, si?

– Je... Ce n'était pas censé se passer comme ça, balbutie-t-il.

– Comment elle s'appelle?»

Je ne sais pas quelle différence cela peut faire, mais, à cet instant, rien ne me paraît plus important.

«Edith», répond-il.

Puis, avec un soupçon de fierté :

«En hommage à Edith Piaf. Elle a des ancêtres français du côté de sa mère.»

Ce n'était peut-être pas une chanson de Gainsbourg qu'il a passé l'été à fredonner, finalement.

«Je suis désolée, Wilder, dit ma mère. Je suis désolée.»

Elle a la très mauvaise idée de retirer sa main de devant son visage : son rictus était abominable, ses yeux sont encore pires.

«Tu n'as jamais été fidèle, reprend-elle d'un ton presque implorant en se tournant vers mon père. Tu te lasseras d'elle comme tu t'es lassé des autres.

– Avec Edith, ce n'est pas pareil. »

Il pleure.

« Ça va aller, j'interviens sans réfléchir. Ça va aller.

– Si tu dois partir, alors pars ! hurle ma mère. Pas la peine de faire traîner les choses !

– Je t'en prie, Sandra. S'il te plaît, pas comme ça. »

Je sors les boutons de manchette de ma poche. Je me suis appliqué pour qu'ils ressemblent en tout point à ceux qu'avait fabriqués l'oncle Vernon et que la police a retrouvés au domicile des Pelletier. Je suis même allé jusqu'à ajouter une petite entaille sur une des capsules.

« Tiens, je lui dis en lui tendant son cadeau. Bon anniversaire. »

Il ne réagit pas, alors je vais à la cuisine et jette les boutons de manchette dans l'évier, avant d'actionner le broyeur. La machine grince et proteste. Il se passe quelque chose d'étrange dans la pièce. Le temps ralentit et tout s'assombrit, jusqu'à ce qu'il n'y ait plus qu'un minuscule point lumineux au loin.

« Wilder ? »

La voix de mon père, quelque part. Le trou noir de l'évier est comme l'entrée d'une grotte.

« Tu veux que je te dise ? je lui lance. Je crois que j'aurais préféré que tu sois un tueur en série. »

Et ensuite, plus rien.

C'était ma première vraie crise. Respirer lentement et régulièrement permet d'atténuer l'angoisse, et les médicaments la maintiennent à un niveau tolérable. Mais les crises surviennent malgré tout. Elles peuvent être provoquées par le stress, par les espaces sombres et fermés, et par tout ce qui ressemble à une fenêtre allumée dans la nuit, ou à la lumière du jour à travers l'entrée d'une grotte.

Mon père part le lendemain. Je ne le revois pas avant son mariage.

Je retourne à Scottsboro et cela me paraît désormais évident qu'il n'y a rien d'autre pour moi que cette vie. Je vais finir le lycée et ensuite je deviendrai enseignant.

Pendant un an, je fais profil bas et je survis – ma spécialité. J'obtiens de bonnes notes. On me propose une bourse pour intégrer l'université dont j'ai toujours rêvé.

Mon père ne vend pas Whistler Cottage. Il le cède à ma mère au moment du divorce. Il va s'installer au Canada. Il ne me rend pas visite. Mais il m'écrit.

Sa nouvelle femme, Edith, a deux fils adolescents qui le détestent : ils lui reprochent d'avoir détruit leur famille. Il n'arrive pas à garder un travail – la faute à divers plans sociaux. Il ne se sent pas chez lui à Ottawa, New York lui manque. Je crois que nous aussi, on lui manque, mais il ne le reconnaîtra jamais. Parfois, quand on se parle au téléphone, je le trouve si fatigué que j'ai presque pitié de lui.

Le salaire de ma mère et la rente locative du cottage nous maintiennent à flot. La baie est devenue un point d'intérêt pour les gens que les lieux morbides attirent. On appelle ça le tourisme macabre. Pour réserver la maison, il y a des mois d'attente. Une aubaine. Ma mère se met au scrapbooking. Je suis content qu'elle ait trouvé un passe-temps, mais il y a quelque chose qui m'inquiète un peu. Dans ses magazines, elle découpe uniquement des images d'oiseaux ou de fleurs. Jamais de gens.

Je pense qu'on ne devrait pas vivre au bord de l'océan. C'est un espace trop vaste pour être compréhensible.

Parfois, je pense à la maison abandonnée des Pelletier – à la cave aux murs recouverts d'une moquette tachée de sang, aux portes condamnées par plusieurs mètres de Rubalise, à la poussière qui s'accumule sur les étagères… Combien de fantômes hantent ce lieu ? Aucun, j'espère. Ils ont mérité qu'on les laisse tranquilles.

Je pense à la gentillesse de Nat à mon égard. Moi, l'étranger, le gamin solitaire. Il a été mon premier ami, mon meilleur ami, et maintenant il est mort. Je ne saurai jamais qui il était vraiment. Et je ne peux pas m'empêcher de penser que Whistler Bay n'en a pas fini avec moi.

[ ]

Pou
Pu
Nu
Ne

Le
La

Crisse
Caisse
Laisse

Gras
Bras
Bas
Pas

Prise
Crise
Croise
Croiser

Mage
Rage
Race
Grace

# Wilder et Sky

## *1991*

Mon père se gare devant l'entrée principale de ma résidence étudiante et sort du coffre mon énorme valise ainsi que le reste de mes affaires. Le tout empilé forme un piteux bric-à-brac. Si maman avait préparé mes cartons, je sais que le cordon de ma lampe de chevet ne serait pas tout emmêlé et que la couverture de mes livres serait encore intacte. Je me demande comment elle va. J'espère qu'on s'occupe bien d'elle. Elle a souvent peur quand elle arrive dans un nouvel endroit.

Papa me tapote le dos.

« Je suis fier de toi, mon grand, dit-il.

– Merci. Tu peux y aller, tu as de la route. »

J'ai accepté qu'il me dépose (je n'avais pas le choix, vu que ce n'était pas un bon jour pour maman), mais je ne veux pas qu'il en conclue que je lui ai pardonné.

À la caisse de la station-service où on s'est arrêtés à la sortie d'Allentown, une photo s'est échappée de son portefeuille. En la ramassant, j'ai vu une femme au regard étonné avec des cheveux gris en boucles serrées. Elle était vêtue de blanc et elle souriait. Edith, le jour de leur mariage. J'ai rendu le cliché à mon père sans un mot.

À présent, il a l'air déçu. Il hésite un instant.

« Je vais t'aider à monter tout ça dans ta chambre…

– Non, vraiment. C'est bon. »

Il hoche la tête, me tapote une seconde fois le dos, puis s'installe au volant et démarre. J'ai envie de regarder la voiture s'éloigner vers le portail du campus, mais je me retiens. Je suis seul, désormais. Autant m'y habituer.

J'observe les alentours. Des écureuils gris jouent dans les arbres aux branches nues. J'entends un cours d'eau au loin. Le ciel est lumineux, sans un nuage, et j'ai l'impression de pouvoir sentir l'odeur des montagnes. Quand j'ai dû choisir une université, j'ai décidé de quitter New York car je tenais à être dans les terres, le plus loin possible de la mer. En Pennsylvanie, le seul littoral est un minuscule bout du lac Érié. Je trouve ça rassurant.

Après une grande inspiration, je commence à hisser péniblement ma valise vers l'entrée de la résidence, marche après marche. Soudain, on me bouscule.

« Désolé », me dit le coupable.

Il s'agit d'un garçon de mon âge, très élancé, avec des cheveux châtains en bataille, un gros nez et de grands yeux noirs comme ceux d'un cheval. Il tire derrière lui une vieille malle.

« Quel maladroit, celui-là ! s'exclame son père, un homme au visage doux, affublé d'une grosse moustache grise et de bretelles. Donne plutôt un coup de main à ton camarade, Sky !

– Euh, d'accord. »

Arrivé sur le perron, le garçon laisse tomber sa malle et redescend pour attraper le bas de ma valise.

« Non, c'est bon, je proteste.

– T'inquiète. »

En moins de deux, nous atteignons le haut des marches.

« Ça ira ? » me demande le chevelu en s'époussetant les mains.

La foule passe à toute vitesse autour de nous pour entrer dans le bâtiment et en sortir. J'ai la sensation que nous sommes un rocher au milieu d'un torrent.

« Super », je réponds avec un sourire, très angoissé.

Et ils s'éloignent.

Il y a beaucoup trop d'animation là-dedans, des cris et des gens aux bras chargés de cartons ou de plantes en pot. Je mets un temps fou à dénicher le tableau d'information et à repérer mon nom sur les listes d'attribution des chambres, puis je me perds deux fois dans ce labyrinthe. Mon cœur tambourine dans ma poitrine.

Un coup d'œil à ma montre. Il est à peine 11 heures et je sais que je ne suis pas censé les prendre à jeun, mais je gobe deux anxiolytiques. Puis je me force à respirer profondément, comme me l'a appris le psychologue scolaire à Scottsboro.

La plupart des bâtiments de l'université sont de vieux édifices en brique, mais ma résidence est plus récente, toute de parpaings et de linoléum vert et marron. Dans l'air règne une forte odeur de nouilles instantanées, qui se mêle à celle du pain de viande qu'on sert un peu plus bas, à la cantine. Je trouve enfin la chambre n° 16, derrière une porte coupe-feu qui claque violemment après mon passage, en haut d'un escalier étroit, au bout d'un long couloir. Je sais que c'est impossible, mais plus j'avance, plus j'ai l'impression que le couloir se referme peu à peu, que les murs vont finir par converger. La poignée de la chambre n° 16 est mal fixée et je remarque que le bas de la porte est enfoncé. On dirait que quelqu'un a essayé de l'ouvrir à coups de pied.

J'entre et sursaute en découvrant que la pièce n'est pas vide : un type est allongé sur le lit côté fenêtre et s'amuse à lancer une balle de tennis au-dessus de sa tête. Il me regarde tracter ma lourde valise à l'intérieur en ahanant. La fenêtre donne sur l'arrière des cuisines de la cantine et ne laisse passer qu'un filet de lumière grise. Ici, l'odeur de pain de viande est presque écœurante.

« Je m'appelle Wilder, dis-je.

– Doug », se présente l'autre.

Il a le teint tout rose et un physique trapu – un sportif, j'imagine. Peut-être qu'il joue dans l'équipe de foot américain.

« Sympa, la chambre de merde, hein ? me lance-t-il.

– Oh, elle est pas si mal, je réponds sans trop m'avancer, au cas où il se moquerait de moi.

– On voit que c'est ici que la fac case les étudiants boursiers », ajoute Doug, maussade, et il lance sa balle de tennis avec force contre le mur.

*Poc.* Il a des cheveux ondulés, couleur sable. *Peut-être qu'on nous regroupe par apparence*, je songe. *Les plus bizarres ensemble.*

« Quelqu'un a foutu un coup de pied-de-biche dans la porte, reprend Doug. T'as vu ?

– Faut pas nous chercher, nous, les boursiers. On est des nerveux. »

Doug me dévisage, impassible, puis laisse échapper un petit rire.

« Ah, t'es marrant.

– Merci.

– Peut-être que ça va être cool, en fin de compte. J'aime bien les mecs marrants. »

Je fais une grimace, pose les poings sur les hanches et effectue quelques pas de danse grossiers, façon Chaplin raté. Je trouve ça plutôt triste, pour Doug et moi, que nous soyons tous les deux aussi soulagés de cette blague nulle.

Cette nuit-là, allongé dans mon lit, dans l'odeur de joint qui monte de la cour et les bavardages joyeux des cuisiniers qui ont fini leur journée, je songe : *Bon, j'ai tenu quatre ans à Scottsboro, je n'ai plus qu'à tenir quatre ans ici. Une fois mon diplôme en poche, je serai libre.*

Je me demande à partir de quand on arrête de considérer son existence comme une succession d'étapes à franchir. À partir de quand on se sent enfin libre. D'un autre côté, qu'est-ce que j'en ferais, de cette liberté ?

La crise survient plus tôt que dans mes prédictions les plus sombres, dès le lendemain matin, au beau milieu de mon premier cours. Au début, tout se passe bien. J'ai eu ma mère au téléphone juste après le petit déjeuner et ça s'est mal passé (elle est en phase maniaque), mais peu importe, j'ai hâte d'assister à cette « Introduction à l'architecture gothique ». J'ai envie d'étudier quelque chose de concret, de tangible, comme des bâtiments. Pas des histoires ou des romans.

Je trouve la salle de classe, je choisis une place, j'ai les manuels requis. Ces petites victoires me semblent si prometteuses que je baisse peut-être un peu trop ma garde.

Dans la pièce, ça sent le café et l'haleine du matin. L'enseignant a quelque chose sur sa cravate – du muesli séché, peut-être –, mais ça a l'air d'être un bon prof. Il nous parle architecture gothique, art du sublime ; c'est passionnant. Puis il abaisse un écran par-dessus le tableau blanc et sort un rétroprojecteur. À ce moment-là encore, je ne me rends pas compte, je ne m'inquiète pas. Au contraire, ravi, je songe *Je m'en sors bien !*

La panique s'éveille en moi quand le professeur actionne l'interrupteur et que nous nous retrouvons plongés dans le noir. *Non, non, il va simplement projeter des diapos, ce n'est rien.* Je me mets à respirer profondément. La fille assise à côté de moi me jette un coup d'œil et se décale de quelques centimètres sur son siège.

Une image apparaît sur l'écran : une superbe arche sculptée. La lumière du jour qui passe à travers lui donne l'aspect d'une porte ouverte, ou de l'entrée d'une grotte.

Après ça, je ne me souviens plus de rien. L'obscurité m'enveloppe comme une lourde couverture, ou comme la nuit tombant brutalement sur la mer.

C'est son visage que je découvre en me réveillant. Nous sommes sur un banc dehors, dans l'air frais et les rayons réconfortants du soleil. Quelque part derrière nous, je perçois le clapotis de la rivière.

Il ne me regarde pas. Très concentré, il lit un livre de poche. Il me dit quelque chose mais, pour l'instant, je n'arrive pas à le resituer. Des cheveux en bataille, couleur feuilles d'automne, de grands yeux noirs. *Un noir très frappant, d'ailleurs.* Le mot « frappant » déclenche une réaction en chaîne dans mon cerveau et soudain, je me souviens.

« Encore toi. Tu étais sur les marches de ma résidence, hier.

– Exact, me répond l'autre d'une voix douce avant de m'examiner de plus près. Alors, c'est bon ? Tu es de retour parmi nous ?

– Oui. »

Il m'étudie encore quelques instants.

« Tant mieux, déclare-t-il enfin. Parce que, tout à l'heure, tu n'arrêtais pas de dire que tu allais très bien, alors qu'il était évident que ce n'était pas le cas. »

Je préférerais ne rien savoir, mais il faut que je demande.

« Qu'est-ce qui s'est passé ? Qu'est-ce que j'ai fait ?

– Tu t'es levé et tu as quitté la salle de classe. Tu avais l'air bizarre, alors j'ai décidé de te suivre.

– Oh, dis-je, soulagé. Ce n'est pas si grave. Parfois, je... »

Je m'éclaircis la gorge. Elle me fait mal, comme si j'avais trop crié. Je reprends :

« ... Parfois, quand je ne me sens pas bien, j'ai des trous de mémoire.

– Ça doit être effrayant, commente-t-il sans cesser de m'observer.

– Embarrassant, plutôt. Bon, je ferais mieux d'y retourner. »

Alors que je fais mine de me relever, le garçon m'attrape par le bras, un geste pour me soutenir autant que pour me retenir, j'ai l'impression.

« Ouh là, il n'y a pas d'urgence. Le cours est fini. Depuis un moment, d'ailleurs.

– Un moment ?

– Environ une heure.

– Et tu es resté avec moi tout ce temps ?

– Ouais.

– Tu n'étais pas obligé. Je me serais débrouillé. »

Sa pitié m'est insupportable.

« Oh, j'avais compris l'essentiel de la leçon du jour. Regardez-moi ces arches gothiques, comme elles sont gothiques. Et celle-ci : ça, c'est de la bonne arche. Bref, pas la peine d'y passer trois heures.

– C'est gentil, je maugrée.

– Je me suis dit qu'il valait mieux que quelqu'un reste avec toi. J'ai raconté au professeur qu'on se connaissait, qu'on était de vieux copains de lycée.

– Quelle inventivité.

– N'est-ce pas ? Tu es capable de marcher ? On devrait peut-être aller à l'infirmerie.

– Non, s'il te plaît », je plaide.

À l'idée de me trouver dans un endroit clos, entre quatre murs et un plafond, mon souffle s'accélère déjà.

« Je ne veux pas être à l'intérieur, pas maintenant. Je... Je ne peux pas. Ne me demande pas d'explications, s'il te plaît. »

Il acquiesce sans un mot et, à mon grand soulagement, reprend sa lecture. Sa présence est apaisante. La plupart des gens expriment leurs pensées malgré eux, même quand ils ne disent rien, même quand ils essaient de ne pas vous déranger – surtout dans ces cas-là, d'ailleurs. Pas lui.

Je sors mes médicaments et avale mon anxiolytique de l'après-midi avec un peu d'avance. Après quelques minutes de réflexion, j'en gobe un second.

« Je m'appelle Sky, reprend le garçon. Enfin, pas vraiment. Je m'appelle Pierce, mais j'ai décidé que mon entrée à l'université serait l'occasion d'un nouveau départ.

– Wilder, je réponds.

– Comme l'écrivain ? Thornton Wilder ?

– Oui.

– J'estime tout de même qu'il serait de mon devoir de citoyen de t'emmener voir un médecin.

– Je veux juste rester dehors. S'il te plaît. »

Il m'examine.

« D'accord, dit-il finalement. On va jouer à un jeu. C'est un truc que mon père me faisait faire quand je rentrais tard pour savoir si j'avais bu. Si tu y arrives, on va se promener à côté de la rivière. Mais si tu rates, tu viens avec moi à l'infirmerie sans discuter. Ça te va ?

– C'est quoi, ton jeu ? je demande après une courte réflexion.

– Je te donne un mot et tu dois changer une lettre pour créer un autre mot. Tu as le droit de substituer, de déplacer, d'enlever ou d'ajouter. Mais une seule lettre maximum. Compris ?

– Compris. »

Il se concentre, puis se lance.

« Indicatif. Là, tu vois, tu peux...

– Vindicatif, je le coupe.

– Bravo, tu apprends vite ! Mmm... Acte. »

Je souris.

« Pacte.

– Pas mal, approuve-t-il, satisfait. Et on peut continuer comme ça. Parte. Alors, prêt à marcher ? »

Prêt.

L'eau froide et boueuse de la rivière défile sous les silhouettes spectrales des arbres presque nus, auxquels s'accrochent encore une poignée de feuilles écarlates. L'automne est en avance, cette année. Sur les branches, des corneilles sont perchées telles des sentinelles, taches noires sur le ciel d'un bleu éclatant. Je les trouve trop nombreuses. Pourquoi y en a-t-il autant, et pourquoi sont-elles aussi immobiles, aussi silencieuses ? Je frissonne.

Sky enlève sa veste et me la tend.

« Il faut que tu te réchauffes, tu es encore en état de choc. »

Je m'apprête à protester, mais me ravise et me retourne pour glisser les bras dans les manches. Il a raison, j'ai froid. Le tissu me semble onéreux – du tweed – et il sent encore son odeur, bergamote et citron, le parfum d'une bonne tasse de thé fumante. De l'Earl Grey, peut-être.

« Wilder, murmure Sky. Pas commun comme prénom. Pourtant, j'ai l'impression de l'avoir entendu il n'y a pas si longtemps… Mais où ? »

Mon cœur se serre dans ma poitrine. Je hausse les épaules.

« Aucune idée. »

Mon nom a été cité dans la presse, l'année dernière – celui de Harper aussi. Ma mère était furieuse, mais il n'y avait rien à faire étant donné que j'avais plus de seize ans. Je croise les doigts pour que Sky ne se souvienne pas du contexte dans lequel il l'a entendu.

« On a dû se rencontrer dans une autre vie, conclut-il. Ou dans un rêve.

– Grève, dis-je distraitement.

– Trêve, ajoute Sky. Tu me plais, Wilder. On devrait partager une chambre.

– Tu ne me connais même pas. Et puis, j'ai déjà un colocataire.

– Et tu l'aimes bien ?

– Pas vraiment.

– Le mien mange des œufs durs au lit, c'est horrible. Je comptais me débarrasser de lui dans tous les cas. Eh bien, c'est décidé. »

Un fracas d'ailes noires s'élève brusquement d'un arbre nu ; les sentinelles immobiles se sont transformées en une nébuleuse de croassements. Je sursaute.

« Qu'est-ce qui leur a fait peur ? je m'exclame, tandis qu'une plume solitaire tourbillonne dans l'air froid avant de se faufiler jusqu'au sol.

– Un chat ? Un renard ? suggère Sky, rassurant. Ou un bruit. Les corneilles, c'est pas très malin, tu sais. Elles paniquent pour un rien. »

Une immense ombre apparaît alors au-dessus de nous, planant sur un courant chaud, et les plus petits volatiles se dispersent sur son passage.

« Un corbeau, commente Sky. C'est lui qui a dû leur faire peur.

– Pleur, je murmure.

– Pâleur, ajoute Sky – et j'entends un sourire dans sa voix. Toi, tu as besoin qu'on s'occupe de toi, reprend-il. Je suis presque sûr que tu n'étais pas censé prendre ces deux cachets d'un coup, tout à l'heure. »

Je sais qu'il plaisante et qu'on pourrait trouver étrange qu'un garçon dise ça à un autre garçon. Il n'empêche que l'idée que quelqu'un s'occupe de moi est séduisante, attirante.

Cependant, je ne peux pas prendre l'habitude de me reposer sur une autre personne. Ma mère se reposait trop sur mon père et on voit ce que ça a donné.

« De toute façon, dis-je froidement, je pense qu'il est trop tard pour changer de colocataire. »

Et je m'éloigne rapidement sans me retourner.

Doug se tient devant le téléphone public, au bout du hall de ma résidence, en pleine conversation. Je n'ai pas de mal à reconnaître mon compagnon de chambrée avec son dos voûté et ses cheveux ondulés. Alors que je m'approche, j'arrive à capter quelques bribes.

« En plus, il a une tête bizarre, avec des yeux hyper globuleux, comme un insecte. Il est flippant. »

Je rougis et m'empresse de le dépasser avant qu'il m'aperçoive.

Cette nuit-là, le rêve revient.

C'est toujours le même : je nage dans la mer quand je m'aperçois que quelque chose touche ma jambe. Je n'ai pas peur : c'est un jeu entre Harper et moi. Elle passe sous moi, me tire la jambe et s'enfuit avant que j'aie pu l'attraper – c'est comme jouer à chat mais sous l'eau, j'imagine. J'ignore d'où on vient, dans ce rêve, et ce qu'on fait là. Il n'y a pas de rivage à l'horizon, uniquement l'océan bleu foncé qui s'étend à perte de vue dans toutes les directions. Ni bateau ni personne.

On me tire à nouveau et je plonge sous la surface pour essayer de toucher Harper.

Mais j'avais tort, elle n'est pas là – et pourtant, je ne suis pas seul. Une chaîne est accrochée à ma cheville. C'est ça que je sentais. Elle s'enfonce dans les profondeurs et je la suis, respirant sans difficulté dans les eaux transparentes.

Le premier baril surgit de nulle part, et je n'ai pas le temps de reculer. À l'intérieur se trouve Rebecca, bien sûr, ses cheveux blond pissenlit en halo autour de sa tête. Dans l'eau qui se trouble au fil de ma descente, ils paraissent presque blancs.

Je poursuis ma plongée, je n'ai pas le choix, telle est la logique du rêve. Voilà la cinquième femme, avec son crâne lisse. Lorsqu'on l'a retrouvée, elle n'avait plus de cheveux, la police n'a pas su dire pourquoi. On soupçonne qu'ils ont été brûlés.

Mes muscles me font souffrir le martyre mais, chaque fois que je tente de remonter, les abysses m'aspirent vers cette guirlande infernale, vers ces barils que je vois se dessiner les uns derrière les autres dans l'obscurité. Bien sûr, il y en a neuf, pas seulement les huit qu'on a repêchés. Le dernier renferme Harper. Sa peau, qui s'est décollée de sa chair, ondoie comme une robe au gré du courant. Dégantée.

Mes propres hurlements me réveillent.

Doug, mon colocataire, s'exclame :

« C'est quoi, ce bordel ?

– Désolé… Un cauchemar.

– Mais sérieux…, gémit-il en assénant un coup de poing à son oreiller. C'est la troisième fois de la semaine, mec ! Sérieux. »

Les filles de la chambre voisine frappent le mur avec un objet, une chaussure, peut-être. Elles aussi, elles commencent à en avoir assez. Ce sont deux Françaises qui sont venues découvrir la vie étudiante aux États-Unis, et je ne pense pas qu'elles s'attendaient à autant de réveils nocturnes au cours de leur première semaine sur le sol américain.

À tâtons, j'attrape le carnet et le stylo posés sur ma table de chevet, puis je sors le classeur d'articles de presse et je me réfugie dans le couloir. Dans cette résidence, les lumières restent allumées jour et nuit, c'est réconfortant.

Je feuillette les articles. Au bout d'un moment, j'ai tout ce qu'il me faut et j'ouvre une page blanche dans mon carnet pour démarrer ma liste d'une main tremblante.

*Rebecca Boone adorait les pierres semi-précieuses – les turquoises, les lapis, les perles.*

*La deuxième femme avait une bande plus pâle sur l'annulaire, elle portait probablement une alliance, à une époque.*

*Louise Dominguez avait cinq enfants.*

*Elaine Bishop était très petite. Elle avait les cheveux teints en violet.*

*La cinquième femme avait une prothèse de hanche, mais l'opération ayant eu lieu au Mexique, on n'a pas pu retrouver son dossier médical pour l'identifier.*

*Carla Yap venait juste de se faire retirer un tatouage sur la hanche. On y lisait le mot « adam ».*

*Maryanna Smith avait des dents très blanches et parfaitement alignées, sans le moindre plombage.*

*Christy Barham tenait la poissonnerie de Castine. Elle adorait Paris, même si elle n'y avait jamais mis les pieds.*

*On n'a jamais retrouvé la neuvième femme. La police estime cependant qu'elle est morte la première, mais que son baril a dû être emporté par la marée.*

Tandis que j'écris, je jette par moments un coup d'œil aux coupures de presse pour ne pas commettre d'erreur.

Peu à peu, alors que la liste s'allonge, ma respiration se calme et mes mains cessent de trembler. C'est le seul moyen que j'ai trouvé pour empêcher le rêve de m'engloutir : je me concentre sur les faits. Ainsi, j'aide les victimes à reprendre une forme humaine. Ma mère déteste cette habitude que j'ai prise de découper tous ces articles qui les mentionnent pour les conserver précieusement, tels des trésors. Je ne peux pourtant pas faire autrement : chaque détail au sujet de ces femmes est un minuscule fil qui m'ancre un peu plus dans la réalité.

Je range le tout dans mon classeur – je l'aime beaucoup, il y a une illustration d'Aphrodite sortant des eaux sur la couverture. Chaque article est à l'abri dans une pochette en plastique mais, malgré cette précaution, ils s'abîment à force d'être manipulés. Demain, j'irai à la bibliothèque pour consulter les microfiches de la semaine et voir s'il y en a de plus récents qui pourraient contenir de nouveaux éléments, des détails que j'ignore. Le rythme a ralenti, mais la police continue malgré tout à faire des découvertes – ainsi, si elle a immédiatement identifié Rebecca Boone et Christy Barham, cela ne fait que deux mois qu'elle a pu confirmer le nom de la sixième victime, Carla Yap.

Je m'inquiète pour la neuvième femme. Est-ce qu'elle repose toujours au fond de la mer, seule et abandonnée, sans personne pour l'aider à reprendre une forme humaine ? Je pense à ce que ressentent les familles dont la mère, la fille, l'épouse ou la sœur a disparu dans la région de Castine. Ces gens ne sauront peut-être jamais si celle qu'ils ont perdue est là ou non, dans les profondeurs, recroquevillée dans un baril.

Je ne rêve jamais de Nat.

Ce midi, je rentre de classe éreinté. Après m'être recouché, hier soir, je ne me suis pas rendormi. Je me suis contenté de regarder arriver l'aube par la fenêtre, une lueur grise qui s'élevait au-dessus des cuisines. Tout ce dont j'ai envie, c'est de m'effondrer sur mon matelas. Je peux bien rater mon cours d'histoire de l'art – je n'aurai qu'à demander à quelqu'un de me prêter ses notes.

Les affaires de Doug ont disparu. Au pied de son lit repose une vieille malle et, sur le lit lui-même, au lieu de la banale couette à carreaux noirs et blancs, on a étalé une couverture en laine bariolée – elle coûte cher, ça se voit tout de suite. Sur la table de chevet est posé un exemplaire ouvert d'*À la recherche du temps perdu*, avec un stylo-plume vert à liseré or posé en travers. La page est tatouée de nombreuses notes et de passages soulignés à l'encre vert émeraude. Je commence à m'approcher quand on m'interpelle :

« Nous voilà colocs ! »

Je me retourne. Sky se tient sur le seuil.

« Qu'est-ce qui se passe ? Où est Doug ?

– Je t'avais dit que j'y arriverais. Ça n'a pas été très difficile. Pour ne rien te cacher, Doug en avait un peu marre de toi, je n'ai eu aucun mal à le convaincre. Et puis, ma chambre à moi est plutôt sympa, elle donne sur l'esplanade du campus, alors il a bien vu qu'il y gagnait au change. Même si je l'ai prévenu pour l'autre type et ses œufs durs.

– Qu'est-ce qui t'a pris de faire un truc pareil sans m'en parler avant ?

– Je me suis dit que comme ni toi ni moi n'étions satisfaits de notre colocataire...

– C'est flippant de s'installer avec quelqu'un sans lui demander son avis.

– Je pensais que ça te ferait plaisir...

– C'est censé me faire plaisir que tu aies lâché ta grande chambre avec vue sur l'esplanade pour t'installer ici, au-dessus des cuisines ?

– Eh bien...

– Comment tu t'appelles, au fait ? Sky ? Et donc c'est ça, ta dernière lubie ? T'encanailler avec les étudiants boursiers jusqu'à ce que tu en aies assez, que tu ne trouves plus ça très marrant, et puis tu glisseras un billet à Doug pour récupérer ta chambre. Tu te prendras pour un héros, tu raconteras à tes copains ton aventure parmi les pauvres, avec la porte enfoncée et tout. Peut-être même que tu ajouteras quelque chose comme : "Oh, moi, je ne vois pas la classe sociale, je ne vois pas la couleur de peau", ou : "Je ne suis pas riche, c'est juste mes parents qui sont riches." »

La stupéfaction a éveillé en moi une colère que je ne me connaissais pas.

« Je ne suis pas comme ça », proteste Sky.

Je m'approche pour le regarder bien en face.

« Si. Tu es exactement comme ça. Je te connais par cœur, j'étais au lycée avec des centaines de types dans ton genre. Et je n'ai pas l'intention de me laisser pourrir mes années de fac.

– Désolé, bafouille-t-il. Tu as raison. Je n'aurais pas dû... Désolé. »

Il ouvre sa malle et y fourre sa couverture en laine.

« Je vais arranger ça avec Doug et je partirai demain à la première heure, conclut-il, ses grands yeux sombres meurtris.

– Bien », je lâche, cassant.

Je gis dans une eau sombre et profonde. Je crache ; ma bouche est remplie d'algues froides et sur mon visage rampent des escargots de mer. Je tends une main pourrissante vers un cercle de lumière : le couvercle du baril. Piégé, je me mets à hurler et l'eau s'engouffre en moi. Ma peau commence à se détacher de mon corps tandis que je me bats pour m'extraire de ce baril qui me retient prisonnier.

« Oh, là ! » s'exclame quelqu'un.

Un bras tiède s'enroule autour de moi dans l'abysse glacé, je hurle à nouveau et me réveille en sursaut.

Je suis dans ma chambre, tremblant, emmêlé dans mes draps trempés de sueur. Sky me tient contre lui, blême de frayeur.

« Lâche-moi, je peste. Lâche-moi ! »

J'ai mal à la gorge. Combien de temps ai-je crié ? Il se lève et je me penche vers la table de chevet, mais mes doigts sont incapables d'agripper quoi que ce soit.

Sky s'approche et ouvre le tiroir.

« De quoi tu as besoin ? »

Je désigne mes médicaments. Il sort un cachet du flacon et, comme mes mains tremblent trop, il me le fourre dans la bouche et porte un verre d'eau à mes lèvres. Mes dents claquent et s'entrechoquent contre le rebord.

« Je dois… Je dois… »

Je fais un geste en direction du carnet et du classeur avec Aphrodite sur la couverture. Je n'ai pas la moindre idée de la manière d'expliquer ce que je dois faire ; heureusement, Sky ne pose pas de questions.

Il pose le classeur sur mon lit, l'ouvre et déclare :

« Je vais te laisser.

– Ne t'en va pas, dis-je. S'il te plaît.

– D'accord. »

Il retourne de son côté de la chambre, attrape *À la recherche du temps perdu* et reprend sa lecture, stylo vert à la main. Il a l'air très concentré et ne semble pas s'occuper de moi. De temps en temps, il note quelque chose sur la page.

*Rebecca Boone adorait les pierres semi-précieuses – les turquoises, les lapis, les perles…*

Enfin, je suis de nouveau calme – autant que je puisse l'être, ces derniers jours.

« Qu'est-ce que c'est ? demande Sky au bout d'un moment. Tes articles.

– Rien, des recherches pour un cours, je mens avant d'ajouter, plein d'appréhension : Tu peux éteindre, maintenant.

– Et si on laissait allumé ? propose Sky. Je dois avancer dans mon bouquin.

– Comme tu veux, je réponds, soulagé. Au fait, pour ce matin…

– Tu avais raison et j'avais tort, m'interrompt Sky. Point final. »

Sky ne dort pas. Entre sa respiration profonde et régulière et les grattements de son stylo sur le papier, j'ai l'impression d'être…

« … dans une étable en pleine nuit, je soupire, à moitié assoupi.

– Comment ? » demande doucement Sky.

Mais j'ai déjà sombré.

Mon réveille-matin me tire du sommeil. Hébété, je reste un instant allongé sans réagir. Je n'avais pas dormi autant depuis des jours.

Devant le miroir, Sky tente de discipliner ses cheveux, qui rebiquent instantanément dès qu'il relève sa brosse.

« À ce soir, mec, dis-je, et je me retourne vers le mur.

– À ce soir », répète-t-il après un silence.

Et c'est ainsi que Sky et moi devenons officiellement colocataires.

Le lendemain matin, je reçois un courrier de ma mère. Dans l'enveloppe se trouvent vingt ou trente images de fleurs soigneusement découpées dans des magazines. Son traitement est assez lourd, mais on la laisse utiliser des ciseaux à bout rond.

Bien qu'il n'y ait pas de lettre, je comprends ce qu'elle a voulu dire.

Le téléphone public de ma résidence est gratuit et, pour une fois, le hall est désert. Je soulève doucement le combiné. Des *bips-bips* énervés se font entendre, il n'a pas été bien raccroché. Je m'aperçois alors que quelqu'un a collé un chewing-gum rose sous la languette pour l'empêcher de redescendre. Avec une grimace, je racle la confiserie séchée à l'aide de la pointe d'un stylo.

L'image me fait penser à du chamallow dans mes cheveux, à la chaleur d'un feu de bois, à une chevelure rouge comme le sang. D'accord, elle a dit qu'elle ne retournerait plus à Castine, mais ça ne coûte rien d'essayer, non ? Je veux juste entendre sa voix.

J'ai encore dans mon répertoire le numéro de téléphone de sa maison sur la baie, la grande bâtisse blanche en haut de la colline. Nerveux, les doigts mal assurés, je peine à composer les chiffres – je n'arrête pas de me tromper. Enfin, après une énième tentative, je réussis.

Pendant la première dizaine de sonneries, je conserve l'espoir que quelqu'un va décrocher. Mais non, elles se répètent en vain. Même après quarante tonalités, je ne parviens pas à raccrocher. Je ne sais pas à quoi je m'attendais. J'imagine le bruit qui résonne dans les pièces désertes. Quelle image déprimante, un téléphone qui sonne et sonne dans une maison vide.

Nous n'avons pas tenu notre promesse. Nat, Harper et moi ne serons plus jamais réunis à Whistler Bay.

Je repose enfin le combiné d'une main tremblante et je me force à faire mes exercices de respiration. Cette fois, ils ne m'aident pas. Personne ne m'a dit que le chagrin ressemblait tant à la peur.

Je patiente un peu, le temps de rassembler mes esprits, puis je prends une grande inspiration et j'appelle ma mère.

Il y a une souche creuse au sommet de Pursing Hill, une colline près de l'université. Presque tous les jours, Sky et moi nous retrouvons là-bas après les cours. De là-haut, on peut distinguer les contreforts des Appalaches qui filent vers le sud, formes bleues qui se découpent sur le gris des nuages.

« Pourquoi tu es venu faire tes études ici ? je demande à Sky. Tu aurais probablement pu aller n'importe où. »

Il ne répond pas tout de suite et une rougeur apparaît dans son cou – il est gêné, ce qui est assez rare pour être souligné.

« Je veux intégrer la formation pour devenir écrivain, avoue-t-il enfin. Il paraît qu'on a de meilleures chances d'être accepté si on a effectué son premier cycle ici, surtout en prenant les options littérature. C'est ce que je compte faire. »

Notre université dispose effectivement d'un département d'écriture créative plutôt élitiste, qui a accouché de quelques essayistes et romanciers. Ses étudiants ne se mélangent pas trop au reste des élèves, mais on les croise parfois sur le campus – ils ont tous l'air stressés et mal lavés.

« Ah bon », je commente, surpris.

Il faut dire que Sky ne donne pas l'impression de se passionner pour ses cours de littérature, et il prend tout au pied de la lettre. Cela fait deux mois qu'on partage une chambre et il n'a toujours pas fini *À la recherche du temps perdu*. Mais peut-être qu'il aime vraiment beaucoup ce livre, ou qu'il le lit et le relit.

« J'ai écrit quelques nouvelles, ajoute Sky, mais je voudrais écrire des romans. »

Il est presque écarlate, à présent, et il se détourne face au vent violent de ce mois de novembre. Je regarde ailleurs, moi aussi, afin de respecter son intimité. On est assez semblables là-dessus, lui et moi.

« Écrire, ça permet de purifier les choses, poursuit-il. Ce monde est trop dur, on a besoin de quelque chose de meilleur. Comme les livres. »

Il frotte l'herbe sèche du bout de sa chaussure.

« J'ignore simplement si j'aurai le niveau pour en écrire un, un jour.

– Je suis sûr que tu es doué, dis-je par pure loyauté, mais il secoue la tête.

– Non, malheureusement. Le problème, c'est que… quand je m'assois devant ma page, les mots ne me viennent qu'au compte-gouttes. Ils n'ont pas de… Ils ne mènent à rien de concret. Ah ! s'exclame-t-il, excédé. Même pour t'expliquer, je n'y arrive pas, c'est dire à quel point je suis nul. Bref, changeons de sujet.

– On dirait que tu as découvert un truc que ton héritage ne pourra pas te payer, Rockefeller.

– Petit con ! » s'esclaffe-t-il, et il fait mine de m'étrangler.

À la cantine, Sky peine à garder les yeux ouverts. Il n'arrête pas de bâiller, et chacun des bruits qu'il fait est très doux. Il n'empêche qu'il a l'air épuisé. Son nez aquilin ressort plus que de coutume sur ses traits tirés. Je sais qu'à cause de moi il ne dort pas beaucoup.

« Salut, Sky ! s'exclame une fille qui passe près de nous. T'as passé un bon week-end ?

– Salut ! répond Sky avec aisance. Oui, super. »

J'ai l'impression que presque tout le monde connaît déjà Sky – partout où on va, les gens l'interpellent comme un vieil ami.

De retour dans notre chambre, je me mets à préparer un sac à dos.

« Qu'est-ce que tu fais ? demande-t-il.

– Je te laisse la chambre, ce soir.

– Ne te sens pas obligé…

– Je te réveille presque toutes les nuits. Moi, après, je me rendors, mais pas toi. Ce n'est pas juste. Si ça continue, tu vas rater ton semestre, et ce sera ma faute. »

Je prends une grande inspiration et ajoute :

« Et puis, si tu te reposais, tu arriverais peut-être à écrire.

– Wilder, je vais très…, commence-t-il avant d'être interrompu par un long bâillement. Mais tu comptes aller où ?

– Ça, ça me regarde. Peut-être qu'on va m'inviter à passer la nuit ailleurs…

– Qui est l'heureuse élue ? rigole Sky.

– Dors bien », je conclus.

Et je ferme la porte sans lui laisser plus de temps pour protester.

Je n'ai pas vraiment réfléchi à un plan, alors je commence par rester à la bibliothèque jusqu'à la fermeture, puis je me rends en ville, au cinéma, et je prends une place pour *La Dernière Séance*, à 1 heure. J'essaie de suivre l'histoire, même si je m'assoupis à moitié. Il fait sombre et je suis seul dans la salle mais, d'une certaine manière, les personnages à l'écran me tiennent compagnie, et je finis par dormir un peu.

À la fin du film, je rentre à pied jusqu'au campus. Dans la résidence au-dessus de l'esplanade centrale, quelques fenêtres sont encore allumées. Alors que je les observe, l'une d'elles s'ouvre et des éclats de rire s'en échappent. Le bout d'une cigarette qui rougeoie, une longue queue-de-cheval qui se découpe sur le carré jaune de la chambre, Pearl Jam qui retentit à plein volume. Après un « chut ! » exaspéré, la cigarette décrit un arc de cercle et la vitre se referme, avalant les rires et me laissant à nouveau seul dans les ténèbres.

Et si j'allais frapper à cette porte ?

*C'est la fête, ici, on dirait !*

Mais je sais bien que je n'en ferai rien.

Derrière le carreau, les silhouettes s'agitent sans bruit, théâtre d'ombres silencieux. Je reste un instant à regarder le spectacle. Il y a un certain attrait à les épier ainsi, à leur insu. Un certain pouvoir. Je me demande si c'est ce qu'il ressentait. Le Rôdeur.

En retrait de l'esplanade, j'ai repéré une remise fermée par un cadenas rouillé. À l'aide d'une pierre, je brise ce dernier – je retiens ma respiration après chaque coup sur le métal, mais la nuit demeure tranquille. Personne ne vient.

Je me glisse à l'intérieur, où flotte une odeur entêtante de sciure de bois. Une forêt me surveille dans l'ombre : des arbres en carton. Ce doit être là qu'on entrepose les décors et les accessoires du département de théâtre. Je m'assois sur un trône doré poussiéreux tapissé de rouge, et des écailles de peinture dorée se déposent sur mes habits et mes cheveux. Les aiguilles de ma montre progressent lentement sur le cadran.

Je rejoins ma chambre vers 6 heures du matin.

Sky est étendu sur son lit, vêtu d'un pyjama rayé, et il tient un livre à l'envers entre ses mains. Il a les joues roses et les cheveux humides. Peut-être qu'il sort de la douche. Il ne semble pas surpris de me voir – il a dû entendre la lourde porte coupe-feu en bas de l'escalier se refermer après mon passage.

« Bonjour, me dit-il en remettant *À la recherche du temps perdu* dans le bon sens.

– Tu as bien dormi ?

– Oui, mais c'était bizarre d'être ici tout seul. Tu m'as manqué. Mon pote », ajoute-t-il aussitôt.

Je me couche et m'endors comme une masse ; je rate même mon premier cours de la journée. Quand je me réveille, en retard et en panique, mon oreiller est couvert de sciure et d'éclats de peinture.

J'achète un cadenas pour la porte de la remise et j'en conserve précieusement la clé. Au moins, maintenant, j'ai un abri pour la nuit, si besoin.

De l'extérieur, la remise a exactement le même aspect qu'avant. Bien sûr, si quelqu'un tente d'ouvrir le cadenas avec l'ancienne clé, il y aura un problème. Mais je ne m'inquiète pas trop : ce semestre, le département monte *En attendant Godot*. Le metteur en scène a décidé de situer la pièce au Vietnam, dans un régiment de soldats américains, les décors se limiteront donc à un vaste fond bleu et à un peu de sable.

Globalement, je n'avais pas aussi bien dormi depuis cet été fatidique. Donc je peux bien m'accommoder de la remise quelques nuits par mois.

Je n'arrive pas à mettre la main sur un stylo, alors, sans réfléchir, j'ouvre le casier près du lit de Sky. Deux yeux m'observent dans le noir. J'étouffe un cri, le cœur battant à tout rompre.

Il s'agit d'une petite poupée confectionnée de fils noirs tressés. Du crin de cheval ? Non, c'est plus fin que ça. Les yeux ressemblent à de petits bouts d'os mais, en regardant de plus près, je découvre que ce sont deux dents humaines. Deux dents de lait. J'attrape l'objet. Il me paraît étrangement lourd.

« Qu'est-ce que tu fais ? »

Sky est derrière moi, blême. Je repose la poupée et m'essuie les paumes sur mon pantalon, gêné comme s'il m'avait surpris en pleine activité intime.

« Je ne voulais pas… Je cherchais juste un stylo. »

Avec un sourire crispé, Sky en sort un de sa poche et me le tend.

« C'est quoi, cette poupée ? » je demande.

À son silence, je comprends qu'il ne me répondra pas.

« De la magie, dit-il enfin. Pour détruire mes ennemis. »

Le contraste entre sa voix douce et ces mots belliqueux est si étrange que je ne peux m'empêcher d'éclater de rire. Puis je vois son visage et je retrouve mon sérieux.

« De quels ennemis tu parles, Sky ? »

Il s'assoit lourdement sur son lit.

« Quand j'étais petit, il m'est arrivé quelque chose. Je n'en ai aucun souvenir, mais mes parents ont vraiment paniqué. Ma mère m'a dit que ça m'avait changé, que j'étais différent, après ça. Mes parents sont très croyants, tu sais ? Chez nous, il n'y avait pas de place pour la différence. Alors, quand j'ai eu treize ans, mes parents m'ont envoyé dans une sorte de colonie... Un camp de rééducation, plutôt, ajoute-t-il avec un frisson. On y menait des thérapies "réparatrices", sous-entendu : "Je suis cassé, il faut qu'on me répare." »

J'ai lu un article sur ce genre d'endroit dans le *New Yorker*.

« Et qu'est-ce que... Qu'est-ce qu'on t'a fait ?

– Là-bas, on nous... Peu importe, on s'en fiche. Ce n'est pas ça, mon histoire. C'était l'hiver, et avec les autres garçons, on devait dormir dans des cabanes en bois. Il faisait tellement froid... Le matin, on avait le droit d'entrer dans le dortoir des éducateurs pour faire les lits et, comme il était chauffé, on prenait tout notre temps. On voulait au moins retrouver un peu de sensation dans les doigts.

« Je me souviens, je me disais que s'il était possible que la vie soit emplie de tant de tristesse et de honte, l'inverse devait aussi exister. Une possibilité presque magique. Alors j'ai décidé que, en grandissant, j'apprendrais la magie pour les punir tous autant qu'ils étaient. J'ai commencé à ramasser les cheveux que je trouvais sur les oreillers des éducateurs et à les tresser. C'est fou la quantité de cheveux qu'on perd en l'espace de trois mois, ajoute-t-il en ramassant la poupée.

« J'ai donc fabriqué ceci. Les dents sont à moi – deux dents de lait que j'ai gardées. »

Il repose doucement sa création dans le casier. Même après qu'il a refermé la porte, je continue de sentir les yeux-dents sur moi.

« Je ne sais pas pourquoi je l'ai gardée, conclut-il. Je pense que j'étais un gamin solitaire et que c'était simplement une source de réconfort.

– J'ai connu quelqu'un d'autre qui faisait de la magie, dis-je lentement. Du moins, c'est ce qu'elle prétendait. Mais ça n'a jamais marché pour elle. »

Je revois la poupée, ses yeux-dents, son affreux corps en cheveux.

« Est-ce que ça a marché pour toi ?

– Pas encore, répond Sky. Bon, on va faire un tour ? »

Il a retrouvé sa contenance – son visage affiche à nouveau son expression habituelle, entre l'étonnement et l'indifférence.

« On n'a qu'à aller dans les bois, ajoute-t-il. Je crois qu'ils annoncent de la neige. »

Puis, après une pause :

« Peut-être qu'ils m'ont rendu service, quelque part. Cet endroit m'a forcé à savoir qui j'étais. Et je me suis promis de ne plus jamais laisser quelqu'un me faire autant de mal. »

Il me presse l'épaule.

« À partir du moment où on sait qu'on est foutu, on est libre. Pas vrai ? »

Nous gravissons Pursing Hill dans le froid. Effectivement, il se met à neiger ; les flocons étoilés se posent sur ses cheveux et ses cils et, en un instant, ils s'évanouissent dans la tiédeur de Sky.

La lampe frontale brille dans l'obscurité, le clapotis des vagues qui lèchent les parois résonne dans la grotte. La main de Harper surgit du baril.

*Arrête,* je songe. *Je t'en prie.*

*Ne t'inquiète pas, Wilder,* me dit Harper. *C'est sans danger. Nous sommes toutes dégantées, à présent.*

Je me retourne face à une lumière aveuglante, dans une odeur de sciure et de peinture. Je ne suis pas dans la grotte, mais dans la remise des décors, et quelqu'un me braque le faisceau d'une lampe torche dans la figure. Malgré mon aveuglement, je parviens à distinguer une silhouette.

« Qu'est-ce que c'est que ce bordel ? » s'écrie une voix masculine.

Le vigile a donc fini par remarquer le nouveau cadenas.

Je bondis et me réfugie derrière des remparts cartonnés qui tombent en lambeaux. L'homme se lance à ma poursuite, le faisceau de sa lampe dansant dans toutes les directions. Pour parer à cette éventualité, j'avais pris soin de me dégager un passage entre les façades de cottages, les arbres et les silhouettes de gratte-ciel en contreplaqué. Une précaution bienvenue : je connais désormais le chemin par cœur et je n'ai aucun mal à le suivre, même dans le noir. Apparemment, ce n'est pas le cas du vigile. J'entends le choc d'un genou contre un morceau de bois, suivi d'un cri de douleur. J'en profite pour contourner l'homme, me faufiler entre les pyramides d'Égypte et sortir de la remise.

Derrière moi, j'entends des décors s'effondrer tandis que je traverse l'esplanade au pas de course. Après avoir fait le tour des cuisines, je me retrouve face à ma résidence et me réfugie dans un buisson pour reprendre mon souffle à l'abri des regards. Plié en deux, je m'efforce de ne pas faire de bruit, malgré ma respiration saccadée et une envie irrésistible d'éclater de rire. J'ai hâte de raconter mon aventure à Sky, c'est le genre d'histoire qui lui plaira.

Soudain, la lourde porte coupe-feu s'ouvre. Quelqu'un surgit de la cage d'escalier qui mène à ma chambre. Un visage doux, une moustache grise. Le malaise m'envahit. Parce que cet homme, je l'ai tout de suite reconnu.

Qu'est-ce que le père de Sky est venu faire là au beau milieu de la nuit ?

Les cheveux de Sky forment une crête cuivrée sur sa tête et il ressemble à un enfant surpris.

« Il a des ennuis avec la police, c'était… Ce n'était pas un bon père et ma mère ne veut plus que je le voie. Quand elle a appris que c'était lui qui m'avait accompagné le jour de la rentrée, elle a fait une demande au tribunal pour une ordonnance d'éloignement. Depuis, il n'a plus le droit de m'approcher. Si ça se sait, il risque d'aller en prison. Mais malgré tous ses défauts, ça reste mon père, tu comprends ? Je ne peux pas juste arrêter de le voir…

– Vous pourriez vous retrouver n'importe où ailleurs, Sky…

– Tu ne diras rien, hein, Wilder ? Promets-moi que tu ne diras rien ! »

Il a l'air tellement triste. J'ai beau savoir qu'il me ment, je n'insiste pas. Cette histoire avec son père ne tient pas debout mais, quelque part, c'est presque rassurant de constater qu'il est si mauvais menteur. Et, de toute façon, je respecterai son intimité comme il respecte la mienne.

Je m'assois sur mon lit.

« J'ai refait le rêve.

– Encore ? dit Sky en prenant place à côté de moi.

– Encore. »

Il hésite. Je sens qu'il réfléchit, puis il se lance :

« Wilder, est-ce que tu veux me raconter ce qui t'est arrivé ?

– Je ne peux pas.

– Hier, tu m'as écouté. Maintenant, c'est mon tour. Je t'assure que ça fait du bien.

– Alors, d'accord. »

Je prends une grande inspiration et attrape le classeur avec Aphrodite sur la couverture. À la fin se trouve un dossier spécial constitué de plusieurs feuillets. Un projet sur lequel je travaille dès que j'ai du temps libre, entre mes cours et mes devoirs.

« Avant, j'écrivais de la fiction. Des histoires courtes, surtout. Mais j'ai arrêté quand... »

*La guirlande de barils. Une main, tendue vers moi.*

J'inspire à nouveau.

« J'ai tout arrêté l'année dernière après un événement dramatique qui m'a vraiment fichu en l'air. C'est à ce moment-là que ça a commencé, les cauchemars et tout le reste.

« Mais l'autre jour, tu as prononcé une phrase qui m'a donné l'idée de m'y remettre. Tu as dit qu'écrire permettait de purifier les choses. Et j'ai songé que je n'avais qu'à essayer. Ce n'est pas une fiction, c'est... Bon, tu verras bien. Tiens. »

Curieux, Sky prend la liasse de papiers et lit le titre à voix haute :

« *Le Rôdeur de Whistler Bay*, mémoires de Wilder Harlow. »

Il se plonge dans sa lecture. De mon côté, je feuillette un roman sans bruit en m'efforçant de ne pas regarder mon colocataire. J'hésite à quitter la pièce, mais je crois que ce serait encore pire. Il est trop tard, à présent. Les dés sont jetés.

Je devine qu'il approche de la fin – comme si je sentais l'histoire s'infiltrer en lui, page après page.

Effectivement, alors que je me tourne vers lui, je constate qu'il a atteint le dernier feuillet. Il le repose doucement sur la pile, tête baissée. Je n'arrive pas à voir son visage.

« Voilà, maintenant, tu comprends pourquoi je suis aussi bizarre », dis-je pour briser le silence.

Puis l'honnêteté m'oblige à ajouter :

« Enfin, j'ai toujours été bizarre. Mais je le suis encore plus depuis ce qui s'est passé. Et pas dans le bon sens du terme.

– Je savais bien que j'avais déjà vu ton nom quelque part. Tu faisais partie de cette bande de gosses.

– Oui.

– Et ça, c'est quoi ? demande-t-il en désignant les articles découpés.

– Tout ce que je peux trouver à leur sujet. Ces femmes.

– Tu les relis chaque fois que tu te réveilles la nuit.

– Ça m'aide, je ne sais pas trop pourquoi. Grâce à ça, elles redeviennent réelles. Ça me rappelle qu'elles étaient de vraies personnes. Pas juste des cauchemars.

– Oh, Wilder… »

À cet instant, il relève la tête. Il se frotte le nez avec le dos de la main et je me rends compte qu'il pleure à chaudes larmes, le visage tout tordu.

« Non, non, ça va, dis-je, paniqué. Sky, arrête, s'il te plaît. »

Alors que je l'enlace maladroitement, il se jette brusquement dans mes bras, comme un enfant, et me serre contre lui.

« Je suis vraiment désolé, me murmure-t-il à l'oreille. Que toutes ces choses soient arrivées à ces femmes. Et à toi. »

Notre étreinte dure un moment. Je sens son cœur battre contre mon torse et j'imagine qu'il perçoit le mien, lui aussi.

Sky se redresse et glisse une main derrière ma nuque. Il me regarde dans les yeux, nos visages séparés de quelques centimètres seulement, et j'ai l'impression de baigner dans un rayon de soleil. Je perçois l'odeur minérale des larmes sur sa peau.

« Lire ce texte, c'était comme être en toi », souffle-t-il.

J'essaie de remuer pour échapper à la lumière aveuglante de son regard, mais Sky m'agrippe la cuisse. Il a de la force.

« Est-ce que c'était vrai, le secret que tu t'apprêtais à révéler dans la grotte ? Avant que Harper et Nat te jouent leur sale tour ?

– Je ne sais pas.

– Et moi, je pense que si, tu sais », dit-il avec douceur.

Alors à mon tour, je plonge mes yeux dans les siens, je me détends. Je décide de laisser advenir ce qui doit advenir. Sky entend probablement mon cœur, désormais : les pulsations sont si assourdissantes qu'elles me font l'effet d'une série de détonations.

*Je sais ce que je vais ressentir*, je songe confusément, sans même comprendre à quoi je fais référence.

Sky soutient mon regard durant une infinité de battements de cœur. Puis il me tapote le bras.

« Merci de m'avoir montré ce texte, Wilder. Continue à l'écrire. »

Et il se lève et retourne vers son lit. Comme hypnotisé, je l'observe se glisser sous les couvertures et tendre la main vers sa lampe de chevet. Les endroits de mon corps qu'il a touchés me semblent froids, à présent. Il a laissé des empreintes glacées sur ma chair.

« Wilder ? »

Je me rends compte qu'il me parle et je me ressaisis.

« Hein, quoi ?

– Ça te va si on dort sans la lumière, cette nuit ? »

J'acquiesce et, avec un *clic*, les ténèbres sont là.

« Libre », je murmure dans le noir. J'attends. « Sky ? Libre.

– Pas ce soir, chuchote Sky.

– D'accord, je vais le faire. Libre, livre, ivre.

– Mmm, marmonne Sky en se retournant. Ferme-la, s'te plaît. »

Puis il ne dit plus rien. Je ne sais pas s'il dort déjà.

Je reste éveillé un long moment, à fixer l'obscurité. Je me rejoue la scène en boucle dans ma tête, et je me remémore la caresse délicate de la peur... Un frisson qui veut dire trop de choses.

*Frisson. Frisons. Prisons.*

Moi aussi, j'ai l'impression qu'il a été en moi.

Le lendemain, je suis très occupé. J'ai pris du retard en cours et j'ai plusieurs devoirs à rendre. À la lumière du jour, notre conversation d'hier soir est encore plus troublante et je ne sais plus quoi penser. Je traîne à la bibliothèque jusqu'à ce qu'on me mette dehors, à minuit. Je refuse de m'avouer que ce n'est qu'un moyen d'éviter Sky et de repousser le moment de rentrer, dans l'espoir qu'il sera endormi à mon arrivée.

Quand j'ouvre la porte de notre chambre, je découvre qu'il n'est pas là. On a posé une feuille sur mon lit : une photocopie de l'éloge funèbre de Christy Barham publié dans un petit journal local. Je ne l'avais jamais lu et je comprends tout de suite qu'il a été rédigé par quelqu'un qui l'aimait. Le texte la dépeint en couleurs, en trois dimensions. J'apprends que les tournesols étaient ses fleurs préférées, qu'elle était très proche de ses sœurs. Et je me souviens, je me souviens que tout le monde disait à quel point elle était gentille, je me souviens de la jeune femme pleine de vie que j'ai croisée, le jour où Alton Pelletier a ramassé son mouchoir pour le mettre dans sa poche. Et soudain, même ce souvenir devient utile. Il me permet de relier toutes ces informations pour créer un tout, plutôt qu'une série de clichés distincts les uns des autres.

Je serre la feuille contre ma poitrine, soulagé. Puis je la glisse soigneusement dans une pochette en plastique neuve que je clipse dans le classeur, à la suite, bien à l'abri.

Sky ne réapparaît pas et je finis par sombrer. Tard dans la nuit, je suis réveillé par le bruit de la porte. Est-ce que lui aussi il cherche à m'éviter ?

Il se déshabille discrètement dans le noir. Je voudrais lui parler de l'article, le remercier, mais je suis incapable de trouver les mots. Enfin, il se couche. Il ne dort pas, je le sens. Alors nous restons là, tous les deux, à écouter la respiration de l'autre.

Sur l'esplanade, j'attends en frissonnant l'ouverture du bureau des résidences afin de m'inscrire pour passer les vacances sur le campus. Je suis arrivé en avance, mais je n'étais pas le premier : il y a là les deux Françaises, d'autres élèves en échange universitaire et quelques étudiants taciturnes que je n'ai jamais vus. Ceux qui ne peuvent pas rentrer chez eux pour les congés, et ceux qui n'en ont pas envie. Des tas de neige souillée reposent contre les murs en pierre des bâtiments. Nous dansons tous d'un pied sur l'autre, les mains plongées dans les poches, pour essayer de nous réchauffer.

« Je pense que tu devrais aller le voir », dit Sky.

Je lève les yeux. Ces dernières semaines, nous nous sommes à peine croisés, lui et moi. D'abord, il y a eu le pont de Thanksgiving.

Je suis rentré à New York dans un appartement désert pour regarder les festivités à la télé en mangeant des sandwichs au saucisson ; lui est allé chez sa mère, dans le Connecticut.

Depuis que nous sommes de retour, nous nous tournons autour sans vraiment nous voir, nous évitons les longues conversations. Étonnamment, cela ne pose pas de problème. J'imagine que c'est une dynamique assez commune entre deux colocataires, mais je me sens seul. Je me rends compte que, malgré moi, en très peu de temps, j'ai fini par beaucoup me reposer sur lui.

« De quoi tu parles ? »

Sky examine la file, impatient, et m'attrape par le coude pour m'emmener à l'écart. Je résiste.

« Sky ! Je fais la queue, là. Je n'ai pas envie de perdre ma place. »

Il tapote l'épaule d'une des deux Françaises devant moi.

« *Excuse-moi*, commence-t-il dans un français presque parfait, *est-ce que tu peux garder son place en ligne ? Pour un instant seulement.* »

Il sourit, et elle lui sourit en retour.

« Pas de problème ! » répond-elle en anglais.

Elle a un accent adorable, je crois que je tombe instantanément amoureux d'elle. Puis elle se tourne vers moi et il n'y a plus une once de sympathie dans son regard. Je la comprends : ça fait des mois que je perturbe son sommeil plusieurs nuits par semaine.

Sky m'entraîne de l'autre côté de l'esplanade, où nous montons les marches du bâtiment de la cantine. Le service du petit déjeuner est terminé depuis une heure et le hall est désert.

« Voilà, j'y ai pas mal réfléchi, déclare Sky. Et je pense que tu devrais aller le voir en prison.

– Qui ça ? je balbutie – mais je le sais déjà.

– Alton.

– Pourquoi ? je m'exclame tandis que le monde vacille autour de moi.

– Pour lui demander pourquoi il a fait ça. Lui demander qui était réellement Nat. Et pour le voir, en vrai.

– Pourquoi est-ce qu'il répondrait à mes questions ?

– Peut-être qu'il refusera. Mais il n'y a qu'un moyen de le savoir. Au moins, comme ça, tu seras fixé. Tu pourras terminer ces mémoires que tu as commencés, leur donner une fin. Une fin, ce n'est pas forcément dramatique. Au contraire, c'est parfois l'occasion d'un nouveau départ.

– Je ne saurais même pas par où… Comment on fait pour prendre contact avec un prisonnier ? Comment on fait pour savoir dans quelle prison il est incarcéré ?

– Je n'en ai aucune idée, Wilder, admet Sky, mais il y a forcément un moyen. Ce que je sais, en revanche, c'est que tu ne peux pas continuer comme ça. Ce n'est pas une vie. »

Le soir même, son visage apparaît à la télévision. Nous regardons les informations dans la salle commune miteuse de la résidence, et Sky se saisit de la télécommande pour empêcher le garçon qui veut mettre un tournoi de billard d'arriver à ses fins.

« Si tu veux bien nous laisser juste une petite minute de plus, mec », dit-il.

Le type émet un grognement, puis, très vite, hausse les épaules avec un sourire, manière de dire : *Bah, si ça te fait plaisir…* J'ai remarqué que Sky avait souvent cet effet sur les autres.

Quand je me retourne vers l'écran, Alton Pelletier me fixe droit dans les yeux. Le choc me glace : il n'a pas changé, il a l'air toujours aussi doux et tranquille. Je ne sais pas à quoi je m'attendais. Peut-être que j'imaginais que la noirceur qu'il renferme à l'intérieur de lui allait désormais s'afficher sur son visage.

« Aujourd'hui, Alton Pelletier, qui avait accepté la demande d'entrevue de la mère de Christy Barham et qui lui avait laissé entendre qu'il lui révélerait le nom des victimes encore non identifiées ainsi que les lieux où pourraient se trouver d'autres corps, a subitement changé d'avis et annulé la visite, pourtant prévue de longue date. Ce n'est qu'une fois devant la prison que la pauvre Mme Barham a appris la nouvelle. Elle est repartie, effondrée. De toute évidence, Pelletier a décidé de garder ses secrets. »

On nous remontre la photo prise le jour de son arrestation. M. Pelletier m'observe à nouveau de ses yeux si gentils.

« Il s'ennuie, murmure Sky – et je ne pense pas qu'il s'adresse à moi. Il s'ennuie, c'est pour ça qu'il a changé d'avis au dernier moment.

– S'il s'ennuyait vraiment, tu ne crois pas au contraire qu'il aurait accepté la visite ? Ça lui aurait fait une distraction.

– Non, il veut prouver que c'est lui qui détient le pouvoir, réplique Sky avec intensité, comme hypnotisé par les images. Il promet à cette mère éplorée une miette d'espoir, il la pousse à prendre la décision terriblement difficile de parler à l'assassin de sa fille, et puis, au tout dernier moment, il l'envoie bouler. Il imagine ses supplications. »

Soudain, il se tourne vers moi.

« Je pense que ça vaut le coup. Je pense que tu devrais lui écrire. »

Quelqu'un a encore collé un chewing-gum sous la languette du téléphone public, alors, résigné, je prends un stylo et m'applique à le retirer. Enfin, j'entends une tonalité et j'ouvre mon portefeuille pour en sortir la carte. J'avais presque oublié son existence. Les bords sont aussi coupants que le jour où elle me l'a donnée. Si je m'étais souvenu que je l'avais, je l'aurais sûrement jetée. Je suis passé par une période où je me débarrassais de tout ce qui avait trait à ces événements, même mes journaux et mes nouvelles. Quand j'ai commencé à écrire mes mémoires, je craignais que ça ne me complique les choses, je craignais d'avoir du mal à retrouver les détails, mais j'avais tort : mes souvenirs continuent à jaillir en masse, comme si je n'avais qu'à ouvrir la porte *(à soulever le couvercle du bidon avec un pied-de-biche, le visage du plongeur, le vomi flottant sur les vagues).*

Debout à côté de moi, Sky est tendu.

« Ça va, Wilder ? »

Il pose une main sur mon épaule. Il ne m'a plus touché depuis cette fameuse nuit et, malgré les circonstances pour le moins stressantes, je sens à nouveau cette étrange torsion dans mon ventre. *Peut-être de la peur*, je songe. *Peut-être.*

*Elle a sûrement déménagé. Ou alors elle a été mutée. Ou bien elle est en vacances.*

« Allô ? »

La voix de l'inspectrice Harden n'a pas changé. Je devine qu'elle sirote une boisson chaude, j'imagine la tasse fumante entre ses mains. Je me présente, et elle semble sincèrement contente de m'entendre.

« Tiens, salut Wilder ! »

Le souvenir de la première fois que j'ai entendu quelqu'un prononcer mon prénom avec cet accent me revient de plein fouet, c'en est presque douloureux. Le souvenir de la personne qui le prononçait. *Wildah.* Je dois me forcer à me ressaisir pour parvenir à m'exprimer et expliquer la raison de mon appel.

« Ce n'est pas une bonne idée, commente l'inspectrice Harden. Mais j'imagine que tu t'en doutes, non ?

– Mais il… Il existe bien une sorte de programme encadré pour ce genre de choses, non ? Comment on appelle ça, euh… Une réconciliation pour les victimes ? »

Sky me souffle le bon terme.

« Une médiation ? je corrige.

– Ces dispositifs concernent uniquement les familles des victimes.

– Il n'y a pas d'autre moyen ? »

Elle prend une grande inspiration.

« Tu peux toujours lui écrire une lettre. Il reçoit beaucoup de courrier. Est-ce qu'il la lira, est-ce qu'il y répondra, est-ce qu'il t'accordera un droit de visite… ? Peut-être que oui, peut-être que non.

– D'accord, dis-je. Et ce courrier, où est-ce que je dois l'envoyer ?

– Je refuse de t'aider pour la suite, Wilder, réplique-t-elle, soudain catégorique. Si tu tiens à rentrer dans son petit jeu, libre à toi ; toutes les informations dont tu as besoin sont publiques. Mais je ne peux que te conseiller de renoncer. Après l'arrestation de Pelletier, j'ai participé à la perquisition de son domicile et... Crois-moi, ce que j'ai vu, je ne pourrai jamais l'oublier.

– D'accord, inspectrice Harden. Je comprends.

– Tu peux m'appeler sergente, maintenant.

– Tant mieux, c'est mérité, dis-je avec sincérité – et, sur un coup de tête, je demande : C'est quoi, en fait, votre prénom ?

– Tu t'enhardis ! commente-t-elle, amusée. Bon, allez. Karen.

– Ah. C'est joli.

– C'est très moche et tu le sais aussi bien que moi. Écoute, je vais changer de département pour entrer à la police judiciaire, section homicides. Je ne serai plus à Castine très longtemps, ajoute-t-elle avant de marquer une pause. Tu sais, cette affaire, elle m'a usée. J'ai besoin de changer d'air.

– Où vous allez ?

– Sur la côte Ouest. Dans l'État de Washington. Il n'y fait pas trop chaud, ça me conviendra très bien.

– J'aimerais pouvoir changer d'air, moi aussi. Mais je n'arrive pas à laisser tout ça derrière moi.

– Tu es encore un gamin... Tu devrais en profiter.

– Il est trop tard pour ça.

– J'espère que tu te trompes. Prends soin de toi, Wilder. »

Et elle raccroche. Je repose le combiné sur son socle aussi doucement qu'on coucherait un petit animal endormi.

« Elle refuse de m'aider, j'explique à Sky.

– Il faut que tu sois fort, dit-il en me pressant l'épaule.

– Sort, je réponds.

– Mort, conclut-il gravement. Ne t'en fais pas, on se débrouillera sans elle. Je vais m'occuper de tout. Et je te promets que ça te fera du bien. »

Sky trouve le nom de la prison, remplit le formulaire de demande de visite, rédige un courrier pour Alton. J'ai l'impression que cette histoire m'échappe de plus en plus, mais je laisse faire, car Sky a raison. Je ne vis plus vraiment depuis cet été-là et je veux pouvoir recommencer.

Il me montre sa lettre, mais je ne tiens pas à la lire, alors je me contente de signer en bas de la page et Sky part la poster.

Tous les jours, après le petit déjeuner, je vais relever mon courrier, en vain. On m'a donné un minuscule espoir de découvrir la vérité. Mais les semaines passent sans réponse, sans que rien d'autre se produise, et je comprends que je comptais sur cette idée d'une réponse, d'une éventuelle résolution. Car pour moi, il est trop tard : je ne pourrai plus jamais être un enfant.

Tous les soirs, je retrouve Sky au réfectoire pour le dîner. La nuit tombe comme une pierre en ce moment, c'est la période de l'année durant laquelle l'hiver semble essayer de vous attraper de sa main froide. J'ai faim, mais je n'ai pas envie de manger, car l'odeur du pain de viande emplit toute la cantine. Elle nous attendait déjà ce matin au réveil, montant depuis les cuisines jusqu'à notre chambre. Sentir l'odeur de mon repas toute la journée a tendance à me couper l'appétit, mais ça ne semble pas déranger Sky. Ici, la nourriture est simple : chili con carne, macaronis au fromage, rôti le dimanche, et la plupart des étudiants ont l'air contents. Les riches aiment les repas d'enfants. À une époque, j'aurais noté cette observation quelque part.

Sky plonge la fourchette dans son assiette sans sourciller. Voir le pain de viande se désagréger sous le métal me donne la nausée. Sur la table, mon colocataire a posé son livre, avec le stylo vert en guise de marque-page. J'ai l'impression que le stylo n'a pas bougé depuis hier. Invariablement, quand je le rejoins, Sky me demande :

« Alors ? Tu avais du courrier ? »

Je sais qu'il cherche juste à m'aider mais, ce soir, ça m'agace.

« Non. Et tu peux arrêter de me poser la question tous les jours, tu sais.

– Désolé », dit-il avant de rouvrir *À la recherche du temps perdu*.

Et il souligne une phrase à l'encre vert vif. Il a un autre livre posé à côté et, pour une raison obscure, cela m'agace encore plus. Je m'en empare. Une biographie de Proust.

« C'est quoi, ça ? je lance, tandis que je sens en moi un frémissement de colère.

– Oh, juste un peu de lecture pour approfondir ma lecture, explique-t-il joyeusement. Ces temps-ci, je me penche sur le sujet de l'autofiction. Tu sais, un mémoire avec des éléments de fiction, un mélange entre un roman et une autobiographie. Comme celui-là, conclut-il en désignant *À la recherche du temps perdu*.

– Et pourquoi tu te penches sur ce sujet-là, au juste ? je gronde – les remous en moi se font de plus en plus fort.

– Pour toi, Wilder, répond Sky, surpris. Pour que tu puisses écrire sur ce qui s'est passé.

– Arrête de me dire ce que je dois faire !

– Il faut bien que quelqu'un s'en charge. »

J'attrape son exemplaire de Proust, avec sa couverture idiote – un dessin abstrait prétentieux. Sky a ajouté des petits papiers entre les pages, recouverts de notes à l'encre verte. Il y en a une quantité invraisemblable, ça doit lui prendre un temps fou. À l'intérieur de mon corps, le frémissement a laissé place à un bouillonnement violent.

« Mais tu vas le finir un jour, ce fichu bouquin ? »

J'ai haussé le ton. Pire, j'ai crié. Dans la cantine, tout le monde se tourne vers nous. Je ne me souviens pas de m'être levé, mais je suis debout, penché sur Sky qui m'observe, inquiet, et je crie :

« Chaque fois que je te vois, tu es plongé dedans, mais tu n'avances pas ! C'est à devenir dingue, je te jure. Tu es constamment là, à faire tes annotations, à lire et relire… mais personne n'a jamais réellement lu ce livre, tu t'en rends compte ? Et il ne va pas te transformer en écrivain. Tu sais comment on devient écrivain ? En écrivant. Pourquoi tu ne te consacrerais pas à ça, plutôt que de me poser la même question tous les jours ? »

À présent, je beugle, les poings serrés, et je n'arrête plus :

« Tu te trouves des excuses pour ne pas essayer, pour être sûr de ne jamais échouer… »

Sky se lève.

« D'accord », dit-il.

Il reprend son livre et s'en va. Je me retrouve seul au milieu du réfectoire. Tous les regards sont braqués sur moi et je suis terrifié. Je viens de repousser la seule personne qui voulait m'aider.

Quand je rentre dans notre chambre, Sky est occupé à écrire, et pas dans *À la recherche du temps perdu*, non, dans un carnet. Plusieurs lignes vertes ornent déjà la page.

« Tu vois ? dit-il. Je suis tes conseils.

– Je suis vraiment désolé, je balbutie. Je ne sais pas ce qui m'a pris. »

Au fond, j'ai conscience que, parfois, c'est contre soi-même qu'on crie.

« Ne t'en veux pas, Wilder. Je détestais ce livre. Je m'acharnais parce que je pensais que c'était nécessaire. Je pensais que ça pourrait t'être utile, un jour.

– Je sais. Et je suis désolé », je répète.

Après une hésitation, je reprends :

« Je crois que je suis tendu, en ce moment. À cause de cette réponse qui ne vient pas. J'avais commencé à y croire, tu sais ?

– Eh bien, on va devoir trouver un autre moyen de te rendre une vie digne de ce nom ! dit-il avec un sourire. Je peux finir mes notes dans le couloir, si tu veux dormir.

– Non, j'aime bien ce bruit. »

C'est vrai : le grattement du stylo-plume sur la page est apaisant. Je me mets à somnoler.

J'espérais qu'Alton Pelletier m'aiderait à trouver la paix. Peut-être que je pensais qu'une fois cette histoire terminée, je serais enfin libre.

Cependant, il ne s'agit pas que de mon état psychologique. En vérité, maintenant que j'ai entrepris de rédiger tout ce qui s'est passé lors de ces deux étés, l'histoire entière s'est réveillée en moi, et elle cherche à sortir. J'ai besoin d'une fin pour moi, mais aussi pour mon livre. Hélas, il n'y aura ni *deus ex machina,* ni confrontation dramatique avec le meurtrier.

« Tu ne vois pas ton père, ces temps-ci », dis-je soudain.

Sky relève la tête.

« Comment ?

– Ton père. Ça fait un moment qu'il n'est pas venu te rendre visite. Est-ce que… Est-ce que ta mère s'en est mêlée ? Est-ce qu'il va bien ?

– Il est malade, répond Sky un peu sèchement. Et on s'est disputés.

– Ah, mince. Désolé.

– Ce n'est rien. On finira par se réconcilier, comme d'habitude. »

Je gravis Pursing Hill dans des tourbillons de flocons, en direction de la souche creuse. Sky est appuyé dessus, penché sur un objet, très concentré. Ses cheveux cuivrés ressortent sur le paysage. Il ne porte même pas de manteau.

« Tu dois être mort de froid ! je m'exclame.

– Hein ? »

Il se tourne vers moi, et je découvre qu'il a un œil cerclé de rouge foncé et du sang séché sous le nez, rendu violet par le froid.

« Sky ! Qui t'a fait ça ? Tu vas bien ? »

Il balaie ma question de la main avec impatience.

« J'ai eu une grosse engueulade avec mon père.

– Je croyais que tu ne le voyais plus…

– J'ai menti », me coupe-t-il.

Son aveu me blesse. Je prends une grande inspiration.

« Tu ne dois plus le revoir, j'affirme, bouleversé. Tu me le promets ?

– Oui, si tu veux, mais…

– Je suis sérieux, Sky, j'insiste – ma voix tremble de rage. Quelqu'un qui te fait autant de mal, il ne faut plus que tu le voies, plus ja…

– Wilder, tu veux bien la fermer une seconde ? »

Et il sort une enveloppe de sa poche. Elle porte le cachet de la poste pénitentiaire.

« Regarde. Il a répondu.

– Tu as ouvert mon courrier ?

– Cette lettre s'est retrouvée avec le mien. »

Je prends l'enveloppe, la tourne et la retourne entre mes doigts.

« Tu l'as lue ?

– Oui.

– Je n'y arriverai pas, Sky.

– Tu vas devoir le faire, pourtant. Le monde garde déjà bien assez de secrets, le monde nous fait du mal. La famille, les parents. Aujourd'hui, tu vas braquer un projecteur sur la vérité. »

Mon cœur s'emplit de plomb. Je ne veux pas lire cette lettre. Dès que je poserai les yeux dessus, elle deviendra réelle.

La neige tombe sur l'enveloppe et la tache de petites marques humides, alors je me voûte pour la protéger de mon corps, et les flocons se déposent sur mon dos.

Il a exactement la même écriture que Nat. C'est le pire de tous les détails. Je me force à respirer.

Les prochaines visites auront lieu à Noël, m'écrit Alton Pelletier. Il faudra que je vienne ce jour-là car, en début d'année prochaine (il ne connaît pas la date), on le transférera dans une prison de haute sécurité. Là-bas, seuls ses avocats et sa famille auront le droit de le voir.

Je replie la lettre, la range dans ma poche et prends la main de Sky.

« Viens, il fait trop froid pour rester dehors. »

Dans notre chambre, j'essaie de nettoyer délicatement ses plaies. Quand je lui fais mal, il tressaille mais n'émet aucun son, comme un enfant qui veut se montrer courageux.

« Tu ne peux pas y aller tout seul, me dit Sky.

– Je ne sais déjà pas si je vais y aller, tout court, je réplique – mais nous savons tous les deux que je n'ai pas le choix.

– Je vais t'y conduire, déclare-t-il. J'ai une voiture, ici. Je ne m'en sers jamais. »

Nous resterons donc tous les deux au campus pour les vacances de Noël. Ça m'embête que Sky ne puisse pas passer les fêtes avec sa mère dans le Connecticut, dans cette grande demeure blanche palladienne que j'ai vue en photo. Il ne profitera pas des gros feux de cheminée, des couronnes de houx, des repas gargantuesques et des chants de Noël.

« Ah, oui, notre bon vieux réveillon bourgeois, s'esclaffe-t-il. Ce sera le même l'année prochaine, va. Je préfère être avec toi. »

Je téléphone à ma mère.

« Coucou, crapaud !

– Comment vas-tu, très chère mère ? »

Elle rit.

« De mieux en mieux. Vivement Noël ! Tu préfères de la dinde ou du chapon ? Et je vais faire une purée de patates douces aux chamallows, cette hérésie que tu adores. »

Au début, elle disait qu'elle serait sortie pour Thanksgiving, mais ça n'a pas été possible. J'ai échangé avec son médecin – elle ne sera pas sortie pour Noël.

« Tu savais qu'on ne nous laisse même pas jouer aux dames, ici ? poursuit-elle. Ils ont peur qu'on avale les pions. Tu te rends compte ?

– Tu ne joues pas aux dames, maman.

– Je sais, je sais, mais ce n'est pas la question. J'aimerais bien en avoir la possibilité ! »

Son traitement la rend très bavarde. À moins que ce ne soit sa maladie. J'ai l'impression de discuter avec quelqu'un d'autre, mais c'est toujours mieux que lorsqu'elle s'enferme dans un silence complet.

« J'ai hâte de te voir la semaine prochaine, crapaud ! On va pouvoir planifier ce qu'on fera pour les fêtes.

– Maman, il faut que je te parle de quelque chose.

– Vas-y, je t'écoute.

– Je crois… que je vais rester ici pour les vacances. Je vais aller rendre visite à Alton Pelletier. »

J'entends le claquement d'une bulle de chewing-gum.

« Est-ce que tu as perdu la tête ? lâche-t-elle.

– Il faut que je le fasse. »

Je me laisse tomber contre le mur du téléphone. Quelqu'un a gravé dans le plâtre une ligne de points d'interrogation de plus en plus gros. Le dernier, tout à droite, fait la taille d'une main. Quelqu'un d'autre (ou peut-être la même personne) a repassé dans les traits avec un stylo-bille noir.

J'en suis un du bout de l'index. Quand je regarde mon doigt, après coup, il y a une marque sombre sur ma peau, comme de l'encre pour relever les empreintes. Ça me rappelle le poste de police de Castine. Peut-être qu'il s'agit de cette même encre. Peut-être qu'elle est là depuis tout ce temps et qu'elle remonte aujourd'hui à la surface, tel *(un baril)* un dauphin.

« Ce qui s'est passé cet été-là a détruit notre famille, reprend ma mère. Pourquoi tiens-tu à te replonger dans cette histoire ?

– Je dois m'y confronter. Et je pense que notre famille était déjà détruite bien avant ces événements.

– Laisse tomber, j'ai compris, réplique-t-elle, le souffle court. Tu vas aller voir ton père, c'est ça ? Tu l'as choisi, lui. Personne ne me choisit jamais.

– Non ! »

Je m'en veux. Je n'aurais pas dû mentionner Alton, je sais pourtant qu'elle est fragile.

« Bon, je suis fatiguée. Je ferais mieux d'aller me reposer. Prends soin de toi, crapaud, d'accord ?

– Maman... Je suis content qu'on se voie la semaine prochaine.

– On devrait peut-être reporter cette visite, Wilder. J'ai vraiment besoin de tranquillité en ce moment, tu sais ?

– Mais j'ai envie de te voir... »

Hélas, j'entends un petit *clic*, et elle n'est plus là.

Un cœur brisé, c'est juste une expression, n'est-ce pas ? Pourtant, à ce moment précis, je sens mon cœur se fendre comme une pierre en hiver.

Et voilà comment je me suis retrouvé à passer Noël avec un assassin.

La voiture de Sky est une immense berline noire et luisante avec des phares qui ressemblent à deux yeux écarquillés. Je ne reconnais pas le logo.

« C'est quelle marque ? » je demande.

Sky me dit un long mot en français.

« J'ai un peu honte, ajoute-t-il. Elle attire tous les regards, alors que je conduis super mal. »

Je ne savais même pas qu'il avait une voiture – depuis quatre mois que nous partageons une chambre, il ne lui est jamais venu à l'esprit de mentionner son existence. Comme ce doit être étrange de posséder quelque chose d'aussi beau et d'aussi cher, et de trouver cela aussi banal.

Sky n'a pas menti : il ne conduit vraiment pas bien. Sa voiture est équipée d'une transmission manuelle ; elle grince affreusement chaque fois qu'il change de vitesse et elle émet une forte odeur de caoutchouc dès qu'il appuie sur l'embrayage.

Alors que nous filons vers le nord, les Appalaches disparaissent, et l'État de New York me semble plus gris et plus plat qu'avant. Un morne paysage hivernal. Plus nous approchons de la mer, plus je me sens nauséeux.

La prison est un monolithe de béton derrière une enceinte de grillage et de barbelés – elle ressemble tant à l'image que je me faisais d'une prison que j'en suis presque surpris. Nous nous garons près de l'entrée, sur un vaste parking quasiment désert quadrillé de lignes blanches à perte de vue. Les gens sont chez eux, à se goinfrer de dinde et de bûche de Noël. Je prends une grande inspiration, et Sky et moi échangeons un regard.

« Merde, dis-je.

– Mère.

– Ère. »

Ce jeu parvient toujours à me calmer. Parfois, j'aimerais pouvoir ne parler que comme ça, avec cette structure si apaisante.

« Tiens, me dit Sky en me tendant une liasse de billets d'un dollar.

– Pour quoi faire ?

– Pour le distributeur. Je te suggère d'acheter plein de friandises pour lui. Il doit s'ennuyer. Et écarte-moi ces cheveux qui te tombent dans les yeux, Wilder ! » ajoute-t-il après une pause.

C'est vrai qu'ils sont plutôt longs, et Sky les coince derrière mon oreille. Le tracé de ses doigts réchauffe ma peau froide.

« Le visage doit être bien dégagé en toutes circonstances, récite-t-il. Tu n'as pas lu le dépliant ?

– Non », je réponds, soudain terrifié – *mais qu'est-ce que je fais là ?*

Sky se radoucit.

« Tout va bien se passer. N'oublie pas que tu peux partir quand tu veux. C'est toi qui es en position de force. »

La salle d'attente sent la javel, comme une scène de crime.

Je m'enfonce dans le bâtiment et, à chaque étape, on me prend quelque chose. D'abord mon nom, à l'entrée. Puis mon pull, à la porte suivante (il est beige et ressemble trop à l'uniforme des détenus). Au fur et à mesure de ma progression, on me retire des affaires, et j'ai l'impression qu'on me prépare pour un sacrifice.

Enfin, j'atteins mon but, une salle qui me fait penser à un musée avec son haut plafond et ses grandes fenêtres. Quelques tables accueillent déjà une poignée de familles. Il règne un silence de cathédrale.

« Table n° 16 », annonce quelqu'un.

J'obéis et m'assois à la place indiquée. Comme on me l'a ordonné, je garde les mains bien visibles sur le plateau métallique. Un bébé me dévisage avec de grands yeux ronds par-dessus l'épaule d'une femme.

Soudain, il est là. Il n'est pas imposant, il est même moins grand que dans mes souvenirs, et plus pâle – il faut dire qu'il passe moins de temps sur son bateau, désormais.

« Bonjour, monsieur Pelletier. »

Mon estomac se tord à ces mots, mais comment suis-je censé l'appeler ? C'était le père de mon ami, mon aîné. À présent, il est devenu quelqu'un d'autre, un numéro, une personne dont on n'utilise le nom complet que pour le mentionner à la télévision.

« Salut, Wilder. »

Sa voix n'a pas changé : plate, sans émotion. Il tient un objet rouge à la main et mon esprit est si affolé qu'au début, je n'arrive pas à me concentrer. L'objet est très, très rouge, et je me demande si c'est du sang, puis je m'aperçois que ce n'est qu'un petit carré de tissu, du feutre, qu'il frotte doucement entre le pouce et l'index. Il bâille.

« Désolé. Je n'ai pas réussi à dormir cette nuit. »

Effectivement, je reconnais le signe caractéristique de l'insomnie, les yeux enfoncés dans leurs orbites. Avant que Sky s'installe dans ma chambre, j'avais les mêmes.

« Moi non plus.

– Alors, comment vas-tu, fiston ? reprend-il avec affection, comme si on se croisait par hasard au supermarché.

– Pas mal, merci.

– Tu as dû finir le lycée, depuis le temps. Tu es à la fac ?

– Oui, du côté de Philadelphie.

– Dans les terres.

– C'est ce que je voulais. »

Il continue de frotter son morceau de feutre.

« J'aime la sensation sur mes doigts, explique-t-il lorsqu'il me voit regarder. Comment on appelle ça... la texture. C'est un truc qui me manque. Ici, il n'y a pas beaucoup de textures. On a le métal, le béton, le plastique... Oh, et la bouillie – les repas, si tu préfères. Mais rien de naturel. Ni bois, ni eau, ni sable. Je ne me rendais pas compte de la chance que j'avais de pouvoir connaître tout ça, avant. Je n'imaginais pas combien ça allait me manquer. Le mois prochain, je suis transféré dans une prison de haute sécurité. On m'a dit que, là-bas, il n'y avait que de la pierre et du béton. Tes mains ne touchent plus que deux textures. Trois, si tu comptes ta propre peau. »

Je regarde le feutre rouge entre ses doigts. Je pense à certaines des choses que ces doigts ont dû toucher.

« Vous ne vous êtes jamais dit que vous alliez vous faire prendre ?

– On pourra parler de ça plus tard, répond-il gentiment – et je rougis comme un gosse pris en faute. Tu sais, je réfléchis mieux quand j'ai un chewing-gum dans la bouche. »

Je me lève précipitamment et sors tant bien que mal les billets de ma poche – ils sont humides, je ne sais pas pourquoi. Le distributeur est enchaîné au mur. Une des parois est enfoncée, quelqu'un a dû y flanquer un coup de pied. Je tremble tellement que je parviens à peine à glisser les billets dans la fente et, comme pour me narguer, ils ressortent à plusieurs reprises. Enfin, un maxi-pack de Big Red tombe dans la cavité.

« Je crois que tu as des questions », dit Alton Pelletier.

L'odeur des chewing-gums à la cannelle emplit la pièce et me rappelle le parfum que les filles mettaient pour les boums du lycée. Puis je pense aux barils métalliques. *Respire*, je songe. *Souffle. Souffre. Soufre.*

Alton attend patiemment. Il semble comprendre ce que je ressens, et même compatir. Je me lance :

« Je voulais vous demander d'où il venait. Qui il était. Nat.

– Nat était mon fils, répond doucement Alton.

– Pas d'après son groupe sanguin.

– Sa mère était incapable de s'occuper de lui. La drogue, tu vois. Et moi, je voulais un enfant.

– Alors elle vous... Sa mère, elle vous l'a donné ? Comme ça ?

– Qu'est-ce que tu sous-entends par là ? s'étonne-t-il, souriant. Mais tu sais, tu n'es pas le seul à avoir des questions. »

Il se remet à frotter le morceau de feutre, plus vite.

« Je te remercie d'être venu me rendre visite, fiston. J'ai l'impression de le retrouver, quelque part. »

Et je comprends ce qu'il veut dire car je ressens la même chose. Il m'a ramené Nat. J'ai beau savoir qu'ils ne sont pas biologiquement de la même famille, je vois mon ami dans la blondeur grisonnante de ses cheveux, dans la chaleur de ses yeux bleus. Alton a le rire de Nat, un peu hésitant, un peu timide. Et sa manière de prononcer mon prénom. C'est douloureux, mais j'en veux encore, je veux tout ce qu'il pourra me donner.

« Tu te souviens du trou dans la falaise où il planquait ses bières ? dit Alton. Il était tellement fier de sa cachette, il pensait que c'était son secret. Et moi, je lui en piquais tout le temps quand j'étais à court ! J'ai même remis des bouteilles une fois ou deux pour me faire pardonner. Il croyait que c'était toi, hein ?

– Oui, il était furieux. Alors c'était vous ?

– Eh oui ! » s'esclaffe-t-il, tout content.

Il a l'air si espiègle que je laisse échapper un petit rire. Puis je me rappelle.

« Bon, dis-je. Je ne veux plus parler de lui.

– Comme tu voudras. Est-ce que tu tiens le coup depuis tout ça ?

– Je suis bien obligé. Je… Je serre les joues.

– Tu serres les joues, répète-t-il avec un sourire en coin. C'est drôle, c'était une expression de Nat.

– Oui, il se trompait tout le temps !

– Même moi, je sais qu'on dit "serrer les dents" ! » déclare-t-il en riant.

Je me rends compte que je souris. Uniquement parce que je repense à ce souvenir de Nat, mais tout de même. Pire, Alton aussi sourit. *N'oublie pas qui tu as en face de toi.* Malheureusement, il est très difficile d'associer cet homme au regard si doux aux horreurs qu'il a fait subir à ses victimes. C'est alors que je vois ses doigts qui continuent à caresser le morceau de feutre rouge, si rouge.

« Tout ce que je veux, c'est parler de lui, reprend Alton en posant sur moi son regard envoûtant. C'est dur d'être ici, sans mon garçon.

– Il me manque, je lâche, et soudain, des larmes brûlantes dévalent mes joues. Je me sens tellement… perdu.

– Il a toujours été attentif aux problèmes des gens, approuve Alton. Vous étiez amis, tous les deux.

– C'est juste que… j'ai toutes ces choses dans ma tête. Il y a quelqu'un pour qui j'ai… des sentiments. Et je ne sais pas quoi faire. Je n'arrête pas de faire des rêves…

– Tu peux m'en parler. En dépit de tout le reste, je suis un père. Je saurai t'écouter. »

Sa douceur m'hypnotise, je sens que je pourrais tout lui dire. Tout. Et il me comprendrait parce qu'il n'est plus vraiment une personne, il est devenu un outil. *Tu n'as rien à craindre ici*, semble me souffler son regard. Je laisse ce désir m'envahir, m'apaiser. Un court instant.

« Je ne vous dirai jamais rien », je réponds tout bas.

Alton soupire et se penche vers moi.

« Tant pis, Wilder. Moi, par contre, j'ai quelque chose à te dire. Je suis innocent.

– Qu'est-ce que vous… ?

– C'était lui, depuis le début. Mon fils. J'ai voulu le protéger. Tu peux comprendre ça, j'en suis sûr. Tu es un garçon intelligent.

– Vous… Vous voulez dire que c'est lui qui a pris les photos des enfants ?

– Ah, oui. Ça aussi. Mais surtout, c'est lui qui a fait subir toutes ces horreurs à ces malheureuses.

– Ce n'est pas possible. Il était beaucoup trop jeune pour…

– En effet, il n'était pas bien vieux quand il a trouvé la première échouée dans la grotte, répond Alton d'un ton rêveur. Cinq ans, il commençait tout juste à perdre ses dents de lait. Il est tombé dessus par hasard, mais je pense que c'est ce qui lui a donné l'idée. Il l'a gardée quelques jours, le temps de s'entraîner sur elle avec le couteau. C'est moi qui le lui avais fabriqué, d'ailleurs. Il ne s'en séparait jamais. Et moi, je laissais faire. Il avait une gaffe à bord de *La Sirène* pour assommer les phoques. Encore un moyen de s'entraîner. Il a répété chaque geste jusqu'à se sentir fin prêt – il était patient. À douze ans, il a attrapé la première. Ses femmes de l'eau, comme il les appelait. »

Il m'observe. Je sais que c'est probablement parce qu'il est myope, mais j'ai l'impression qu'il plisse les yeux à cause du soleil, comme si l'été du Maine l'avait suivi jusqu'ici. Un petit bruit attire mon attention : Alton frotte l'ongle de son index contre son pouce. Le tic de Nat.

« Vous mentez, dis-je.

– Non, et tu le sais. Tu l'as toujours su, au fond de toi », ajoute-t-il en triturant le morceau de tissu de plus belle.

Je comprends ce qu'il est en train de faire : il se fabrique des souvenirs afin d'avoir de quoi s'occuper dans sa prison de béton. Je ne suis qu'une texture de plus, comme le sable ou l'eau. Je me concentre sur ma respiration. *Inspire, expire.* Il s'est déjà emparé de Nat, je ne le laisserai pas s'emparer de moi. Non, c'est moi qui vais m'emparer d'Alton. Je vais me servir de lui pour mes mémoires, pour mon livre.

« Tu as des envies, souffle-t-il. Des pulsions...

– De quoi vous parlez ? »

La panique m'envahit. *Comment peut-il connaître ce secret dont je n'ai jamais parlé à personne ?* J'avais failli me confier à Nat et à Harper ce jour-là, dans la grotte, mais je n'avais pas pu aller jusqu'au bout.

« Eh bien, de ces envies que tu as mentionnées dans ta lettre. »

Pour le coup, je ne vois vraiment pas de quoi il parle.

Une longue sonnerie retentit. Autour de nous, les visiteurs repoussent diligemment leur chaise. Pendant quelques secondes, ni Alton ni moi ne remuons un cil. Enfin, il se lève.

« Je t'écrirai. Tu me parleras de tes pulsions et je te parlerai de Nathaniel. Tu pourras prendre sa place, être un fils pour moi.

– Non.

– Je te raconterai qui il était. D'où il venait. »

Je sais qu'il essaie de me manipuler. Je sais que c'est un piège. Mais j'ai tellement besoin de réponses...

« On a le droit de s'étreindre pour se dire au revoir », ajoute Alton.

Malgré son air impassible, le défi est clair. J'inspire et m'avance. Il referme ses bras autour de moi et serre, fort.

« Ça m'a fait plaisir de te revoir, fiston », me glisse-t-il à l'oreille, ses mots chargés d'un parfum de cannelle.

Mais, derrière l'odeur de son chewing-gum, Alton ne sent rien. C'est comme s'il n'avait pas de corps.

Il faut longtemps pour quitter la prison, je dois m'en extraire étape par étape, comme à l'aller. Le gardien qui m'a confisqué mon pull beige n'en a aucun souvenir et personne ne parvient à remettre la main dessus. Enfin, je retrouve l'extérieur. Le parking. Sky ouvre sa portière et commence à s'approcher, mais je lui fais signe de rester où il est. J'ai la tête qui tourne et ça ne m'aide pas de voir quelqu'un bouger.

Je parviens à atteindre la voiture et m'appuie sur le capot encore tiède, entouré par les volutes de ma respiration haletante. Sky pose une main sur mon dos.

« C'était si horrible que ça ?

– Oh, non. Ça s'est bien passé. »

Je me rends compte que j'ai la nausée et je me penche pour vomir. Sky ne retire pas sa main.

« Tout va bien, me répète-t-il. Tout va bien, Wilder. »

Puis, une fois que j'ai terminé :

« Et si on rentrait dans la voiture, histoire de ne pas mourir de froid ? »

Dans l'habitacle, le chauffage est réglé au maximum, les sièges en cuir sentent bon et c'est si merveilleux de ne plus être en prison que je me mets à pleurer. Sky me donne un cachet, des lingettes pour m'essuyer la bouche et un mouchoir pour mes larmes. Il a vraiment paré à toutes les éventualités.

« Nat n'a pas assassiné ces femmes, je lâche. Au moins, maintenant, j'en suis sûr. Ils ne sont peut-être pas père et fils, mais... quelque part, ils sont quand même père et fils, tu vois ?

– Non, pas trop, Wilder.

– Alton m'a dit que Nat était un meurtrier. Mais il mentait.

– Comment tu le sais ?

– Parce qu'il a frotté l'ongle de son index contre son pouce. C'était le tic de Nat quand il mentait. »

La voiture se met à trembler. Non, c'est moi qui tremble.

« Ce n'était pas lui, Sky. Nat n'a fait de mal à personne. »

Sky prend une grande inspiration.

« C'est génial, ça. Et pour ce qui est des photos des enfants ?

– Là encore, il dit que c'est Nat qui les a prises, comme tout le monde le pense.

– Un autre mensonge ?

– Je ne sais pas, je réponds après un silence. Non. Je crois que Nat est peut-être bien coupable de ça. »

Un étrange bourdonnement envahit mon corps.

« Merci de m'avoir poussé à venir, Sky. »

Je suis tellement soulagé. Des mois de doute s'effacent maintenant que je suis sûr d'avoir raison. Pourtant, cette satisfaction est teintée d'amertume : ouf, mon ami n'a fait *que* prendre des enfants endormis en photo. Une broutille.

Sky me tend son stylo-plume vert ainsi qu'un carnet.

« Note, m'indique-t-il. Note tout. Ce qu'il a dit, de quoi il avait l'air, les odeurs… Tout. Vite, avant d'oublier. »

Je prends le stylo et, assis à côté de lui sur ce grand parking désert, je me mets à écrire, tandis que la neige tombe doucement autour de nous. Au bout d'un moment, je ralentis et m'interromps au milieu d'une phrase. La plume frémit au-dessus du papier. Une goutte s'échappe pour créer un parfait cercle émeraude sur la page.

« Qu'est-ce qui se passe ? me demande Sky, à l'affût.

– Je n'y arrive pas. Cette discussion, ça m'a foutu en… Ça m'a fichu en l'air.

– Arrête d'avoir peur des mots, s'enflamme Sky. Accepte-les. Les mots te sauveront. Ça t'a foutu en l'air, et alors ? Quand on sait qu'on est foutu, on est libre. »

J'inspire profondément.

« Pendant la visite, il m'a appelé "fiston". Et, l'espace d'une seconde, ça m'a fait du bien. »

Je ne dis pas à Sky que j'ai failli confier à Alton Pelletier ce que je ressentais pour lui. Je ne lui parle pas non plus de l'étreinte. Ça, je le garde pour mon histoire.

La neige s'intensifie soudain alors que nous quittons Albany, une avalanche d'épais flocons qui tourbillonnent sur la route. Sky accélère pour tenter d'y échapper mais, au bout d'une petite quinzaine de kilomètres, nous sommes pris dans la tempête. J'ai le sentiment que c'est Alton qui l'a provoquée, afin de nous empêcher de fuir.

« On ne va pas pouvoir aller beaucoup plus loin comme ça, déclare Sky. Il faut qu'on trouve un endroit pour la nuit. »

Nous passons à une allure d'escargot devant un motel dont le néon affiche « CHAMBRES LIBRES », puis devant un second.

« Il y en avait un, là, tu l'as raté, dis-je chaque fois à Sky, qui refuse de s'arrêter.

– Non, non, pas celui-là », répète-t-il.

Enfin, alors que la route est presque impraticable, une pancarte surgit dans l'obscurité : « MAISON D'HÔTE LES CHÊNES ».

« Voilà ! » s'exclame Sky, ravi.

Il n'y a pas de parking, mais une simple allée de gravier ; la jolie demeure possède un toit à pignon et une lampe-tempête en fer forgé au-dessus de la porte d'entrée. Pas de néon, ici.

« Sky, je balbutie, inquiet. Je n'ai pas les moyens de prendre une chambre dans un endroit pareil.

– Ne t'en fais pas, Wilder. Ce soir, on se fait plaisir, et c'est moi qui t'invite. Attends-moi là, je laisse le moteur tourner et, toi, tu croises les doigts pour qu'il reste de la place. »

Il descend de voiture et pénètre avec assurance dans le hall de la bâtisse, pour ressortir cinq minutes plus tard.

« Il leur en reste une ! m'annonce-t-il, presque triomphant. Je pense qu'elle va te plaire. »

Dans la suite nuptiale, tout est couleur crème. Une guirlande de pommes de pin et de petites lumières est suspendue au manteau de la cheminée, et je me souviens soudain que c'est Noël. Je comprends mieux, à présent, pourquoi Sky m'a fait presser le pas au moment de passer devant la réception. Une parure de satin recouvre l'immense lit et il y a des chocolats posés sur l'oreiller. Je découvre une fenêtre à carreaux plombés triangulaires, une coiffeuse en acajou, une baignoire à pieds (je n'en avais jamais vu que dans les films)...

« Oh, là, là, je bafouille, cette chambre doit être hors de prix. Je n'ai pas les moyens, je suis sérieux.

– Et moi aussi, j'étais sérieux quand j'ai dit que je t'invitais. De toute façon, on n'a pas le choix. Tu préfères reprendre la route ? »

Dehors, le monde n'est plus qu'un maelstrom blanc.

« C'est bien ce que je pensais, conclut Sky. Et maintenant, un bon whisky. »

Il commande deux verres et deux steaks frites. Quand on frappe à la porte, je vais attendre dans la salle de bains – je ne suis pas à l'aise à l'idée de croiser quelqu'un dans cette chambre opulente qui respire le romantisme. Tout y est recouvert de velours, de lin ou de coton, les meubles en bois sont trop luisants, le lit trop doux, trop suggestif – on a envie de le toucher, de le caresser, de s'y étendre. Tant de sensations. Tant de… *textures.*

Dans la pièce d'à côté, j'entends Sky plaisanter avec l'homme qui nous a apporté nos repas. J'imagine qu'il lui donne un pourboire. Les yeux fixés sur la baignoire et ses petits pieds, je pense à mon ami Nathaniel Pelletier. Je me demande s'il avait des souvenirs de celui qu'il était vraiment, s'il lui arrivait de rêver de son passé, comme on rêve parfois de ses premières années. J'espère que oui. J'espère que, la nuit, il retrouvait des bras qui le serraient tendrement, un berceau, une couverture, un sentiment de sécurité.

« Maintenant, j'exige la vérité », je déclare à Sky lorsqu'on a fini de manger.

Je suis prêt. Ou, du moins, aussi prêt que je puisse l'être.

« La vérité sur ce que tu as mis dans cette lettre que tu m'as fait signer, je poursuis. Alton a mentionné mes "pulsions". Au début, j'ai cru qu'il voulait parler de… Qu'est-ce que tu lui as dit ?

– Juste… ce qu'on avait décidé. Tu l'as lue, cette lettre.

– Arrête de mentir, j'insiste, les poings serrés, en m'efforçant de ne pas m'emporter. C'est quoi, ces pulsions que j'aurais d'après toi, Sky ?

– D'accord, j'ai ajouté une dernière chose avant de fermer l'enveloppe. Une petite phrase en bas de la page. Trois fois rien.

– Quoi ?

– J'ai écrit que, parfois, tu avais envie de faire ce genre de choses, toi aussi.

– Comment ? je m'exclame, mon cœur tambourinant jusque dans mes oreilles.

– Tu m'as bien entendu.

– Bon sang… », je bafouille, pris de vertige.

Je me force à inspirer profondément avant de continuer :

« Tu n'avais pas le droit de faire ça, Sky.

– Ça a marché, non ? » réplique-t-il, agacé.

Je perçois une certaine frayeur en lui. Son calme habituel est ébranlé.

« Sans ça, il n'aurait jamais accepté de te recevoir, poursuit-il. Il refuse toutes les visites. Il avait besoin d'une bonne raison. D'un lien spécial entre toi et lui. »

Je frissonne car, face à Alton, j'ai ressenti ce lien. Mais je sais aussi que je l'aurais ressenti sans cet ajout de Sky.

« Je ne te le pardonnerai jamais.

– On peut en reparler demain ? lâche-t-il, l'air las. On a eu une longue journée.

– Je vais aller demander s'ils ont une autre chambre, je réponds froidement. Au pire, je dormirai dans la voiture. Mais je ne reste pas une minute de plus ici avec toi.

– Non, s'il te plaît. »

Sky relève la tête.

« S'il te plaît, Wilder. »

Il me prend la main et la pose à plat sur son torse, au niveau de son cœur. Les battements résonnent dans ma paume, dans mon bras, dans tout mon corps. Ils m'emplissent.

« S'il te plaît, répète-t-il encore – et je comprends soudain qu'il a peur de me perdre.

– Tu as vraiment dépassé les limites.

– Je sais. »

Juste au-dessus de sa chemise dont le premier bouton est défait, le bout de mes doigts effleure la peau tiède de son cou. Je repousse Sky jusqu'à avoir le bras tendu – mais pas trop fort, je veux encore pouvoir sentir les muscles de son épaule. Il a un mouvement de recul avant de se redresser et de se rapprocher à nouveau. Plus près. Il est à peine plus grand que moi, nos yeux sont presque à la même hauteur.

Il retire mes lunettes et les pose délicatement sur la coiffeuse. À présent, il n'est plus pour moi qu'un visage flou, quelques poils de barbe naissante qu'il a négligés en se rasant, un teint pâle. Sa clavicule forme un triangle élégant.

« Tu me regardes fixement, commente-t-il.

– Le spectacle en vaut la peine. »

Je rougis aussitôt – quelle réplique mièvre.

« Pour moi aussi, le spectacle en vaut la peine, murmure Sky.

– Arrête.

– Je suis sincère. Tes yeux... Je n'en ai jamais vu d'aussi grands.

– Qu'est-ce que faisait ton père, la fois où je l'ai vu sortir de notre chambre, Sky ? Pourquoi est-ce qu'il t'a frappé ? »

Il hésite.

« C'est compliqué, dit-il enfin. Qu'est-ce que tu attends de moi ?

– Une réponse.

– Tu as toutes les réponses dont tu as besoin, Wilder. Elles sont devant toi. »

Ses doigts me caressent et laissent sur leur passage une rivière brûlante, un lac quand ils s'attardent.

« Est-ce que c'est de ça que tu as cru qu'Alton parlait quand il a mentionné tes pulsions ? » souffle-t-il.

Mon cœur et mon corps tout entier vibrent de le sentir si proche. Mais je suis un garçon têtu.

« Je déteste qu'on me mente.

– C'est compliqué, répète Sky. N'en parlons plus, je t'en prie. Je voudrais qu'il n'y ait plus que toi et moi. Je voudrais qu'on profite de l'instant et qu'on fasse comme si le reste du monde n'existait plus, comme si la planète avait explosé, ou quelque chose comme ça. »

Sa main douce et ferme se pose sur ma nuque. Je pense que je savais comment finirait cette soirée dès que j'ai vu la chambre ; peut-être que je le savais dès qu'on a décidé d'entreprendre ce voyage ensemble.

« Je ne l'ai jamais fait, je lui avoue.

– Avec un garçon ?

– Avec personne.

– On va se débrouiller », m'assure-t-il.

Et il a raison.

À un moment, au plus profond de cette longue nuit, tandis que la neige s'accumule contre les carreaux de la fenêtre, il m'agrippe la nuque et approche mon oreille de sa bouche.

« Vas-y, souffle-t-il, fais ce que tu as toujours voulu faire. Imagine que je suis Nat. »

Je le repousse.

« Tu es complètement taré, Sky. »

Dans la faible lueur de la pièce, ses yeux ont pris une couleur sombre et dorée.

« Arrête d'avoir peur, Wilder. Sois libre, plutôt. Laisse-toi aller. Tu verras, ça t'aidera à surmonter ton chagrin. »

Le cœur humain est vaste et sombre. Tant de choses se cachent dans ses nombreux recoins.

Je me réveille alors que la nuit commence à se dissiper dans le matin. Dans le ciel dégagé, un croissant de lune projette sa lueur blanchâtre sur la neige, et un rayon qui entre par la fenêtre vient éclairer le visage de Sky.

Sky n'est pas facile à décrire physiquement car il est sans cesse en mouvement. Il passe rapidement d'une émotion ou d'une expression à une autre, comme s'il cherchait à les fuir. Le seul moment où on peut voir à quoi il ressemble, c'est quand il dort.

L'étrange couleur de sa peau lui donne l'air beau garçon alors qu'il ne l'est pas vraiment. Ses traits sont mal accordés. Il a le nez un peu trop gros, la bouche un peu en biais. Contrairement à la plupart des gens, il paraît plus vieux endormi. Je repère des imperfections que l'animation de son visage dissimule le reste du temps et, pour quelqu'un de si jeune, il a des rides marquées.

Désormais, il y a assez de lumière pour y voir correctement. L'aube colore de rose le monde gris. Sans bruit, je sors mon classeur de mon sac, je prends le stylo de Sky sur la table et je me mets à écrire. Je couche tout sur le papier, y compris ce qu'on vient de faire. Tout cela fera partie du livre. Les écrivains sont des monstres, quand on y pense. Ils dévorent tout ce qui passe à leur portée.

Quand j'ai terminé, je me rallonge sur le lit et examine délicatement mes sentiments, à la manière d'un athlète qui pose avec précaution le pied par terre après une blessure. *Je revis.* Mes yeux se ferment. Il aura fallu attendre que ce terrible poids sur mon cœur s'envole pour que je prenne conscience de sa présence.

Une main se promène dans mes cheveux. Soudain, une douleur.

« Aïe ! »

Sky est réveillé et m'observe, une mèche brune entre les doigts. Je frotte mon crâne endolori.

« Sky, tu... Tu m'as arraché des cheveux ? »

Il sourit.

« C'est pour ta poupée ?

– Non. Tu n'es pas mon ennemi, Wilder. Je vais simplement garder cette mèche dans une boîte.

– Tu es décidément un garçon étrange. »

Nous ne pouvons pas nous arrêter de sourire. Derrière la fenêtre, le jour est bleu et or. Je peux presque sentir l'air sec et glacé.

« Il est tard. Les routes sont sûrement dégagées, à présent. Est-ce qu'on rentre ?

– Je ne suis pas pressé, dit Sky avec un haussement d'épaules.

– Sky...

– Oui, Wilder ?

– Est-ce que c'est comme ça pour tout le monde ?

– Non. Jamais, même. »

Soudain, ses yeux sombres se font grands et craintifs, et il m'agrippe avec force. Tout devient flou et, au milieu de cette tendre douleur qui m'envahit, je pense : *Ah oui, on va au-devant des ennuis, là.*

Je le repousse brutalement.

« Attends. Qu'est-ce qui va se passer, maintenant ?

– Tu veux dire… pour ça ?

– Oui, pour… pour nous.

– Je ne sais pas, souffle-t-il dans ma bouche, les mots tiédis par son haleine. Je ne sais pas, Wilder… Tais-toi, s'il te plaît, tais-toi… »

Le soleil se déverse dans la pièce, il semble venir de partout pour nous envelopper et je songe, *Alors c'est donc ça, enfin, je l'…* mais je n'achève pas ma pensée.

Aime.

À l'université, Sky me dépose devant l'entrée principale.

« Je suis mort de faim, déclare-t-il. Garde-nous deux places à la cantine, je vais garer la voiture et je te rejoins. »

Il m'effleure doucement le dos de la main. Son toucher m'électrise.

« D'accord », j'acquiesce.

Au bout d'une minute, il ajoute :

« Ça ne marchera pas si tu ne sors pas de la voiture, Wilder.

– Ah oui, je réponds – et je sens que j'arbore un sourire idiot, si large qu'il me fait mal aux maxillaires. J'y vais, alors. »

Au réfectoire, je m'installe à une table. Il est tôt, il y a encore plein de place. Quelqu'un a installé des décorations pour la forme : il y a des couronnes de Noël et des branches de lierre aux murs – je crois qu'elles sont en plastique. Peu importe, elles sont vertes et brillantes. Dans un coin se dresse un petit sapin artificiel orné de lumières et de guirlandes de papier. Je suis d'humeur joyeuse. Je cherche des yeux une branche de gui et aussitôt je rougis. D'autres étudiants arrivent au compte-gouttes.

Sky n'est toujours pas là, je me demande ce qui le retient. Peut-être que la voiture a eu un problème, un pneu crevé, par exemple ? Je n'y connais rien à ces choses-là. Le temps passe. Sky ne se montre pas. Bon, eh bien, il prendra le repas en cours de route quand il sera là. Je vais me chercher une assiette et y empile de la nourriture. On nous a même préparé de la purée de patates douces aux chamallows !

Je me dis que j'appellerai ma mère tout à l'heure pour lui souhaiter un joyeux Noël. Et j'appellerai mon père, aussi. Tout va s'arranger. Nous allons enfin pouvoir tourner la page. Rien ne nous oblige à demeurer ainsi enchaînés au passé. Non, nous avons le droit d'être libres.

Peu à peu, la salle se vide. Le personnel commence à débarrasser le buffet alors, tant que je le peux encore, j'attrape un morceau de dinde et du pain pour confectionner un sandwich de fortune. Je ne peux rien prendre d'autre, Sky devra s'en contenter. De toute façon, il n'a jamais l'air de s'intéresser à ce qu'il met dans sa bouche. Soudain, je repense à hier soir, et une violente chaleur m'envahit à nouveau. J'ai l'impression d'être transparent et que tous ceux qui me regardent devinent à quoi je pense.

On me tapote l'épaule. Il faut y aller, c'est l'heure du ménage.

Je transporte avec précaution mon sandwich emballé dans des serviettes en papier jusqu'à ma résidence et gravis les marches. Je pousse la lourde porte coupe-feu qui me cogne le tibia au passage, mais je le remarque à peine.

À l'étage, la porte de notre chambre est entrouverte. Peut-être que Sky s'est assoupi. Il faut dire qu'on n'a pas beaucoup dormi la nuit dernière.

Je pousse le battant. Il règne une forte odeur de dinde, celle qui émane des cuisines juste en dessous. Le sac à dos que j'avais emporté pour notre périple est posé en plein milieu de mon lit.

L'autre côté de la pièce est nu, toutes les affaires de Sky ont disparu. Je regarde dans le casier à côté de son lit : plus de poupée avec des dents à la place des yeux. Le placard et le casier ont cet air un peu miteux qu'on trouve aux rangements vides.

Sur l'oreiller, une feuille de papier pliée en deux. Je m'en empare et la déplie péniblement – mes doigts peinent à la tenir, ils sont tout mous *(dégantés)*. La réalité est insaisissable, j'ai la sensation d'évoluer dans un rêve.

Les mots sont écrits à l'encre verte comme de l'herbe.

*Merci pour tout.*

Une idée terrifiante prend forme dans mon esprit. Je me jette sur mon sac. Haletant, je le retourne et déverse son contenu sur mon lit. Le classeur qui contient mes notes, mes pages et mes articles n'est plus là.

Je lève la tête. Est-ce que j'entends des bruits étouffés dans l'escalier ? Presque comme si quelqu'un s'était caché dans les douches pour s'éclipser après mon passage. Comme si quelqu'un avait attendu, tapi là, afin de me voir une dernière fois.

J'entends le claquement de la porte coupe-feu en bas et je me précipite dans le couloir. Le temps que je descende les marches, il n'y a plus personne. Je traverse l'esplanade en courant pour rejoindre le parking. Plus une trace de Sky ni de sa voiture. Seul flotte encore un effluve discret de gaz d'échappement.

La colère zèbre ma poitrine d'une cicatrice rouge. Je ne dors plus. Les cauchemars sont de retour. La nuit, je dois laisser ma lumière allumée. De l'autre côté de la pièce, le lit vide est pour moi un trou béant, un sourire au milieu duquel il manquerait une dent.

Les semaines s'écoulent, puis les mois. Le temps n'a plus de sens.

Quelqu'un me secoue l'épaule. Le professeur a du muesli séché sur sa cravate. L'image d'une gorgone est projetée sur l'écran. Je suis à mon cours d'architecture gothique, celui dans lequel j'ai rencontré Sky. L'espace d'un instant, je me demande si j'ai remonté le temps et si mon ami s'apprête à m'emmener à l'extérieur, à m'asseoir sur un banc et à m'apprendre les règles d'un jeu. Je regarde autour de moi, une étrange douleur croissant en moi.

On me secoue à nouveau l'épaule, plus fort, et je lève la tête.

« Vous pouvez me suivre, monsieur Harlow ? me demande une femme que je crois avoir déjà vue au bureau des admissions. La présidente voudrait vous parler.

– Moi ? Pourquoi ? »

Le professeur a interrompu son cours et me dévisage. Tout le monde me fixe : lui, cette femme, les étudiants... et tous ces yeux sont autant d'aiguilles qui semblent s'enfoncer dans ma peau.

« D'accord. J'arrive. »

Je ne suis jamais entré dans le bureau de la présidente. C'est une pièce lambrissée d'acajou, avec d'immenses fenêtres qui courent du sol au plafond. Les rayons du soleil jouent avec les cristaux du lustre et créent des reflets et des arcs-en-ciel sur les murs. Cette pièce est plus grande que la chambre que je partageais avec Sky, et elle sent le cuir – je suis sûr qu'ici, ça ne sent jamais le bouillon de poule ni le pain de viande.

La présidente arbore une coiffure rigide, qui lui fait comme un casque sur la tête. À mon arrivée, elle se lève derrière son bureau de la taille d'un minibus.

Elle dégage un tel sentiment d'autorité que je me demande un instant si je ne serais pas en train de tomber amoureux d'elle. Peut-être qu'elle va tout arranger.

Quelqu'un d'autre s'est levé, un homme vêtu d'un costume-cravate de couleur claire avec des cheveux cuivrés strictement disciplinés sur son crâne. Il ressemble beaucoup à Sky.

« Jeune homme, commence-t-il, on me dit que vous partagiez une chambre avec mon fils. Alors vous allez peut-être pouvoir m'expliquer où il est passé.

– Non, je rétorque. Cet homme n'est pas son père. C'est un piège.

– Ce n'est pas un piège, insiste l'autre, glacial. Je suis bien le père de Pierce.

– Pierce ? » je répète, avant de me souvenir que Sky était le prénom qu'il s'était choisi pour s'inscrire à l'université.

Une faille sombre s'ouvre en moi. Je m'adresse à la présidente.

« Le père de Sky a une moustache grise. Il n'est pas aussi grand. Il a des yeux plus gen… des yeux différents. »

Cet inconnu n'a pas de moustache et il n'a pas l'air sympathique pour un sou. Mais il ressemble beaucoup à Sky. La faille en moi s'élargit et devient une crevasse. Je savais déjà que l'homme au visage doux n'était pas le père de Sky, je le sais depuis cette nuit où je l'ai surpris sortant de notre chambre. Mais on a beau se croire prêt à entendre la vérité, quand elle se présente au mauvais moment, elle fait toujours l'effet d'une douche glacée.

M. Montague écale ses œufs de caille avec les doigts. Après cela, quand arrive le steak qu'il a commandé, il s'empare d'un long couteau à la lame scintillante. Je m'efforce de ne pas le regarder couper sa viande. Ce genre d'ustensile banal me met encore mal à l'aise, parfois. J'ai opté pour un hamburger que j'attrape à deux mains.

Le père de Sky m'assaille de questions à la manière de quelqu'un à qui personne n'a jamais refusé de répondre.

« Peut-être qu'il est mort, dis-je, presque avec espoir.

– Il s'est servi de ses cartes de crédit la semaine dernière, à New York.

– Peut-être que quelqu'un l'a tué et lui a volé ses cartes de crédit. »

M. Montague me dévisage avec dégoût avant de secouer la tête.

« Petit, Pierce était déjà un enfant qui fuguait beaucoup, m'explique-t-il avant de se tamponner les lèvres avec sa serviette d'un blanc immaculé. La nuit, nous devions mettre l'argenterie sous clé, car il essayait régulièrement de la faucher. À six ans ! Qu'est-ce qu'il aurait bien pu faire de douze cuillères en argent ? Les revendre à un prêteur sur gages ? Je suppose qu'il voulait reproduire une scène qu'il avait lue dans une histoire. Pierce s'est toujours passionné pour un sujet, pour s'en désintéresser ensuite complètement du jour au lendemain. Pour ne rien vous cacher, mon fils représente une grande déception pour moi, mais c'est mon fils. Je suis bien obligé de l'aimer malgré ses défauts. Bon Dieu, soupire M. Montague, mais qu'est-ce qui est arrivé à ce beau pays ? Quand Pierce a décidé de s'inscrire ici, j'ai pensé que, du moment qu'il s'accrochait à cette obsession pour l'écriture, au moins il ne risquait pas grand-chose. Aujourd'hui, j'aimerais juste savoir où il se trouve.

– Je suis désolé, dis-je avec une pointe de compassion.

– Il a vécu une mauvaise expérience, plus jeune. Une expérience qui l'a transformé. Qui l'a déformé. Qui a engendré de multiples perversions. »

Je repose mon hamburger soudain trop charnu, trop sanglant. Ma compassion s'est évaporée.

« Plus ses perversions empiraient, plus il développait une curiosité malsaine pour tout ce qui touchait aux assassinats, poursuit M. Montague, qui essuie un filet de sang sur son menton. En même temps, beaucoup de déviances sont liées. Et voilà que, par-dessus le marché, il s'est mis à exiger que je l'appelle Sky ! Alors que, dans cette famille, nous nous prénommons Pierce de père en fils depuis la guerre d'Indépendance. »

Il s'interrompt, le temps de m'examiner d'un regard critique.

« Il a dû être très excité de vous rencontrer.

– Comment ? »

Je me sens brûlant et transparent, une bulle de verre au bout de la canne d'un souffleur.

« Il se passionnait pour cette affaire, il lisait tout ce qu'il pouvait afin de se documenter pour son roman. Je ne comprends pas ce genre de livres, ajoute M. Montague en faisant signe au serveur d'apporter l'addition. Moi, j'aime les biographies. Il y en a d'ailleurs une excellente qui vient de sortir sur le président Truman. Mais pourquoi Pierce tient-il à parler de cette histoire en particulier ? Et qui cela pourrait-il bien intéresser, ces meurtres dans le Maine ? Ces femmes retrouvées dans des barils... »

M. Montague se penche vers moi. Quand il reprend la parole, je sens l'odeur de la viande dans son haleine.

« Il s'acharne à vouloir écrire, mais ça ne mène à rien. Ce n'est qu'une obsession de plus. Nous n'aurions jamais dû lui raconter ce qui lui est arrivé là-bas. Car, bien sûr, c'est cet événement qui a tout déclenché. Qui a provoqué toutes ses perversions.

– Qu'est-ce qui lui est arrivé ? je balbutie – je respire de plus en plus vite et une ombre noire grignote la périphérie de ma vision. Où, là-bas ?

– Vous êtes un individu étrange, commente M. Montague, pensif. Êtes-vous aussi étrange à l'intérieur qu'à l'extérieur ? Auriez-vous contribué à pervertir mon fils, vous aussi ? »

Si je reste ici, je vais perdre connaissance. Je me lève de table et joue des coudes pour sortir de l'hôtel aussi vite que possible. Une fois à l'extérieur, je me mets à courir et je ne m'arrête qu'une fois devant les grilles de l'université. Mais au lieu d'entrer, je continue de marcher le long de l'enceinte du campus, je laisse mes pas me guider dans l'air frais de cet après-midi de mars.

Je gravis Pursing Hill pour atteindre la souche creuse, notre endroit. Sky et moi nous retrouvons toujours ici. Non, nous nous retrouvions. Encore plusieurs mois après, j'ai du mal à penser à lui à l'imparfait. Les arbres sont verts, les boutons de fleurs sur le point d'éclore. Le printemps est presque là. Je repense à ses mains sur moi, à la neige accumulée contre la fenêtre à carreaux plombés, au soleil qui envahit toute la pièce. Mais Sky n'a jamais existé, je dois le reconnaître à présent. Sky a été inventé de toutes pièces par un gosse de riche désœuvré.

Il savait qui j'étais depuis le début. Il m'a encouragé à retranscrire mes souvenirs, les événements de ces deux étés au bord de la baie, afin de pouvoir tout me voler. Je n'étais qu'une source, à ses yeux. Un vulgaire objet d'étude.

Sky aura bientôt fini son livre, je vais donc devoir me dépêcher d'écrire. Et cette partie-là, cette trahison, je vais aussi l'intégrer à mon histoire. La voilà, ma fin.

Les semaines qui suivent, je m'attelle à la tâche, mais les mots m'échappent un par un. La chronologie des événements n'est plus aussi claire pour moi. Même les visages s'effacent de ma mémoire. Pourquoi n'ai-je aucune photo d'eux ? Harper, Nat.

Je découvre que le syndrome de la page blanche, c'est être incapable non pas d'écrire, mais de ressentir. Et mon corps, mon esprit, mes cheveux, mes jambes, chaque partie jusqu'à mes ongles est entièrement consumée par la colère.

Je garde les yeux fixés sur la feuille vierge.

*Écris.*

*Cris.*

Pursing Hill reverdit. Des loriots dorés gazouillent dans les arbres. Bientôt, ils s'envoleront vers le nord, j'imagine. Peut-être vers le Maine, vers les bois qui bordent la mer.

Enfin, depuis la solitude de ma chambre d'étudiant, j'écris à Alton Pelletier. Des complications administratives ont retardé son transfert en prison de haute sécurité, et je n'ai plus rien à perdre.

*Dites-moi qui était vraiment Nat. Il faut que je sache.*

Tout est la faute de Sky. Il a creusé et creusé, il a mis au jour mes questionnements et mes désirs avant de me laisser à nu, telle une tombe ouverte.

Alton me répond brièvement : *Vien la semaine prochaine. On me transferre fin juin.*

Les souvenirs que ces mots ravivent sont d'une intensité presque douloureuse. Chez les Pelletier, on n'a décidément pas la fibre épistolaire.

Je dépense les derniers dollars de ma bourse étudiante pour acheter un billet de train pour New York et un autre pour la correspondance jusqu'à la ville la plus proche de la prison. Je ne sais pas encore comment je m'y rendrai depuis la gare. En taxi ? À pied ? Le trajet va me prendre deux fois plus de temps que quand j'y suis allé en voiture avec *(ne prononce pas son nom, ne le pense même pas).*

Le jour fatidique, je me réveille à 5 heures du matin. Encore une fois, je n'ai pas vraiment dormi. Avant de partir, je m'arrête au téléphone du hall de la résidence et, comme on me l'a indiqué, j'appelle le pénitencier pour confirmer ma venue.

« La prison n'accueille pas de visiteurs aujourd'hui, annonce une voix lasse.

– Mais j'ai réservé, je réponds bêtement. J'ai une autorisation.

– Pas aujourd'hui.

– Est-ce qu'il y a eu une émeute ? J'ai lu qu'en cas d'émeutes vous deviez annuler les visites.

– Vous êtes de la famille ? »

Je ferme les yeux, la voix d'Alton dans ma tête : *Tu pourras prendre sa place, être un fils pour moi.*

« Non.

– La prison n'accueille pas de visiteurs aujourd'hui, point. »

Je repose le combiné. Un bout de chewing-gum rose vif est resté collé à mon oreille.

Comme la mère de Christy Barham, je me suis laissé berner. J'imagine le sourire d'Alton. Je peux m'estimer heureux : au moins, moi, je n'ai pas fait tout le voyage jusque là-bas avant d'apprendre qu'il avait changé d'avis.

Ce n'est que le soir que j'apprends la mort d'Alton Pelletier aux informations. Alors qu'il était affecté à la réparation des trottoirs de la cour de la prison, il en a profité pour avaler plusieurs poignées de ciment liquide à l'insu des gardes. De retour dans sa cellule, il s'est enfoncé un drap dans la bouche pour étouffer ses cris tandis que le ciment durcissait dans son estomac.

Rien ne pourra jamais me le confirmer, mais je suis convaincu que c'est un message qu'Alton me destinait : *Tu vois, j'ai serré les joues jusqu'au bout.* Et je suis pris d'un étrange chagrin.

*Ça va aller,* je me répète. *Je peux toujours écrire mon livre.*

Mais j'ai tort. Les mots qui prennent forme sur la page sont des hiéroglyphes. Je me demande où est Sky, où est mon classeur, sur quoi se posent les yeux d'Aphrodite en ce moment même. En partant, Sky m'a volé les parties les plus importantes de mon être.

Comme ma mère ne va pas mieux, je choisis de rester sur le campus pendant les vacances d'été et je dégote un petit boulot dans une librairie. Il fait chaud et lourd en Pennsylvanie et, sans ses étudiants, la ville devient un endroit que je ne reconnais plus. J'ai hâte que les cours reprennent, que les gens reviennent. Chaque jour, je traverse comme un fantôme l'esplanade à l'herbe jaunie. Mes crises d'angoisse se multiplient. Ma vue semble en pâtir : un point blanc pâle est apparu dans la moitié gauche de mon champ de vision. Le stress, je suppose.

« Tu veux que je vienne te voir, fiston ? » propose mon père un soir, au téléphone.

Mon père est un pauvre type que je méprise et que je déteste, bien sûr, mais je me sens seul et il reste mon père. Une bouffée d'amour filial m'envahit et j'ouvre la bouche pour répondre, *Oui, viens, papa, je t'en prie,* quand il ajoute :

« Entre Edith et moi, ça, euh… Ça ne va pas très fort. Je ne suis pas sûr que notre histoire tienne le coup encore très longtemps.

– Va te faire voir », je crache avant de raccrocher.

Le paquet arrive début septembre, juste avant le début du semestre. Emballé maladroitement dans du papier kraft, il prend presque toute la place dans la case qui accueille mon courrier.

Je n'attends même pas d'être remonté dans ma chambre et je déchire le tout devant les boîtes aux lettres.

Il s'agit d'un manuscrit rédigé à la machine à écrire. *Le Rôdeur de la côte*, annonce la page de titre, *de Sky Montague*. Je renifle, incrédule, et feuillette rapidement la liasse de mes doigts tremblants. Une phrase me saute aux yeux.

*Je pense qu'on ne devrait pas vivre au bord de l'océan. C'est un espace trop vaste pour être compréhensible.*

« Non, dis-je tout haut. C'est impossible. »

Il n'a pas fait ça. Il n'a pas osé.

Une lettre est coincée entre deux pages, recouverte de cette encre vert vif.

*Whistler Bay, Maine*
*Le 1er septembre 1992*

*Cher Wilder,*

*Eh bien voilà, j'ai enfin écrit quelque chose, comme tu m'y as encouragé. Je n'aurais pas dû essayer de te forcer à raconter cette histoire ; il était évident que tu ne voulais pas revivre ces événements.*

*Je t'écris de Whistler Bay, devant le soleil de cette fin d'été. C'est étrange d'être de retour. Je n'avais pas remis les pieds ici depuis tout ce temps, j'avais oublié combien c'est beau.*

*Je n'ai pas été honnête avec toi, ni avec moi-même. Car il s'agit de mon histoire à moi aussi – tu le comprendras à la page 92.*

*Un éditeur a accepté mon manuscrit et le livre sortira l'année prochaine. Mais je veux que tu lises ma dernière version, celle qui contient encore mes erreurs et mes corrections. Depuis quelque temps, je m'efforce de dire la vérité.*

*Si je suis parti de cette façon, Wilder, c'est que sans cela je n'en aurais pas eu le courage.*

*Vis ta vie. Fous tout en l'air. Trouve ta liberté. Tu ne me croiras peut-être pas, mais...*

*Avec tout mon amour,*
*Sky*

Irrité, je tourne la page de garde et commence ma lecture. Le manuscrit est parsemé d'inscriptions en vert dans la marge, de passages barrés ou réécrits au-dessus d'une croûte blanche d'effaceur liquide. *Toujours aussi indécis*, je songe. *Toujours ce besoin de plaire à tout le monde.*

Je termine *Le Rôdeur de la côte* en une journée. Les premières pages, j'alterne entre pics de fureur et vagues de soulagement : ce n'est pas très bien écrit. Je glousse avec un mépris non dissimulé devant chaque faute de concordance des temps mais, régulièrement, je tombe sur une phrase qui provient mot pour mot de mon mémoire et je serre les poings comme s'ils pouvaient se refermer sur une gorge.

L'intrigue ne m'est que trop familière.

L'histoire est racontée du point de vue du héros, Skandar, qui rencontre Wiley à l'université. Ils se rapprochent, Wiley révèle à Skandar les traumatismes qu'il a vécus, et les deux garçons développent une relation amoureuse. Cette partie-là est plutôt mignonne, on dirait une sorte de récit initiatique. Puis le roman fait un bond dans le passé.

Wiley est un lycéen martyrisé par ses camarades, qui passe ses vacances d'été dans un cottage surplombant une baie du Maine, Mirror Bay. Il se lie d'amitié avec deux gamins du coin. Ensemble, ils mangent du bar grillé au-dessus d'un feu de camp sur la plage. Wiley et Nate sont tous les deux amoureux de Helen. Au cours d'un terrible accident dans une grotte sous-marine, Nate se blesse. Son père est ensuite arrêté, et on découvre que c'est le tueur en série surnommé le Maître-Nageur (c'est de l'ironie), un homme qui enlève des nageuses pour les torturer et les assassiner avant d'enfermer leurs cadavres dans des barils qu'il immerge au fond d'une grotte sous-marine.

Je ne tiens pas entre les mains le récit sincère et réfléchi que je voulais écrire, mais un pur navet. De la cochonnerie, du gore. Le pire, c'est que Sky a fait de Rebecca – une femme qui a véritablement existé – une sorte de démon obscène digne d'un film d'horreur des années 1960. Brune et voluptueuse, elle se noie vêtue d'une longue robe rouge. Mais qui diable irait nager dans une telle tenue ? Elle a une plaie ensanglantée à l'épaule, là où s'est planté un des hameçons de la ligne pour la pêche au requin dont le Maître-Nageur se sert pour capturer ses proies. Son fantôme devient une sorte de sirène qui entraîne les nageurs vers les courants périlleux.

Je repense à la vraie Rebecca, celle dont j'ai si souvent regardé la photo. Blonde et mince, appuyée contre un rebord de fenêtre devant une jardinière de tulipes, la main en visière pour se protéger du soleil.

« Je suis désolé », je murmure pour elle.

Les autres personnages ne sont pas mieux lotis : *Helen était menue, avec une mèche argentée au milieu de sa chevelure rouge sang. On devinait le poids des années dans ses yeux de jeune fille.*

Beurk.

*Anton avait des yeux comme le noir derrière les étoiles, et des cheveux plaqués en arrière sur son crâne comme une marée noire.* Il se promène toujours avec une gaffe de marin à la main (c'est pour mettre le lecteur sur une fausse piste).

*Nate était sec comme une trique, la peau brune comme le cuir tanné, avec un sourire qui rebiquait au coin des lèvres.*

Skandar, notre héros, est bien évidemment grand et adepte de l'autodérision. Ses cheveux sont une masse auburn indomptable.

Et puis, il y a Wiley. *Les yeux de Wiley étaient ceux d'une taupe, si petits qu'ils semblaient disparaître dans son visage. Même dans son sommeil, il dégageait une impression de colère retenue. Rien n'attise plus la fureur d'un homme que de se savoir parfaitement insignifiant.*

J'en tremble de colère.

J'ignore comment, mais Sky est parvenu à savoir des choses que je ne lui ai jamais confiées. Il mentionne le sang qui coule dans la flaque d'eau de mer au fond du bateau et la rend écarlate. Je ne l'ai pas écrit dans mon mémoire et je ne lui en ai pas parlé, j'en suis certain. Il décrit aussi le galbe de la jambe de Helen, le duvet qui *scintille à la lumière du soleil tel un fil de fer très fin*. Ça non plus, je ne lui en ai pas parlé. J'ai l'impression qu'il a traqué mes souvenirs.

*Est-ce que c'est possible ?* je songe, affolé. *Est-ce qu'on peut nous arracher des pensées malgré nous ?*

Une fois de plus, je voudrais pouvoir le tuer, mais je voudrais le tuer il y a un an de cela, le jour où on s'est rencontrés, afin de m'épargner ce que j'ai enduré depuis.

J'atteins la page 92.

# Le Rôdeur de la côte de Sky Montague

*Page 92*

« Je ne me souviens pas vraiment », dit Skandar, qui se débarrasse de ses baskets alors qu'ils atteignent le cours d'eau.

Il noue les lacets de ses deux chaussures ensemble, les passe autour de son cou et va patauger dans le ruisseau. Wiley, lui, reste sur la berge. Il déteste l'eau froide.

« C'était il y a des années, je n'étais qu'un gosse », ajoute Skandar.

Pourtant il se souvient, et Wiley le sait.

« Raconte », dit ce dernier.

Skandar était très excité parce qu'il avait onze ans, et quel gamin de onze ans ne serait pas excité à l'idée de passer l'été au bord de la mer ? Ils logeaient dans une belle maison blanche, avec la plage juste en dessous, juste là ! Il y avait des requins dans l'océan, il en était sûr. Skandar s'intéressait beaucoup aux requins.

Les vacances étaient un peu tendues parce que son père et sa mère ne s'étaient pas encore vraiment réconciliés.

Leur dispute datait d'avant leur départ, quand Sally avait emmené Skandar au magasin. Sally n'était PAS sa mère, c'était sa nounou. Cependant, elle faisait tout un tas de trucs de maman : elle préparait le goûter, elle jouait à chat, elle vérifiait qu'il n'y avait pas de monstres sous le lit ou dans l'armoire. Une fois par semaine, Sally laissait Skandar choisir un jouet au supermarché et, ce jour-là, celui qu'il avait sélectionné n'était apparemment pas approprié pour un garçon. Mais il adorait sa nouvelle poupée. Elle avait une chevelure brillante et une ficelle à tirer dans le dos qui lui faisait dire : « Je suis si jolie ! »

Le soir de cet achat, Skandar avait été réveillé par des cris. Tiré du lit, il avait suivi les voix dans le couloir, son doudou bien serré dans la main pour se protéger. Posté derrière la porte, il avait écouté.

« Sally lui a acheté un jouet pour filles ! s'écriait papa. Elle n'a aucun contrôle sur lui, elle n'est bonne à rien. Il est hors de question qu'elle vienne avec nous pour les vacances.

– C'est un gamin, bon sang ! avait crié maman en retour. Il n'a pas la moindre idée de ce que ça signifie, il a juste eu envie d'une poupée. En attendant, je refuse de partir à la mer sans nounou. »

Maman était en colère parce qu'il faudrait bien quelqu'un pour s'occuper du gosse une fois coincés dans ce trou paumé. Elle travaillait dur toute l'année, elle aussi, d'ailleurs l'organisation du gala de charité des Descendantes de l'Indépendance avait failli avoir sa peau le mois dernier. Maman criait très fort et papa détestait ça – d'habitude, cela suffisait à lui faire changer d'avis.

Mais cette fois, papa avait répliqué :

« Dans ce cas-là, on reste ici cet été. »

Et il était sérieux, c'était évident. Skandar se doutait aussi qu'il n'était pas simplement question de la poupée, mais de tout le reste, ces choses secrètes qu'il n'aurait pas dû ressentir. Son papa avait compris qu'il n'était pas normal à l'intérieur ; il ne l'avait jamais été.

Skandar était retourné se coucher. Il avait longuement réfléchi à ce qu'il pouvait faire. Il voulait que papa et maman soient heureux et il voulait partir en vacances.

Le lendemain, il était donc allé voir son père dans son bureau et lui avait demandé :

« Est-ce que je peux avoir un deuxième jouet, cette semaine ? »

Son père avait levé les yeux de sa paperasse.

« Tu as déjà eu ton jouet, avait-il répondu sèchement.

– Non, je l'ai jeté, celui-là. C'était pour les petits, et puis c'était pour les filles. Je l'ai tapé pour le casser et je l'ai jeté dans la forêt. Maintenant, j'ai envie d'une figurine de guerrier. Avec un pistolet. Est-ce que Sally peut m'emmener au magasin, s'il te plaît ?

– D'accord, fiston », avait dit papa, et il lui avait tapoté le crâne.

Skandar avait passé le reste de la semaine à jouer avec son guerrier et son pistolet, surtout le soir, quand papa rentrait à la maison.

Ils étaient donc partis en vacances, en fin de compte, et Sally les avait accompagnés. Elle avait une petite chambre à côté de celle du garçon ; les deux pièces donnaient sur l'océan. C'était génial.

Le premier jour, Skandar joua avec son guerrier toute la journée sur la plage, à courir dans le sable en criant : « Pan ! Pan ! » Le soir, il était tellement fatigué qu'il faillit s'endormir devant son assiette de lasagnes. Sally le coucha et, dès qu'elle fut sortie, il alla chercher la poupée cachée dans sa valise et se remit sous les draps, son précieux jouet bien serré contre lui.

Un éclair le réveilla. Un orage, pensa-t-il d'abord, mais il y avait quelqu'un derrière la lumière. Une main surgit pour lui retirer délicatement sa poupée. Skandar vit alors la silhouette, le monstre derrière l'éclair. Il lui parut très grand et, juste après, il lui donna l'impression de n'être qu'un enfant, comme lui. Un objet brilla entre les doigts de l'inconnu – un reflet sur une lame de couteau. Skandar sentit la peur lui tordre le ventre. Il comprit aussitôt que c'était lui-même qu'il voyait. Son autre moitié, les mauvaises pensées en lui incarnées sous ses yeux. Le méchant Skandar, Skandar-de-l'Ombre, celui qui voulait faire des choses interdites. Le couteau s'approcha plus encore. Quelque chose lui effleura la tête. Une main.

Figé dans l'obscurité, le garçon comprit que Skandar-de-l'Ombre lui caressait doucement les cheveux.

Il ferma les yeux et poussa un hurlement. Quand il les rouvrit, on avait allumé la lumière de la chambre, Skandar-de-l'Ombre avait disparu et les rideaux voletaient dans la brise. La fenêtre était ouverte sur un carré de nuit. Papa et maman étaient là. Ils découvrirent un Polaroid abandonné sur le sol, puis se tournèrent vers Skandar. Trop d'yeux braqués sur lui. Maman s'empara du cliché – on y voyait Skandar, endormi, un objet brillant contre son cou. Elle porta une main à sa bouche, le visage pâle comme un linge.

« Qu'est-ce qu'il t'a fait ? balbutia-t-elle. Qu'est-ce qu'il t'a fait ? »

Le lit était trempé. Skandar se sentit honteux – il n'était plus un bébé, il n'avait pas fait pipi au lit depuis des années. Mais il y avait pire. Papa fixait encore le sol. Skandar suivit son regard, puis fondit en larmes. À présent, papa savait qu'il n'était qu'un menteur et que Skandar-de-l'Ombre était bien réel.

La poupée gisait par terre, là où Skandar-de-l'Ombre l'avait lâchée. Papa la ramassa.

« Je suis si jolie ! » dit la voix métallique.

Ils rentrèrent chez eux dès le lendemain et ne rapportèrent jamais l'incident à la police.

Des années s'écoulent avant que Skandar ne comprenne vraiment ce qui s'est passé cette nuit-là ; il faut attendre que les journaux commencent à publier des articles traitant du Rôdeur de Mirror Bay.

Wiley retire ses sandales et rejoint Skandar au milieu du ruisseau. Son pantalon est trempé jusqu'aux genoux, mais il ne semble pas s'en préoccuper.

« Je suis désolé, dit-il.

– Parfois, je l'imagine, répond Skandar. Le Rôdeur. Je ne peux pas m'empêcher de penser qu'il s'agit en réalité de Skandar-de-l'Ombre et qu'il est encore là, tapi dans la nuit, seul. J'ai de la peine pour lui. »

Wiley met une main dans le dos de Skandar et, pour ce dernier, l'univers se réduit à ce toucher, à la paume de Wiley qui le réchauffe à travers le coton de ses vêtements.

« Cette histoire... Ça m'a fichu en l'air, conclut Skandar.

– Ce n'est pas grave, lui confie Wiley. À partir du moment où on sait qu'on est fichu, on est libre. »

Wiley retire ses lunettes et les range dans sa poche de chemise. Ses yeux minuscules sont deux points de lumière gris sur son visage. Il pose la main sur la hanche de Skandar avant de la faire lentement glisser sous son tee-shirt pour effleurer son ventre, son torse. Sa paume s'arrête au niveau du cœur du garçon, qui bat comme un tambour. Le monde s'arrête de tourner, ils sont seuls au centre. Le ruisseau a disparu, tout a disparu, hormis la main de Wiley et la douceur de son souffle dans le cou de Skandar.

# Wilder

Le Polaroid glisse entre les pages et tombe au sol. L'image est un peu ternie par les années, mais on peut encore distinguer les traits d'un enfant endormi avec des cheveux cuivrés en bataille. Un objet fin brille contre sa gorge. La couleur des cheveux, le nez, les cils épais des paupières closes… c'est Sky, bien sûr. Je le reconnaîtrais n'importe où.

Mon cœur se serre. Il est si petit, sur cette photo, si vulnérable. Je pense à eux deux, à Nat et à Sky, deux mômes malheureux réunis cette nuit-là. Ce moment, cet éclair de connexion entre eux alors que j'ignorais encore tout de leur existence à chacun.

Puis la colère revient planter ses crochets en moi.

« Non, je marmonne, les mâchoires serrées. Ça ne te donne pas tous les droits. »

Je suis à deux doigts de perdre connaissance, mais je dois terminer ma lecture. Je dois savoir.

Après l'arrestation de son père, Nate se suicide. On apprend qu'il entrait par effraction dans les maisons du coin pour prendre en photo des enfants endormis. C'était lui, le Rôdeur de Mirror Bay. Le texte se concentre à nouveau sur l'époque de l'université, et le comportement de Wiley se fait de plus en plus étrange. Son obsession pour Skandar continue de croître, elle en devient inquiétante. Notre héros finit donc par soupçonner la vérité : le Maître-Nageur n'est autre que Wiley. Le père de Nate est innocent.

Wiley prend la fuite, mais Skandar le poursuit jusqu'à Mirror Bay, où un affrontement a lieu dans la grotte dans laquelle on a découvert les cadavres de femmes enfermés dans des barils. Wiley attaque Skandar, qui le tue en état de légitime défense. Le fantôme de la première victime, Rebecca, entraîne le corps de Wiley vers les abysses. Après ça, Skandar et Helen tombent amoureux. Fin.

Je me lève, chancelant. Je respire trop vite, je vois des points noirs et des points blancs – j'ai besoin d'air. Je dévale l'escalier pour retrouver la fraîcheur du soir. Des corneilles croassent sur le toit du bâtiment. Je me rends compte que je tiens toujours le Polaroid à la main et je le jette aussi loin que possible. Il virevolte sur la pelouse.

Je m'essuie les yeux avec ma manche, furieux, et prends une grande inspiration.

« Va te faire voir, Pierce ! » je crie en direction de l'esplanade déserte.

Puis je plie lentement les doigts, imaginant la sensation d'une trachée cédant sous leur force.

« Va te faire voir, va te faire voir ! » je hurle encore, et les oiseaux s'envolent avant d'éclater en une poignée de confettis noirs dans le ciel.

Soudain, je me précipite pour ramasser le Polaroid et l'essuie consciencieusement. Je dois le garder et le préserver. Chaque fois que je sentirai ma colère régresser, me dis-je, je le regarderai. Sky pense que ceci lui donnait le droit de me voler mon histoire.

« J'aurais dû te tuer, dis-je à voix haute. Elle m'appartient. »

Ou plutôt, elle m'appartenait. Elle m'échappe déjà de plus en plus chaque jour, je le sais. Ce n'est plus la peine d'essayer d'écrire quoi que ce soit, à présent. Sky m'a entièrement vidé.

Ce qu'il me reste à faire est parfaitement clair, désormais. Je dois retrouver Sky. Je dois retourner à Whistler Bay.

# Pearl

## *1993*

Pearl se prépare un sandwich au thon. Elle a prévu de l'accompagner d'un verre de lait. Plaisirs simples. Elle est heureuse. L'été touche à sa fin et, dehors, New York fourmille d'activité. Dans le ciel radieux, le soleil fait miroiter la ville.

Quand elle voit le numéro de Harper s'afficher sur l'écran du téléphone fixe, son cœur se fige. *Pardonnée*, songe-t-elle. Harper ne parle plus à Pearl – mais, par une si belle journée, peut-être que l'espoir est permis.

Pearl lèche une miette de thon sur son pouce et répond.

Elle croit d'abord qu'elle s'est trompée car la voix à l'autre bout du fil ne ressemble pas du tout à celle de Harper. Brisée, sourde, sifflante. La voix d'un fantôme. Harper est en pleurs.

« Qu'est-ce qui se passe ? demande Pearl. Harper, qu'est-ce qui ne va pas ? »

Quand Pearl apprend qu'il est mort, elle s'assoit sur le sol de la cuisine.

Dans son oreille, Harper dit :

« C'est à cause de toi. »

Pearl se rend compte que le carrelage est humide. Une flaque de lait s'étend à côté d'elle. Un peu plus loin, la brique gît, écrasée. Elle a dû la lâcher. Surprise de constater qu'elle a toujours le combiné à la main, elle le replace sur son socle contre le mur. La communication est coupée. Harper a raccroché il y a un moment déjà. La cuisine sent le thon, ses doigts aussi. Pourquoi ? Elle se rappelle vaguement qu'elle était en train de préparer un sandwich quand Harper a appelé. Jusqu'à la fin de sa vie, cette odeur lui donnera des haut-le-cœur.

Il est mort. Pearl n'a plus ressenti un tel chagrin depuis longtemps. Depuis la mort de sa propre mère, à vrai dire. Cependant, elle semble étudier cette nouvelle information avec beaucoup de détachement, au point qu'elle regrette de ne pas avoir de carnet et de stylo à disposition. C'est fascinant.

Au bout d'un certain temps, elle se passe une main sur le visage. Intéressant : elle ne s'était pas rendu compte qu'elle pleurait. Puis elle éponge le lait avec de l'essuie-tout.

« S'il y a bien un moment propice à une séance de sorcellerie, c'est celui-là », lance-t-elle à son appartement silencieux.

Elle sait, pourtant, que ça ne marche pas. Ça n'a jamais marché. Elle a essayé pour sa mère, elle s'est servie de la perle, celle qu'elle avait récupérée sur la boucle d'oreille. En vain.

Sauf qu'à l'époque sa mère était morte depuis déjà dix ans. Le temps joue forcément un rôle, non ? Lui vient à peine de mourir – c'est tout frais. Elle réfléchit quelques instants et se met à rire. Évidemment. Elle sait où elle pourra toujours le trouver – même par-delà la mort.

Pearl se rend au salon. Sur l'étagère, *Le Rôdeur de la côte* semble l'observer. Elle déteste cette couverture. Une gaffe de marin, un ciel étoilé sur la mer, des lettres rouge sang. Ces deux *ô* ressemblent à une paire d'yeux surmontés de sourcils. C'est troublant. En tout cas, une chose est sûre, il est partout, dans ce livre. Elle pourra l'utiliser.

Pearl s'approche du chariot à cocktails. Elle se saisit du couteau qui lui sert à couper les citrons et se plante la pointe dans le bout du doigt. Elle ne pensait pas que ça ferait aussi mal. Un vague souvenir lui revient : elle a lu quelque part que le deuil pouvait décupler la douleur physique. Elle fait goutter le sang dans un verre à pied. Puis elle débouche une bouteille de vin au hasard, la porte à ses lèvres et fait tourner le liquide dans sa bouche, avant de le recracher dans le verre. Elle ne suit pas de formule précise, elle agit à l'instinct, se servant de ce qu'elle a à disposition. Elle est dans le même état de transe que lorsqu'elle écrit.

Elle sait ce dont elle a besoin ensuite : elle va récupérer la poupée dans le tiroir de sa table de chevet. Les deux petites dents blanches qui font office d'yeux l'observent. Elle pioche quelques cheveux à lui dans le médaillon qu'elle porte autour du cou et les enveloppe dans la lettre. Enfin, elle récupère le chewing-gum dans le même tiroir. Elle le pose sur sa langue. Il est froid et dur, il n'a gardé aucun souvenir de sa bouche à lui.

Dans la salle de bains, elle ouvre *Le Rôdeur de la côte*. Elle trouve un passage qui le concerne et, à l'aide d'une aiguille, elle repasse chaque mot avec le mélange de sang et de vin. *Une ligne suffira*, songe-t-elle. Pearl pose alors le livre, la poupée et les cheveux dans la baignoire et renverse le verre dessus. La mixture a un aspect épais et visqueux qui lui déplaît – on dirait qu'elle est vivante, en gestation. Le livre est un exemplaire spécial : des épreuves non corrigées. Mais c'est comme ça, la magie a un coût. Elle sort la perle de son médaillon. Un coût très élevé.

Elle place la perle au centre de la poupée, comme un cœur ou un nombril. Elle ouvre ensuite le livre afin que les pages s'enflamment mieux et elle craque une allumette. Au début, le petit tas se contente de fumer, alors elle l'asperge avec une bouteille de décapant trouvée dans le placard sous le lavabo – la magie vous fournit toujours ce qu'il vous faut – et aussitôt les flammes s'élèvent. Les cheveux grésillent en dégageant une odeur répugnante. La salle de bains est complètement enfumée et Pearl a la tête qui tourne. Elle songe, apaisée, *Alors, c'est ça, la véritable magie – c'est comme ça que je le rejoins.*

Elle a vaguement conscience qu'il y a du bruit : du bois qui craque, des cris. Quelqu'un a forcé la porte de son appartement.

Mais le sol est un aimant qui l'empêche de bouger. Des jambes et des voix autour d'elle, des mains qui la soulèvent, et quelqu'un qui asperge la baignoire de mousse blanche.

« Mais vous êtes complètement tarée ? » s'exclame une personne en la secouant violemment.

Quelqu'un d'autre intervient. On la redresse, et elle voit désormais à quoi ressemble sa salle de bains : une chambre à gaz aux murs noircis.

Alors qu'on la tire vers la porte, Pearl parvient à se dégager juste assez longtemps pour fouiller les débris fumants et y récupérer la perle noircie et fissurée. La surface calcinée est rugueuse au toucher. Le bijou ne brillera plus jamais. Elle non plus. La magie et la sorcellerie n'existent pas ; il est mort et il restera mort pour toujours.

« Je t'aime », murmure-t-elle.

Mais elle sent déjà qu'il ne fait plus partie de ce monde.

# Wilder, jour un

## *2023*

Dès que j'ai confirmation qu'il est mort, je prends le train. Je ne conduis plus. Ça a beaucoup fait pleurer Emily, à une époque, ma vue déclinante. En vérité, moi, je crois que ça me plaît de voir le monde s'estomper progressivement vers le blanc.

Sky a fait une sortie en mer à bord de son voilier. Il s'est aventuré au large et il n'est jamais rentré. Tout le monde dit que c'est comme une de ses histoires. Comme *Le Rôdeur de la côte*.

Il meurt par étapes. D'abord, il part en bateau et ne revient pas. La nuit tombe, et il n'est toujours pas là. Le lendemain, on avertit la police, qui passe le littoral au peigne fin et contacte les hôpitaux de la région. Le quatrième jour, on retrouve son voilier échoué sur un banc de sable. Le cinquième jour, au nord de la pointe, un chalutier remonte dans son filet un doigt sectionné qui porte encore la bague de Sky. On vérifie l'empreinte, les conclusions sont sans appel. Sky est officiellement considéré comme décédé, les recherches sont interrompues.

Le soir même, les chaînes d'informations relatent la nouvelle : Sky Montague est mort. Ce n'est qu'à ce moment-là que je m'autorise à le croire.

Disparu en mer. Une fin romantique qui n'aurait pas été pour lui déplaire. Personnellement, j'aurais préféré qu'il meure d'une crise d'eczéma. J'essaie d'imaginer ce qui s'est passé : l'océan tout autour de lui, bleu et froid, qui le serre de plus en plus fort et qui l'entraîne lentement vers le fond. Je me demande si, dans les abysses, il a rejoint la femme dont on n'a jamais retrouvé le corps. S'il lui tient compagnie.

Peut-être que ça lui va bien, en fin de compte, cette mort.

*Le Rôdeur.* C'est ainsi que Sky avait baptisé son bateau. Il n'aura donc pas réussi à se détacher de ce premier roman.

J'achète une cannette de bière au distributeur ambulant lorsqu'il s'arrête à côté de moi dans l'allée centrale du train. Je songe qu'il ne doit plus rester beaucoup d'argent sur la carte de crédit, mais tant pis. J'ai quelque chose à fêter, après tout.

Le manuscrit du *Rôdeur de la côte* est posé sur le siège à côté de moi, entouré de ficelle et soigneusement enveloppé dans de la Cellophane. Au-dessus, la lettre de Sky, protégée dans une pochette en plastique. À chaque virage, j'entends le livre glisser sur le siège, comme s'il murmurait.

Je l'ai gardé, évidemment. De temps en temps, je me force à le relire pour raviver le feu. Rouvrir la blessure. Si on n'entretient pas la colère, elle finit par s'estomper.

Dans ma mallette, j'ai également un exemplaire publié du *Rôdeur de la côte*, au cas où. Mais c'est le manuscrit qui me fascine : toutes ces modifications à l'encre verte, ces petites croûtes de correcteur liquide dissimulant les premières idées de Sky. Parfois, je me dis que je devrais les gratter pour voir ce qui se cache dessous.

Il a écrit d'autres romans, après, mais je crois que les gens les ont achetés uniquement parce qu'ils avaient adoré le premier. Ce fichu bouquin lui a donné les clés du royaume. Sky a réussi à convaincre tout le monde qu'il était un écrivain, alors qu'il n'était qu'un vulgaire voleur. Je baisse la tête et constate que j'ai les poings serrés.

« Va te faire foutre, Pierce. »

Une femme de l'autre côté de l'allée se tourne vers moi et je comprends que j'ai parlé à voix haute. Un rayon de lumière rose traverse la voiture, se pose sur la femme et entoure sa tête d'une auréole divine. Toutes les nuances de couleurs d'un lever de soleil estival.

Je termine enfin ce voyage que j'ai commencé il y a trente et un ans. Je retourne à Whistler Bay pour tuer Sky. À l'époque, je m'étais dégonflé avant d'arriver à destination. J'étais descendu à New York et j'étais rentré à Philadelphie. D'un côté, j'ai toujours été soulagé de ne pas être allé au bout de mon idée ; de l'autre, je me déteste d'avoir été aussi lâche.

Avec les nouveaux trains à sustentation magnétique, le trajet prend deux fois moins de temps que quand j'avais dix-sept ans. En revanche, l'itinéraire reste le même : train jusqu'à Portland, puis bus jusqu'à Castine, et enfin taxi jusqu'au cottage.

« Ravi de vous revoir », déclare le chauffeur de taxi, ce qui rend les choses encore plus irréelles qu'elles ne le sont déjà.

Il n'a pas plus de vingt ans, il m'a probablement confondu avec quelqu'un d'autre. Je vois qu'il regarde une sitcom sur le petit écran incrusté dans le tableau de bord. Est-ce qu'il s'adressait à la télé ? Ce doit être un métier bien solitaire.

Je m'attends à ce que ce soit différent – à ce que la colline soit moins verte, la maison moins blanche, moins parfaite –, mais, perché sur son promontoire comme un goéland, Whistler Cottage est conforme à mes souvenirs. C'est moi qui ai changé.

Je descends du taxi. C'est là, l'endroit exact où j'ai trouvé le Polaroid de la petite Abbott.

Alors que je gravis la colline, j'essaie de me concentrer sur mes sensations (l'ascension est plus difficile qu'à l'époque, voilà déjà une différence notable). Mais je constate simplement que je transpire et que j'ai faim. Les grands moments sont ainsi, parfois : on s'attend à un débordement d'émotions, et on se rend compte qu'on ne serait pas contre un petit casse-croûte.

Dans la cuisine, je m'adosse au mur pour reprendre mon souffle.

« Bonjour, toi. »

L'adolescent de seize ans en moi s'éveille. Un voyage dans le temps. Dehors, la luminosité a baissé, mais je n'actionne pas l'interrupteur du plafonnier. Je regarde par la fenêtre le soleil qui décline, boule cuivrée descendant vers la mer. Je me rends compte que j'ai mal partout. La journée a été longue. Je me dirige vers la chambre à tâtons. Il faut que je réapprivoise la maison.

Je pourrais me coucher dans la suite parentale, mais je n'en ai pas envie. C'est la chambre de mes parents. Ils sont tous les deux décédés depuis plusieurs années, pourtant ils continuent à me suivre presque partout. En tout cas, c'est ce que je ressens.

La chambre est plus petite que dans mes souvenirs. Au bout du lit une place, une couverture bleu clair soigneusement pliée. J'ouvre la lucarne. Les entrebâilleurs que mon père a installés il y a toutes ces années ont été retirés. J'inspire l'air de la nuit et j'attends. Le murmure lointain de la mer m'évoque un bruit de pages qu'on tourne. Un phoque pousse un grognement. Je lèche mon index et le tends à l'extérieur. Le vent vient de l'est.

Quelques instants plus tard, le sifflement lugubre et aigu retentit. Les pierres chantent et ça y est, j'ai enfin le sentiment d'être de retour. Malgré la fatigue, je reste à la fenêtre à écouter. Je songe *Si le chagrin était un son, ce serait celui-ci.* J'essaie d'imaginer ce que les rochers sont en train de dire de moi : « Wilder Harlow a pris une quinzaine de kilos en trente-trois ans, il est devenu quasiment aveugle et il est revenu à Whistler Cottage pour écrire son livre. » Cette fois, je n'échouerai pas.

La nuit, je suis réveillé par une espèce de grattement. Je ferme la lucarne, mais le bruit persiste. Je sais qu'il s'agit probablement d'une branche qui frotte contre un des volets, pourtant j'ai l'impression d'entendre la plume d'un stylo sur une feuille de papier. Je me rappelle la première nuit où Sky a emménagé dans ma chambre d'étudiant et où j'ai fait le cauchemar. Il m'a rassuré, il a laissé la lumière allumée pour éviter que j'aie peur, et je me suis rendormi en écoutant les griffonnements de son stylo. L'espace d'un instant, une étrange chaleur m'envahit.

Qu'écrivait-il, au juste ? L'histoire de Skandar, probablement. La chaleur s'évanouit. J'imagine l'encre verte recouvrir le cottage, la baie et le ciel, comme du marqueur sur un transparent. Sky qui, d'un coup de stylo, s'approprie mes affaires. Ma maison, mon passé, mon endroit. Moi.

Devant, dans l'obscurité, une longue rangée de petites créatures elfiques se met à danser. À un moment, elles retirent toutes leur chapeau rouge en même temps et me fixent de leurs yeux scintillants.

Ça s'appelle le syndrome de Charles Bonnet et c'est un effet secondaire commun chez les gens souffrant de dégénérescence maculaire. La tache pâle qui est apparue pour la première fois dans mon champ de vision quand j'étais à l'université s'est étendue depuis toutes ces années. Désormais, le centre est presque entièrement blanc, mais je parviens encore à distinguer assez bien ce qui se trouve en périphérie. Le médecin très chic qu'Emily m'a emmené voir à Manhattan m'a annoncé que je devais me préparer à une longue et lente descente vers la cécité.

Par contre, il n'a pas du tout évoqué d'éventuelles hallucinations.

La première fois que c'est arrivé, j'étais au restaurant avec Emily. Un pied de glycine s'est mis à pousser sur le serveur. Les branches grises et noueuses ont remonté le long de ses jambes, ont enserré sa taille, avant d'étendre leurs jolies grappes mauves tout autour de sa tête.

Le médecin très chic de Manhattan pense que cela arriverait à tout le monde si notre cerveau n'était pas constamment soumis à des stimuli visuels. Sans images à se mettre sous la dent, il disjoncte.

« Essayez de vous dire que c'est votre esprit qui s'amuse, qui profite de sa liberté », m'a-t-il déclaré avec un grand sourire.

Et c'est ce que j'ai fait, l'espace d'une seconde. J'ai essayé de me convaincre que ma cécité à venir était une forme de liberté, une nouvelle aptitude. Et puis, j'ai eu envie de lui donner un grand coup de pied dans les parties.

Mais bref, toujours est-il que j'ai fini par m'y habituer. Les hallucinations ne me font plus peur. La plupart du temps, j'arrive à discerner ce qui est réel de ce qui ne l'est pas.

À la lumière bienvenue du matin, je procède à un rapide inventaire. J'ai en ma possession la carte de crédit que j'ai prise dans le portefeuille d'Emily et un peu d'argent liquide. Pas beaucoup, mais ça suffira.

Dans la maison, tout est propre et bien rangé. La décoration ne m'est pas familière. Qui s'est occupé de choisir ces tapis colorés, ces rideaux en coton blanc, ces meubles en rotin ? Je n'arrive pas à imaginer qu'il puisse s'agir de l'espèce de ronchon de l'agence de location que j'ai eu plusieurs fois au téléphone.

Je me souviens alors qu'il a mentionné une « fille de la ville qui vient parfois donner un coup de main ». C'est sûrement elle qui a imposé sa patte. En tout cas, ça me plaît.

La collection de Polaroid ratés de l'oncle Vernon n'est plus là depuis longtemps. Dommage, j'aurais bien aimé la revoir. Le réfrigérateur est un modèle dernier cri à commande vocale et les placards de la cuisine sont remplis de nourriture. Il y a même les macaronis au fromage instantanés dont je raffolais tant quand j'étais jeune. À l'époque, je pouvais en avaler des tonnes. J'ai l'impression que quelqu'un prend soin de moi, ici. Il faut croire que la baie est contente de me retrouver.

Bon. Ce n'est pas tout ça, mais il serait temps de le tuer pour de vrai.

Je sors mon antique Remington. *Les ordinateurs, c'est parfait pour les impôts et les satelli-mails*, comme je dis souvent. *Pour écrire, rien ne vaut une bonne vieille machine.* En réalité, j'ai beaucoup de mal à voir l'écran. Il m'est bien plus facile de lire un texte dactylographié.

Je sors le bureau et l'installe sous le vieil érable à sucre. L'arbre a tellement grandi ! Contrairement à tout le reste, d'ailleurs. En trente-trois ans, les choses et les êtres croissent et se ratatinent de manière inattendue. Je me prépare du café instantané dans une casserole, j'y ajoute du lait et je sors de la cuisine avec ma tasse fumante à la main. Le café est trop chaud et je me brûle les lèvres. Au-dessus de moi, les feuilles murmurent.

Je n'ai pas pu revenir ici après la publication du *Rôdeur de la côte*. Surtout que, tous les étés, Sky louait la grande maison sur la falaise. L'ancienne résidence secondaire des parents de Harper. Quelle imagination il avait, ce Sky ! Tout le monde le dit. Et quel premier roman ! Même les proches des femmes assassinées ont trouvé qu'il avait su capter l'atmosphère de ce lieu. Sa particularité. Leur peine.

Je me souviens encore du sentiment que j'ai éprouvé la première fois que je suis tombé sur une photo de Sky à Castine. Il posait dans la rue principale, devant l'emplacement de l'ancienne poissonnerie de Christy Barham. Aujourd'hui, c'est un café RV. Apparemment, les enfants adorent ce genre d'endroits. En ce qui me concerne, j'ai du mal à comprendre l'intérêt de la réalité virtuelle alors qu'on peut très bien s'évader avec un bon livre.

Bref, j'étais dans la salle d'attente du dentiste, j'ai ouvert un magazine, et il était là, ses cheveux cuivrés tout ébouriffés, me regardant droit dans les yeux. C'était l'été juste après la publication de son premier roman. Un été horrible : non seulement il régnait une chaleur caniculaire en Pennsylvanie, mais j'avais en plus l'impression de me consumer de l'intérieur – comme si j'avais en permanence une poignée de charbons ardents au fond de l'estomac. Ce jour-là, j'ai fait une crise pendant mon cours sur Faulkner et je me suis réveillé étendu sur l'estrade. C'est pour moi qu'avait sonné le glas. Désolé, mauvaise blague.

Après ça, Sky est revenu dans la baie tous les étés. Il est devenu une espèce de célébrité locale. Les gens venaient du monde entier dans l'espoir de le croiser.

J'ai eu des années pour repenser à ces quelques mois passés en compagnie de Sky. Il n'y a pas un seul instant que je n'aie pas analysé en long, en large et en travers. Je sais désormais pourquoi il est resté tout le semestre plongé dans la lecture d'*À la recherche du temps perdu* et de la biographie de Proust : il essayait d'en comprendre la mécanique, il cherchait comment intégrer mon récit, ma vérité, à son torchon égotique.

Bientôt, les gens connaîtront enfin la vérité. Mais pour cela, je vais devoir me montrer habile. Un mort ne risque pas de m'accuser de diffamation, bien sûr, mais on n'est jamais trop prudent. Je veux que ce livre soit publié, et à grande échelle ; or, même si cela ne peut pas m'atteindre, je ne tiens pas à ce que mon récit soit considéré comme une vengeance mesquine. Et aussi, j'ai peur qu'Emily ait du mal à encaisser certains aspects de mon récit.

Ce sera donc de l'autofiction.

Je scrute l'immense page blanche. Je me rends compte que je n'ai pas envie de commencer. Se replonger dans toutes ces histoires… *Ça fait flipper !* comme disent mes étudiants.

De la neige sur les rebords de fenêtre, sa main sur ma peau, le soleil partout. *Quand on sait qu'on est foutu, on est libre.* Pour ce qui est d'être foutu, le contrat est rempli. Avec un peu de chance, bientôt, je serai libre.

Ça ne fonctionne pas. Pourtant, tout est là, scintillant dans mon esprit comme un vitrail illuminé. Alors pourquoi est-ce que je n'arrive pas à écrire ?

L'érable murmure. Un nuage d'oiseaux jaune fluo jaillit soudain de la mer. Ils tirent derrière eux des lettres dorées à la calligraphie fleurie – sublime. *Wilder, Wilder, Wilder,* je parviens à lire. Je ferme les yeux et compte, comme le médecin m'a montré. Je respire profondément. Quand je rouvre les yeux, tout est redevenu normal.

Même les oiseaux de mes hallucinations écrivent. Pourquoi suis-je le seul à en être incapable ?

Je sursaute, avec l'impression que quelqu'un vient de s'enfuir, ou que peut-être on m'a touché le bras avant de partir en courant. Est-ce le portail que j'entends grincer ? Et là, dans l'air, n'y aurait-il pas une odeur un peu âcre ?

Le bruit retentit de nouveau mais, à cause de la brise, il est toujours assez lointain pour n'être potentiellement que le fruit de mon imagination. Les rochers qui se sont mis à chanter, peut-être ? Je lèche mon index, mais le vent vient du sud. Le bruit, à nouveau. Plus de doute : il s'agit d'une voix humaine qui crie depuis la crique en contrebas. La troisième fois, je distingue même les mots.

« À l'aide ! Vite, à l'aide ! »

Je me précipite sur la falaise, place ma main en visière et scrute la surface scintillante de la mer. Je finis par apercevoir une forme noire – une tête, peut-être – qui disparaît régulièrement sous la peau luisante de l'eau avant de réapparaître.

« À l'aide ! À l'aide ! »

Je franchis le portail au pas de course, faisant voler le sable dans mon sillage tandis que je dévale l'étroit sentier qui mène à la mer. Une fois sur la plage, je la distingue plus nettement, qui flotte à l'embouchure de la petite baie, là où les rochers gris forment une ouverture vers le large. Une femme, au visage pâle encadré par de longs cheveux bruns plaqués sur son front.

La malheureuse agite les bras et disparaît à nouveau sous la surface. Je retire mes chaussures à la hâte et me jette à l'eau sans me dévêtir. J'ai de plus en plus de mal à comprendre les mots qui s'échappent de sa bouche. Je crois qu'elle commence à se fatiguer.

« J'arrive ! » je crie.

La mer, glacée, me saisit jusqu'au cœur. Ignorant le froid et les vagues salées qui me fouettent le visage, je me mets à nager le crawl. Elle a dû avoir une crampe. Ou peut-être que sa jambe s'est coincée dans quelque chose. Un vieux filet de pêche, par exemple. C'est ce qui est arrivé à un enfant, un peu plus bas sur la côte, il y a quelques étés de cela ; j'ai vu passer un article. Je remarque alors qu'elle se trouve juste à côté d'une petite bouée bleu clair ; est-ce que son pied s'est pris dans la corde ?

Je parviens à distinguer ses traits, à présent. Un visage en forme de cœur, de belles lèvres pleines. Elle porte un vêtement sombre qui n'a pas l'air d'être un maillot de bain. Ses bras musclés se dessinent en transparence sous l'étoffe foncée.

Le col de sa robe glisse et, l'espace d'un instant affreux, je crois qu'elle est blessée à l'épaule. Je finis par constater, soulagé, qu'il s'agit d'une grosse tache de naissance en forme de pomme dont on aurait croqué un morceau.

La femme halète et recrache de l'eau. Sa robe n'est pas noire, comme je l'ai d'abord cru, mais d'un bleu profond. Le tissu flotte autour d'elle, la jupe se gonfle dans les vagues. Elle est donc allée se baigner tout habillée. Ce n'est pas bon signe. En général, quand tout va bien, on ne fait pas ça. À moins qu'elle ne soit tombée d'un rocher, ou d'un bateau, ou…

Une vague se brise sur moi. Je me retrouve immergé et, pendant quelques secondes, je ne vois plus que du vert autour de moi. L'eau s'engouffre dans mes oreilles, dans mes narines. D'un battement de pieds, je parviens à refaire surface pour reprendre ma respiration.

Elle a disparu. Je ne la vois plus nulle part. Elle a dû finir par s'épuiser… Il n'y a pas de temps à perdre : malgré la brûlure qui me vrille les muscles, je me remets à nager de plus belle. Lorsque j'atteins la bouée bleue, je prends une profonde inspiration et je plonge, mes yeux scrutant l'océan. Mais il n'y a que la mer à perte de vue.

Je me rends compte que j'ai pied. Je suis à l'embouchure de la crique, à hauteur d'un banc de sable immergé, et je n'ai de l'eau que jusqu'à la taille. Même à supposer que cette femme soit beaucoup plus petite que moi, elle aussi aurait pu se tenir debout sans problème. Alors où est-elle ? Paniqué, je plonge et replonge, regardant dans toutes les directions. La visibilité est plutôt bonne, la mer est calme… Je devrais être en mesure de la voir, ou tout au moins de distinguer sa longue robe bleue. Même sous l'eau.

Une peur glacée s'empare de moi. Cette pauvre femme a dû être prise par un contre-courant et emportée vers le large.

Je regagne la plage et gravis le sentier en titubant, pieds nus. Du haut de la falaise, je distingue la bouée. Mais pas de bras qui s'agitent, pas de silhouette bleue qui dérive lentement. Elle n'est plus là. Elle ne s'est pas noyée, je verrais le corps. Non, elle a tout simplement disparu. Je me précipite dans le salon, récupère mon portable et compose le numéro des secours. Une répartitrice d'appels me répond d'une voix calme. Elle n'a pas l'air de saisir l'urgence de la situation, alors je finis par hausser le ton.

« Monsieur, me dit-elle. Je voudrais que vous respiriez un bon coup. »

J'ai l'impression que ça dure une éternité mais, dans l'heure, un garde-côte finit par arriver sur un petit hors-bord.

Il longe la côte en criant dans son mégaphone. Je crois que je m'attendais à quelque chose de plus officiel. Je le regarde sillonner la crique et ses alentours dans la lumière déclinante. Quand il débarque enfin sur la plage, le soleil a disparu derrière l'horizon. Il est assez âgé, avec cette peau brune et tannée par les éléments typique des gens de la région.

Je me demande s'il était à bord d'un des bateaux, le jour où les garde-côtes ont remonté les barils.

« Vous êtes sûr que c'était vraiment une personne, et pas un sac en plastique qui flottait à la surface ? m'interroge-t-il. Parfois, avec les reflets, on peut se tromper.

– Certain, je réplique. C'était une femme et elle appelait à l'aide. Je l'ai vue et entendue très distinctement.

– Bon. Le seul accès à cette crique, c'est ce sentier qui longe votre maison, c'est bien ça ?

– Oui.

– Donc, si vous étiez dehors, cette personne est forcément passée devant vous à un moment ou à un autre.

– Je, euh… Oui, effectivement.

– À moins qu'elle ne soit tombée d'un bateau, mais nous n'avons reçu aucun message de détresse.

– D'accord », je réponds d'un ton sec.

J'ai compris ce qu'il faisait. C'est une technique que j'utilise moi-même avec mes étudiants les plus médiocres : je les force à énoncer les faits, afin qu'ils se rendent compte par eux-mêmes de l'absurdité de leur raisonnement.

« On a toujours un ou deux appels de ce genre par an, m'indique le garde-côte. Des gens qui croient avoir vu une sirène, une femme-poisson…

– C'est sûrement parce que cet endroit a une âme à part entière.

– Ça, je ne vous le fais pas dire, acquiesce-t-il, et je vois un soupçon d'intérêt s'allumer dans ses yeux.

– Est-ce que vous étiez là quand on a retrouvé ces femmes, dans les barils ? »

Son expression devient glaciale.

« Vous avez inventé cette histoire de noyade pour me poser des questions sur cette affaire, c'est ça ? Vous ne manquez pas de culot.

– Mais non, je m'exclame, horrifié. Bien sûr que non !

– Vous n'êtes pas le premier ; des oiseaux comme vous, on en a toute l'année, par ici. Mais sachez que vous êtes passible de poursuites pour fausse déclaration et entrave au travail des garde-côtes. »

Je me demande si c'est vrai.

« Je vous jure que je l'ai vue, je répète. Je l'ai vue et je l'ai entendue.

– Je vous souhaite une bonne soirée », me dit-il d'un ton qui n'a rien d'amical.

Après son départ, je reste quelque temps sur la falaise à regarder la lune, jusqu'à ce que le froid de la nuit me pousse à retourner à l'intérieur. Je suis perturbé. Je n'ai pas rêvé, j'en suis certain.

Mes hallucinations sont uniquement visuelles. Jamais tactiles, jamais auditives, le médecin a été très clair.

Et j'ai entendu sa voix. *À l'aide.* Je tente de me rassurer en me répétant que je suis capable de discerner ce qui est réel de ce qui ne l'est pas.

Mais, telle une langue qui ne peut s'empêcher de toucher une dent branlante, une pensée n'arrête pas de me titiller le cerveau : *Cette femme, je sais que je la connais.* J'espère qu'elle n'est pas morte.

Dans la chaleur de la cuisine, je retire avec précaution mes vêtements trempés. Je n'ai pas apporté beaucoup d'affaires, alors il ne faut pas que je les abîme. Dans notre couple, c'est Emily qui a l'argent. Mon cœur émet un petit hoquet de tristesse. Le divorce est un tel déchirement. Et puis, ça coûte une fortune… Je peux au moins lui épargner cette épreuve.

Après avoir ouvert et refermé plusieurs placards et m'être accidentellement enfermé dans celui sous l'escalier, je finis par dénicher un séchoir à linge en bois. Je le place devant la cuisinière et y étends mes vêtements. En dépit de la journée abominable que je viens de passer, j'éprouve une certaine fierté à avoir résolu ce petit problème d'ordre domestique.

Réveillé en sursaut d'un sommeil agité, je me débats dans mes draps tout en essayant de chasser de mon esprit les vestiges du cauchemar où on m'étouffait avec un long pan de tissu bleu complètement détrempé. J'éprouve le même sentiment de déjà-vu que plus tôt dans la soirée. Je connais cette femme, oui, mais il y a autre chose. Comme si j'avais déjà assisté à toute cette scène, ou que je l'avais déjà vue en rêve : la robe qui ondule dans la mer, l'appel à l'aide, ma tentative de sauvetage. Le cœur battant, je scrute l'obscurité. Qui était-elle ? Où est-elle allée ? Et comment je la connais ? Ces questions me taraudent jusqu'à ce que l'aube glisse ses doigts pâles à travers les volets pour me rappeler que le temps n'attend pas et qu'une nouvelle journée est sur le point de commencer.

Le ciel blanchâtre paraît constellé de formes géométriques sombres et mouvantes.

Dans la cuisine, mon pantalon, mes sous-vêtements et ma chemise ont séché, mais ils sont tout raides et ils ont pris la forme de l'étendoir. Malgré tout, je pense qu'ils sont encore utilisables. Ma ceinture, par contre, est fichue. Le cuir humide s'est rétracté, il est désormais dur comme de la pierre.

J'appelle Emily.

« Oui, Wilder, qu'est-ce qu'il y a ? »

J'ai l'impression qu'elle est dans un restaurant ou, en tout cas, dans un endroit où il y a du monde. Je suis étonné, parce qu'elle déteste sortir avant midi. À moins que ce ne soit moi. C'est aussi ça, le mariage : on finit par prendre les habitudes de l'autre.

« Bonjour, chérie. »

J'ai parlé sans réfléchir.

Un long silence s'installe, tandis que je sombre dans l'horreur et le regret. Il faut vite que quelqu'un le rompe. Je prends l'initiative.

« Je voulais te poser une question. »

Au moins, ma voix à l'air à peu près normale. Aucune trace de l'angoisse qui m'habite.

« J'ai eu une interaction bizarre avec une femme, l'autre jour, à Castine. Elle semblait me connaître, mais moi, je ne vois pas du tout qui c'est. Je me demandais si ce n'était pas quelqu'un qu'on avait croisé à New York.

– Décris-la-moi », dit Emily.

L'entrée en matière était désastreuse, mais je savais qu'Emily ne pourrait pas résister à un potin.

« Environ vingt-cinq ans, plutôt jolie. Des cheveux bruns, une grosse tache de naissance sur l'épaule.

– Comme ça, je ne vois pas », répond Emily.

Elle est en train de manger, je l'entends. Il y a comme une rondeur autour de ses mots. Quelque chose d'humide, presque.

« Elle portait une robe bleue, je précise. On aurait dit une actrice dans un vieux film italien.

– Non, toujours pas.

– Bon, eh bien, désolé de t'avoir dérangée, alors, je déclare froidement – et bien qu'il ne soit que 10 heures, j'ajoute : Je te laisse à ton déjeuner.

– Ta description, ça me fait penser à un personnage de ce livre que tu détestes. »

Elle prend une autre bouchée.

« Emily... »

Je croyais que j'éprouvais de l'agacement, mais il est si facile de confondre un sentiment avec un autre. Le chagrin envahit toute ma poitrine.

« Est-ce que je peux rentrer chez nous ? »

Emily s'éclaircit la voix. Un bruit que je connais bien et qui n'a rien à voir avec une gorge obstruée. Cela signifie qu'elle est mal à l'aise. *Oh non, Wilder. Je t'en prie, tu ne peux pas me demander ça.*

« Qu'est-ce que tu faisais, le week-end où j'étais dans les Hamptons ?

– Emily, on a déjà eu cette conversation mille fois.

– Et tu continues à me mentir. »

Je la sens devenir glaciale, comme si on avait ouvert une fenêtre en plein hiver.

« Mais je ne mens pas ! »

Je me rends compte que j'ai crié.

« Wilder, il faut que tu penses à ta maladie. Il faut que tu fasses le nécessaire.

– J'écris un livre ! je m'exclame. C'est ça, faire le nécessaire !

– Je ne peux pas m'occuper de toi si tu ne commences pas par t'occuper de toi-même. »

Je perçois les larmes dans sa voix.

« Je pense qu'il vaudrait mieux qu'on ne se parle pas pendant quelque temps, conclut-elle.

– Très bien. »

Je raccroche avant qu'elle ait pu ajouter quoi que ce soit. Je suis tellement en colère que j'ai besoin de faire trois fois le tour du petit jardin avant de retrouver une respiration à peu près normale. Mais ce n'est pas désagréable pour autant.

Je me suis rendu compte avec le temps qu'il ne faut jamais laisser retomber sa colère, au risque de découvrir ce qui se cache derrière.

Alors que je m'assois devant la machine à écrire, j'ai soudain une inspiration géniale. J'ai trouvé mon titre, et il est parfait. Le livre s'appellera *Retour sur la côte.*

*Mon Dieu.* Mais quel titre effroyable ! Étonnant comme une mauvaise idée peut paraître bonne à la faveur de la nuit. L'éblouissante illumination qui se révèle un miroir aux alouettes.

J'essaie d'écrire. En vain, une fois de plus. Régulièrement, je jette un œil en direction de la baie, m'attendant à y apercevoir une tache bleue, un pan de tissu flottant entre deux eaux, tels les tentacules d'une créature marine. Mais tout est silencieux et la mer scintillante est vide.

Dans l'après-midi, je reçois une visite.

Je suis concentré sur la phrase que je viens d'écrire. Je la fixe depuis si longtemps que les lettres se sont transformées en caractères cunéiformes.

Je lève les yeux et elle est là, penchée au-dessus du portail blanc, tout sourire. Une femme. Une vraie, cette fois. Elle doit avoir froid ; l'air est mordant, aujourd'hui. Elle porte une épaisse veste en coton, un pantalon large qui a l'air très résistant et un chapeau de paille. Si sa peau tannée est celle d'une locale, ce n'est pas le cas de son accent.

« Wilder Harlow.

– Oui ? Que puis-je faire pour vous ? »

Je suis tellement content de parler à quelqu'un, n'importe qui, pour ne plus avoir à regarder cette maudite ligne dactylographiée.

La femme prend quelques secondes pour m'observer, puis elle demande :

« Votre séjour ici se passe bien ? Vous avez tout ce qu'il vous faut ? »

Elle est britannique. Nul doute qu'il y a toute une histoire autour de sa présence dans cette région. Peut-être que je vais lui proposer d'entrer boire une tasse de café instantané. Quelque chose me plaît chez cette femme.

« Oh oui ! je réponds. C'est parfait, merci beaucoup. »

Je comprends qu'il s'agit probablement de la « fille de la ville qui vient parfois donner un coup de main ».

« J'ai rempli les placards de la cuisine avec vos aliments préférés. J'ai même trouvé ces affreux macaronis au fromage instantanés que vous adorez. »

Elle soupire.

« Enfin, c'était il y a si longtemps. Vos goûts ont sûrement changé, depuis.

– Non, j'aime toujours autant ça. Certaines choses ne changent jamais, les macaronis au fromage en font partie. Mais vous… »

Un soupçon terrible s'éveille en moi. Elle retire son chapeau et dévoile ses cheveux gris, mais il y a quelque chose dans la forme de son visage, et c'est alors que je perçois des reflets roux au milieu du gris.

« Mon Dieu ! je m'exclame. Harper ? »

Elle sourit.

Je la rejoins au portail et dépose un baiser maladroit sur sa joue tout en lui tapotant l'épaule. Son visage est toujours aussi large, son regard toujours aussi enfantin, mais elle a perdu son air espiègle, cette assurance qu'elle affichait plus jeune. Il faut croire que les années nous dépouillent de nos certitudes.

Elle m'attrape par le menton et tourne ma tête d'un côté, puis de l'autre. Un geste qui pourrait paraître étrange de la part de cette personne qui, dans les faits, est une inconnue, mais qui ne me surprend pas le moins du monde. Car moi non plus, je ne peux pas m'empêcher de l'observer et de retracer les traits de son visage d'adolescente sur son visage d'adulte.

« Je suis désolé de ne pas t'avoir reconnue tout de suite. Je n'y vois plus très bien.

– En tout cas, toi, tu n'as pas changé du tout », dit-elle.

Et même si je sais que c'est faux, j'apprécie qu'elle s'efforce de paraître sincère.

« Pour mon plus grand malheur », je plaisante.

Elle rit, avant de s'interrompre brutalement.

« Tu as tout ce qu'il te faut ? On m'a prévenu à la dernière minute que tu arrivais, alors j'ai dû passer en coup de vent pour remplir les placards.

– Pourquoi est-ce que c'est toi qui t'occupes de ça ?

– Je donne des petits coups de main à droite et à gauche : je fais du ménage, un peu de cuisine, des courses. Pendant l'hiver, je m'occupe de l'entretien des résidences secondaires, ce genre de choses. C'est assez facile, comme boulot, assez machinal. »

Je perçois soudain une gêne palpable entre nous.

« Mais tu… Comment ça se fait ?

– Où est passé l'argent de ma famille, tu veux dire ? me demande-t-elle avec un sourire. Eh bien, mes parents et moi, on a eu des… des divergences d'opinions. On ne se parle plus, et ça me va très bien comme ça. »

Devant mon expression, elle ajoute :

« Après tout ce qui s'est passé, j'ai vécu des années compliquées, Wilder. Je suis retombée dans mes travers, j'en ai développé de nouveaux. Mon père et ma mère ont fini par en avoir assez. Je ne peux pas leur en vouloir, j'étais vraiment ingérable.

– Et tu habites où ?

– Sur la côte, pas très loin d'ici. Vers Castine.

– À côté de…

– Je n'avais pas beaucoup de moyens. J'ai racheté l'ancienne maison des Pelletier. C'est chez moi, maintenant. »

L'horreur m'envahit.

« Mais enfin, Harper, pourquoi ?

– Je t'en prie, dit-elle d'une voix douce, mais ferme. C'est l'endroit qu'il me fallait. Ça me permet de penser à lui. Et puis, j'ai tout redécoré, c'est vraiment joli. »

Il y a dans son accent quelque chose de très haute société, désormais. J'ai déjà eu l'occasion d'observer ce phénomène chez certains Britanniques venus s'installer aux États-Unis : leur accent devient plus prononcé avec le temps, plus guindé, comme s'ils avaient peur que leur identité disparaisse à notre contact.

« Je ne pensais pas que je te reverrais un jour », je déclare.

Au même moment, elle dit :

« Bref, je suis venue vérifier que tu avais tout ce qu'il te faut. »

Notre gêne est telle que nous n'arrivons même pas à tenir le rythme d'une conversation.

« Non, tu n'as vraiment pas changé », ajoute-t-elle, et elle ouvre le portail sans que je l'y aie invitée.

Elle se dirige droit vers l'érable et s'assoit sur la branche la plus basse. Les ombres des feuilles dansent sur son visage. Elle non plus n'a pas changé.

« Viens donc à l'intérieur, je lui propose. Tu peux rester un petit peu, non ? »

Elle me sourit et, l'espace d'une fraction de seconde, je suis à nouveau amoureux d'elle.

« Pourquoi est-ce qu'on est tous les deux revenus là ? je soupire. Pourquoi est-ce qu'on cherche autant à souffrir ?

– Peut-être parce que tout ce qu'on fait après l'âge de seize ans n'est qu'un éternel recommencement. »

Un silence s'installe entre nous. Nous avons trop de choses à nous dire.

Harper tend la jambe et me touche délicatement le genou avec son gros orteil.

« Je suis contente de te revoir ici, vieux débris !

– Merci, je souffle, sincèrement touché par ses mots.

– J'ai lu un de ses bouquins, tu sais ? Pas le plus connu, mais un autre. Comment ça s'appelait, déjà ? *Le Kangourou* ? »

L'amertume remplace l'émotion. Sky est partout, semble-t-il.

« *L'Ornithorynque*, je réponds. Personnellement, je ne lis pas trop de romans d'horreur. Ce n'est pas mon truc.

– Voilà ! C'est l'histoire où le personnage principal tue sans faire exprès tous ceux qu'il aime. Je me suis dit : "Ce type doit être très seul." Tu penses que c'était son intention, avec ce livre ? De montrer à quel point il se sentait seul ?

– Au fait, il y a encore des gosses qui viennent nager ici ? je demande pour changer de sujet.

– Non. Enfin, je ne crois pas. Il y a de bien meilleures plages de l'autre côté de la ville. Tu le connaissais, toi, non ? Sky Montague ?

– On a fréquenté la même université à peu près à la même époque, il y a une éternité de cela. Ça s'arrête là.

– Ça doit être étrange, quelqu'un avec qui tu es allé à la fac et qui devient un écrivain à succès.

– Comme je disais, je ne l'ai pas vraiment connu.

– Nous, il nous arrivait de le croiser, à Castine. Notre star locale ! Mais je crois que personne n'a jamais pris le temps de discuter avec lui. Il faut croire que plus on est célèbre, moins on a d'amis.

– Si la réciproque est vraie, je dois en avoir des milliers.

– Et ça se voit, commente Harper en regardant autour de nous. Est-ce que tu es seul, Wilder ? Pas de femme, pas d'enfants ?

– Non.

– L'automne est déjà bien entamé et l'hiver arrive vite, par ici. »

Elle marque une pause, me regarde, mais je ne réagis pas.

« Si tu as l'intention de rester plus longtemps que prévu, il faudrait que tu penses à remettre les volets anti-tempête, à isoler tes tuyaux et à faire le plein de boîtes de conserve en cas de coupure de courant... »

Je ne saisis pas la perche qu'elle me tend.

« Merci pour le conseil.

– Bon, eh ben je vais y aller, moi. À plus tard, vieux cornichon.

– À plus tard, vieille... »

Mais je ne peux pas terminer ma phrase. Je me plie en deux, le souffle coupé. Le monde devient flou et je tombe à genoux. Le sol est beaucoup trop mou pour me soutenir et je songe *Ce n'est pas réel, rien de tout ça n'est réel, il est impossible de ressentir une telle douleur.*

« Tout va bien. Viens là. Ça va aller. »

Harper m'aide à me relever ; elle me comprend, et ça m'est insupportable. Le poing dans ma poitrine se serre de plus en plus fort. Je passe une main sur ma joue, elle est trempée. Il faut croire que je pleure. C'est horrible – qu'est-ce qui se passe ? Harper s'approche. Beaucoup trop près. L'inquiétude sur son visage est épouvantable.

Je me rends compte que cela fait des jours que je n'ai pas été touché par un autre être vivant – pas depuis que c'est arrivé, en fait. C'est une des choses merveilleuses avec le mariage, cette intimité quotidienne, ces tout petits moments de proximité. Mes doigts trempés de liquide vaisselle qui effleurent ceux d'Emily lorsque je lui tends un plat à rincer. Le baiser qu'elle dépose sur le sommet de mon crâne tandis que je corrige une copie. Le frôlement de nos corps dans le couloir chaque fois que nous nous croisons. On s'habitue si vite à ces milliers de contacts qui constituent une journée.

« Qu'est-ce qui ne va pas, Wilder ?

– Je ne sais pas comment commencer mon livre. Et je crois que j'ai vu un fantôme. »

Fasciné, je regarde une grenouille d'un vert éclatant bondir de l'épaule de Harper.

« Wilder, tu… Tu n'as pas l'air dans ton assiette.

– Je te jure que je n'ai pas rêvé.

– Les fantômes n'existent pas, dit-elle d'une voix douce. C'est seulement ton esprit qui essaie de te dire des choses que tu ne veux pas entendre. »

Sa phrase me fait l'effet d'une révélation.

« Harper, tu es un génie ! » je m'exclame.

Elle émet un bruit de dégoût.

Je l'entends à peine partir ; je suis penché sur ma machine à écrire. Mes doigts volent sur les touches. Ça y est.

L'autofiction. *Raconter toute la vérité, mais en la modifiant légèrement.* C'est ça que mon inconscient essayait de me dire en me montrant la femme qui se noyait. Il s'agissait d'une espèce de rêve éveillé. Ou alors (et je ne l'avouerai jamais au garde-côte) je me suis trompé et j'ai simplement vu des débris flottants.

Si cette malheureuse me semblait aussi familière, c'est parce qu'elle ressemblait un peu à Sky. Même si le teint de peau et la couleur de cheveux étaient différents, il y avait quelque chose au niveau du nez. Mais qu'importe, voilà ma conclusion :

Ce livre ne parlera pas de Sky, mais de Skye avec un *e*. Une femme. Ce changement de perspective débloque tout ! Il résout les problèmes de diffamation qui m'inquiétaient et il me permet par la même occasion de contourner certains aspects de ce qui s'est passé entre Sky et moi et qui n'ont pas leur place dans ce livre, dont le sujet est le vol.

Vous savez, je peux la voir, Skye. Je peux même entendre sa voix. C'est comme si, depuis tout ce temps, elle attendait dans le noir que je la ramène à la lumière.

Et si je l'intitulais *Skye*, tout simplement ? Ça me plaît bien. Et je situerai l'action en 1991 – comme dans la réalité.

# Skye

*1991*

L'occasion se présente dès le premier jour de cours. Dans la salle de classe flotte cette fameuse odeur de rentrée, mélange de livres neufs et de marqueur pour tableau. Le professeur a un flocon de muesli sur sa cravate et un air désespéré.

Skye le repère tout de suite. Dans sa tête, il est seulement « lui ». Il n'est pas une personne, il n'a pas droit à un prénom, il n'est qu'un courant qu'elle suit, la destination finale d'un long voyage.

Bien sûr, elle ne s'assoit pas à côté de lui, elle n'est pas idiote. Non, elle s'installe à la rangée juste derrière, d'où elle peut observer sa nuque à loisir. C'est un endroit du corps qu'on a tendance à ignorer, pourtant il est très expressif. Chez lui autant que chez les autres.

Il est très pâle, on voit donc immédiatement quand il rougit, et il rougit beaucoup ; elle se rend compte que ce n'est pas de la gêne, mais de la tension, cet effort particulier qu'on doit faire pour garder son calme et ne pas s'effondrer. C'est un effort qu'elle connaît bien.

Le professeur dépose un transparent sur le rétroprojecteur et un vitrail aux couleurs éclatantes apparaît, encadré par une superbe arche. On distingue une licorne, des ailes, une épée. Plongée dans l'obscurité, la salle de classe devient une grotte, et le vitrail une ouverture vers l'extérieur. Dès que cette pensée traverse l'esprit de Skye, elle retient son souffle et l'examine, lui.

Elle a raison : il s'est fait la même réflexion. Dans la pénombre, elle distingue son dos courbé, sa tête qui s'avance à la manière d'un vautour. Il respire fort, on pourrait croire qu'il est en train de s'assoupir, mais ce n'est pas le cas. Il se lève, les bras tendus devant lui comme un aveugle, et tâche de s'extraire de sa rangée avec maladresse, on dirait qu'il est ivre. Il bouscule les genoux d'une étudiante qui laisse échapper un cri, plus de surprise que de douleur. Avec un gémissement étranglé, il repousse les jambes de la fille, cherche des appuis sur sa table et fait tomber livres et stylos.

Vite, Skye se lève. Les lumières se rallument ; le professeur s'est retourné.

« Jeune homme, veuillez vous rasseoir. »

Wilder agite une main, puis la porte à sa bouche. Skye a deviné la suite. Elle se précipite et l'attrape par le coude.

« On était au lycée ensemble, annonce-t-elle à la classe. Il fait une crise d'angoisse, je vais l'emmener dehors. Ça ira mieux d'ici quelques minutes. »

Elle parvient à l'entraîner jusqu'à un banc baigné de soleil de l'autre côté de l'esplanade centrale. On entend la rivière courir quelque part, derrière eux.

Finalement, il ne vomit pas. Il s'allonge sur le banc, le visage vers le ciel, à bout de forces.

C'est étrange d'être assise à côté de ce garçon qui l'a déjà tellement obsédée. Sur les photographies, on dirait un extraterrestre avec ses yeux clairs à peine teintés de gris ou de bleu. La couleur est presque la même que celle de sa peau, dont la pâleur est encore accentuée par le contraste avec sa chevelure noire. Sur les clichés, ces yeux exorbités lui donnent l'air menaçant mais, en personne, il ressemble plutôt à un enfant. Un être fragile. À un moment, il ouvre la bouche pour crier et Skye aperçoit un chewing-gum. Si elle ne fait rien, il risque de s'étouffer avec.

Vite, elle glisse deux doigts entre les lèvres du garçon et repêche la sucrerie visqueuse. Après quelques secondes à observer le morceau rose fluo encore tiède coincé entre son pouce et son index, elle le pose sur sa langue. Au début, il a son goût à lui, frais et un peu acide. Puis il n'y a plus que le parfum chimique. Elle arrache une page d'un carnet, emballe le chewing-gum dedans et le glisse dans sa poche.

Quand elle relève la tête, il la dévisage.

« Tiens ! dit-elle. Ça va mieux ?

– Encore toi. Tu étais sur les marches de ma résidence, hier. Tu étais avec ton père.

– C'est vrai.

– Tu ne m'as pas aidé avec mes bagages.

– Non, reconnaît-elle. Je ne dois pas être très serviable.

– Pourtant, tu m'as aidé aujourd'hui, fait-il remarquer un peu maladroitement. Merci. »

Après une pause, il tend la main et ajoute :

« Je m'appelle Wilder.

– Comme Thornton Wilder ? demande-t-elle en acceptant la poignée de main.

– Oui.

– Moi, c'est Skye.

– Ça te va bien, commente-t-il avec un sourire. Tu as des cheveux très brillants, on dirait un peu la robe d'un cheval.

– Merci. »

Et elle lui sourit en retour, d'un sourire radieux qui a surgi du plus profond d'elle-même.

*Oh, non,* songe-t-elle, partagée entre l'euphorie et l'horreur.

« *Je peux payer* », dit-elle en français à Élodie, qui acquiesce.

Elles négocient encore un peu pour la forme, puis, les modalités de l'échange acceptées, Skye peut enfin poser ses valises dans la petite chambre de l'étudiante française. De l'autre côté du mur, elle perçoit la présence du garçon.

Ce nouvel hébergement est situé dans la résidence que les première année plus aisés surnomment l'« orphelinat ». C'est là qu'on loge les boursiers et les étudiants internationaux. Le bâtiment donne sur les cuisines et il y flotte en permanence une odeur de pain de viande. Il n'y a pas vraiment de fêtards, à l'orphelinat. On est ici pour travailler. Les chambres sont exiguës, la plupart ne disposent que d'un seul petit lit.

Rien à voir avec celle qu'on a attribuée à Skye à la rentrée et qui donne sur l'esplanade du campus. Certes, il faut partager l'espace avec une fille de l'équipe de hockey qui a la manie de manger des œufs durs au lit, mais la pièce est chaleureuse, agréable et elle embaume la cire d'abeille et le propre. Bref, si on ajoute à ça les cent dollars qu'elle lui donne, Skye estime qu'Élodie n'a pas perdu au change.

Parfois, quand Skye est allongée sur son lit et qu'elle ne dort pas, elle songe au fait qu'il est là, de l'autre côté de la cloison. Elle peut presque entendre sa respiration régulière, presque voir ses paupières closes sur ses yeux immenses. Elle sait qu'il ne ferme pas sa porte à clé la nuit, car elle reconnaît désormais le *clic* sec du verrou, elle l'a mémorisé. Elle a mémorisé tous ses bruits.

Alors, la première fois qu'elle entend le rêve, elle court le rejoindre. Les yeux ouverts sur le vide, il transpire. Il ne semble pas surpris qu'une quasi-inconnue ait fait irruption dans sa chambre – à vrai dire, il ne semble même pas conscient de sa présence.

Skye l'enveloppe de ses bras comme pour réconforter un enfant et, peu à peu, elle le sent qui reprend ses esprits.

« J'ai besoin de ça », balbutie-t-il en ouvrant le casier à côté du lit pour en sortir un classeur orné d'un dessin d'Aphrodite.

À l'intérieur, il a rangé des coupures de presse, chacune bien protégée par une pochette en plastique.

Skye en a le souffle coupé. Elle a déjà lu mille fois chacun de ces articles, elle pourrait les réciter de tête. Elle ne dit rien. Lui examine sa collection.

« Tu dois me prendre pour un taré, finit-il par lâcher. À lire des histoires de meurtres juste après un cauchemar.

– Tu n'es pas plus taré que moi, répond-elle en toute franchise. Quand je n'arrive pas à dormir, je planifie mon suicide.

– Vraiment ?

– Vraiment.

– Et alors ? Tu as opté pour quoi ?

– La noyade. C'est presque indolore.

– Pourquoi pas la ciguë ? suggère-t-il. Zéro douleur. Et ça pousse partout. Ça ressemble à une carotte. Je ne savais pas que tu étais à côté, ajoute-t-il après une hésitation. Bizarre comme coïncidence. »

Elle hausse les épaules.

« Parfois, l'univers te fait une fleur. C'est rare, mais ça arrive. »

Ils se sourient et une chaleur réconfortante s'épanouit entre eux. Puis il baisse la tête, soudain penaud.

« Je vais mieux, maintenant. Tu n'as qu'à y aller.

– Je peux rester un peu, répond Skye. C'est quoi, ça ? »

Elle désigne une liasse de feuillets à la fin du classeur. Ces pages-là ont été tapées à la machine. Il rougit et, encore une fois, elle perçoit cette intimité nouvelle qu'ils partagent.

« J'écris un truc », conclut-il avant de recouvrir les papiers avec les coupures de presse.

Il faut absolument qu'elle sache de quoi il s'agit. Le haut d'une feuille dépasse et elle y déchiffre… *plongeurs remontent un deuxième baril. Ils grimpent à bord pour…* Il manque le haut des *l*, ils ressemblent à des *i* ; la touche de la machine doit être cassée.

Il la dévisage un instant puis, lentement, il ressort son manuscrit du classeur et le lui tend.

Skye sent son cœur s'emballer. Ça ne peut quand même pas être aussi simple, si ?

« C'est à cause de ça que je fais des cauchemars, explique-t-il, timide. Tu as été vraiment gentille avec moi, tu mérites de savoir pourquoi je t'ai réveillée en pleine nuit. Enfin, si tu en as envie. »

*Le Rôdeur de Whistler Bay*, annonce la page de titre. *Mémoires de Wilder Harlow.*

Skye ne lit pas, elle dévore, en prenant soin de garder un visage neutre. Quand elle atteint la fin, l'aube point au-dessus des cuisines et l'odeur des saucisses du petit déjeuner s'est infiltrée dans la pièce.

« Merci », dit-elle à Wilder.

Elle dépose un baiser sur sa joue. Il sursaute mais ne proteste pas.

Une fois dans sa chambre, elle prend son stylo-plume, le recharge avec son encre verte préférée et consigne le tout aussi vite que possible pour ne pas oublier le moindre détail de ce qu'elle a lu. Mais elle écrit également ce qu'il a dit, ce qu'elle a répondu, la forme de son genou replié sous le drap, la pellicule de transpiration sur son front, vestige du mauvais rêve qu'il a ramené avec lui dans le monde réel. Elle note qu'il n'a eu aucune réaction physique à sa présence dans la pièce, qu'il n'a même pas bougé quand elle est venue s'asseoir sur son lit, ni quand elle s'est rapprochée pour voir s'il la laissait faire... et pour sentir son odeur.

Habiter juste à côté de lui est pratique : les murs sont si fins qu'ils semblent poreux. Cependant, cela peut également poser quelques soucis, car lui aussi peut entendre ce qu'elle fait, et Skye a besoin de son intimité. Il lui arrive de recevoir des visiteurs, la nuit.

C'est également pour préserver son intimité qu'elle s'organise désormais pour aller pleurer ailleurs, en petites crises de larmes contrôlées. Parfois, elle s'installe dans un café avec son Walkman et ses écouteurs, et elle pleure. Les gens ne s'inquiètent pas s'ils pensent qu'on écoute de la musique. Ce qu'ils ne savent pas, c'est que Skye n'est pas triste – toute sa tristesse a été consumée il y a bien longtemps –, elle n'est simplement plus là. Tout ce qu'il reste à voir d'elle, ce sont les cendres de sa rage.

Dès qu'il rentre chez lui, dans sa chambre, elle s'éveille, toutes les cellules de son corps se concentrent sur ce qui se passe derrière la cloison, guettant chaque bruit, chaque toussotement. Chaque rêve. Observer quelqu'un aussi attentivement se rapproche beaucoup de l'amour. Pas étonnant qu'elle s'emmêle les pinceaux, se dit-elle. Elle doit faire un transfert.

Car Wilder n'est qu'un moyen d'arriver à ses fins; elle ne le considère même pas comme une personne. Non, ce qu'elle éprouve pour lui, c'est un amour vagabond, un amour orphelin, l'amour d'un chien errant qui cherche perpétuellement un foyer. Elle le sait bien.

Pourtant, elle se surprend tout de même à repenser aux mains de Wilder, ou à glousser au milieu d'un contrôle en se rappelant soudain sa manie de ne jamais prononcer le moindre gros mot.

« J'ai pensé à toi », lui dit-elle le lendemain, et elle l'entend retenir sa respiration une seconde.

Ils sont dans la chambre de Skye, allongés sur son lit, les jambes appuyées contre le mur. Skye a les pieds posés sur un poster de Pearl Jam, en plein milieu du visage d'Eddie Vedder.

« Et à quoi tu as pensé ?

– J'ai réfléchi à tes problèmes de sommeil, et j'ai peut-être une solution. À force de faire trop de cauchemars dans une pièce, on finit par imprégner les murs de notre angoisse. Alors tu pourrais essayer de passer la nuit ailleurs.

– Où, par exemple ?

– Pas loin de la résidence, il y a une remise où le département de théâtre entrepose ses décors, suggère-t-elle. Ça pourrait faire l'affaire. »

Tôt le lendemain, elle le croise alors qu'il entre dans sa chambre, le regard dans le vague, hanté.

« Le vigile a failli me coincer dans ton abri, tout à l'heure ! annonce-t-il, presque en colère contre elle.

– Je ne pensais pas que tu le ferais vraiment ! s'esclaffe-t-elle sans pouvoir s'arrêter de rire.

– Oh, va te faire voir. Je vais prendre ma douche.

– Attends, est-ce que ça a fonctionné ?

– Je n'ai pas rêvé », reconnaît-il à contrecœur.

Elle pourra donc le convaincre de réitérer l'expérience.

Elle commence à avoir pas mal de matière, mais il lui en faut encore plus, se répète-t-elle. Elle ne sait pas de quoi elle a besoin exactement, jusqu'au jour où, alors qu'ils regardent le journal télévisé dans la salle commune, ils apprennent qu'Alton Pelletier refuse les visites et qu'il vient de congédier sans prévenir la mère de Christy Barham. Skye comprend qu'elle tient là la fin idéale pour son livre.

« Toi, je pense qu'il accepterait de te voir », dit-elle à Wilder.

Plus pâle encore que d'habitude, celui-ci tâche de réprimer une crise d'angoisse. Elle l'examine attentivement. Il est au bord du gouffre.

Elle décide de ne pas insister, pas cette fois. Pas comme ça. Elle ne saurait dire quand cela s'est produit exactement mais, à ses yeux, il n'est plus simplement « lui ». Désormais, il est Wilder.

Dans sa chambre, Skye s'étire paresseusement en écoutant Wilder dans la pièce voisine. Elle devine qu'il se déshabille et qu'il va bientôt aller faire un tour dans les douches communes infestées d'araignées. Le matelas de l'étudiante a conservé la forme de son dernier visiteur nocturne. Elle l'a trouvé hier soir, juste avant la fermeture d'un bar du centre-ville. Elle ne lui a même pas demandé son prénom. Sur un coup de tête, elle a subtilisé la carte de crédit rangée dans la poche de son pantalon, mais elle sait qu'elle ne pourra pas s'en servir. On n'aurait aucun mal à la retrouver. Aujourd'hui, elle doit donc repartir en chasse.

Elle opte pour un café-librairie situé à l'autre bout de la ville. Le lieu idéal : les clients de ce genre d'établissements prêtent rarement attention à ce qui les entoure.

Côté librairie, elle prend un instant pour laisser courir ses doigts le long des ouvrages de son rayon préféré. Sur ces étagères-là, les couvertures sont sombres et les titres brillent comme des néons. Ces livres parlent de la vie, la vraie. Dans tout ce qu'elle a de plus horrible.

Skye a dépensé toutes ses économies pour mener son plan à bien et elle a besoin de remplir son portefeuille. Il faut se montrer stratégique : ne jamais cibler des étudiants, ne jamais agir près du campus, privilégier le liquide. Elle le repère à l'autre bout de la pièce. Un grand costaud, la quarantaine, le visage bouffi de quelqu'un qui boit pour oublier.

Elle fait tomber son carnet en passant à côté de lui.

« Oh, pardon, s'exclame-t-elle. Qu'est-ce que je peux être maladroite ! »

Skye parvient à traverser l'esplanade d'un pas à peu près normal, une pile de livres devant le visage. Enfin, elle rejoint sa chambre.

Là, elle s'assoit et attend. Il n'y en a plus pour très longtemps. Wilder passe toujours chez elle en sortant de son cours de littérature.

Il frappe à la porte et ouvre aussitôt – ils ne font plus de manières, maintenant. Skye n'a pas besoin de lever les yeux pour savoir que c'est Wilder, elle le saurait même si elle ne s'attendait pas à le voir arriver. Elle reconnaît son odeur comme un animal sauvage reconnaît celle de sa proie.

Elle ressent presque physiquement le choc qui le parcourt quand il découvre le visage de son amie. Le filet de sang séché entre sa narine et sa bouche, le violet éclatant de l'hématome qui s'épanouit autour de son œil.

Elle gardera toujours au fond d'elle le souvenir de ce moment, le mur de brique contre son dos, la puanteur des poubelles, le grondement des voitures dans la rue à une dizaine de mètres de là, dans un autre monde. Et le visage de l'homme quand elle lui a demandé de la frapper, cette expression de surprise presque comique. Au début, il n'était pas très partant.

« Mais si, a-t-elle insisté. Ne vous inquiétez pas, c'est pour une expérience scientifique. »

Personne ne croirait un bobard pareil. Mais elle avait bien choisi sa cible ; elle avait senti le genre d'homme qu'il était.

Et cette fraction de seconde, cette étincelle dans son regard quand il s'est rendu compte qu'il aimait ça.

Elle n'était pas sûre qu'il allait réussir à s'arrêter, alors elle a fini par partir en courant, le nez en sang. Elle ne sait même pas s'il a tenté de la prendre en chasse. Il y a une leçon à en tirer : le pouvoir n'est jamais acquis. En un instant, il peut changer de mains ; en un clin d'œil, la situation peut vous échapper. Skye devra se montrer plus prudente à l'avenir.

Au moins, quand il se rendra compte que sa carte de crédit a disparu, il n'ira pas porter plainte. C'est déjà ça.

« Qui t'a fait ça ? lui demande encore Wilder, auprès d'elle – et elle se rend compte, surprise, qu'il est au bord des larmes.

– Je me suis disputée avec mon père », souffle-t-elle.

L'horreur de Wilder et le cri qu'il étouffe la font frissonner d'excitation. Il la tient à l'abri dans son étreinte chaleureuse et, en dépit de la douleur, elle pose sa joue contre la sienne. L'espace d'un instant, elle se laisse aller et s'autorise à ne rien ressentir d'autre.

Il lui nettoie le visage avec des gestes tendres mais maladroits – elle tressaille chaque fois que le chiffon mouillé frôle ses blessures.

« Tu ne dois plus jamais le revoir, ordonne-t-il, alors que Skye a réussi de justesse à le persuader de ne pas contacter la police.

– Je crois que tu devrais lui écrire », déclare-t-elle à brûle-pourpoint.

La lumière de sa lampe de chevet éclaire à peine la pièce. Malgré le cachet d'Advil qu'elle a avalé, ses plaies la font encore souffrir. La présence de Wilder, si proche, sa prévenance... Tout se mélange. On dirait cet autre sentiment, ce besoin qui bourdonne parfois en elle.

« Écrire à qui ?

– À Alton Pelletier. »

Il se fige.

« Pourquoi tu suggères une chose pareille ? »

*Attention*, se dit-elle, *terrain glissant*. Après l'épisode de cet après-midi, elle reste sur ses gardes. Bien sûr, Wilder ne la frappera pas. Il ne lèverait jamais la main sur elle. Et pourtant, en un clin d'œil, la situation peut vous échapper, non ?

« Les hommes qui font du mal aux autres ne devraient pas avoir le droit de s'en tirer impunément, répond-elle avec férocité. Moi, je suis lâche, je n'ose même pas mettre mon père face aux conséquences de ses actes. Mais Alton... Tu pourrais lui demander de tout te révéler. Le nom des femmes qui n'ont pas encore été identifiées. Tu pourrais le forcer à prendre ses responsabilités.

– Je ne vois pas pourquoi il me dirait ces choses-là, à moi, rétorque Wilder, son chiffon maculé de sang à la main.

– On ne sait jamais.

– Oublie ça, Skye », assène-t-il.

Mais il sait qu'elle a raison. Ils le savent tous les deux. Alton acceptera de voir Wilder. Il suffit que ce dernier formule correctement sa demande.

[ ]

Salut
Saut
Saute
Sauve

Ri
Roi
Moi

# Wilder, jour quatre

*Skandar tendit la main vers la femme. Sa robe se gonflait autour d'elle dans l'eau.*
*« Attrapez ma main, dit-il, pressant. Vite, attrapez ma main. »*
*La femme écarta les lèvres, comme pour crier. Sa gorge s'ouvrit de plus en plus et il vit, trop tard, qu'il y avait dans sa bouche une minuscule scène éclairée – une famille qui pique-niquait sur la plage.*
*« Qui êtes-vous ? demanda-t-il d'une voix étranglée.*
*– Rebecca », répondit la femme, et sa voix ressemblait au raclement d'un morceau de métal sur de la pierre.*

*Le Rôdeur de la côte* de Sky Montague

Je me lève en même temps que le soleil et, après avoir tiré la table sous l'érable, j'y installe ma machine à écrire et m'assois face à la mer. J'ai très bien travaillé ces derniers jours et je crois que ça va encore être le cas aujourd'hui. Mon projet commence à ressembler plus à un roman que ce que je pensais. Il semblerait que Skye ait pris le contrôle de l'histoire.

J'ai toujours eu cette impression, cette certitude, presque, qu'après la mort de Sky je parviendrais à nouveau à écrire. J'ai espéré que mon vœu se réaliserait, et ça a marché.

J'adore taper sur ma Remington, j'adore le bruit de la machine, le claquement des touches tandis que les pensées traversent le bout de mes doigts pour se fixer sur la page. Je pourrais faire réparer le *l* abîmé mais, en fin de compte, je crois que je l'aime bien. Il est comme ça depuis si longtemps que j'ai le sentiment qu'il fait désormais partie de ma personnalité.

J'ai décidé que je le ferais dès que j'aurais terminé. Mais comment vais-je bien pouvoir m'y prendre ? La cuisinière a une sécurité, et puis, de toute façon, elle ne fonctionne pas au gaz. Bref, pas de fin à la Sylvia Plath pour moi.

J'ai mesuré la hauteur de la branche la plus robuste de l'érable ; j'ai peur que ce ne soit pas suffisant. En plus, je ne sais pas faire les nœuds coulants comme on voit dans les westerns. Je déteste les couteaux, les lames et le sang, cette option n'est donc pas envisageable. L'asphyxie – un morceau de Scotch, un sac en plastique sur la tête ? Je ne me fais pas confiance, je risque de me raviser au dernier moment.

La réponse la plus évidente se trouve à quelques mètres de moi, elle se fracasse contre le pied des falaises : la mer. Mais depuis que j'ai vu la femme qui se noyait, je sais que ce ne sera pas cette option. Je crains, une fois que je m'enfoncerai lentement vers les abysses, les poches chargées de cailloux, d'ouvrir les yeux et de me retrouver soudain nez à nez avec elle… le tissu bleu qui vole autour de son visage, ses mains tendues vers moi… Si je me suis trompé et que cette femme est un fantôme, je ne veux pas prendre le risque qu'elle me serre dans ses bras et me force à écouter les sifflements des rochers pour l'éternité. Étonnant comme certaines choses sont plus effrayantes que la perspective de la mort elle-même. Bref, pas de fin à la Virginia Woolf non plus.

Reste la solution des médicaments. J'ai récupéré ceux d'Emily sur la table de chevet avant de quitter notre appartement. À en croire le nombre de pictogrammes sur la boîte, ce sera efficace. Je les avalerai avec de la vodka, pour aider. Et peut-être que je me ferai couler un bain. Je ne sais pas, tout cela me paraît bien stressant.

Je ne laisserai pas de lettre. Juste avant de passer à l'acte, je téléphonerai à Emily pour lui donner mes instructions.

Peut-être que je tomberai sur le répondeur – ça vaudrait mieux, à vrai dire.

« Notre histoire a expiré, Wilder », a dit Emily, comme si notre mariage était une vulgaire brique de lait oubliée au fond du réfrigérateur.

J'ai tout de suite compris qu'elle était sérieuse, parce qu'elle ne m'appelle jamais Wilder, mais Will. Ça m'a toujours embêté, d'ailleurs : ce surnom me faisait l'effet d'un déguisement. Sauf que ce déguisement, elle me l'a arraché ; depuis notre séparation, elle ne m'a pas appelé une seule fois Will. Et mon nom est si froid dans sa bouche – *Wilder.*

Depuis quelque temps, « Wilder » m'évoque un homme d'un certain âge affublé d'un nœud papillon – et puis je croise mon reflet dans la glace, je vois le nœud papillon autour de mon cou, je vois mon ventre qui déborde un peu de ma chemise et je me rends compte que c'est moi.

Pourquoi n'enregistre-t-on pas la respiration des gens qui dorment ? C'est un bruit qui me manque, la nuit. Il y a un certain confort à porter un déguisement. Quand on est tel qu'on est, on peut se sentir bien seul.

Il fait frais, ce soir. Le carré de pelouse est jonché de feuilles rouges. Avec un râteau, je les rassemble en un petit tas et, après avoir vérifié que j'étais suffisamment éloigné des branches de l'érable, je les brûle. La fumée s'élève en volutes dans le crépuscule, signal à destination du large.

Un cri, en provenance de la mer. Je me précipite vers la falaise. Deux adolescents en gilet de sauvetage fluo passent en kayak devant l'embouchure de la crique. Ils rient. Y a-t-il quelque chose, derrière eux ? Une tête sombre qui flotterait à la surface, peut-être ? Je me penche pour scruter l'océan et, un bref instant, je perds l'équilibre. Le vide m'attire.

Je me jette en arrière, mes mains agrippent des mottes de terre. J'ai failli tomber. *Ce serait un moyen comme un autre. Mais est-ce que ce serait infaillible ?* Je m'imagine étendu au pied de la falaise, les membres brisés, attendant de mourir d'hypothermie. Ou, pire, que quelqu'un me porte secours.

Non.

Pour le dîner, je mange des macaronis au fromage, c'est absolument délicieux, même si un petit feu violet brûle au milieu de mon assiette.

Après quoi je m'assois avec le stylo-plume vert et des feuilles de papier. Je m'entraîne toute la nuit en prenant exemple sur le manuscrit annoté. La pile de feuilles grossit à côté de mon coude. L'encre est verte comme le gazon, verte comme la cruauté.

C'est un peu un, comment dirait-on... une étude de personnage. Les comédiens font exactement pareil. Pour me mettre dans l'état d'esprit de Sky, je me souviens de choses qu'il a dites, puis je les couche sur le papier en utilisant le même genre de stylo et en tentant de reproduire son écriture. Ça me permet de retrouver des choses. De me rappeler certains moments.

Finalement, j'obtiens une série de petits mots. Des messages d'un mort à un vivant.

*Quand on sait qu'on est foutu, on est libre*, dit un de ces mots. J'en ramasse un autre. *On se rapproche.* Le suivant dit simplement : *Je suis là.*

« Non, tu n'es pas là, je proteste à haute voix. Tu n'es nulle part. Tu es mort. Tu n'existes plus. »

Je feuillette *Le Rôdeur de la côte.* Chaque fois que le passé vient me tapoter l'épaule pour me faire éprouver autre chose que de la rage, je relis les descriptions de Wiley.

*Même dans son sommeil, il dégageait une impression de colère retenue. Rien n'attise plus la fureur d'un homme que de se savoir parfaitement insignifiant.*

Je referme le manuscrit d'une main tremblante. Malgré les années qui passent, ce passage me brise toujours autant le cœur. Était-ce vraiment ce qu'il pensait de moi ?

« Je ne suis pas insignifiant », je déclare.

Ma voix est anormalement forte dans la cuisine silencieuse, et je me rends compte que je suis seul depuis trop longtemps.

Un bruissement sur la table. Un de mes messages à l'encre verte est tombé de la pile.

*Je suis désolé, Wilder.*

Celui-ci est très réussi. J'ai su imiter à la perfection l'écriture de Sky, ses espèces de gribouillages. C'est à s'y méprendre. Bien sûr, c'est le message qui n'existe pas, le message inventé, le message qui dit ce que Sky n'aurait jamais écrit. Car il n'a jamais éprouvé le moindre remords.

# Wilder, jour cinq

*Helen portait comme une seconde peau la douleur du passé. Ses cheveux rouges étaient comme un signal d'alarme.*

*Le Rôdeur de la côte* de Sky Montague

Lorsque je reprends connaissance, je ne vois plus la page devant moi. Je ne sais pas l'heure qu'il est, mais il fait presque nuit et mes doigts sont engourdis par le froid.

Me suis-je rendu trop sympathique ? C'est possible, mais Sky a forcément apprécié quelque chose chez moi, non ? Dans tous les cas, c'est une piste de réflexion. Et, à l'inverse, ne serais-je pas en train de rendre Skye trop antipathique ? Il faut aussi que je me penche sur cette question. J'ai remarqué que les gens pardonnaient plus facilement ce genre de défaut à un personnage masculin qu'à un personnage féminin – on s'attache aux antihéros. Beaucoup moins aux antihéroïnes.

J'enfile un manteau et sors dans le jardin. La lune ressemble à une pièce de monnaie argentée. Ses rayons font scintiller la mer de noir et de blanc, mais je distingue des nuages qui s'amoncellent à l'horizon. Le froid est mordant. Je sens le passé tout autour de moi.

Plus je vieillis, plus je m'aperçois que le temps est quelque chose de fluide. Il existe tellement de manières d'y entrer et d'en sortir. C'est à se demander comment on réussit à s'accrocher au présent.

On ne peut pas écrire un personnage pour lequel on n'éprouve aucune sympathie. Raconter cette histoire du point de vue de Skye en fait donc mon histoire, paradoxalement. Il faut que j'apprenne à mieux la connaître. Dans ma tête, la voix de Sky est toujours aussi nette, malgré les années. *Lire ce texte, c'était comme être en toi.* Cette nuit-là aussi, l'air sentait la neige.

Une voix féminine en provenance de la baie me ramène à la réalité.

« À l'aide ! À l'aide ! »

Je m'empare d'une lampe torche, cours jusqu'à la falaise et braque le faisceau sur la mer. L'eau est calme et noire comme du pétrole *(barils de pétrole).*

« À l'aide ! » appelle encore la voix, déjà beaucoup plus lointaine.

Il n'y a personne.

Je rentre et claque la porte derrière moi.

*Vision*
*Vison*
*Tison*

Décortiquer le mot me soulage partiellement. Bien sûr que ce n'était pas une vision. Bien sûr que ce n'était pas un fantôme. Non, cette femme était simplement une manifestation de ma créativité.

Une petite voix insistante, dans le tréfonds de mon cerveau :

*Mais alors, pourquoi a-t-elle besoin d'aide ?*

Un problème, ce matin. Le ruban de la machine à écrire commence à fatiguer. Je le sais parce que, chaque fois que cela arrive, l'encre change peu à peu de couleur avant de disparaître. Là, elle est passée du noir au vert foncé. Bientôt, j'aurai du bleu, puis du gris, puis plus rien.

Je suis certain d'en avoir apporté un de rechange, mais je n'arrive pas à mettre la main dessus. Je retourne tous les tiroirs, je fouille ma valise, en vain. C'est très agaçant.

Je finis par abandonner ma quête et me rabats sur un cahier. Les pages frémissent joyeusement dans le vent.

Ma panne d'inspiration a duré trente-deux ans. Pourtant, Dieu sait que j'ai essayé de la surmonter. J'ai écrit beaucoup, beaucoup de mauvais livres. Mais, mauvais ou pas, chaque livre a sa nature propre et exige qu'on la respecte. Par exemple, on ne peut pas se presser pour écrire une histoire qui se caractérise par sa lenteur. Et une petite comédie joviale requiert de travailler en terrasse d'un café animé. À cet égard, le personnage de Skye me déstabilise. Il me force à voir les choses à l'envers, comme si on avait retourné la caméra afin de filmer la scène sous un autre angle. Le livre est un miroir que je dois traverser.

Même si je ne suis pas encore tout à fait réveillé, je reconnais le son. Je me dis *Ah, alors ça se fait, finalement, d'enregistrer la respiration des gens qui dorment. Quelqu'un m'aime. Et le fait d'être aimé me dit qui je suis.* Je m'extirpe peu à peu de la sombre léthargie qui m'enveloppe et progresse péniblement vers le réveil. *Ce n'est pas un enregistrement.* Je sens la chaleur d'un corps dans mon dos, le poids d'un bras posé sur moi. Une main paresseuse me caresse le torse. La joie qui m'étreint est si puissante que je pousse un soupir de soulagement. La main remonte le long de mon bras jusqu'à mon épaule qu'elle tapote deux fois, comme pour me dire : « Suis-moi. » *Attends,* je songe. *Attends-moi, j'arrive.*

Dehors, la lueur de la lune se reflète sur la neige. Une nouvelle sensation m'emplit, le monde lui-même me semble tout neuf.

Je me tourne vers lui, prêt à le suivre. La lucarne projette un disque pâle sur le lit, comme un projecteur. Je reconnais son dos, ses cheveux cuivrés. Je l'attrape par l'épaule et le fais pivoter vers moi. Sous les mèches de cheveux, il n'y a pas de visage. Seulement un « S » vert.

Je me réveille, tout tremblant. C'est si douloureux de m'extirper de ces souvenirs doux-amers, de ces images de rebords de fenêtre enneigés. Rien de tout cela n'a sa place dans le livre, bien sûr. L'histoire de Skye est l'histoire du vol, point.

De toute façon, c'est ça, l'écriture, non ? Ce qu'on choisit d'omettre.

D'une certaine manière, je suis déçu que Sky m'ait privé de la possibilité de le tuer – parce que c'est ce que j'avais prévu de faire. Enfin, je crois. Il y a encore quelques mois, cette idée m'obsédait tellement que je m'amusais à planifier sa mort, tout comme je planifie aujourd'hui la mienne.

J'anticipais jusqu'au moindre détail. Ça donnait quelque chose comme ça :

J'attends qu'Emily parte quelques jours. Elle adore les Hamptons, surtout à cette période de l'année, où il y a beaucoup moins de touristes qu'en plein été. C'est moins vulgaire, d'après elle.

Je prends le train jusqu'à Portland, le bus jusqu'à Castine, et enfin un taxi jusqu'au cottage. Le taxi, c'est la partie la plus risquée, mais je me dis qu'avec le nombre de gens qui passent par ici, je devrais me fondre dans la masse. Le cottage est libre, je m'en suis assuré au préalable. Je suis tellement ému tandis que je gravis la colline et que je vois la maison perchée au sommet, tel un goéland sur une falaise.

La crémone de la fenêtre côté océan ferme mal, l'agence de location n'arrête pas de s'en plaindre. J'écarte le battant et me glisse à l'intérieur. Je ne suis plus aussi souple qu'avant, alors peut-être que je m'y reprends à plusieurs fois, peut-être que ça coince un peu au niveau de mon ventre, mais je finis par y arriver. À l'intérieur, le silence m'accueille.

Je connais les habitudes de Sky, j'ai lu suffisamment d'articles sur le sujet. Il ne peut pas s'empêcher de raconter son

« processus de création » à tous les journalistes qui viennent l'interviewer.

Tous les matins, à l'aube, il quitte la maison de Harper (pour moi, cette maison sera toujours celle de Harper, peu importe le nombre d'années qu'il y aura vécu) pour aller faire une promenade le long du sentier côtier qui passe juste devant Whistler Cottage. Je guette son arrivée.

Au moment opportun, je sors me placer sous l'érable et je regarde les lambeaux de brouillard argenté se dissoudre à la surface de l'océan. Malgré ma vue déclinante, je sais que je le reconnaîtrai au premier coup d'œil. Certaines choses sont gravées en vous pour toujours. Sa démarche, sa façon de respirer. Je sens sa présence comme on sent un orage qui approche.

Une silhouette sombre apparaît dans la brume.

Je me place au milieu du chemin, souriant. Il hésite, il a un doute, et puis je lis sur son visage qu'il m'a reconnu. Il s'arrête à quelques pas de moi et, pendant quelques instants, aucun de nous ne dit rien. Que va-t-il se passer ?

« Tu as vieilli, finit-il par me lancer.

– Toi aussi », je réponds.

J'ai du mal à distinguer ses traits, mais j'aperçois des reflets d'argent au milieu de sa tignasse cuivrée.

« Tu m'as manqué, j'ajoute à voix basse.

– Tu... Je... »

Il ne sait pas quoi répondre. Je m'approche lentement. Je prends sa tête entre mes mains et j'embrasse sa bouche tordue. Son souffle, si doux sur ma joue. Nos lèvres s'écartent et, tout doucement, je glisse dans sa bouche chaude ma langue sur laquelle est posé un minuscule morceau de racine de grande ciguë.

Nous marchons côte à côte sur quelques centaines de mètres avant de tituber tous les deux. Sky m'attrape le bras. Je sens l'étonnement parcourir tout son corps et se transformer peu à peu en panique.

Évidemment, il s'agit d'un simple fantasme. Comment pourrais-je écrire mon livre si je suis mort ?

Je bascule lentement vers le sommeil en imaginant d'autres façons de le tuer.

*Hé, là !* dit une voix. Une silhouette sombre se tient dans le coin de la chambre. Elle a d'immenses yeux noirs. Dans sa main scintille une gaffe de marin en métal. C'est un homme, il fait un pas vers moi et son visage apparaît à la lueur d'un éclair. *Vous n'êtes pas de la région ?* De l'eau goutte de son ciré et forme une flaque autour de ses bottes en caoutchouc. Son pantalon imperméable ruisselle de sang et de tripes de poisson.

J'allume la lumière, haletant. Cela faisait des années que je n'avais pas senti ainsi l'obscurité menacer de m'engloutir. *Respire,* je me répète. *Respire.* La voix était celle d'Alton, mais ce n'était pas lui, les yeux étaient différents – noir corbeau, alors que ceux du père de Nat étaient bleus. Et je ne l'ai jamais vu porter ces vêtements de pluie.

Malgré tout, je ne peux pas m'empêcher de penser *Peut-être qu'il n'est pas mort.*

Alors je m'empresse d'effectuer une recherche sur les archives d'informations par satellite, mes doigts fébriles pianotant sur les touches de mon téléphone. J'attends que les résultats chargent. Ça y est, c'est écrit là, noir sur blanc. Il s'est suicidé en avalant du ciment. *Serre les joues,* je murmure pour moi-même, les yeux rivés sur le carré de lumière en bas duquel clignote un curseur noir. Je devrais me sentir rassuré, mais je continue à trembler.

Je descends à la cuisine et sors du placard une lourde poêle en fonte. Je n'ai pas fait ça depuis des années. Il faut dire que l'occasion se présente moins souvent, quand on partage sa vie avec quelqu'un. Mais avant, c'était le moyen le plus efficace que j'avais trouvé pour me calmer.

Je brandis la poêle et l'abats sur ma jambe. Oui, c'est ça. Je recommence, encore et encore. *Blam, blam.* Une vive douleur, une marque rouge, un engourdissement. Ma jambe est en feu ; je frappe de plus en plus fort. Je m'entends haleter, j'entends les chocs du métal contre la chair, mais tout cela me paraît lointain. Je frappe et frappe et frappe, jusqu'à ce que le monde hurle et qu'il n'y ait plus que moi qui existe, seul au centre de tout.

J'aurai des bleus, demain. Mais, pour l'heure, j'ai trouvé un endroit de quiétude au centre de moi-même. Je me sens tranquille.

Je me répète que ce n'était pas Alton et, cette fois, je le crois. L'homme avait une gaffe de marin, certes, mais son visage était différent, moins hâlé. Ses yeux, surtout, étaient ceux de quelqu'un d'autre. Ils n'étaient pas d'un bleu chaleureux, mais noirs. Les yeux d'un inconnu. À vrai dire, il ressemblait un petit peu à Sky. Ce n'est pas une surprise ; Sky n'est jamais très loin de mes pensées, ces temps-ci.

Ce n'était donc que mon esprit qui projetait des images sur l'obscurité. De vieilles peurs cherchant à revenir à la surface. M'attendais-je vraiment à ce qu'il n'y ait aucune conséquence lorsque j'ai décidé d'ouvrir le cercueil du passé pour chatouiller son cadavre ?

Oh, pas mal, ça.

Je m'assois devant ma machine à écrire. Mes doigts volent au-dessus des touches dans un *clac-clac* assourdissant. Et le monde disparaît.

# Skye

Le dimanche matin, quand Wilder se lève, il a pris l'habitude de frapper au mur de Skye pour la réveiller. Puis ils sortent se promener tous les deux, une longue balade qui contribue à remplir ces courtes journées d'hiver.

Ce jour-là, Skye est debout depuis l'aube. Elle devait mettre ses notes au propre. Elle rédige toutes ses observations en sténo avec son stylo-plume vert dès que Wilder ne la regarde pas. La plupart du temps, elle écrit dans son exemplaire d'*À la recherche du temps perdu*, comme ça, on dirait qu'elle annote sa lecture. Si elle ne l'a pas sur elle, elle prend ce qui lui tombe sous la main : un gobelet de café à emporter, un ticket de bus. Un jour, elle a sorti son chemisier de son pantalon pour écrire *sexualité ambivalente* sur le revers, et l'a vite remis en place quand Wilder s'est retourné. De retour dans sa chambre, elle recopie tout pour compléter son dossier.

La lettre d'Alton est posée sur le lit, à côté d'elle. Assez vite, Skye a pris l'habitude de fouiller le courrier de Wilder avant qu'il le relève, et cela vient de payer. Elle a tout de suite su de quoi il s'agissait : le cachet porte le nom du pénitencier et l'expéditeur est indiqué clairement au verso de l'enveloppe.

*Cher Wilder,*

*Ça m'a fais très plaisir de recevoir ta lettre. Évidement que je me souviens de toi.*

*Déjà, merci de ta franchise. Ensuite, il ne faux pas avoir honte de tes pulsions. Si elles représentes ce que tu ressens au fond de toi, alors tu es juste honnete avec toi-même.*

*Et puis, ça veut dire quoi, normal? Tu étais un ami fidèle pour mon fils et je sais qu'il t'appréciais beaucoup.*

*Je suis dacors pour que tu viennes me voir mais il faut que ce soit vite. Normalement, je suis transféré dans un mois et je crois que là bas je n'aurais pas le droit d'avoir des visites. On pourra parler du bon vieux temp. Je veux bien essayer de répondre à tes questions. Je me dis que si tu arrive à être franc avec moi comme ça, alors je peux faire pareil pour toi. On pourra continuer à s'écrire après mon transferre. On apprendra à mieux se connaitre.*

*Merci pour ce que tu as dit sur Nathaniel. Mon fils me manque beaucou ces derniers mois. Figure-toi qu'on ne m'a même pas laissé le voir avant qu'il meurt.*

*Bien a toi,*

*A. Pelletier*

Skye prend le courrier du bout des doigts – dans un coin du papier à lettres, il y a l'image d'un cow-boy sur un cheval cabré. Elle a l'impression que la page risque de la brûler ou de l'empoisonner. Elle s'en veut d'avoir poussé Wilder à entamer cette correspondance ; elle n'a pas besoin de lui faire subir cette épreuve, elle a largement assez de matière. Alors elle va détruire ce message mais, avant cela, elle va le recopier soigneusement dans son dossier.

Elle range l'enveloppe dans le tiroir de sa table de chevet, à côté de sa poupée en cheveux humains couleur cuivre, avec des dents à la place des yeux (ses propres dents de lait) et une perle en guise de nombril.

Un *toc-toc* contre la cloison la fait sursauter. Elle ne répond pas, elle le fait languir. Au bout d'une minute, Wilder frappe à nouveau et, encore une fois, elle le laisse patienter. Enfin, elle toque à son tour.

Ils ouvrent leur porte quasiment en même temps, on se croirait dans une vieille sitcom. L'écharpe autour du cou de Wilder lui cache tout le bas du visage et ses yeux paraissent encore plus grands que d'habitude. Encore moins humains.

Au fil des promenades, ils ont fini par adopter un itinéraire régulier pour faire le tour de Pursing Hill. En hiver, l'atmosphère est plutôt glauque, entre les arbres nus et les croassements enroués des corneilles qui se crient leurs secrets d'une branche à l'autre. Skye préfère cette ambiance à un beau paysage ensoleillé. Au moins, dans cet environnement, rien n'invite à la gaieté. Elle trouve cela reposant.

Devant une bifurcation, alors qu'elle fait mine d'emprunter leur chemin habituel, Wilder lui effleure le coude.

« On peut prendre de l'autre côté, aujourd'hui ?

– Pourquoi ?

– J'ai quelque chose à te montrer. »

L'espace d'une folle seconde, elle se demande s'il va l'assassiner. Elle se pose souvent la question quand elle se retrouve seule avec quelqu'un. Trop souvent, d'ailleurs. C'est probablement ce qui arrive quand on passe chaque minute de son temps libre à penser à des histoires de meurtres.

Chaque ronce, chaque branche est recouverte d'une fine pellicule de neige. Les feuilles semblent laquées de givre. Malgré le ciel gris qui menace de les écraser, la forêt est magnifique.

De temps en temps, Wilder se penche pour examiner les broussailles.

« Qu'est-ce que tu cherches ?

– Tu verras ! » répond-il, et elle devine qu'il est excité.

Sa peau normalement si blanche s'est teintée de rose pâle et, pour une fois, il a l'air presque vivant. Elle doit se retenir de lui toucher la joue.

Accroupi devant un fourré d'épineux, il pousse soudain un cri de joie. Skye distingue quelque chose qui sort du sol, un bouquet de dentelle d'un vert éclatant.

« Qu'est-ce que c'est ?

– Le jour de notre rencontre, tu m'as dit que quand tu avais peur, la nuit, tu te rassurais en imaginant ton suicide.

– Oui.

– Par noyade.

– Wilder…

– Et je t'ai dit que j'avais une meilleure idée. Regarde ! ajoute-t-il en tirant de sa poche une page arrachée à une encyclopédie.

– Tu n'avais pas le droit de faire ça ! s'amuse-t-elle. Les livres de la bibliothèque sont pour tout le monde, tu sais ? »

Il désigne l'image sur le papier, puis la petite plante verte.

« C'est la même, on est d'accord ?

– Possible.

– J'en suis sûr, affirme-t-il, triomphant. C'est de la grande ciguë. Exactement comme sur le dessin. Si on la déterre, elle ressemblera à ça, une espèce de carotte blanche. Maintenant, tu sauras qu'elle est là.

– Mais pourquoi tu as tenu à me la montrer ?

– Si tu veux vraiment le faire, personne ne pourra t'en empêcher, explique-t-il doucement. Maintenant que tu connais l'emplacement de cette plante, tu auras toujours la solution à portée de main. Je me suis dit que ça pourrait te rassurer de le savoir. »

Et quelque part, elle comprend. Elle examine les feuilles vertes sur leur linceul de glace et, sans réfléchir, se penche pour les toucher.

Wilder émet un bruit inquiet, mais elle s'interrompt avant d'avoir atteint la plante. Est-ce que ce simple contact suffirait à la tuer ? Elle n'en sait rien.

« C'est un cadeau que je te fais, conclut Wilder.

– J'ignorais qu'on pouvait faire un cadeau aussi bizarre.

– Ça te plaît ?

– Oui », déclare-t-elle, émue – car c'est à la fois horrible et parfait.

Elle s'avance vers lui, lentement, pour ne pas les brusquer, ni elle ni lui. Puis elle l'enlace. Après une seconde, il referme lui aussi ses bras sur elle. C'est étrange de se trouver si proche de quelqu'un d'autre : il cesse d'être une personne et devient une série de sensations. Il y a la respiration de Wilder contre sa joue, l'odeur subtile de la menthe poivrée de son dentifrice, sa peau tiède et la fine repousse de sa barbe. La courbe rose et floue de son oreille. Les battements de son cœur derrière leurs vêtements.

« J'ai écrit à Alton, souffle Wilder – et son haleine enivre encore un peu plus Skye. J'ai demandé à lui rendre visite. »

Elle comprend qu'il est là, le véritable cadeau que Wilder voulait lui faire. Bien sûr, elle était déjà au courant, mais elle est tout de même touchée.

*Wilder n'est qu'un personnage*, se répète-t-elle. Il fait simplement partie de son livre. Pourtant, elle resserre son étreinte. Elle voudrait lui offrir quelque chose en retour, mais elle ne sait pas quoi.

Puis l'idée lui vient, une idée excitante. Elle pourrait lui montrer son histoire.

« Viens, on rentre, décide-t-elle. J'ai quelque chose à te montrer, moi aussi. »

Elle a presque chuchoté et, en entendant ces paroles suggestives, Wilder semble alarmé. Elle éclate de rire.

« Mais non, pas ça, idiot ! Viens. »

Elle va prendre le risque de lui dévoiler cette partie d'elle-même.

Skye lui tend timidement les pages. Elle voudrait paraître indifférente, mais elle ignore si elle parvient à faire illusion. Cela fait des jours qu'elle travaille à cette histoire, fébrilement agrippée à son clavier.

« Ça s'appelle *Pearl*, annonce-t-elle. Je compte rédiger une anthologie de récits de meurtres. »

Il prend la liasse avec un grand sourire.

« Oh, wahou. Je ne savais pas que tu écrivais, Skye !

– Oui, enfin, juste un peu..., balbutie-t-elle – elle est furieuse de cette hésitation dans sa voix.

– Est-ce que tu veux que je reste ici pour lire ton histoire ? »

Elle n'arrive pas à savoir ce qui est pire : qu'il la lise devant elle, ou qu'il la lise ailleurs et qu'elle ne puisse pas voir son visage.

« Tu n'as qu'à rester, tranche-t-elle. De toute façon, je dois réviser. »

Mais elle a beau se concentrer sur son manuel de physique, chaque fibre de son corps est à l'écoute du frottement des pages. Il y en a sept et elle compte dans sa tête chaque fois qu'il en retourne une. À la dernière, elle attend qu'il dise quelque chose. Elle a le regard braqué sur le graphique de son livre. Ses yeux picotent. Mais elle attend.

Quand elle n'y tient plus, elle finit par lever la tête. Il sourit. Pourtant, elle comprend aussitôt qu'il y a un problème. Un gros problème. Wilder n'a pas l'air bouleversé et songeur qu'elle pensait lui découvrir, l'air du lecteur qui vient de vivre une expérience poignante. Non, il a l'air – et ce n'est pas rien, car elle ne l'a jamais vu ainsi alors qu'elle consigne la moindre de ses expressions… Il a l'air gêné.

« Alors, dit-elle avec légèreté, qu'est-ce que tu en as pensé ?

– Tu as un style très évocateur. Et tu manies vraiment bien la langue.

– Ah. »

À ses pieds, elle voit s'ouvrir une crevasse de plus en plus large.

« Écoute, je préfère que tu sois franc avec moi et que tu me dises s'il y a quelque chose qui ne fonctionne pas. Les critiques, c'est toujours constructif.

– Ton récit est tellement… lugubre, lâche-t-il. Tellement sombre.

– Oui, c'est le principe. »

Elle garde le sourire, mais ce dernier n'est plus qu'une planche de bois clouée en travers de son visage.

« Quand on écrit sur ce genre de choses, reprend Wilder, les meurtres, tout ça… Je crois qu'il faut éviter de tomber dans le sensationnalisme.

– On parle de vie et de mort, répond-elle. Difficile de faire plus sensationnel comme sujet.

– Peut-être que c'est simplement une question de pratique », conclut-il, et la crevasse engloutit Skye.

Elle comprend ce qui se joue. Wilder estime que cette histoire lui appartient. Que ce qui s'est passé à Whistler Bay est quelque chose qui lui est arrivé, à lui et à lui seul.

« Un jour, j'écrirai un livre sur toi, déclare-t-elle – elle aurait voulu que son ton soit taquin, mais elle n'a pu dissimuler la tension dans sa voix.

– Comment ça ? »

Wilder la dévisage, nerveux, et elle se rend compte qu'elle est allée trop loin. La vérité est en train de faire surface. Cependant, elle ne peut pas effacer ce qu'elle vient de dire.

« L'écriture confère un pouvoir magique, explique-t-elle. Un pouvoir énorme. En écrivant, on peut garder quelqu'un dans un livre et l'empêcher de mourir, pour toujours.

– Qui voudrait vivre éternellement dans un livre ?

– Qui te dit que cette personne a le choix ? Peut-être que l'écrivain la retient prisonnière. »

Elle se lève et se penche pour murmurer à l'oreille de Wilder :

« Il est possible d'enfermer quelqu'un dans un livre. D'emprisonner son âme. De construire une cage avec des mots. »

Cette histoire de piéger une âme dans un objet, c'est quelque chose qu'elle a entendu un jour, même si elle ne se souvient plus des circonstances.

« Pfiou, Skye, marmonne-t-il, mal à l'aise. Et moi qui pensais que tu ne pouvais pas être plus flippante…

– Ça va être l'heure du déjeuner, annonce-t-elle. Tu viens ? Peut-être qu'on va encore avoir du pain de viande. Miam !

– Je… Je suis désolé, Skye. J'espère que je ne t'ai pas blessée.

– Pourquoi veux-tu que je sois blessée ? »

Il ouvre la bouche mais soudain, elle ne se sent pas capable d'entendre ce qu'il pourrait répondre.

Il la rappelle tandis qu'elle s'éloigne dans le couloir, lui demande de l'attendre. Elle ne se retourne pas. Elle veut marquer une distance entre eux, elle veut qu'il lise l'indifférence dans son dos.

Il la retrouve un peu plus tard, dans la salle commune. Des garçons se disputent la télécommande – certains veulent regarder le basket, d'autres le base-ball. Elle capte le regard de l'un d'eux, ébauche un sourire. Il lui sourit en retour, puis un de ses copains se jette sur lui et il tombe comme un arbre abattu. Elle le rejoindra ce soir. Peut-être.

« Skye », dit Wilder, et elle sursaute.

Est-ce qu'il est là depuis longtemps ?

« Je suis désolé, répète-t-il.

– Pourquoi ? s'étonne-t-elle gaiement.

– Tu es partie tellement vite tout à l'heure... J'ai cru que tu étais fâchée.

– Oh, non. C'est juste que je ne voulais surtout pas rater le début de ce... »

Elle plisse les yeux pour examiner l'écran.

« ... ce match ? Ce jeu ? Cette partie ? Bref, le début de ce truc.

– Ah, oui, approuve-t-il, soulagé de la voir plaisanter. Il ne faudrait pas rater ça, ça a l'air passionnant. Mais je suis tout de même désolé si j'ai dit quelque chose qui a pu te... te blesser. »

Et elle songe *Je vais t'en donner, des raisons d'être désolé.*

Le lendemain matin, elle referme l'enveloppe d'Alton Pelletier avec un tube de colle et la glisse dans le courrier de Wilder. À présent, elle se tient prête à jouer la surprise au moment où il la lui montrera. Quelle idiote elle a été d'avoir voulu lui épargner tout cela ! Il faut qu'elle aille au bout de son plan. Tant pis s'il y a des dommages collatéraux.

Et pourtant, elle voit ce que cela lui fait quand elle le retrouve au réfectoire pour le déjeuner. Son visage n'est plus le même : on croirait un masque de papier posé sur une plaie béante.

Il tressaille et lâche sa fourchette, ce qui fait sauter des petits pois gris-vert partout autour de lui. Une fille avec une queue-de-cheval écarte ostensiblement sa chaise. Mais peut-être qu'il n'y a pas que les petits pois qui la dégoûtent.

« Ça va ? demande Skye.

– Oui, oui. Je crois que je suis un peu nerveux. Peut-être que c'est la pleine lune. »

Elle acquiesce et ne répond pas. Au fond d'elle, elle ressent une minuscule pointe de plaisir sadique et songe *Alors, Wilder ? Ce n'est pas trop sensationnaliste à ton goût ?*

Il lui raconte à travers le mur, comme s'il n'osait pas la regarder en face, comme si voir la réaction de Skye allait rendre tout cela réel.

« Bonne nuit, Skye.

– Bonne nuit, Wilder.

– Skye ? Il... Il m'a répondu, lâche sa voix étouffée avant un long silence. Je crois que je n'y arriverai pas, ajoute-t-il enfin.

– Bien sûr que si, affirme-t-elle. Et je serai avec toi du début à la fin. Je peux même t'emmener en voiture. »

Elle se demande si elle lui en veut encore – si elle lui en a jamais vraiment voulu, d'ailleurs. Du bout des doigts, elle caresse le mur. Elle a de plus en plus de mal à démêler ses sentiments réels de ses sentiments feints. Non, tout cela faisait partie du plan, elle lui a fait lire son histoire pour qu'il se sente coupable, point. Elle se fiche totalement de l'opinion de Wilder.

La prison est vaste, mais pas autant que le parking, qui s'étend à perte de vue telle une grande plaine enneigée.

« Je ne peux pas », souffle Wilder, et c'est vrai qu'il semble sur le point de vomir.

Elle n'essaie pas de le convaincre. Au lieu de cela, elle le prend avec douceur dans ses bras ; ils font cela de plus en plus souvent, ces dernières semaines.

« Donne-moi ta monnaie, tes clés et ton portefeuille, ordonne-t-elle. Sinon, ils ne te laisseront pas entrer. Prends juste ta carte d'identité. Et... Attends. »

Elle se retourne vers la banquette arrière.

« Tiens, change de pull. Le tien est beige, et les visiteurs n'ont pas le droit de porter du beige ou du orange.

– Pourquoi ?

– Ce sont les couleurs des uniformes des détenus. On risque de te confondre avec un prisonnier et de ne plus jamais te laisser sortir. »

Elle sourit, mais regrette aussitôt sa plaisanterie : Wilder a viré au vert.

« Il faut que tu le fasses, ajoute-t-elle. Pour Nat. Tu te souviens ? C'est ta dernière chance de découvrir la vérité. »

Il acquiesce. Il est très rare qu'elle prononce ce nom à voix haute, car elle sait l'effet qu'il a sur Wilder. Mais aujourd'hui, elle joue le tout pour le tout.

Elle examine la prison derrière le pare-brise. Comme c'est étrange de se dire qu'il est à l'intérieur.

Avant leur départ de la résidence, elle a téléphoné à la maison d'hôte pour confirmer sa réservation. L'hébergement se trouve sur la route du retour. Elle l'a choisi parce qu'il paraissait romantique, parce qu'elle voulait que cette soirée soit spéciale et parce que c'était le seul qui avait une chambre de libre le jour de Noël. La neige commence à tomber. Skye espère que cela ne les empêchera pas d'atteindre la destination qu'elle a prévue – pourtant, quelque part, elle espère que si. Sans trop comprendre pourquoi, elle a peur de ce qu'elle a prévu.

Au loin, une minuscule silhouette réapparaît dans les bourrasques de flocons. Skye sort rejoindre Wilder en courant, et il doit s'appuyer sur elle pour revenir jusqu'à la voiture. Il s'arrête une fois pour vomir. Tout ce qu'il expulse s'enfonce et disparaît dans le sol blanc.

De retour dans l'habitacle, elle l'encourage à tout mettre par écrit – elle a prévu un stylo et du papier. Dehors, la tempête s'épaissit encore. *Mais écris, bon sang!* a-t-elle envie de hurler; elle sait qu'ils n'ont plus beaucoup de temps. Bientôt, la route qui mène à la maison d'hôte sera impraticable. Cependant, il faut qu'il consigne ses souvenirs tant qu'ils sont encore frais dans sa mémoire. Elle s'efforce donc de dissimuler sa panique : elle ne presse pas Wilder, elle ne cède pas à l'agacement dès qu'il hésite ou s'interrompt au milieu d'une phrase.

Puis ils prennent la route dans un blizzard qui ressemble à un mur. Lui suggère de s'arrêter chaque fois qu'ils croisent un motel. Ce serait d'ailleurs le plus prudent.

« Non, non, répète-t-elle. Pas celui-là. Pas celui-là. »

Les pneus ont beau être équipés de chaînes, elle a conscience qu'elle joue avec le feu. À présent, elle distingue à peine la chaussée. On dirait qu'ils roulent sous une pluie de cendres.

Enfin, elle voit se dessiner la maison d'hôte et le soulagement lui donne envie de pousser un cri de joie.

« Je n'aurai jamais les moyens », balbutie plusieurs fois Wilder.

Le cœur de Skye se serre – *ce garçon ne lui épargnera donc rien!* Mais elle ne peut plus faire machine arrière.

« Ne t'en fais pas, répond-elle. Attends-moi là, je vais voir s'il y a encore de la place. »

La suite nuptiale est tout aussi opulente et grotesque que ce que promettaient les images de la brochure – la baignoire est même montée sur pieds. Mais Skye savait qu'elle devait planter un décor. Ils ont besoin de s'extraire de leur quotidien.

Ils ont aussi besoin d'alcool. Le steak frites et le whisky qu'elle commande la réchauffent et la plongent dans une douce torpeur.

« Tu as rajouté quelque chose dans ma lettre », dit-il à un moment.

Il est en colère, mais elle connaît déjà la suite. Ce ne sont que les protestations impuissantes d'un animal pris au piège.

Alors elle avoue. Il recule, les yeux plus exorbités que jamais.

« Je vais dormir sur le canapé », assène-t-il, et elle pose la main sur le cœur du garçon.

Il bat violemment contre sa paume.

« Non, s'il te plaît », souffle-t-elle en le suppliant de son regard le plus doux.

La vulnérabilité est un luxe que Skye ne peut se permettre, mais elle est capable de donner le change. L'illusion est plutôt agréable, d'ailleurs. Parfois – et c'est le cas en ce moment –, elle sent même poindre en elle une émotion bien réelle. Elle passe les bras autour du cou de Wilder et lui tapote l'épaule, comme pour lui dire *Suis-moi.* Et il s'exécute. Ensemble, ils apprennent pas à pas comment s'y prendre. Elle songe qu'il n'a peut-être jamais fait cela avec une femme.

« Vas-y, imagine, lui souffle-t-elle à l'oreille. Imagine que je suis Nathaniel Pelletier. »

Elle aussi fait semblant d'être quelqu'un d'autre. Celle qu'elle était avant tout cela.

Skye reste éveillée ; à la lueur de la lune qui se reflète sur la neige cristalline, elle contemple Wilder.

Dès qu'il semble sur le point d'ouvrir les yeux, elle s'allonge rapidement et déploie ses cheveux sur l'oreiller pour lui donner le plaisir de la regarder dormir. Quand elle aura entamé sa nouvelle vie, elle n'aura probablement plus de temps à consacrer à la romance, alors autant en profiter tant qu'elle le peut encore. Il l'observe, elle le sent derrière ses paupières fermées.

Lorsque l'aube colore le ciel de rose, elle entend le grattement du stylo sur le papier. *Oui, écris !* songe-t-elle, euphorique. *Écris tout ce que tu sais pour moi.*

Longtemps après, une fois que le jour s'est complètement levé, elle se penche vers lui et lui arrache une pincée de cheveux. Wilder pousse un cri et elle lui sourit.

Plus tard, Skye enveloppe la mèche brune dans un morceau de papier qu'elle range au fond de sa trousse à maquillage. Ce sera le seul écart qu'elle s'accordera. Un souvenir.

Le trajet jusqu'à l'université se déroule en silence. Parfois, elle a l'impression de sentir le bonheur dans l'habitacle, de le voir, presque. Comme un ballon qui flotterait entre eux.

« Va nous garder deux places à la cantine », lui dit-elle, et il s'empresse d'obéir, trop content de pouvoir lui rendre service.

Elle attend qu'il soit hors de vue, puis elle attrape le sac à dos de Wilder, celui qui contient ses vêtements de la veille et son portefeuille, et elle en sort le classeur avec l'image d'Aphrodite. Derrière le dessin, elle sent les mots qui l'appellent ; elle meurt d'envie de lire chaque ligne. Pourtant, elle se retient et dépose délicatement le classeur sur la banquette arrière. Elle comptait le lui laisser – après tout, elle le connaît quasiment par cœur –, mais elle a changé d'avis. C'est à elle que doit revenir ce classeur. Elle l'a bien mérité.

*Je vais écrire cette histoire exactement comme j'en ai envie,* se dit Skye avec férocité. *Comme une plaie en pleine poitrine.*

Elle se penche pour ouvrir la portière passager et pousse le sac à dos afin qu'il tombe sur le trottoir. D'ici à ce que Wilder revienne voir où elle est passée, il y a peu de chances que quelqu'un le vole – après tout, ce campus n'est peuplé quasiment que de gosses de riches. Et puis, d'une manière générale, les gens sont honnêtes, non ?

[ ]

Tes
Te
Ne

Le
La

Écris
Cris
Crois

Abus
Bus
Bas
Pas

Noue
Nue
Ne

Sel
Ses
Les

Chics
Chocs
Crocs
Crois

Gale
Gare
Pare
Par
Pas

Rail
Ail
Aile
Aide

Mi
Moi

## Wilder, jours six à dix

*Nate portait ses vêtements élimés avec style. Il donnait l'impression d'être constitué d'éléments naturels – de bois et de sable, polis par la marée.*

*Le Rôdeur de la côte* de Sky Montague

Je me réveille au son d'une respiration. Pas de main qui me caresse, cette fois. Par contre, j'ai le sentiment qu'on me roue de coups et qu'on tire sur mes membres afin de les tordre dans tous les sens. Je hurle de douleur, mais aucun son ne sort de ma bouche. Le seul bruit est une espèce de grattement infernal, comme des griffes de rat sur une pierre, comme des os broyés, comme les dernières plaintes d'une branche pliée juste avant de rompre. Ou comme la plume d'un stylo grattant sur le papier.

Je m'écrase au sol.

Le lendemain matin, j'ai un bleu sur tout un côté, d'une couleur violacée de nuage d'orage. Par endroits, on distingue des teintes qui tirent sur le jaune et le vert, signe que le processus de guérison est déjà entamé. Mais ces traces ont une forme bien particulière : elles ressemblent à un serpent se déplaçant en zigzag. Il y a quelque chose qui me dégoûte là-dedans, et je me dépêche d'enfiler une chemise, la mâchoire serrée.

Pour ménager mon bras endolori, je décide de n'utiliser qu'une seule main pour taper à la machine. J'enfonce les touches l'une après l'autre en regardant le clavier de biais, comme si j'avais peur de lui faire face. Je me demande pourquoi cette position m'est familière, et puis ça me revient d'un coup : Sky. Il adoptait exactement la même attitude quand il se concentrait.

Je le porte comme une seconde peau.

Quand l'adaptation du *Rôdeur de la côte* est sortie au cinéma, plusieurs années après la parution du livre, je suis allé la voir, évidemment. Comment résister ? J'ai découvert que le réalisateur avait mélangé les différentes époques. Dans le film, tout se passe à l'université. J'ai trouvé que ce que les personnages y perdaient en candeur, ils le gagnaient en profondeur et en complexité. À un moment, dans le film, on voit le beau Skandar visiter la grotte en compagnie de Wiley, Helen et Nate. C'est ce qui m'a le plus mis hors de moi : qu'il y ait quatre ados à bord du bateau au lieu de trois. L'illustration parfaite de la façon dont Sky s'était greffé à notre histoire.

L'acteur qui jouait Wiley ressemblait beaucoup à moi quand j'avais cet âge-là. Quant à l'acteur qui incarnait Skandar, il était le portrait craché de Sky. Au fil des années, mes souvenirs et le film se sont mélangés. La mémoire est déloyale. Si bien que maintenant, quand je repense à cet été-là, les images qui me viennent sont celles du film : Helen, Nate, Skandar et Wiley dans un bateau, sur une mer d'huile. Il m'a même volé mes souvenirs.

Comment ai-je pu oublier la fois où Sky m'a montré sa nouvelle ? Peut-être que j'ai refoulé cet épisode à cause de sa réaction. Il était tellement vexé. Et moi, je détestais qu'on se dispute. Forcément, après ça, les choses n'ont fait qu'empirer. Il s'est rendu compte que j'étais un meilleur écrivain que lui et qu'il n'avait plus de temps à perdre.

Étonnant comme les détails me reviennent pêle-mêle, à présent. J'ai déverrouillé le passé, et les différentes pièces du puzzle s'assemblent enfin. J'ai l'impression d'être un détective cherchant à résoudre un mystère. Bien sûr, qui dit détective dit crime. Mais je crois que l'image est justifiée. On parle du meurtre de ma vie, après tout. De l'assassinat de ma carrière.

Alors que je relis les pages que j'ai écrites aujourd'hui, quelque chose me titille la mémoire, sans que je parvienne à déterminer quoi. Le fait que la racine de la grande ciguë ait la même forme qu'une carotte ? Je ne sais pas pourquoi, mais je n'arrête pas de penser au visage de Harper. Bah, ça finira par me revenir.

J'ouvre le placard pour récupérer un pull quand je l'aperçois, au fond : un petit coin blanc qui dépasse entre deux lattes de parquet. Je devine une fin de mot écrite à l'encre vert serpent. Je sais ce que c'est, évidemment. En tout cas, j'ai un terrible pressentiment.

« Allez, je marmonne en tentant de saisir le morceau de papier entre mon pouce et mon index. Allez ! »

Je vais chercher la boîte à outils et me sers d'un pied-de-biche pour soulever une des lattes. Le bois grince et finit par céder dans un craquement. J'essuie la transpiration sur mon front.

Le mot dit : *Tu me manques, tu me m*

Le dernier *m* se termine en un long trait, comme si la personne avait été interrompue en pleine rédaction. L'encre verte est tellement brillante qu'elle paraît encore humide.

« Sky ? je murmure, même si ce n'est pas lui – ça ne peut pas être lui. Ça suffit », je déclare d'une voix forte.

J'aperçois alors un second papier dans un angle. De l'encre verte, encore. Je ramasse le petit mot d'une main tremblante.

*Tu me manques horriblement, aujourd'hui. S.*

L'un des bords a l'air d'avoir été brûlé, ce qui, pour une raison qui m'échappe, me terrifie. C'est comme si ce message m'indiquait ce qu'il attendait que je fasse de lui.

J'approche une allumette des deux morceaux de papier et regarde l'écriture disparaître dans la flamme. Des cendres qui s'envolent en tourbillonnant vers la mer. Et puis, plus rien.

« Tu ne peux pas m'atteindre, je chuchote. Tu n'es pas là, Sky. Tu es mort. »

Je regrette aussitôt mon geste car, maintenant que les petits mots ont disparu, un doute horrible s'installe en moi : ont-ils vraiment existé ? Je me suis trop rapproché de Sky, j'en ai conscience. Est-ce qu'à force de chercher à l'incarner, je suis en train de me transformer en lui ?

Frissonnant, les draps ramenés jusqu'à mon cou, j'attends le sommeil. Dehors, il fait nuit. Enfin, je crois. Par la fenêtre, je vois des comètes vertes caresser l'horizon.

Il fait très froid, aujourd'hui, mais le soleil brille et je n'ai pas envie de rester enfermé. Je mets un bonnet et une écharpe, j'enfile deux paires de chaussettes l'une sur l'autre et je lace les chaussures de randonnée qu'Emily m'a achetées pour aller marcher dans les Catskills. Je traîne la table à l'extérieur.

La matinée se déroule bien et je décide de déjeuner dehors. J'ouvre la dernière boîte de macaronis au fromage qu'il reste dans le placard. Est-ce que je n'en mangerai plus jamais de ma vie ? Avant de passer à l'acte, j'ai l'intention de faire un grand ménage dans toute la maison. Je ne veux pas que les gens croient que mon livre était l'œuvre de quelqu'un qui avait sombré dans la folie. Je veux qu'on le prenne au sérieux.

Je mets également à jour ma boîte satelli-mail de l'université, afin de ne pas susciter l'inquiétude de mes collègues. Je ne tiens pas à ce que l'un d'eux demande à la police d'effectuer une… comment dit-on déjà ? Une visite de contrôle. Emily m'a fait le coup, une fois. Elle était à Cabo, au Mexique, et je n'avais pas répondu au téléphone pendant deux ou trois jours.

Un bruit de pas me tire de mes pensées. Harper se tient devant le portail, chargée d'ustensiles divers : un seau, des chiffons, des brosses à récurer, des produits ménagers.

J'agite la main avec un sourire. Soudain, la gêne m'envahit.

« J'ai déjà fait le ménage », je lui lance.

Je ne veux pas qu'elle entre.

« Wilder, je ne suis pas venue pour astiquer tes sols, d'accord ?

– Qu'est-ce que tu fais avec tout ça, alors ?

– Mission de service public. Tu veux me donner un coup de main ? »

N'étant pas contre un peu de compagnie, j'acquiesce.

Le vent rugit le long du sentier côtier mais, sur la plage, à l'abri des falaises, c'est le silence. Les pierres ne chantent pas aujourd'hui, Dieu merci. Cependant… ne serait-ce pas une petite note lointaine que j'entends flotter au-dessus de l'eau ? Je ferme les yeux et respire.

Nous nous frayons un chemin entre les rochers qui bordent la crique.

« C'est là », indique Harper.

Il faut que je me retourne vers les terres pour voir les lettres maladroites tracées sur la falaise à la peinture verte. Un simple mot : *Assassin.* J'ai la tête qui tourne.

« Qui a pu faire une chose pareille ? je demande à Harper après avoir réprimé un haut-le-cœur. Et comment ? Il a fallu venir jusqu'ici en bateau ! »

De la côte, le message est invisible. Mais, de la mer, on voit immédiatement le mot « Assassin » inscrit en lettres vertes sur le pied de la falaise. Et, en levant les yeux, on aperçoit l'érable à sucre et la table à laquelle je m'assois tous les jours pour écrire. *Assassin.* Un avertissement à seule destination des navigateurs.

« Est-ce que c'est une plaisanterie ? je souffle.

– Personnellement, je ne trouve pas ça drôle, réplique Harper. Ça doit être un coup de gamins du coin.

– Pourquoi cette inscription ?

– Sûrement parce qu'ils ont trouvé ça cool. Ils doivent se prendre pour des rebelles.

– C'est un message et… je crois qu'il m'est adressé.

– Je ne pense pas, Wilder.

– À qui alors ? À toi ? »

Elle m'ébouriffe les cheveux, l'air absent.

« Tu devrais penser à te peigner une fois de temps en temps. Tu es frisé comme une fane de carotte ! »

Un frisson glacé me parcourt la colonne vertébrale. *Carotte.* Le souvenir cherche à se frayer un chemin dans mes pensées depuis que j'ai écrit le passage sur la fois où j'ai trouvé de la grande ciguë sur Pursing Hill. Mais qui m'avait fait découvrir cette plante ?

« Harper, est-ce que c'est toi qui as laissé des petits mots chez moi ? je demande. Des petits mots à l'encre verte ? Tu as toujours aimé les blagues.

– Je ne vois pas du tout à quoi tu fais allusion, réplique-t-elle un peu sèchement.

– Qu'est-ce qui est vraiment arrivé à Nat ?

– Il est mort, Wilder. Tu le sais très bien.

– Le jour où je t'ai croisée devant le centre de soins, tu tenais un sac en papier kraft. Et dans ce sac, il y avait un paquet enveloppé dans de l'aluminium. Quelque chose pour Nat. Qu'est-ce que c'était ?

– Je ne sais plus, Wilder. Un joint ? Un sandwich ? Rien d'important, en tout cas. Pourquoi tu me reparles de tout ça ? C'était il y a si longtemps. »

Je désigne l'inscription sur la falaise.

« Peut-être que c'est à toi que ce message est destiné, en fin de compte.

– Qu'est-ce que tu racontes ? demande Harper, déconcertée. Wilder, c'est simplement des gosses qui ne savaient pas quoi faire de leur temps.

– Peut-être que tu as compris qu'il valait mieux rester proche de tes ennemis afin qu'ils ne devinent pas ta véritable nature. »

Harper me sourit. Un sourire trop large qui fait presque tout le tour de sa tête. Elle a tellement de dents, je m'en rends compte, maintenant. Comment ai-je pu ne pas le remarquer jusqu'à présent ? Ce sourire n'est pas humain.

Je remonte le sentier en titubant, aveuglé par la panique. Entre le bruit de mes pas et celui de ma respiration, je n'entends pas si elle m'a pris en chasse – je ne me retourne pas pour en avoir le cœur net.

Je tremble, mais je me sens quand même mieux une fois la porte de la maison refermée derrière moi. Je pense à l'objet en forme de carotte que Harper a apporté à Nat au centre de soins. Juste avant qu'il meure d'une crise cardiaque.

J'imagine des villageois armés de fourches. *Crise cardiaque,* diraient-ils. Comme Nat. *Disparu en mer,* diraient-ils. Comme Sky.

Je ramasse le manuscrit du *Rôdeur de la côte* et le feuillette fiévreusement. Je trouve vite ce que je cherche. Sky a bien repris la scène où, armé d'une bombe de peinture, j'ai écrit « Le Rôdeur vous salue » sur la falaise, mais il l'a transformée. Dans son livre, des gamins du coin se donnent rendez-vous sur la plage en contrebas de la maison de Wiley. Ils sont convaincus qu'Anton n'a rien à voir avec les meurtres. Ils soupçonnent quelqu'un d'autre. Alors ils inscrivent le mot « Assassin » sur la falaise. Un message secret visible uniquement de la mer.

J'entrouvre la porte et jette un œil à l'extérieur. Puis je m'avance sur la falaise. Harper n'est plus là. Pourtant, je ne l'ai pas entendue passer sur le sentier.

Je descends jusqu'à la plage. La paroi rocheuse scintille, fraîchement récurée. Une odeur de détergent. Je m'approche et remarque qu'il reste des traces de peinture verte sur la pierre.

Cette nuit-là, je dors d'un sommeil agité. La porte d'entrée n'arrête pas de s'ouvrir, comme cela arrive régulièrement. Mais chaque fois que je me lève, je constate qu'elle est bien verrouillée.

Ce matin, c'est la catastrophe. Il n'y a plus de café.

Peut-être qu'il existe une réserve secrète. C'est une habitude d'Emily : elle cache des stocks de choses dont on a besoin (du papier toilette) ou qui nous font plaisir (du chocolat). Ainsi, quand on pense qu'il n'en reste plus, on a droit à une heureuse surprise. Qu'est-ce qu'elle me manque…

Je fouille les placards, mais pas de café. Évidemment. Il va falloir que je trouve un moyen de me rendre au magasin. Je peux me passer de nourriture et de sommeil, je peux vivre sans amour si je n'ai pas le choix, mais je ne peux pas travailler sans café.

Je marche jusqu'à la route principale et je tends le pouce. Le vent souffle fort, je regrette de ne pas avoir pris un manteau plus chaud. Les voitures me dépassent sans ralentir. Quoi de plus normal, en même temps ? Plus personne ne fait de l'auto-stop, alors qui prendrait le risque de s'arrêter pour un cinquantenaire aux cheveux en bataille et aux yeux globuleux ? J'accepte ma défaite et sors mon téléphone portable pour appeler un taxi.

Derrière moi, une voiture ralentit et s'immobilise sur le bas-côté.

« Wilder Harlow », dit une voix.

Sur la banquette arrière est assise une vieille dame très élégante. Même ma vision périphérique est floue, aujourd'hui ; le manque de sommeil, j'imagine.

« Tu ne me reconnais pas, hein ? »

La voix m'est familière. Il faut dire qu'à la différence des visages les voix changent peu. Sûrement parce qu'elles viennent de l'intérieur, et que l'intérieur se dégrade moins vite que l'extérieur, de manière générale.

« Bonjour, sergente ! je m'exclame – je suis sincèrement ravi de la voir.

– Ce n'est plus sergente, mais capitaine, désormais. Enfin, c'était. Maintenant, c'est juste Karen. Allez, monte.

– Oh. Je ne suis pas sûr que…

– Mais si, insiste-t-elle. Je t'assure que c'est sans danger. »

Pas très rassuré, je m'installe sur la banquette à côté d'elle. Elle appuie sur le bouton de démarrage et la voiture se met aussitôt à avancer.

J'essaie de ne pas regarder à l'avant, là où devraient se trouver le volant, le tableau de bord et le siège conducteur. Je ne me ferai jamais aux voitures autonomes.

Karen Harden sourit et me tapote la main.

« Ça fait une éternité !

– Vous êtes revenue dans le coin, alors ?

– Oh, oui. Tu sais, quand on est d'ici, c'est pour toujours. »

De l'autre côté de la vitre, le paysage d'automne défile à vive allure.

« Vous faites partie de la brigade de police de Castine ?

– Plus maintenant, je suis à la retraite. C'est vraiment agréable de ne rien faire.

– Je ne saurais pas vous dire.

– Et sinon, qu'est-ce que tu fais dans la région, Wilder ?

– J'écris un livre.

– Ah. On a beaucoup d'écrivains qui viennent travailler ici, depuis quelques années. D'ailleurs, c'est terrible ce qui est arrivé à ce pauvre homme. Entre nous, je trouve que l'enquête sur sa disparition a été bouclée un peu vite. »

Je décide de changer de sujet.

« Des vandales ont saccagé la falaise. Des gosses, apparemment.

– Je sais. Il y a un article dans le journal.

– Est-ce que vous connaissiez Sky Montague ? »

La question m'a échappé.

« Il était comment ? » j'ajoute.

J'ignore pourquoi, mais j'ai envie de savoir quel genre d'homme il était devenu. L'inspectrice Harden réfléchit quelques secondes, les lèvres pincées.

« Il était distant, dit-elle enfin. Mais très poli. Toujours un mot gentil pour les gens qui le saluaient dans la rue. Il y en a qui venaient de loin. Personnellement, j'ai toujours trouvé qu'il avait l'air triste. »

Castine bourdonne d'animation ; je me rappelle que nous sommes un samedi. Karen Harden me dépose devant ce qui était à l'époque une petite supérette familiale et qui est désormais une succursale de chaîne de grande distribution. L'enseigne verte censée imiter une écriture cursive scintille dans la lumière automnale.

« Tout va bien, Wilder ? s'inquiète Karen.

– Oui, oui, je m'empresse de répondre en détournant les yeux du néon. Merci beaucoup pour le trajet. Ça m'a fait très plaisir de vous voir. »

Je claque la portière et m'éloigne à grands pas.

Dans le supermarché, j'attrape un paquet de café avant de me diriger vers le rayon presse. Ce n'est pas en une, mais à la page 5. Une photo, probablement prise d'un bateau.

On y voit le cottage, la crique. Si je plisse les yeux, je peux même distinguer la toute petite tache que forme ma table, sous l'érable. En dessous, la falaise vandalisée. Je regarde de plus près. Les lettres tracées d'une main hésitante ne sont pas vertes, mais orange, et elles forment l'inscription « Mickey222 ».

Je vérifie la date sur le quotidien. Pas d'erreur, il s'agit bien de l'édition d'aujourd'hui.

J'achète le journal, sors dans la rue et examine l'article à la lumière du jour pour voir si je n'ai pas rêvé. Mais non. Autour de moi déambule la foule du samedi. Soudain, quelqu'un me bouscule.

« Faites gaffe ! » je m'exclame – peut-être un peu trop sèchement – en me retournant.

C'est alors que j'aperçois un éclat de cheveux rouge sang. Harper. C'est elle. Je la reconnaîtrais entre mille : ce dos bien droit, cette démarche de bulldozer déterminé à renverser tout ce qui pourrait se dresser en travers de son passage…

« Harper ! » je l'appelle, mais elle a déjà disparu derrière un père à l'air hagard qui traîne ses deux enfants par la main et qui me jette un regard suspicieux lorsque je le dépasse en courant.

Je remonte la rue en slalomant entre les passants. Enfin, j'aperçois un reflet rouge qui se glisse dans une ruelle étroite, du côté de l'ancienne poissonnerie. Le temps que j'y arrive, il n'y a plus aucune trace de Harper. Les mains sur les genoux, je tâche de reprendre mon souffle en ignorant la douleur qui s'est réveillée dans mon bras meurtri. Fais attention, je me dis. Il faut d'abord que tu finisses ton livre.

J'utilise quelques précieuses minutes de mon forfait téléphonique et appelle un taxi pour me ramener au cottage. Alors que je l'attends sous l'enseigne verte du supermarché, je me fais la réflexion que Harper avait les cheveux gris, la dernière fois que je l'ai vue. J'en conclus qu'elle a dû se les teindre.

La tempête me réveille. Des éclairs zèbrent le ciel à l'extérieur, si lumineux que tout dans la chambre paraît noir et blanc. À côté de moi, une respiration douce et régulière. Je tends la main, plein d'espoir. *Oh, laisse-moi t'aider. Sois là. Sois toi. Cette main, qui me caresse la poitrine.*

Elle se tient à côté du lit, la femme de la mer. De l'eau dégouline de ses cheveux et de ses vêtements. Le bleu de sa robe paraît presque rouge bordeaux dans la lumière électrique, mais je distingue la tache de naissance sur son épaule nue.

« Qui êtes-vous ? » je murmure.

Elle écarte les lèvres et des trombes d'eau jaillissent aussitôt de sa bouche. Dans la lumière clignotante, je crois distinguer une lame de couteau en travers de sa gorge. Elle s'étrangle et elle essaie de crier, mais l'eau continue à couler avec la puissance d'une lance à incendie, inondant les draps et éclaboussant le sol. Au-dessus de son rictus abominable, ses yeux semblent m'implorer. *À l'aide* – sa voix dans ma tête, parfaitement distincte.

Je tombe du lit. L'humidité s'infiltre dans les draps enroulés autour de mes chevilles. Quand je parviens à relever ma tête du parquet, ma joue est trempée. Un peu partout dans la chambre, je distingue de petites flaques. Je passe la langue sur mes lèvres et ne suis pas surpris d'y sentir un goût de sel.

*À l'aide*, répète la voix dans ma tête. L'odeur est de plus en plus prégnante, mélange de linge mouillé, d'eau salée et d'un soupçon de pourriture. Quelque chose brille sur le sol. Une empreinte de pas dans du sable. Très lentement, je redresse la tête.

Elle est au-dessus de moi, étendue les bras en croix en travers du plafond.

*À l'aide*, insiste-t-elle. Quelque chose goutte sur mon épaule.

« Qui êtes-vous ? » je répète.

J'entends les larmes dans ma voix mais, en moi, il n'y a que de la terreur. La femme lève un index tout tordu et se met à tracer des lettres dans le vide. Des lettres vertes qui semblent illuminer la pièce.

*Rebecca*, écrit-elle du bout de son doigt fracturé, et le mot scintille comme la surface de la mer un jour de grand soleil.

Je pense à la jeune femme blonde et musclée dont j'ai vu la photo dans un article, il y a si longtemps. Je sors mon téléphone de ma poche et consulte les archives satellites du journal. En quelques secondes, le cliché apparaît. Rebecca Boone. Je pousse un soupir de soulagement. J'avais raison. Cette apparition terrifiante dans ma chambre n'a rien à voir avec la jeune femme qui prend la pose, adossée à une fenêtre.

« Vous mentez ! je m'exclame. Vous n'êtes pas Rebecca ! »

La chose plane au-dessus de ma tête.

« Peut-être que vous cherchez quelqu'un d'autre ? je suggère. Votre famille. En tout cas, moi, je ne peux rien faire pour vous. »

Est-ce que c'est quelque chose qui arrive aux fantômes ? De composer le mauvais numéro, en quelque sorte ?

« Qui êtes-vous ? » je demande pour la troisième fois.

L'apparition indique à nouveau le nom. *Rebecca.*

Mon Dieu, mais qu'est-ce que je suis en train de faire ? Je suis étendu sur un parquet détrempé, à essayer d'avoir une conversation avec... Avec quoi, au juste ?

*Cours*, je songe. *Enfuis-toi.* Mes jambes refusant d'obéir, je me mets à ramper vers la porte de la maison. L'apparition me suit sans un bruit. Si je parviens à respirer l'air extérieur, si la lumière...

Un carré blanc sur le paillasson. Je déplie le mot, les mains tremblantes.

*Ne me déteste pas, Wilder*

*S*

L'horrible encre vert serpent semble briller comme un néon.

Soudain, une vive douleur me transperce le flanc et je tombe à la renverse.

Je relève mon tee-shirt en grimaçant. La fine ecchymose jaunâtre s'est teintée de vert. Je regarde le papier, puis mon corps, puis à nouveau le papier, mais il n'y a pas de doute : mon bleu a désormais exactement la même forme que l'initiale manuscrite de Sky.

Un terrible mal de ventre m'étreint, et je songe un instant que je vais me vider là, dans mon pantalon de pyjama. Je hurle.

Quand mon cri finit par s'interrompre, faute d'air dans mes poumons, je suis seul. Je regarde autour de moi, j'ouvre frénétiquement les tiroirs les uns après les autres, je vérifie sous le lit, mais la femme a bel et bien disparu.

Une idée terrible me vient. Il faut que j'en aie le cœur net.

J'ouvre ma mallette et en sors ma première édition du *Rôdeur de la côte*. J'ai lu cette version il y a des années, mais elle ne me semble pas aussi réelle que le manuscrit. Fébrile, je feuillette le livre jusqu'à trouver la description de Rebecca.

*Skandar s'était suffisamment rapproché de la femme qui se noyait pour discerner son visage. Un teint blême, des traits tirés. Elle portait quelque chose de bleu, mais ce n'était pas un maillot de bain. Ses épaules décharnées formaient deux angles aigus sous le tissu d'un bleu transparent. Une tache de naissance s'étalait sur une des épaules. La femme respirait trop vite, et il craignait qu'elle ne s'épuise. Elle avait déjà l'air à moitié morte, et il flottait dans l'air une vague odeur de pourriture.*

*« Comment vous appelez-vous ? »*

*Skandar avait entendu dire que, dans les moments de stress, se faire appeler par son nom avait un effet apaisant. Que cela permettait de se souvenir de soi.*

*« Rebecca », répondit-elle d'une voix moulue comme du poivre.*

*C'était le son le plus terrifiant qu'il avait jamais entendu. Aucune voix humaine ne devrait ressembler à cela.*

J'ai tellement lu et relu la description de Rebecca qui figure dans le manuscrit de Sky que j'ai oublié qu'il avait changé certains détails au moment de la publication. C'est la robe qui m'a induit en erreur : dans le manuscrit, Rebecca porte une robe rouge. Or la créature que je vois est vêtue de bleu. Et arbore une tache de naissance à l'épaule, pas une blessure.

Mes mains s'attendent à trouver le manuscrit du *Rôdeur de la côte* détrempé et pourri, mais non. Il est parfaitement sec. Une liasse de papiers tout ce qu'il y a de plus normale.

Je m'assois à la table de la cuisine pour le feuilleter. Machinalement, je tends la main droite dans mon dos pour balayer le vide, comme je le faisais chaque fois qu'Emily essayait de lire par-dessus mon épaule. Je me retourne, scrute l'obscurité. La cuisine est vide. En tout cas, elle a l'air vide. Je tourne les pages. Là.

*Wiley s'était suffisamment rapproché de la femme qui se noyait pour discerner ses traits. Un visage en forme de cœur, de belles lèvres pleines. Elle portait quelque chose de rouge, un vêtement qui se gonflait dans l'eau autour d'elle. Ses épaules musclées se dessinaient sous le tissu transparent. Son col glissa et il vit qu'elle avait à l'épaule une blessure qui ressemblait à une pomme rouge dont on aurait croqué un morceau. La femme respirait trop vite, et il craignait qu'elle ne s'épuise.*

*« Comment vous appelez-vous ? » demanda-t-il.*

*Il avait entendu dire que, dans les moments de stress, se faire appeler par son nom avait un effet apaisant. Que cela permettait de se souvenir de soi.*

*« Rebecca », répondit-elle d'une voix faible.*

Sauf que la description n'a pas toujours ressemblé à cela. La page est couverte de petites croûtes de correcteur liquide.

*Et si… ?* Je récupère un couteau pointu dans un tiroir et, très délicatement, j'entreprends de gratter les barbouillages durcis. Bientôt, la table est couverte de minuscules flocons blancs. J'ai du mal à croire qu'il y a eu une époque où écrire était un processus aussi minutieux. Après quelques minutes, j'en ai terminé. Je souffle sur les résidus de poudre qui jonchent la page. Là. Exactement comme je le pensais.

À l'origine, dans le manuscrit qu'il m'a envoyé, tout comme dans la version qui a été publiée, la robe rouge de Rebecca était bleue. Sky a toujours été du genre à changer d'avis.

Je me dépêche de remettre du correcteur liquide sur la page et je souffle pour accélérer le séchage. Enfin, je m'applique pour rétablir à la main les éléments modifiés. La robe bleue redevient rouge, et la tache de naissance redevient une blessure.

Ne me reste plus à présent qu'à la faire revenir, afin de mettre ma théorie à l'épreuve. J'ai la chair de poule, mais j'attends. Plongés dans la pénombre, tous les angles de la cuisine semblent m'observer.

C'est l'odeur qui arrive en premier. Un effluve subtil de pourriture. Les battements de mon cœur ralentissent, s'embourbent dans ma poitrine glacée. J'ai peur. Pourtant, cette fois, je veux la voir, je veux qu'elle vienne.

Elle apparaît, dans sa robe dégoulinante. Je détourne les yeux afin de la voir sans la regarder. Rebecca oscille si rapidement d'avant en arrière qu'elle semble clignoter. Même si je l'observe du coin de l'œil, je ne peux que me rendre à l'évidence : sa robe détrempée est désormais d'un rouge profond. Et je perçois le parfum métallique du sang qui émane de son épaule meurtrie.

Je gratte à nouveau la croûte de correcteur, tout en continuant à la surveiller.

Aussitôt, une tache sombre apparaît en bas de la robe, tandis que la bouche de Rebecca se tord en un rictus silencieux. Je ne l'entends pas, mais je sais qu'elle est en train de crier. Les franges du vêtement retrouvent peu à peu la couleur bleu foncé de l'océan. Sur son épaule, le sang sèche et la plaie s'aplatit en une tache de naissance.

Le bleu remonte lentement jusqu'à sa taille. Lorsqu'il atteint sa poitrine, Rebecca porte une main à l'endroit où devrait se trouver son cœur, comme pour le protéger. Elle pleure en silence. Elle tend alors l'autre main vers moi pour me supplier d'arrêter. Ce n'est pas facile, d'être réécrit. Mais on peut faire ce qu'on veut avec un premier jet.

Je ne suis pas hanté par un fantôme, mais par un livre. Plus précisément, par les personnages du *Rôdeur de la côte*.

C'est pour cela que j'ai vu le mot « Assassin » en lettres vertes sur la falaise. Pour cela que Harper m'a paru si jeune, quand je l'ai aperçue dans les rues de Castine. Ce n'était pas Harper, mais Helen.

Un ricanement aigu s'échappe d'entre mes lèvres et emplit la cuisine. Je ris, je ris, je ne peux pas m'arrêter, pourtant j'ai mal, je n'arrive plus à respirer, mes yeux sont inondés de larmes. Le monde est devenu fou. À moins que ce ne soit moi. Je ne sais pas quelle option je préfère. Une autre possibilité, bien sûr, serait que je sois déjà mort. Un fantôme coincé dans l'au-delà, en proie à une espèce de délire fiévreux. Mon Dieu, faites que je ne sois pas mort.

[ ]

« Ça va marcher, cette fois ! s'exclame Grace. Parce que tu vas te servir de moi.

– Assieds-toi et ne dis plus rien. »

Elle est trop pressée de me donner son sang. La lame du couteau ouvre une crevasse rouge dans sa peau.

« Fais attention, je lui lance sèchement. Je ne tiens pas à devoir appeler une ambulance. »

Je prends le bol. Il est en Inox et pas en argent, mais je m'en contenterai. Ce sera la dernière fois. Ma dernière chance.

Le sang de Grace éclabousse le métal avec un crépitement de pluie.

Je récupère le couteau et frémis lorsque j'en plante la pointe dans mon doigt. J'ai déjà effectué ce même geste cent fois, mais l'habitude ne soulage pas la douleur. *Ce coup-ci, ça va marcher*, je me dis. Il le faut.

Mon sang rejoint le sien au fond du bol avec un petit *ploc*. J'ajoute le vin et l'eau de mer. Par le passé, j'ai utilisé de l'eau de la baie. Ça n'a pas suffi. Alors, cette fois, je me suis forcée à retourner là-bas. Cette eau-là se souvient.

La lumière se reflétait à l'infini sur le plafond de la grotte, de sorte que celui-ci paraissait presque vivant. Quant au bassin qui s'étendait dans le noir, il faisait penser à un miroir obscur. J'avais le sentiment qu'elles étaient toutes là, enfermées dans leurs barils rouillés, à m'observer. Et puis, je me suis ressaisie. Cela faisait des années que les garde-côtes les avaient remontées à la surface. *Fais ce que tu as à faire et va-t'en*, je me suis dit.

L'eau était froide comme la mort. J'en ai recueilli dans une bouteille en plastique – pas très ésotérique, mais on fait avec ce qu'on a.

À un moment, près du fond, quelque chose a bougé. Je savais que c'était mon imagination, mais je n'ai pas cherché à en avoir le cœur net – j'ai nagé le plus vite possible vers la lumière.

Je suis stressée. Là, c'est de la grande magie. Je n'ai encore jamais rien réalisé d'aussi ambitieux. Et ça fait si longtemps…

Je prends les cheveux et les lâche dans le bol. Je respire trop fort, ça fait frémir la surface de ma mixture.

« Rentre dans cette encre, je déclame. Sois-y lié à jamais. »

Rien ne se passe. En même temps, il faut souvent se montrer patient avant d'avoir la confirmation qu'un sortilège a fonctionné.

Mais ça ne fonctionnera pas. Ça ne fonctionne jamais. Je sais, au fond, que ce n'est qu'un moyen de déposer une minuscule goutte de ma volonté dans l'immensité noire de l'univers. Parfois, il est simplement trop difficile de renoncer à ce qu'on aime.

« Garde-le. Emprisonne-le. »

Je ne me suis pas rendu compte que j'étais sur le point de pleurer que, déjà, les larmes dévalent mes joues. Je me penche au-dessus du bol et les laisse goutter dans la potion. En magie, les larmes sincères sont très puissantes. On ne peut pas les anticiper. Soit elles coulent, soit elles ne coulent pas.

Dans un mortier, je réduis en poussière la perle calcinée au moyen d'un pilon, puis l'ajoute à la mixture. Le moment est venu.

Je saisis le bol et tâche d'ignorer les gargouillements de protestation de mon ventre. Une odeur de vin, à laquelle se mêlent les effluves métalliques du sang. Je réprime un haut-le-cœur.

Je tourne la tête, inspire longuement et retiens ma respiration. Puis je porte le bol à mes lèvres. La mixture est épaisse, elle a un goût humain. Je me précipite aux toilettes. Le sang et le vin imbibent mon palais et tapissent ma langue. Je crache dans la cuvette, vomis à moitié. Je ne suis pas censée avaler pour que ça marche, si ? De toute façon, c'est au-dessus de mes forces.

Avec ce qui reste de liquide, je retrace délicatement les premiers mots du livre au moyen d'une aiguille. Voilà. Désormais, il commence dans le sang. Et le livre n'est pas encore terminé. Je pense que c'est ça, la clé.

Hélas, il ne se passe rien. Il devrait y avoir un signe, non ? Je tourne les pages, dépitée.

Il ne reviendra pas. Je ne les reverrai jamais, ni l'un ni l'autre.

Mais soudain. Juste là !

Salut
Saut
Saute
Sauve

Ri
Roi
Moi

« Salut, je murmure.

– Est-ce que ça a marché ? »

Elle me prend la main et une étrange vague d'amour me submerge.

« Merci, je lui dis.

– Je t'appartiens, répond-elle. Tout ce que je veux, c'est être près de toi. Est-ce que je l'ai mérité ?

– Oui. »

Je pleure. J'ai passé tellement d'années recluse dans l'obscurité. Pour la première fois depuis une éternité, j'autorise la lumière à entrer, et c'est bouleversant.

Je regarde à nouveau les mots imprimés sur la page. Je n'arrive toujours pas à y croire.

« Ça a marché », je murmure.

J'ouvre la bouche et je pousse un cri à l'intention des morts – enfin, nous allons être réunis.

## Wilder, jour onze

Je ne me souviens pas d'avoir écrit tout ce passage sur le rituel magique. J'ai dû m'amuser avec cette idée que Sky m'a mise dans la tête il y a si longtemps, ce projet un peu fou d'emprisonner des gens dans un livre.

Je ne vois pas d'autre explication.

Ce matin, je suis très content, parce que je crois qu'elle est partie – un immense soulagement. J'examine tous les angles de ma chambre, je lève les yeux au plafond. Je sors du lit et je vérifie qu'il n'y a pas d'empreintes de pas mouillées par terre, mais le parquet est sec.

L'espoir enfle. Peut-être qu'elle est partie pour de bon. Peut-être qu'elle s'est lassée et qu'elle a trouvé un autre endroit. Peut-être qu'elle est morte. Est-ce que ça peut mourir, ce genre de créature ?

Hélas, quand j'ouvre la porte de la chambre, elle m'attend dans le couloir, flottant au-dessus du sol dans sa grande robe bleue. J'ai l'impression que son visage est de plus en plus blême, et ses lèvres de plus en plus bleues. Depuis hier, quelque chose lui a grignoté l'oreille. À la place du lobe gauche, la chair semble à vif. Est-ce que c'était déjà comme ça ?

Elle me suit jusqu'à la salle de bains. Je ne me retourne pas. J'ai une nouvelle théorie : je crois que plus je la regarde, plus elle gagne en détails. De petites choses, comme les boutons nacrés qui ornent ses manches et qui n'étaient pas là avant. Elle n'entre pas avec moi dans la douche et m'attend poliment à la porte.

Dans la cuisine, je m'applique à contourner Rebecca pour atteindre la bouilloire. Ce n'est pas une bonne idée de la toucher. Pas une bonne idée du tout. Je ne referai pas cette erreur. Rien que d'y penser, j'en ai froid dans le dos.

On n'est pas censé pouvoir toucher, entendre ou sentir les hallucinations provoquées par le syndrome de Charles Bonnet. Il faut croire que même les médecins peuvent se tromper.

Quelque chose tourbillonne autour de moi. Les cendres de ma vie. Non, de la neige. Il neige ! Je prends conscience que quelqu'un est en train de me secouer et je suis sur le point de hurler. Est-ce que Rebecca peut me toucher, maintenant ?

« Hé, dit la voix de Harper. Et si on allait à l'intérieur ? »

Même si je sais désormais que c'est une meurtrière, je suis content d'avoir de la compagnie. Je la laisse me guider jusqu'à la cuisine.

« Tu vas me prendre pour un dingue », je commence, la tasse de café fumante entre les mains.

Et j'ai raison, c'est exactement ce qui se passe. Le regard que Harper pose sur moi est le même que celui que j'accorde à mes étudiants lorsqu'ils inventent des excuses maladroites pour un devoir non rendu. Un mélange d'incrédulité et de pitié.

« Tu es en train de m'expliquer que tu es hanté par un personnage de bouquin, c'est ça ? résume Harper.

– Un personnage du roman de Sky, je précise. Mais il n'y a pas qu'elle. Tiens, attends. »

J'ouvre le tiroir à couverts dans lequel je range désormais les mots que je retrouve dans la maison. Ce vert éclatant me terrifie chaque jour un peu plus.

« Tu vois, c'est son écriture ! Et il y en a partout ! Je reçois des messages d'un mort ! Comment tu peux expliquer ça ?

– Ils n'ont pas l'air très menaçants, ces messages, commente-t-elle. "Bonne lecture" ?

– De la pure cruauté, voilà ce que c'est.

– Je crois surtout que tu es soumis à énormément de stress et que ça ne te fait pas du bien d'être enfermé ici, tout seul.

– Je n'ai pas rêvé, je murmure, au bord des larmes. Regarde ! j'ajoute en relevant ma chemise pour dévoiler l'ecchymose qui me fait toujours aussi mal. Ce bleu refuse de partir. Il est devenu vert, et maintenant, il reste comme ça !

– Wilder, c'est juste un bleu.

– Mais la forme, enfin ! Tu vois bien que c'est un "S", non ? »

Je lui tends un papier.

« La forme est exactement la même. C'est son écriture. Sa signature. Il est ici, Harper ! Il m'a signé !

– Tu m'as accusée de choses très graves, l'autre jour. Tu ne crois pas que tu as un problème ?

– Je ne sais pas. Je vois des choses. Ou pas. Je ne sais plus !

– Avant, on appelait ça une crise de nerfs – on considérait que c'étaient les nerfs qui lâchaient. Je trouve ça beaucoup plus évocateur que les termes médicaux qu'on utilise maintenant, et beaucoup plus réaliste. Ce n'est pas une maladie mentale, mais une souffrance du corps. »

Je ne peux pas croire que Harper ait raison. Parce que si c'est le cas, ça signifie que j'ai vraiment perdu la tête.

« Et les petits mots ? je demande.

– Peut-être que c'est toi qui les as écrits et que tu as oublié. Peut-être que tu les as apportés et que tu as refoulé ce souvenir. Ou peut-être que quelqu'un se paie ta tête. Je ne peux pas te le dire. Ce que je peux te dire, en revanche, c'est qu'il y a une explication rationnelle à tout.

– À tout ? Même au fait que tes cheveux soient redevenus rouges ?

– Tu as vu une fille rousse de loin. Ton cerveau a inventé le reste. On ne voit que ce qu'on a envie de voir, Wilder. »

Elle m'embrasse sur la joue.

« Appelle-moi si tu as besoin de quoi que ce soit, d'accord ? »

Je la raccompagne à la porte. Des flocons tourbillonnent autour d'elle, se posent sur ses cheveux argentés aux reflets roux, et je songe *Qu'est-ce qu'elle est belle.* Alors qu'elle s'éloigne, un coup de vent soulève une de ses mèches, et je crois voir un morceau de tissu rouge qui flotte dans l'eau. Je réprime un hurlement.

Je marche à grands pas dans le jardin. La brise s'est levée, une pluie glacée me fouette le visage. Au loin, les nuages s'amoncellent.

« Allez, montre-toi ! » je hurle en direction du ciel.

Et je répète la même injonction, encore et encore, jusqu'à avoir la gorge en feu.

Une harde de chevreuils aux yeux rouge vif broute tranquillement à la surface de la baie. Derrière eux, le ciel s'est paré de rayures violettes et mouvantes.

Je n'ai d'autre choix que de me poser la question : Harper est-elle vraiment venue ici, aujourd'hui ?

# Wilder, jour douze

*Skandar se figea, horrifié, en se penchant pour ramasser ce qui se trouvait sur le paillasson. Une vieille photo Polaroid d'un enfant endormi. Skandar tendit la main vers ce jeune garçon qu'il avait été. Une petite main posée délicatement sur sa joue.*
*Seule une personne aurait pu glisser ce cliché sous la porte. La personne à qui il l'avait confié, toutes ces années auparavant.*
*« Wiley », murmura-t-il.*
*Il sentit alors le souffle contre sa nuque.*

*Le Rôdeur de la côte* de Sky Montague

Ma tempe posée sur le métal froid résonne des battements de mon cœur. Je retiens mon souffle tandis que passe sur moi le regard mort de Rebecca. Mais elle doit avoir autre chose à faire, aujourd'hui, car je la sens qui s'éloigne.

Il fait tellement froid. D'ailleurs, je claque des dents. Le ciel, gris et bas, est encombré de nuages. En dessous, la baie est une plaque d'acier. Le soleil décline. À moins qu'il ne se lève ?

Quand je me redresse sur ma chaise, les touches de la machine à écrire émettent un cliquetis joyeux. Elles ont laissé des empreintes sur ma joue – des rangées de carrés rougeâtres où il n'y plus qu'à placer les doigts. Je saisis les pages dactylographiées d'une main tremblante.

Je ne me souviens pas de les avoir écrites. Il semblerait que la magie se soit insinuée dans ce livre. À moins que ce ne soit par la magie qu'il ait commencé, car il existe une hypothèse bien pire que toutes les autres : je ne suis pas hanté par un livre; je suis à l'intérieur du livre.

« Il est possible d'enfermer quelqu'un dans un livre. D'emprisonner son âme. De construire une cage avec des mots. »

C'est Sky qui m'a dit cela, un jour. Une tirade excentrique parmi tant d'autres. Mais s'il avait trouvé un moyen de le faire ?

Mon cœur se fige dans ma poitrine lorsque j'entends un petit bruit en provenance de la porte d'entrée, mais je devine que c'est le facteur qui a dû passer.

Je regarde ce qui est posé sur le paillasson, et un froid glacial m'envahit. Ce n'est pas le courrier.

Je m'approche, même si je n'en ai aucune envie. Je n'ai pas le choix, cela fait partie du récit, non ? Je dois faire ce que l'écrivain exige, or aucun écrivain ne voudrait que j'ignore les éléments qu'il place devant moi, si terrifiants soient-ils.

Mon visage endormi sur l'oreiller, une main ramenée sous la joue, ma peau blême comme celle d'un cadavre à la lueur du flash. C'est horrible.

Mes doigts tremblants s'approchent des clichés, mais je m'interromps au dernier moment. Je ne les touche pas. Parce que si ces photos sont réelles, alors je saurai que ce qui est en train de se passer l'est aussi.

Un bruit de pas sur le sentier. Quelqu'un qui s'enfuit. Je m'approche de la fenêtre et j'ai tout juste le temps d'apercevoir une tête aux cheveux hirsutes, posée sur un grand corps dégingandé. Un adolescent. J'ouvre la porte à la volée et je m'écrie :

« Qu'est-ce qu'il y a ? Qu'est-ce que tu veux ? »

Mais seul le silence iodé de la mer me répond.

Sky est là. Il est partout autour de moi. Parce que tous ces fantômes font partie de lui, non ? Ils n'existaient pas avant qu'il les écrive. Rien n'est réel, ici, à part *Le Rôdeur de la côte*.

L'haleine de pourriture de Rebecca me caresse la nuque, mélange de mort et d'océan infini.

« Laissez-moi tranquille », je murmure.

Dans mon dos, j'entends un frottement, comme un serpent qui se déplace sur un sol desséché, ou une plume qui gratte le papier. Je ferme les yeux.

« Je vous en prie. Laissez-moi tranquille. »

Je sursaute. Je suis en train de m'étrangler. Je glisse deux doigts dans ma bouche. Le papier est humide, imbibé de salive. Malgré tout, je parviens à le déplier sans l'abîmer.

L'encre verte a bavé, les mots sont flous, mais ils restent parfaitement lisibles.

*Brûle*
*Boule*
*Roule*
*Rôle*
*Râle*
*Pâle*
*Parle*
*Pearl*

# Pearl

## *Été 1990*

On vient chercher Pearl pendant son cours de gestion domestique pour lui annoncer la nouvelle. Après dix ans, sa mère est enfin rentrée à la maison. Elle n'est pas morte noyée, finalement – il aurait mieux valu. Quelqu'un a été arrêté.

On emmène Pearl au bureau du proviseur – ce n'est pas la première fois, mais là, les rôles semblent inversés. On dirait que c'est le proviseur qui s'apprête à recevoir une punition. Il n'est pas seul, dans son bureau, il y a aussi le psychologue scolaire et l'infirmière. Pearl se demande s'il a pris cette précaution parce qu'il avait peur qu'elle l'agresse.

« J'ai l'impression qu'elle n'a pas assimilé ce qu'on vient de lui annoncer, dit le proviseur en se tournant vers l'infirmière.

– Elle est en état de choc. Je vais prendre son pouls. »

Les mains de l'infirmière sont un peu moites. Peut-être qu'elle est inquiète.

Pearl imagine Rebecca, enfermée dans une grotte pendant toutes ces années, seule, sous l'eau. Le proviseur a raison, elle n'a pas assimilé ce qu'on vient de lui annoncer. Bizarrement, c'est surtout aux enfants endormis sur les Polaroid qu'elle n'arrête pas de penser. À la lueur douce de la veilleuse sur leurs paupières closes. Elle espère qu'ils vont bien. Elle se demande si le *clic* de l'appareil photo, le flash, ont trouvé un moyen de s'insinuer dans leurs rêves.

La voix du proviseur paraît lointaine, comme s'il parlait sous l'eau.

« Votre père viendra vous chercher dès que possible, mademoiselle Boone. Jeudi. »

Aujourd'hui, elle porte son petit pull rouge et son gilet assorti, avec le collier de perles. Parfois, elle opte pour un tailleur-pantalon. Ces jours-là, il y a quelque chose dans ses yeux, un petit sourire secret. Pearl se sent audacieuse en tailleur-pantalon.

La sonnerie de la cloche la fait sursauter.

« Vous feriez mieux de retourner en classe, lui dit le proviseur. Rien de tel que les cours pour éviter de trop ressasser. »

Elle entend ses mots, mais ils lui paraissent de plus en plus lointains. Elle a l'impression d'être sous l'eau. Les cloisons du bureau se mettent à onduler, tandis que le vent se lève dans la tête de Pearl. À moins que ce ne soit le bruit des vagues se fracassant contre la paroi d'une grotte ?

Il lui semble que tout ça s'est passé un lundi, mais peut-être était-ce un mardi. Après coup, elle s'en voudra de ne pas en être complètement certaine.

Autour de Pearl, les filles cousent et raccommodent. Quand elles auront terminé le lycée, elles sont toutes censées devenir des femmes au foyer modèles.

Muriel glisse une main sous l'élastique de la jupe de Pearl, là où le ventre forme un petit bourrelet, et elle pince de toutes ses forces. Les yeux de Pearl s'embuent.

« Ne pleure pas, murmure Muriel. Tu vas t'attirer des ennuis. »

C'est un avertissement sincère. À Fairview, les pleurs sont considérés comme de la minauderie. Pearl sait que le comportement de Muriel à son égard n'a rien de personnel. Ce n'est que dans l'ordre des choses.

« Qu'est-ce qu'il te voulait, le proviseur ?

– Mon oncle est mort », répond Pearl.

La vérité est précieuse. Tout le monde ne mérite pas de l'entendre.

Muriel la laisse tranquille jusqu'à la fin du cours. Un oncle, c'est assez lointain. Tout le monde a un oncle. Muriel aurait été mal à l'aise si Pearl lui avait dit que sa mère avait été assassinée par un tueur en série et que son corps venait d'être retrouvé dans un baril en métal. Or les gens mal à l'aise ont tendance à être imprévisibles.

Cette nuit-là, Pearl essaie de penser au sommet de la montagne, à sa mère, elle attend sa voix, elle attend ses mains chaudes sur ses oreilles. Ce soir entre tous, c'est sûr, elle viendra. *Dis-moi que tout va bien, maman*, songe-t-elle. *Dis-moi que tout va bien et que je n'y penserai plus demain.*

Mais sa mère ne vient pas.

Beaucoup de souvenirs ont disparu, pour Pearl.

L'enterrement, les semaines qui ont suivi, le retour à l'internat… Ces souvenirs ne sont pas flous, ils ne sont pas refoulés, ils ont simplement disparu.

En réalité, c'est un trou noir de plusieurs mois. Un trou noir qui prend fin le jour de l'arrivée de la nouvelle.

En se rendant en cours d'histoire, Pearl sent déjà qu'il y a quelque chose de différent. Une tiédeur dans l'air. Une certaine lumière. Quelqu'un est assis à la place à côté de la sienne, sur la chaise qui est toujours vide. Une fille avec un visage rond et enfantin, de grands yeux innocents et des cheveux d'un roux éclatant.

Pearl la reconnaît tout de suite. Elle a vu son portrait dans le journal. Et elle sent tout se reconfigurer : la salle de classe, ses organes, le monde.

« Bonjour », dit Harper.

Elle, par contre, ne sait pas qui est Pearl, puisque sa photo n'a jamais été publiée nulle part.

Quand on part en vacances aux mêmes endroits et qu'on scolarise ses enfants dans le même genre d'établissements, il ne faut pas s'étonner que, tôt ou tard, ceux-ci finissent par se rencontrer. Et donc, Pearl rencontre la fille grâce à qui le corps de sa mère a été retrouvé.

Harper a l'air nerveuse. Elle tripote entre ses doigts sa broche avec les armoiries de Fairview.

Pearl ouvre la bouche. Elle ne sait pas encore ce qu'elle va dire, mais Muriel ne lui laisse pas le temps de répondre.

« T'occupe pas de Ouin-Ouin, lance celle-ci à la nouvelle. Son oncle est mort il y a des mois et elle s'en est toujours pas remise. Moi, c'est Muriel.

– Harper, répond la nouvelle.

– Attends, laisse-moi t'aider à mettre ta broche », propose Muriel en tendant la main.

Pearl voudrait prévenir la nouvelle, mais c'est déjà trop tard. La pointe de l'épingle s'enfonce dans le pouce de Harper. Ses lèvres s'entrouvrent, mais aucun son ne s'échappe de sa bouche.

Satisfaite, Muriel hoche la tête avant de se retourner vers le tableau. Le cours d'histoire commence.

La nouvelle retire la broche plantée dans son pouce. L'extrémité de l'épingle argentée est désormais écarlate. Harper doit sentir le regard de Pearl posé sur elle, car elle se retourne. Puis, sans la quitter des yeux, elle glisse la tige en métal entre ses lèvres, aspire le sang et la ressort, parfaitement nettoyée. Enfin, elle accroche la broche au revers de son blazer.

« Beurk ! murmure Pearl, fascinée. Tu as bu ton propre sang ! »

Harper vérifie que le professeur est concentré sur son tableau avant de se pencher vers Pearl.

« Il ne faut pas laisser goutter son sang n'importe où, lui chuchote-t-elle à l'oreille. Chaque fois, c'est une partie de toi-même que tu abandonnes. Et sinon, c'est qui, la grande asperge ?

– Muriel », répond Pearl, euphorique.

Muriel a fait mal à Harper, mais Harper s'en fiche : elle a trouvé un moyen de conserver son pouvoir. Pearl sent qu'en présence de cette fille elle peut à nouveau respirer.

« Tu veux aller te balader avec moi, après les cours ? » propose-t-elle.

Les battements s'accélèrent, jusqu'à ce que la nouvelle acquiesce.

La pluie qui tombe en rideaux gris se fracasse sur les gradins métalliques dans un bruit d'applaudissements. Une araignée grimpe sur un fil à peine visible. Elle est chez elle, ici. Les petites humaines n'ont rien à faire là. Mais ce n'est pas grave, cela fait bien longtemps que Pearl n'a plus l'impression d'être humaine. Harper sort une bouteille de son sac et la lui tend.

En avalant le liquide qui lui brûle la gorge, Pearl se sent vivante.

« Qu'est-ce qui t'arrive ? s'enquiert Harper. Est-ce que tu es triste à cause de ton oncle ?

– Il faut que je te dise quelque chose. »

Et elle se lance. Harper écarquille les yeux et finit par mettre sa tête entre ses mains, comme si cette histoire qu'elle entendait remplissait peu à peu son crâne de plomb.

« La vache », souffle-t-elle enfin.

Et elle effleure l'épaule de Pearl. Pearl se demande comment cette fille a pu deviner qu'elle avait besoin qu'on la touche, mais qu'une étreinte l'aurait étouffée.

« À l'avenir, dit Harper, si tu veux qu'on te fiche la paix, tu n'as qu'à dire que ton chien est mort. Ça marche très bien. »

La magie. Harper en a découvert l'existence dans un livre qu'on lui a offert quand elle était petite. Un livre pour enfants, donc. Sur la couverture, il y a un chaudron pas très bien dessiné autour duquel s'affaire une femme avec des cheveux longs flottant dans le vent, et qui tient à la main une espèce de bâton. Au fil des pages, il est beaucoup question d'équilibre, de la terre, de Gaïa… Plein de choses dont Harper se fiche éperdument. Elle, ce qui l'intéresse, c'est la vraie magie. Celle qui fait tomber les gens amoureux, qui fait pourrir leur chair ou qui change la couleur de leurs yeux.

Or il n'y a pas grand-chose sur le sujet, dans ce livre. Pearl et Harper le laissent vite tomber.

Elles découvrent que la sorcellerie est quelque chose qui s'improvise, que les sorts n'existent pas et que rien ne fonctionne jamais deux fois. Elles savent qu'elles ont réussi quand le monde vire au bleu, que les sons disparaissent et qu'il ne reste plus qu'elles deux et ce sur quoi elles sont concentrées. Une page de cahier ensanglantée, un morceau d'écorce dans lequel elles ont murmuré un souhait. Du sang mélangé à de la boue récupérée sous les crampons d'une fille qu'elles n'aiment pas, afin qu'elle ait ses règles devant tout le monde en plein match de foot. Des noms inscrits sur un papier avec une date, afin que quelque chose de grave arrive à cette personne à ce moment-là. Elles ne précisent pas quoi. C'est à l'univers de choisir.

La mâchoire serrée, Pearl soulève délicatement une fine mèche de cheveux de Muriel. Dans le noir, on n'entend que la respiration régulière des filles endormies.

En se refermant, les ciseaux émettent un petit crissement qui paraît assourdissant dans l'obscurité. Mais Muriel ne se réveille pas.

Harper prend Pearl par la main et l'entraîne sans bruit à travers le dortoir. Les deux amies flottent comme des fantômes entre les lits. À un moment, quelqu'un se retourne en poussant un grognement. Harper et Pearl s'immobilisent, paralysées par la peur, deux statues aux mains jointes. Mais le silence retombe. Pearl ne s'est jamais sentie aussi puissante. Elle a conscience qu'elle pourrait faire absolument ce qu'elle veut à toutes ces filles sans défense. À leur cou, à leurs oreilles, à leurs yeux si vulnérables…

Pearl et Harper se coulent par la fenêtre mal fermée du rez-de-chaussée – le jour de son arrivée, Harper a remarqué que la crémone ne rentrait pas complètement dans son logement. Pearl n'aurait jamais pensé à vérifier ce genre de détail.

« Des années d'expérience, dit Harper d'un ton joyeux. C'est aussi ça, la magie : savoir quoi chercher ! »

L'air de la nuit caresse leurs visages et elles se mettent à courir à perdre haleine sous la pluie, jusqu'à leur endroit secret sous les gradins. Là où, pensent-elles, personne ne pourra voir la petite flamme.

Et donc, par une nuit de pleine lune (des nuages la cachent, mais elle est sûrement pleine), elles brûlent les cheveux dans un bol en argent (un couvercle de poubelle) en demandant que Muriel soit exclue du lycée.

Muriel n'est pas exclue mais, le lendemain, elle a une mèche plus courte que les autres qu'elle n'arrête pas de toucher, visiblement interloquée.

Harper est amie avec l'homme qui travaille à la station-service située à un peu plus d'un kilomètre. Presque tous les jours, elle s'y rend à pied. Les promenades sont autorisées ; à Fairview, on considère que la marche est bénéfique pour la santé des jeunes filles. Ce n'est que plus tard que Pearl se demandera quel genre d'amitié peut exister entre une fille de dix-sept ans et un homme d'au moins deux fois son âge. Quand Harper revient de sa promenade, elle a toujours une haleine un peu douceâtre.

Parfois, Pearl surprend Harper en train d'effectuer ses propres rituels magiques. Elle se penche sur une fleur, regarde un oiseau ou lève les yeux vers les nuages, et elle murmure : « Dis-lui que je pense à elle. » Pearl sait à qui

Harper s'adresse. Nathaniel Pelletier, lui, est mort avant de le découvrir.

C'est triste, mais c'est aussi ce qu'il y avait de plus raisonnable à faire, estime Pearl. Qui aurait laissé une adolescente poursuivre cette grossesse jusqu'à son terme ?

« Est-ce que tu crois qu'il m'en veut de ne pas l'avoir gardée ? lui demande parfois Harper en la fixant avec des yeux écarquillés. Est-ce que tu penses qu'il sait, maintenant ? Est-ce que tu penses qu'il est avec elle ? »

Pearl frissonne en imaginant Nathaniel Pelletier les observer depuis les cieux, un bébé fantôme en pleurs dans les bras.

« Je commençais à aller mieux avant que tout ça arrive, confie Harper. Maintenant, c'est trop tard. Je me suis trop enfoncée dans les ténèbres. »

Elle ramasse un papillon de nuit tout mouillé et le pose délicatement sur une poutre abritée de la pluie afin que ses ailes puissent sécher.

« Ce n'est pas trop tard ! réagit Pearl. On a des projets. »

Et elle serre la main de Harper. Parce que c'est vrai, elles ont des projets. Elles vont toutes les deux devenir célèbres : des artistes adulées, des peintres reconnues, des autrices à succès... Elles préparent des philtres dans ce but avec de la mousse et des ossements d'oiseaux, et en se brûlant les poils des bras.

« La réussite, murmure Harper.

– La réussite, répète Pearl. On pourra faire ce qu'on voudra.

– Dans ce cas, moi, je serai une star du cinéma comme Grace Kelly, dit Harper en battant des cils. Je serai tout en haut de l'affiche. Contrairement à moi, ce n'était pas une ratée. »

Elle soupire, avant d'ajouter :

« Je l'aime tellement.

– C'est bizarre, les films, pourtant », observe Pearl.

Peu de temps avant, elles ont partagé une pilule jaune qu'elles ont trouvée dans un sachet en fouillant le sac de Muriel. L'effet commence à se faire sentir.

« On dirait des pièges qui capturent des moments dans le temps », reprend Pearl.

Autour d'elle, l'univers frémit de manière agréable.

« On peut faire un piège à partir de n'importe quoi, réplique Harper. Un tableau, un mot. »

Sa tête bascule vers l'avant.

« On peut envoyer une âme dans une étoile, l'emprisonner dans une tête d'épingle, poursuit-elle, peinant à articuler certains mots. Tout peut faire office de prison. »

Pearl acquiesce. Elle comprend parfaitement ce que veut dire Harper. Les prisons sont partout, si on y prête attention. Sur le terrain de hockey plongé dans la pénombre, un petit animal furète. Les dernières gouttes de pluie sont des aiguilles à tricoter qui transpercent la nuit.

« D'où ça vient, la magie ? murmure Pearl, alors que tout autour d'elle a pris une teinte bleutée.

– De partout », répond Harper, la voix triste.

Elles manquent de se faire attraper en rentrant au dortoir. Pearl doit aider Harper à franchir la fenêtre. Harper a perdu le contrôle de ses membres, et elle est furieuse. Elle donne à Pearl un coup qui lui laisse une marque rouge sur le visage. Pearl l'accompagne aux toilettes. Elles arrivent juste à temps : Harper vomit mais, après ça, elle finit par aller se coucher, docile. Pearl nettoie les toilettes. Le carrelage est marbré de rouge et l'odeur, omniprésente, s'accroche à ses cheveux. Elle parvient à terminer avant que retentisse la sonnerie du matin.

Le lendemain, Harper passe la journée au lit et écope d'une punition. Fini les promenades jusqu'à la station-service. Comme Pearl a éliminé toutes les preuves, Harper s'en tire à bon compte. On peut facilement se faire renvoyer pour ce genre de choses. Pearl s'inquiète pour son amie, qui est arrivée en cours d'année et qui a beaucoup de mal à combler son retard.

Harper s'excuse mille fois auprès de Pearl.

« Je suis tellement désolée, n'arrête-t-elle pas de répéter. Je te promets que ça n'arrivera plus.

– Ce n'est rien, souffle Pearl en lui caressant les cheveux. Ce n'est rien.

– Je veux me faire pardonner. Dis-moi ce que je peux faire, et je le ferai.

– Dans ce cas, je voudrais que tu me parles de la grotte », répond Pearl.

Elle sent Harper se raidir entre ses bras.

« Je ne peux pas, murmure Harper. Je t'en prie. Pas ça.

– C'est la seule chose que je veux. »

Pearl découvre alors au plus profond d'elle-même un endroit dur et froid dont elle ignorait l'existence.

Harper et Pearl sont assises sous les gradins. Les araignées sont plus nombreuses, c'est leur saison – elles pendent au bout de leurs fils, telles des bombes prêtes à tomber. Pearl se rassure en se disant que Harper et elle sont des sorcières et que les araignées sont donc leurs amies. Sur le terrain, les joueuses de l'équipe de lacrosse glissent dans la boue et pataugent au milieu des flaques. Il semble pleuvoir en continu, à Fairview.

« À quoi ça ressemble ? s'enquiert Pearl. Qu'est-ce que ça sent, à l'intérieur ? »

Harper prend le temps de rassembler ses souvenirs, et Pearl l'aime de se montrer aussi consciencieuse, même si elle sait bien qu'elle ne lui a pas vraiment laissé le choix.

« La grotte se trouve derrière un gros rocher qui ressemble à un obélisque, explique Harper. Il y a un passage étroit qui mène à l'entrée. À l'intérieur, l'eau se reflète sur le plafond, c'est plutôt joli. À marée basse, on peut s'asseoir au sec. Parfois, j'y allais, juste pour réfléchir. Avec... Nat. Ça sentait un peu comme une boîte de conserve, mais propre, tu vois ? Pas désagréable. Et à marée haute, ça devient un véritable lac souterrain.

– Est-ce que Nathaniel te manque encore ? »

Pearl remarque alors à ses pieds un lombric rosâtre qui se tortille. Une fille normale sursauterait ou afficherait une mine de dégoût. C'est aussi pour cela que Harper et elle aiment tant venir ici : sous ces gradins, elles n'ont pas besoin de faire semblant d'être normales.

« Il me manque, acquiesce Harper en observant le ver. Mais j'ai peur de mes souvenirs. Ils sont terrifiants. »

Pearl a la nausée et, devant le visage blême de son amie, elle devine qu'elle n'est pas la seule et que, chaque fois que Harper doit revivre cet épisode traumatisant, cela lui coûte énormément. Mais tant pis, Pearl a besoin de savoir.

« Parle-moi de l'autre garçon, insiste-t-elle.

– Wilder. Il s'est mis à nous coller aux basques un peu du jour au lendemain et on l'a laissé faire. C'était un gentil garçon, mais un peu bizarre. De gros yeux d'insecte. Gris ou bleus, il me semble, je ne me souviens plus très bien. Très pâles, en tout cas. À la fois vides et remplis de beaucoup trop de choses. Ce type dégageait une espèce de désir constant. Désir de quoi, je ne saurais pas te dire, d'ailleurs je pense que même lui ne savait pas, mais c'était puissant, et assez effrayant. »

Harper frémit.

« Si j'avais dû deviner qui était responsable des… de ce qui s'est passé, je n'aurais pas soupçonné Nat, ajoute-t-elle. J'aurais plutôt parié sur Wilder. »

Pearl hoche la tête. Ce Wilder est un point lumineux en périphérie de son champ de vision – une lueur qui s'éteint dès qu'on la regarde.

« Raconte-moi ce qui s'est passé le dernier jour, dans la grotte.

– Pearl, gémit Harper. Je ne veux pas. S'il te plaît, on peut arrêter ? »

Pearl sort une bouteille de soda de la poche de son manteau. Hier, elle s'est rendue à pied à la station-service et elle a eu une discussion avec l'homme qui y travaille.

« Tiens », dit-elle en tendant la bouteille à Harper.

Harper s'en saisit, et Pearl déteste ce qu'elle entraperçoit dans le regard de son amie : l'espace d'un instant, Harper n'était plus une vraie personne.

« Vous êtes partis par un temps à dieux, l'encourage Pearl.

– On a récupéré Wilder juste après le lever du soleil. »

Harper n'a plus la voix qui tremble. Elle agrippe fermement la bouteille de soda.

Pearl sait qu'en obtenant suffisamment de détails, qu'en rassemblant toutes les pièces du puzzle, elle comprendra enfin, et elle sera guérie. Elle entendra à nouveau la voix de sa mère dans sa tête, comme avant. Quand elle croyait que celle-ci s'était perdue en mer et qu'elle était morte noyée, et non entre les mains d'un homme qui lui avait fait subir des choses abominables avant de l'assassiner.

« Je veux le tuer, déclare Pearl une fois que Harper a terminé son récit.

– Je sais. »

Harper a deviné que Pearl faisait référence à Alton Pelletier.

« On n'a qu'à le faire, insiste Pearl. On peut utiliser le sang. »

Une vague brûlante d'excitation l'envahit. Le genre d'excitation qui risque de la dévorer, elle en a conscience. Ce n'est pas bon pour elle.

« Faire quoi ? demande Harper.

– Le tuer.

– Pearl…

– On se servira de la magie. Tu étais dans la grotte, tu as nagé au-dessus de son corps. Et moi, son sang coule dans mes veines. Nous sommes toutes liées, tu comprends ? »

Harper pose délicatement la main sur l'épaule de Pearl. Elle sait ce que Pearl voudrait dire, sans y parvenir. Les mots eux-mêmes sont puissants et, si elle les prononce, si elle les met au monde avec sa bouche, l'idée sera là et Pearl devra s'y confronter d'une manière ou d'une autre.

*Peut-être que si on le tue, elle reviendra.*

C'est impossible, bien sûr, et Pearl n'est pas en mesure de faire face à cette impossibilité. Alors elle ne dit rien.

Au moment de quitter leur cachette sous les gradins, Pearl écrase le lombric sous son talon. *Comme ça, il n'a pas à souffrir*, se raisonne-t-elle en silence.

Les jours suivants, Pearl ne peut pas s'empêcher d'observer la peau pâle de Harper, d'imaginer le sang qui coule dessous, et d'imaginer le sang qui coule sous sa propre peau.

Elle sait que c'est absurde, que ce n'est qu'un jeu, un moyen de se prémunir contre le chagrin et la peur. Évidemment. Mais d'un autre côté, elle sait que c'est plus compliqué que ça.

Harper se coupe avec un scalpel en disséquant une grenouille. Avant de sortir du cours de biologie, elle jette le pansement à la poubelle. Pearl regarde le pansement ensanglanté et imagine tout de suite le sort qu'elle pourrait inventer avec, le lien qu'elle pourrait établir avec sa mère.

Elle lève la tête. Harper est en train de l'observer et elle a compris l'idée de Pearl. Depuis le temps, elle commence à savoir comment fonctionne son amie. Les gens trouvent souvent que Harper parle trop, mais Pearl sait pourquoi elle agit ainsi. Si Harper est incapable d'endiguer le flot de mots qui sort de sa bouche, c'est parce qu'elle remarque beaucoup de choses et que, parfois, c'est trop pour elle, toutes ces choses qu'elle voit. Alors elle se noie dans les paroles ou dans le vin de la station-service.

Pearl songe que si les sorcières existaient vraiment, Harper en serait une.

« Ne fais pas ça, Pearl, dit Harper. Laisse tomber. »

« On sort, cette nuit ? » propose Pearl.

Le couloir qui mène au laboratoire de chimie empeste la boue et le cuir mouillé.

« On pourrait essayer de récupérer un ongle de pied de Muriel, ajoute-t-elle. Je suis sûre que je peux y arriver sans la réveiller.

– Pas ce soir, Pearl.

– Je suis allée faire un tour à la station-service, hier.

– Non ! » s'exclame Harper.

Elle a presque crié et plusieurs filles se sont retournées. Elle reprend, plus doucement :

« Ni ce soir, ni plus jamais. »

Pearl se met à trembler.

« Décris-moi la grotte, Harper.

– Je suis sérieuse. »

Pearl dévisage Harper, abasourdie. Le bruit des vagues engloutit presque la voix de son amie.

« Je ne veux plus faire ça, ajoute Harper. Ce n'est pas bon pour toi, et ce n'est pas bon pour moi.

– Mais j'en ai besoin, plaide Pearl. J'ai besoin que tu me dises…

– Il est temps qu'on passe toutes les deux à autre chose. »

Pearl la griffe au visage et Harper lui attrape fermement le poignet.

« Je suis désolée », dit-elle, et elle a l'air sincère.

Pearl hausse les épaules.

« Tu as raison, cède-t-elle. C'est moi qui suis désolée. Je ne sais pas ce qui m'a pris. »

Elles tombent dans les bras l'une de l'autre. Pearl aussi commence à bien connaître Harper. Elle sait donc que, si elle veut cacher ses sentiments à Harper, elle doit les enfouir au plus profond d'elle-même.

Une fois ou deux, en pleine nuit, alors que Pearl était penchée au-dessus de Harper, il lui a semblé que celle-ci se réveillait. Pearl s'est immobilisée et a retenu sa respiration jusqu'à ce que Harper se retourne et se rendorme. Mais désormais, elle se demande si Harper ne faisait pas semblant.

Personne ne sait qui a prévenu le proviseur mais, pendant la fouille, on retrouve une bouteille de vin sous l'oreiller de Harper.

Harper reste plantée à côté du matelas quelques instants, à regarder la bouteille. Puis elle se tourne vers Pearl, et il n'y a aucune colère dans son sourire. Que de la tristesse.

Les parents de Harper viennent la chercher dès le lendemain. Personne n'a le droit de lui dire au revoir. Par une fenêtre de l'étage, Pearl regarde Harper monter dans la voiture. De là-haut, elle lui paraît plus petite que d'habitude. Plus pâle, également. Pearl s'inquiète de ce que va devenir Harper. Où ira-t-elle ? Que deviendra-t-elle ?

Elle sort la poupée de sa poche. Celle-ci est constituée principalement de cheveux tressés, d'un brun terne. Mais les quelques cheveux roux qui proviennent de Harper lui confèrent des reflets cuivrés. Pearl les a récupérés patiemment, un par un, au fil de plusieurs nuits. C'est ce qu'elles ont fait à Muriel qui lui en a donné l'idée.

Le petit visage sans traits la regarde. La poupée semble absorber toute la lumière du jour, tache sombre au soleil. Il y a une fine traînée brune en travers de sa figure, là où Pearl s'est essuyé les ongles après avoir griffé Harper jusqu'au sang.

Pearl se demande si elle a vraiment cru à un moment qu'elle pourrait tuer un homme et ramener sa mère d'entre les morts au moyen d'une poupée de cheveux. Désormais, elle ne sait plus ce qu'elle croit. La panique l'envahit. Qui est-elle, sans Harper ? Elle est seule, toute seule. Absolument seule.

Elle ferme les yeux et s'efforce de respirer profondément. *Tout va bien*, se dit-elle. *Tout va bien, je n'y penserai plus demain.*

Lorsqu'elle rouvre les yeux, elle sait ce qu'elle va faire. Peut-être qu'elle l'a toujours su. Cela risque de prendre du temps. Des années, probablement. Mais elle arrivera à ses fins.

## Wilder, dernier jour

Rebecca émet une espèce de vrombissement, avant de s'éloigner vers un coin sombre et de disparaître. J'ai arrêté de la modifier, dans le manuscrit. Au début, ça m'amusait, et puis j'ai fini par ne plus trouver ça drôle. C'était cruel, en fait. Je m'en rends compte, à présent.

Elle continue de se décomposer. Des lambeaux de chair molle se détachent de son visage et flottent autour d'elle dans l'océan invisible. J'ai bien fait de lui donner une histoire. Je lui ai rendu justice, d'une certaine façon. J'ai trouvé des explications à toutes les choses que je suis en train de traverser. J'ai un petit rire amusé, parce que l'intrigue de *Skye* est beaucoup plus sensée que ce qui m'arrive dans la vraie vie.

J'ai relu *Skye* au lever du jour. C'est plus une longue nouvelle qu'un roman. Par contre, je ne sais pas si c'est un bon texte ou pas. C'est un texte. Il y a certains passages que je ne me souviens pas d'avoir écrits.

Et maintenant, il est temps de mettre un point final à mon histoire.

Je range ma machine à écrire dans sa boîte. Je pose le manuscrit de *Skye* à côté, accompagné d'un mot assez succinct. Pas d'explications, seulement des instructions. J'ai invité Harper pour le déjeuner.

Elle trouvera le mot. Je m'en veux de lui faire ce sale coup, mais il n'y a personne d'autre.

Donc Sky a trouvé un moyen de m'emprisonner dans le livre. Désormais, je l'ai bien compris. J'ai aperçu Helen dans les rues de Castine. Rebecca me suit partout depuis des jours. Anton m'a rendu visite. Skandar vient régulièrement me caresser la poitrine la nuit. Et Nate a glissé les Polaroid sous ma porte d'entrée.

Tous les personnages du *Rôdeur de la côte* sont rassemblés autour de moi. Un seul manque à l'appel : où est Wiley ? Il n'y a pas de Wiley, parce que je suis Wiley. Je suis dans le livre.

Ils ont prévu de la neige dans la journée, alors j'enfile un manteau, avant de me raviser. C'est un joli manteau qu'Emily m'a offert. Je ne veux pas l'abîmer. Peut-être que quelqu'un voudra le récupérer.

Je suis le chemin qui mène à la prairie. Partout, des fleurs des champs ondoient dans l'air tiède. Sur les branches, les oiseaux chantent. Le printemps s'est installé sans que je m'en aperçoive. Mais ça ne colle pas, c'est beaucoup trop tôt. En plus, il s'agit d'oiseaux d'été : des mésanges, des coucous, des chardonnerets… L'herbe est parsemée de graminées, avec çà et là des marguerites blanches et jaunes. Les hêtres du bosquet sont couverts de feuilles. À leurs pieds, des tapis de violettes.

Ce n'est pas le printemps, mais l'été. Un été tout de bleu et d'or. Je me trouve dans la prairie du *Rôdeur de la côte*. En contrebas, la baie a une forme différente, la plage est plus étendue. Des phoques se prélassent sur un rocher plat. Ce n'est pas Whistler Bay, mais Mirror Bay.

Sous mon bras, le manuscrit de Sky.

Rebecca me suit, sa robe bleue flottant au-dessus de l'herbe grasse. À la lumière du soleil, la vision de sa peau en décomposition et de ses yeux blancs comme des perles est insoutenable. Peut-être que je peux lui accorder la paix qu'elle mérite. En tout cas, je vais tout faire pour. Parce que, même si elle n'est peut-être pas réelle, elle est à l'évidence capable de ressentir la douleur. Y a-t-il dans ce constat un sens caché sur la vie ? Peut-être. Je ne sais pas.

Devant moi, Nate marche. Les hautes herbes frottent ses longues jambes fines et bronzées. Son short en jean est tellement élimé qu'on aperçoit son caleçon par transparence. D'une main, il caresse l'inflorescence des graminées qui bordent le chemin.

Je me penche pour sentir l'humus tiède. Une marguerite ploie au contact de mes doigts. Je m'aperçois alors que quelque chose ne va pas avec mes mains : elles sont lisses – les petites touffes de poils hideuses qui ornaient mes phalanges et dont j'ai remarqué l'apparition subite le jour de mes quarante-cinq ans ont complètement disparu. Plus de taches de vieillesse non plus. Quant à mes ongles, ils sont désormais tout roses. Tout jeunes.

J'effleure mon visage, puis mon ventre. Je suis plus fin, mes muscles sont plus fermes, ma peau plus douce. Mes cheveux ont retrouvé leur épaisseur d'antan, la mèche qui me tombe devant les yeux est à nouveau d'un noir de jais.

Devant moi, au loin, les branches des arbres se balancent doucement dans la brise. Un pigeon pousse un cri, un coucou lui répond. Il fait doux, si doux que j'ai envie de m'allonger au soleil et de m'endormir. D'une certaine manière, c'est ce que j'ai prévu de faire.

La lumière qui filtre à travers les hêtres a une apparence étrange, presque verte. Je commence par dégager une zone dans l'herbe pour y rassembler du petit bois. J'ai apporté de l'essence à briquet et, bientôt, le feu crépite joyeusement. Je pose le manuscrit du *Rôdeur de la côte* au milieu des flammes. Les pages noircissent, se tordent avant de s'embraser d'un coup.

Nate, Skandar, Anton et Helen forment un cercle autour de moi. Leurs yeux sont des orbites vides. Rebecca flotte à proximité, la bouche grande ouverte. Malgré son silence, je sais qu'elle est en train de pousser un hurlement.

« Je suis désolé, je murmure. C'est bientôt fini. »

Sa mâchoire s'écarte de plus en plus, sa bouche est désormais un immense trou noir, une porte ouverte. Quand je regarde à l'intérieur, je constate qu'il y a une petite scène éclairée : une famille qui pique-nique sur la plage. Une mère, un père, une petite fille.

« Est-ce que vous les avez mangés ? je lui demande. Je vous en prie, ne me mangez pas. »

Ses mains en lambeaux s'approchent de mon cou. Ses yeux blancs me fixent.

Le livre a presque fini de se consumer. Je m'approche, donne un coup de pied dans le foyer rougeoyant, et ce qui reste des pages se désintègre. Instantanément, les fantômes du livre explosent en une pluie de petits brandons incandescents. Il flotte une odeur étrange, comme si on avait fait cuire de la viande avariée. Rebecca est la dernière à partir. Tandis qu'elle brûle, ses cheveux deviennent blonds et bouclés. Elle semble rapetisser, s'affiner, devenir plus musclée. Elle a fini par se révéler telle qu'elle était. J'ai du mal à distinguer son expression juste avant qu'elle disparaisse, mais j'espère que c'est du soulagement.

Bientôt, le manuscrit n'est plus qu'un tourbillon de cendres porté par le vent. Je cueille une poignée de tulipes sauvages en l'honneur de Rebecca et dépose mon maigre bouquet sur le foyer fumant. Dans l'herbe, un coquelicot rouge vif me salue. Au-dessus de ma tête, un écureuil saute de branche en branche. La vie est partout.

Mais je sais qu'une autre plante pousse par ici. Malgré ma vue déclinante, je n'ai aucun mal à la trouver – c'est à croire qu'elle m'attendait. Une longue tige verte, de minuscules fleurs blanches regroupées en ombelles. J'entreprends de me servir de la manche de ma chemise comme gant pour arracher la racine, avant de me raviser. À quoi bon ?

Ce sera une fin appropriée. L'histoire est terminée, j'ai brûlé le passé. Il n'y a plus rien pour moi. Je suis un raté vieillissant. Bientôt, je serai aveugle.

Malgré tout, j'ai un moment d'hésitation.

Le week-end où Emily était dans les Hamptons, je suis allé sur le satelli-Web pour me trouver – comment dit-on, aujourd'hui ? – un « *date* ». J'ai attendu, et attendu, mais l'homme avec qui j'avais rendez-vous n'est jamais venu. Hélas, Emily est rentrée plus tôt que prévu, et je n'étais pas à la maison, contrairement à ce que je lui avais assuré.

Emily me connaît très bien – je pense qu'elle a toujours su. Le pire, c'est qu'elle m'aurait sûrement écouté, si je lui avais tout raconté. Si je lui avais parlé de Sky, de mes désirs, et de toutes ces choses qui flottent dans notre obscurité, comme des lanternes lumineuses au-dessus de l'eau… Mais il est trop tard, à présent. Beaucoup trop tard.

J'arrache la grande ciguë d'une main ferme. La tige, spongieuse, cède aussitôt, et la sève collante se répand sur mes doigts. La racine ressemble à des doigts boudinés et tordus. C'est assez terrifiant. Je ne prends pas la peine de secouer la terre qui les recouvre. À quoi bon, là encore ? Je ferme les yeux et je mords. Le goût est surprenant, pour du poison. Prononcé, mais très frais, pas du tout âcre.

J'attends. Le soleil s'élève au-dessus de la mer. Toujours rien. Je croque une seconde racine, mâchonne furieusement en m'efforçant de ne pas vomir à cause de la terre. Mes soupçons se transforment en certitude. Je me mets à rire, la bouche pleine de carotte sauvage.

Je recrache ma bouchée et me lève. Apparemment, ce n'est pas à cela que ressemble ma fin.

Un bruit dans le vent. Je tourne la tête.

« Est-ce que vous êtes encore là ? je murmure. Rebecca ? »

Non, elle a brûlé, il n'y a que la brise.

*À l'aide,* dit la voix.

« Qu'est-ce que vous me voulez ? je crie.

– À l'aide, insiste la voix. Par ici, vite. »

Très lentement, je me retourne. C'est impossible. Et pourtant. La falaise m'appelle, et plus précisément le trou où Nat entreposait ses bières. Je m'approche.

« Vous n'êtes pas réelle, je souffle. Ce n'est pas vous qui me parlez.

– S'il te plaît, donne-moi la main, me répond le trou. Je t'en prie. »

Je n'en ai aucune envie, mais je m'exécute afin de me prouver que j'ai raison et que tout cela n'est encore qu'une sorte de rêve. Peut-être que le fantôme de Nat m'a laissé une bière, je songe, et cette réflexion me donne envie d'éclater de rire. Ma main fouille le trou à la recherche d'une forme cylindrique de goulot.

« J'ai si mal, gémit la falaise.

– Nat ? »

Mais ce n'est pas sa voix. La pénombre remonte le long de mon bras comme de l'encre. Je me souviens de cette sensation, de cette image d'une bouche sur le point de se refermer sur moi. Je m'enfonce toujours plus profondément dans la pierre, dans la terre. Je pense aux serpents, aux araignées, aux rats et à toutes les créatures qui vivent dans des trous. La mâchoire serrée, je me prépare à sentir le contact d'une fourrure ou d'une peau pleine d'écailles, mais il n'y a que la roche sous mes doigts.

Peut-être que la ciguë a fonctionné, après tout. Peut-être que je suis mort. Comment le saurais-je ? Je suis enterré dans la falaise jusqu'à l'épaule.

Une main se referme sur la mienne. Des doigts qui me serrent comme un étau. La terre a des mains. Je crie, je me débats.

*À l'aide*, supplie Rebecca depuis les profondeurs.

Malgré la peur qui m'étreint, je me force à regarder dans le trou.

Des doigts maculés de terre et de sang qui s'accrochent aux miens. Des ongles noircis. Et, plus loin dans la pénombre, un éclat lumineux. Un œil qui cligne. Je suis bien dans un rêve. La prairie m'observe de ses yeux scintillants.

C'en est trop. Je pousse un hurlement, un bruit sauvage qui vient du plus profond de mon être et qui emplit tout l'air autour de moi.

« Tu m'as retrouvé », dit la voix, et ce n'est pas celle de Rebecca.

Ce n'est même pas une femme. Je me fige, à bout de forces.

« Sky ? »

Les hallucinations sont toujours uniquement visuelles, je me répète. Il n'est pas censé y avoir de son.

C'est donc officiel. Je suis devenu fou.

« Wilder ? Oh, Wilder, c'est bien toi… »

Il faut toute une journée à l'équipe de sauveteurs armés de pioches et de marteaux-piqueurs pour élargir le trou dans la falaise et en extraire Sky. Il est tellement maigre que j'ai du mal à le reconnaître. Sa main gauche est enveloppée dans un morceau de tissu boueux. Il n'arrête pas de trembler et de tirer la langue, comme s'il cherchait encore à laper les gouttes d'eau qui ruissellent le long des parois de la grotte.

La cachette de Nat se prolonge très loin dans les entrailles de la colline. Tout en bas, il y a une grotte avec une entrée sous-marine étroite qu'un éboulement a bouchée. Dans cette grotte, il y a un baril métallique rouillé. Elle a enfin été retrouvée – la dernière disparue.

Grâce à ses empreintes digitales, la police parvient à l'identifier. Il s'agit d'Arlene Pelletier, la mère de Nat. Elle n'a jamais quitté Whistler Bay, finalement.

« J'ai continué à avancer vers la lumière », me confie Sky.

Seuls le ronronnement de machines dont j'ignore l'utilité et un *bip-bip* ténu viennent perturber le silence de la chambre. Derrière la porte, les bruits étouffés d'un hôpital, la nuit.

Les premiers jours, Sky était incapable de se nourrir par lui-même, mais on lui a retiré sa sonde nasogastrique hier et il a désormais le droit de manger de la compote. Les gémissements de plaisir qu'il pousse en léchant le petit pot en plastique ont quelque chose d'obscène.

« Vous voulez que je vous laisse un peu d'intimité, ta compote et toi ? je demande.

– Non, répond-il, l'air terrifié. Je t'en prie, ne m'abandonne pas. »

Je m'en veux de ma plaisanterie. Son visage est toujours très blanc, presque aussi blanc que le pansement autour de son moignon. Les médecins n'ont pas réussi à sauver sa main. Enfin, ce qu'il en restait.

« C'était pour rire, Sky, je suis désolé. »

Je touche son autre main et ajoute :

« Et tu n'es pas obligé de me parler de tout ça, si tu n'as pas envie.

– J'en ai envie, Wilder. C'est merveilleux d'avoir quelqu'un à qui parler. De t'avoir ici. »

Il pousse un nouveau gémissement de plaisir et glisse sa langue dans la compote.

« Pratiquement trois semaines avec rien d'autre à manger que des crabes, reprend-il. Tu as déjà mangé un crabe vivant, Wilder ? Avec sa carapace et tout ? C'est immonde. »

Sa voix est toujours rauque. Il a passé des journées entières à hurler, à appeler à l'aide.

« Mais, tout en haut de l'éboulis, je pouvais voir ce carré de lumière. Chaque jour, j'essayais de progresser un petit peu vers lui. Parfois, je n'arrivais à avancer que de quelques centimètres. J'en suis arrivé au point où je croyais que ce petit morceau de ciel était une hallucination. Mais, la nuit, je voyais les étoiles, alors je me disais *Tu ne peux pas imaginer à la fois le jour et la nuit.* Je ne sais pas pourquoi j'en étais aussi convaincu – ça ne répond à aucune logique, si on y réfléchit. Mais quand on est coincé dans le noir, on est obligé d'avoir des certitudes et de se focaliser dessus. »

Il est tombé sur cette grotte une nuit, alors qu'il était au mouillage dans Whistler Bay.

« Qu'est-ce que tu faisais là-bas à une heure pareille ? je demande. Qu'est-ce que tu faisais là-bas tout court, d'ailleurs ?

– Eh bien... »

Il a l'air penaud.

« Parfois, quand je suis dans le coin, j'en profite pour venir au cottage, la nuit. Si la maison est vide, je m'y introduis. Il y a une fenêtre qui ferme mal. Tu devrais la faire réparer, d'ailleurs.

– Merci pour l'info, je réplique sèchement. Et on peut savoir pourquoi tu fais ça ?

– Je... Je te laisse des messages, bredouille-t-il, soudain timide. Au cas où tu reviendrais un jour. Un mot ou deux, griffonnés sur des morceaux de papier que je cache un peu partout dans la maison.

– Entre deux lattes au fond d'un placard, par exemple ?

– Oui.

– Tu te rends compte que c'est quand même très malsain, comme attitude ? »

Il sourit.

« C'est vrai que, dit comme ça... Tu sais, j'ai traversé des moments difficiles, ces dernières années. J'ai beaucoup réfléchi à ce que j'aurais pu faire différemment. »

Il marque une pause.

« Pour tout t'avouer, je trouvais ça romantique. »

Nos regards se croisent. Je décide de ramener la conversation vers ce qui lui est arrivé.

« Et donc, tu étais au mouillage dans la crique...

– Oui, voilà. Je me suis rendu compte que mon ancre s'était coincée dans un rocher, alors j'ai été obligé de sauter à l'eau pour la récupérer, et c'est là que j'ai remarqué un petit trou noir, sous l'eau. L'entrée d'une grotte, juste sous la surface.

– Ça n'a pas de sens, je proteste. On l'aurait vue quand on était gosses, Nat, Harper et moi. On connaissait cette crique comme notre poche.

– Les marées ont beaucoup changé en trente-trois ans. Le niveau de la mer n'est plus le même... Mais bref, je suis entré à la nage et j'ai découvert un baril coincé dans les rochers. Malheureusement pour moi, quand j'ai essayé de le déloger, tout s'est écroulé. Un bruit assourdissant, j'ai bien cru que j'allais y rester. Quand le silence est revenu, j'ai été surpris de découvrir que j'étais encore en vie. Par la suite, il m'est arrivé de le regretter.

« J'avais reçu un gros caillou sur la tête. Quand j'ai repris connaissance, ma main était ensevelie jusqu'au poignet sous des rochers tranchants. Ça faisait tellement mal. Une brûlure insoutenable. Je ne voyais rien, mais j'ai vite compris que j'avais perdu un doigt. Je pouvais sentir l'odeur du sang.

« Quand la marée est remontée, je me suis retrouvé avec de l'eau jusqu'à la poitrine. Le lendemain, j'en ai eu jusqu'aux épaules. J'ai compris que si je restais là, je finirais noyé. Il fallait absolument que je me libère. J'avais un couteau à la ceinture. Je l'avais pris dans le bateau, au cas où j'aurais eu besoin de libérer l'ancre. »

Il s'arrête, déglutit.

« Il m'a quand même fallu trois jours pour me décider à la couper. Ma main.

« J'ai fabriqué un garrot avec ma ceinture et des morceaux de vêtements que j'avais réussi à arracher. Ça m'a pris beaucoup plus de temps que je n'avais anticipé. J'ai dû m'y reprendre à plusieurs fois pour couper. J'avais de moins en moins de force et je n'arrivais pas à scier l'os. »

Je réprime un haut-le-cœur.

« Comment as-tu… ?

– J'ai repensé au rêve que tu faisais tout le temps. À la fin, j'ai simplement… tiré, et la peau s'est détachée, comme un gant.

– Mon Dieu… »

*Déganté.*

« Ça m'a sauvé la vie, dit-il. Et c'était assez intéressant, d'une certaine manière, d'observer cette main complètement décharnée. Quand je l'ai enveloppée dans des lambeaux de chemise, je savais très bien que, quoi qu'il arrive, je ne la reverrais jamais. Je me demande si ce qu'il en reste est toujours là-dessous. Si ce sont les crabes qui me mangent, à présent.

– Comment peux-tu sourire ? »

Je frissonne en imaginant un gant de chair sanguinolent coincé entre deux rochers.

« Je souris parce que je suis heureux, répond-il, visiblement surpris. Je suis en vie alors que j'étais convaincu que j'allais mourir. Et tu es là. J'ai toujours espéré te revoir un jour. »

Il m'effleure la main.

« J'ai reconnu ta voix, Wilder. J'ai cru que c'était un rêve. Que c'était la mort qui venait enfin me chercher. Je t'ai appelé. Encore et encore.

– Et je t'ai entendu. Moi, j'ai cru que tu étais un fantôme. Que mon cerveau me jouait encore un tour.

– Cour.

– Cœur. »

Sky baisse la tête. Ses cheveux cuivrés en bataille sont zébrés de gris.

« Tout est tellement compliqué entre nous, soupire-t-il.

– Un vrai merdier, j'acquiesce.

– Tu es sûr que ce n'est pas "bazar", le mot que tu cherches, Wilder ? me demande-t-il avec un semblant de sourire.

– Certain.

– Il y a quand même une chose que je ne comprends pas. Qu'est-ce que tu faisais à proximité de ce trou, Wilder ? Quelques minutes de plus, et je pense que personne ne m'aurait jamais retrouvé. J'étais déjà presque mort. Comment ça se fait, que tu sois arrivé pile au bon moment ?

– Je ne sais pas. D'une certaine façon, c'est ton livre qui m'a amené là. Je ne peux pas l'expliquer, mais c'est ce qui s'est passé.

– Ce que tu dis est absurde, Wilder.

– Peut-être que c'est tout ce qui nous reste, à présent. L'absurdité. »

L'ensemble du personnel hospitalier tombe sous le charme de Sky. Ce dernier a beau être en sous-poids de dix kilos et avoir des traits cadavériques, son sourire est toujours aussi chaleureux.

« C'est un homme fascinant, me souffle une infirmière. Vous devez avoir des conversations tellement intéressantes, tous les deux.

– Oh, ça viendra », je réponds sèchement en regardant Sky dans les yeux.

Sans que cela ait été décidé, il nous semble évident qu'il viendra s'installer à Whistler Cottage lorsqu'il sera sorti de l'hôpital.

Je me réveille avec son bras autour de moi, sa chaleur dans mon dos. Je bâille et me prépare à affronter le froid matinal. Dehors, il fait encore nuit. Cet hiver est particulièrement rigoureux. Il a beaucoup neigé et on a même eu droit à plusieurs pannes de courant.

Sky pousse un gémissement plaintif et me tape sur l'épaule, comme pour me dire *Pas tout de suite.*

« Chut, je réponds. Toi, tu n'as pas encore besoin de te lever. »

La première nuit où nous avons partagé un lit, c'était pour nous tenir chaud car les plombs avaient sauté et qu'il n'y avait plus de chauffage.

Sky va beaucoup mieux, mais il est encore très faible. Je dois lui couper sa nourriture, l'aider à s'habiller, le coiffer.

« On pourrait aller s'installer ailleurs, je suggère en lui apportant son bol de céréales. Au soleil. En Californie… Ce ne serait pas mieux, tu penses ? »

Le soleil s'est levé au-dessus de la baie.

« Je déteste la Californie, réplique-t-il.

– Elle a été méchante avec toi ? » je raille.

Il est particulièrement soupe au lait, depuis quelques jours.

Alors que je suis en train de l'aider à enfiler un gilet, il m'interrompt et se tourne vers moi.

« Tu sais, je n'ai aucune intention de m'excuser pour ce qui s'est passé, me lance-t-il.

– Oh, j'ai bien compris. Crois-moi, je sais à quel genre de monstre j'ai affaire.

– Cette histoire, elle n'appartenait à personne. Elle était autant à moi qu'à toi.

– Si ça te rassure de te dire ça. »

Très délicatement, je passe son bras blessé dans la manche. Sky cicatrise bien, mais sa main fantôme lui fait toujours mal.

« Tu te souviens du premier cours d'architecture ? je demande. Tu…

– Je t'avais prêté mon manteau.

– Il était encore imprégné de ta chaleur. Tellement douillet. C'était comme être à l'intérieur de ta peau. »

Et soudain, nous prenons conscience du murmure de la mer à l'extérieur, du bruissement des feuilles de l'érable, mais surtout de l'espace, du temps, de la peau, de nos corps, de mes mains posées sur lui.

« Le truc, c'est que, d'une certaine façon, tu m'as guéri, je déclare. Après la publication de ce livre, je n'ai plus jamais fait de crise d'angoisse. J'étais trop en colère.

– Va voir dans le tiroir du bas de la commode, dit-il. Il y a un paquet pour toi qui est arrivé l'autre jour. »

Le temps ne l'a pas changée. L'image a un peu pâli, peut-être, mais je n'ai aucun mal à la reconnaître – Aphrodite sortant des eaux. Les pages sont cassantes, l'écriture a un peu verdi. C'est tellement étrange de le tenir à nouveau entre mes mains. *Le Rôdeur de Whistler Bay.*

« Tu l'as gardé, je souffle.

– Évidemment.

– Tu sais, j'ai recommencé à écrire.

– Wilder, j'ai besoin de savoir que tu ne réessaieras plus tes bêtises avec la ciguë. Est-ce que tu peux me le promettre ?

– C'est pourtant grâce à ça que tu es encore en vie. Imagine si je n'avais pas été là.

– Promets-le-moi. »

Je regarde son visage sur lequel se tortillent de petits vers d'un bleu éclatant. Le voile blanc grignote de plus en plus mon champ de vision.

« Je serai bientôt aveugle, je déclare, amer.

– Il y a plus grave dans la vie. Promets-le-moi, Wilder. »

Sa main est chaude sur ma joue.

Je continue à avoir des visions pendant quelques mois – de petits elfes qui paradent sur les abat-jour, des feuilles verdoyantes qui s'agitent dans l'air tels des coraux ballottés par les vagues. Mais plus rien du passé. J'ai l'impression qu'il a cessé de me hanter.

L'hiver arrive. Il paraît qu'à Castine la maison des Pelletier est vide, désormais. Harper est partie sans laisser d'adresse. Je suis soulagé. J'ai le sentiment que la malédiction qui la liait à cet endroit maudit a été brisée. Peut-être que nous pouvons tous passer à autre chose, à présent.

Ma vue se détériore à toute vitesse. L'obscurité devient mon quotidien. Dès que Sky est à nouveau capable de se déplacer, c'est lui qui doit s'occuper de moi.

Je sens le printemps arriver plus que je ne le vois. C'est la fin d'après-midi, il fait trop chaud dans la cuisine, à cause du four qui est allumé. Malgré le froid qui règne encore à l'extérieur, Sky ouvre la porte d'entrée. Aussitôt, l'odeur des marées de vives-eaux me monte aux narines, ainsi que celle de la terre qui se réveille. Quelque part dans un champ, un tracteur est en train de travailler. Un merle solitaire chante dans le bois derrière la maison. Sky écrit quelque chose. J'entends la pointe de son stylo gratter le papier. J'ai l'impression d'être dans une étable douillette, en pleine nuit. La sonnerie de la minuterie retentit et il se lève. La porte du four s'ouvre, une petite vague de chaleur me balaie le visage.

« Rapproche ta chaise, me dit-il. Le dîner est prêt. »

Je m'exécute avec mille précautions – je ne suis pas encore habitué à l'obscurité permanente – et je songe *Les choses ordinaires sont merveilleuses.*

« Tu trouveras le saumon à midi, m'indique Sky. Les petits pois sont à 9 heures, et les patates à peu près entre 3 et 6 heures.

Est-ce que tu veux de la sauce au cresson ? C'est une vieille recette de famille. »

Je ne lui dis pas que je l'ai entendu ouvrir la brique. Parfois, sur des petites choses, je le laisse me mentir. Je sais qu'il en a besoin.

Sky me décrit l'emplacement des aliments sur mon assiette afin que je sache ce que je m'apprête à manger. En échange, je lui coupe ses pommes de terre. Il n'a pas encore reçu sa prothèse de main sur mesure. On aime dîner tôt, avant la nuit, parce que, quand le coucher de soleil est très rouge, je peux presque encore le voir. Et tant pis si c'est aussi l'heure à laquelle mangent les personnes âgées.

J'arrive de mieux en mieux à contenir les pensées parasites qui viennent me démanger la nuit, pendant que Sky dort à côté de moi. Nat et Sky ont tous les deux perdu une main. Une symétrie parfaite. Un peu trop parfaite, même. Comme si c'était écrit.

Je pense aux trois adolescents que nous étions, à nos prénoms, inspirés de grands écrivains. Parfois, il m'arrive de me les murmurer.

« Wilder, Nathaniel, Harper. »

Thornton Wilder. Nathaniel Hawthorne. Harper Lee. La coïncidence est quand même troublante. *Harper*, qui ressemble à un mélange de *Wilder* et de *Harlow*... C'est le genre de choses qui n'existe pas dans la vraie vie et qui n'est possible que dans un livre.

Je prends une profonde inspiration. Ces pensées ne mènent nulle part. Il faut que j'apprenne à avoir confiance. Confiance en lui. Ce n'est pas parce que je ne peux pas le voir qu'il n'est pas là.

« Est-ce que tu peux m'aider avec la sauce, Wilder ? »

La question de Sky me tire de ma rêverie. Je trouve le bol à tâtons et verse quelques cuillerées sur son saumon. Le parfum, crémeux, s'élève dans la cuisine. Les odeurs sont devenues une immense tapisserie pour moi. Du temps où j'y voyais encore clair, je ne me rendais pas compte qu'il y en avait autant. C'est presque un livre à part entière.

« On forme un sacré duo, tu ne trouves pas ? s'esclaffe Sky.

– Je crois que je ne m'en suis jamais remis, quand tu es parti », je déclare en reposant sans ménagement le bol de sauce sur la table.

Sky ne réagit pas. Un des plus gros inconvénients, quand on est presque aveugle, c'est de ne plus pouvoir observer les visages. On doit apprendre à lire les silences, à humer les sentiments qui se dégagent des gens. Mais là, je n'y arrive pas. Je ne sais pas ce qui se passe dans la tête de Sky.

« Tu me manques, j'ajoute. Depuis ce jour-là, tu me manques. Et ce manque est pire que la pire des douleurs. Il vit en moi, il me dévore de l'intérieur comme un parasite. Si tu pars à nouveau, je ne le supporterai pas.

– J'ai une idée, dit-il enfin. Si on reste tous les deux au même endroit, on ne se manquera plus jamais. Qu'est-ce que tu en penses ? »

Un fracas assourdissant me fait sursauter.

« Cette fichue porte », peste Sky.

Je l'entends se lever pour la fermer, mais elle se rouvre aussitôt et tape à nouveau contre le mur.

Le vent s'engouffre brutalement dans la maison, me tire les cheveux et m'arrache mes vêtements. Toutes les portes claquent, toutes les fenêtres tremblent. La main de Sky trouve la mienne. Il enroule son bras autour de moi, et nous nous accrochons l'un à l'autre, à bout de souffle.

Le vent siffle de pièce en pièce, soulevant les objets sur son passage. Je nous imagine alors, avec les meubles, les lits, les tables et les chaises, aspirés par la porte, jetés au beau milieu de l'océan, nous enfonçant peu à peu vers les abysses, perdus à jamais.

« Est-ce que je suis en train de m'envoler ? je demande à Sky. Est-ce que la maison est toujours là ? »

Il me serre plus fort.

« C'est le vent, dit-il. Ce n'est que le vent, mon chéri. »

Et, grâce à ses mots, je sens à nouveau le sol sous mes pieds, et je peux humer le parfum froid et minéral qui flotte dans l'air. J'attrape le lobe d'oreille de Sky entre mes dents et je tire doucement. Il va neiger avant la nuit.

*Fin*
*Whistler Bay, Maine, 2011*

## Pearl

*2011*

Pearl Boone achève la rédaction de son livre au moment où les premières lueurs de l'aube apparaissent au-dessus de l'océan. Sur l'écran, les mots semblent palpiter.

*Whistler Bay, Maine, 2011*

Elle a mal à la tête, elle a peur, elle se sent nauséeuse. Premier jet, terminé. Il y a encore des choses à retravailler, mais c'est déjà une étape de franchie.

C'est audacieux, ça joue avec la forme, c'est de la métafiction. Toutes ces conneries dont raffolent les critiques. *Le Rôdeur de la côte* s'est bien vendu, mais ce n'est pas un livre qui a suscité le respect. Celui-ci y parviendra, espère-t-elle. Et puis, elle songe *Mais pourquoi, après toutes ces années, est-ce que j'en ai encore quelque chose à faire ?*

Par la fenêtre, la mer est d'un gris d'acier aux reflets blancs. Il fait froid, dehors ; Pearl n'a qu'une envie : se pelotonner devant la télé. Mais elle ne peut pas. Elle a une promesse à tenir. Elle va là-bas chaque fois qu'elle termine un livre.

Elle enfile ses chaussures, un pull et un manteau. Le vent lui fouette le visage. Le centre de Castine est silencieux, glacial, endormi pour l'hiver. Pearl ne supporte pas la vue de toutes ces vitrines barricadées qui, d'une certaine manière, lui évoquent la mort. Elle marche d'un pas rapide le long de la côte rocheuse.

L'enthousiasme la gagne – à présent qu'elle a tout couché sur le papier, elle est convaincue qu'elle sera une personne différente. Qu'elle sera libre. Mais d'un autre côté, elle éprouve ce sentiment chaque fois qu'elle termine un livre.

Il n'y a que dix minutes de marche depuis le centre-ville, mais elle a l'impression de pénétrer dans un autre monde. La plage goudronneuse est jonchée de débris : bouteilles en plastique vides, chaussures dépareillées, morceaux de filets de pêche… Quant à la vieille maison perchée seule sur la digue, elle semble détenir un secret.

Sous les couches de peinture successives qui s'écaillent, on voit désormais le bois nu que le temps a rendu gris. Un pot vide portant le logo de KFC a été posé à l'envers sur un des montants du portail. La seule vitre encore intacte brille comme un œil de cyclope dans le soleil matinal.

*Vitre*, songe-t-elle. *Vite. Mite. Moite.* Le vieux jeu auquel son père la forçait à jouer quand elle rentrait ivre. *Elle est passée par là*, pense-t-elle. Elle se le dit chaque fois. Ce n'est pas pour rien que cet endroit est sacré. La police estime que Rebecca Boone est morte dans cette maison. Pearl n'a jamais cherché à savoir comment, ni dans quelles circonstances. Elle préfère laisser son esprit se draper d'un voile noir. Mais cela ne l'empêche pas de ressentir la puissance qui se dégage de ce lieu. C'est le dernier endroit où Rebecca a été en vie, alors, par lui, Pearl se sent connectée à sa mère.

Elle s'approche, mais elle connaît ses limites. Elle n'entre jamais. Pourtant, beaucoup de gens s'y introduisent. Des gamins qui jouent à se faire peur, principalement, comme le font les gamins depuis la nuit des temps. Elle ne s'aventure jamais non plus sur le petit ponton où était amarré le bateau.

Pearl ne compte plus le nombre de demandes qu'elle a effectuées auprès du conseil municipal pour faire démolir cette maison. Chaque fois, ses requêtes finissent par se perdre dans les rouages de l'administration. Le conseil refuse de le reconnaître, mais cette sinistre bâtisse est une attraction touristique. De son bateau, Pearl les voit parfois, l'été, ces files de gens qui longent la plage étroite à marée haute pour voir l'endroit où toutes ces femmes ont été assassinées. Les tuiles ont disparu depuis longtemps. Volées. Ne reste plus qu'un toit éventré et nu qui ressemble à un squelette de baleine.

Parfois, Pearl imagine une de ces tuiles exposée sur le rebord d'une cheminée ou sur une table de chevet, ou bien rangée dans une boîte à chaussures dans une chambre d'adolescent. Y a-t-il vraiment des gens qui aiment dormir dans la même pièce qu'un morceau de matériau qui a étouffé les cris de femmes agonisantes ? Au moins, le conseil municipal a accepté de combler la cave de terre. C'est déjà ça.

Pearl s'apprête à retourner à sa voiture quand elle s'immobilise soudain. Il y a un bruit dans l'air, parfaitement reconnaissable. Des sanglots. *Faites que ça ne vienne pas de là-dedans*, supplie-t-elle. *De n'importe où, mais pas de cette maison.* Malheureusement, elle a bien compris que sa prière ne sera pas exaucée : il y a un enfant qui pleure dans l'ancienne habitation des Pelletier.

Le gémissement reprend, étouffé. Peut-être que c'est un adulte, en fin de compte. *Peut-être que cette personne est venue ici pour pleurer en paix*, se dit Pearl. Auquel cas, il vaudrait mieux partir pour ne pas la déranger plus longt...

« Tout va bien ? appelle Pearl.

– Mon pied est coincé », répond une petite voix.

*Merde.*

« Bon, ne bouge pas. J'arrive. »

L'encadrement de la porte d'entrée tient toujours debout, mais Pearl a des réticences – il y a quelque chose de glauque à franchir la porte d'une maison déjà ouverte aux quatre vents. Elle opte pour un trou dans le mur.

« Où es-tu ? »

Mais elle a vu la jambe ensanglantée qui pend du plafond. La jeune fille explorait le premier étage et le plancher pourri a dû céder sous son poids.

« J'arrive », répète-t-elle, mais elle se rend compte qu'elle a de plus en plus de mal à respirer.

Les marches ont l'air praticables : quelqu'un a cloué de nouvelles planches au-dessus des anciennes. *Quelle bonne idée de faciliter l'accès à ce piège mortel !*

La porte de ce qui était à une époque la chambre de Nathaniel est dégondée et posée contre un mur. La fille se trouve au milieu de la pièce, assise par terre. Une de ses jambes a disparu dans un trou du plancher. Il y a du sang sur le bois vermoulu et, l'espace de quelques secondes, Pearl est prise d'un vertige. *Encore du sang*, se dit-elle. *Cette maison s'en nourrit.*

« Ma jambe est passée à travers le plancher », explique la fille, comme si la situation nécessitait des éclaircissements.

Elle a un menton pointu, des cheveux cuivrés et de grands yeux écarquillés par la peur.

« Je vois ça, dit Pearl. Est-ce que ça te fait mal ?

– Un petit peu, réplique l'autre en grimaçant, tandis qu'un filet rouge sombre coule sur les planches.

– Je vais t'aider, mais pour ça, il faut d'abord que j'aille récupérer quelque chose dans ma voiture. Est-ce que ça va aller ? Surtout, quoi qu'il arrive, ne fais pas le moindre mouvement, d'accord ?

– D'accord », acquiesce la jeune fille.

Ses pupilles dilatées sont deux soleils noirs. Elle est en état de choc.

Pearl court à perdre haleine, son cœur brûlant coincé dans sa gorge. Elle a vu la jambe de la fille, elle a vu le blanc de l'os au milieu de la bouillie rouge. Elle sort son téléphone portable et, dès que l'écran lui indique qu'elle a du réseau, elle appelle les secours. Ils seront là dès que possible, mais ça risque de prendre une heure. C'est la saison des tempêtes ; de nombreuses routes sont impraticables.

Pearl sort la scie à bois du coffre de sa voiture. À cette période de l'année, rares sont les automobilistes de la région à se déplacer sans – il y a souvent de grosses branches qui tombent en travers de la chaussée. Elle récupère également une couverture sur la banquette arrière ainsi que la petite trousse de premiers soins coincée derrière la roue de secours. Lorsqu'elle en examine le contenu, elle ne peut empêcher la terreur de l'envahir. Une bande de gaze, un flacon de désinfectant, un tube de crème antidémangeaisons… Cette trousse de premiers soins est adaptée aux égratignures, aux petits bobos, certainement pas à une blessure si profonde qu'on voit l'os apparaître.

« On fera avec ce qu'on a », dit-elle à voix haute.

Pearl ne se souvient pas du trajet de la voiture à la maison des Pelletier, mais elle a dû courir très vite car, soudain, elle est là, haletante, sur la petite digue.

Elle gravit les marches prudemment, s'immobilise dans l'encadrement de la porte de la chambre et observe la fille prise au piège dans le plancher. Elle n'entre pas. Autant éviter de passer à travers, elle aussi.

Alors qu'elle réfléchit à la marche à suivre, Pearl avise la porte posée contre le mur. Contrairement au plancher, elle a l'air relativement saine. Elle la soulève et la pose délicatement par terre, bien à plat. Si elle s'allonge dessus et qu'elle tend la main, elle devrait pouvoir toucher la fille.

« Je vais te passer cette scie, indique Pearl. Pour l'attraper, je veux que tu n'utilises que tes bras, d'accord ? Pas de mouvement brusque et, surtout, essaie au maximum de ne pas bouger ta jambe.

– D'accord.

– Ensuite, je ramperai jusqu'à toi. »

Pearl fait glisser la scie, la fille la saisit par la lame et se perce l'extrémité de l'index sur une dent tranchante. Une goutte de sang apparaît. Une princesse dans un conte de fées. La blessure a l'air si insignifiante, comparée au trou béant qu'elle a au milieu de la jambe. *Mais il n'y a pas de blessure insignifiante*, songe Pearl.

Les pensées se bousculent dans sa tête, la panique l'enserre peu à peu dans ses petits tentacules rouges.

*Non*, tente-t-elle de se rassurer. *Tout va bien, tu n'y penseras plus demain.*

Elle prend une grande inspiration et s'allonge sur le ventre. Dans cette position, elle ne peut ignorer l'odeur de la maison. Elle a le nez collé à son ossature, à sa carcasse.

Tout doucement, elle se met à ramper. Son pull remonte et elle sent le sable et la poussière qui lui griffent la peau. Elle sent la saleté du lieu qui la souille. *Ce n'est rien*, se dit-elle. Et puis, elle se le répète, comme un mantra. *Ce n'est rien, ce n'est rien.*

Le plancher grince sous son poids et elle imagine aussitôt sa chute, sa mort. Mais le plancher tient bon.

Quand elle a assez avancé, elle se redresse avec mille précautions, un geste après l'autre. D'abord, elle pousse sur ses mains. Ensuite, elle pivote. Enfin, elle s'assoit. L'opération terminée, Pearl et la jeune fille se regardent en souriant bêtement, tout excitées d'avoir réussi. La fille tend la main et serre brièvement celle de Pearl.

« Bon, dit Pearl. Et maintenant, le moment de vérité. »

La scie mord le bois vermoulu sans rencontrer de résistance, tandis qu'une odeur de pourriture s'élève dans l'air. La texture des vieilles planches est celle de quelque chose de mort depuis très longtemps.

« Aïe ! s'exclame soudain Pearl avant de se lécher le doigt.

– Ça va ? » lui demande l'autre, l'air terrifié.

Une ou deux gouttes de sang sont tombées sur son jean sale et délavé. Pearl relève la tête et constate que la jeune fille est de plus en plus pâle. Le blanc envahit son visage à vue d'œil. Ce n'est pas le moment qu'elle perde connaissance.

« Je m'appelle Pearl. Et toi ?

– Gracie.

– C'est un joli prénom.

– Je vais en changer.

– Pourquoi ?

– C'est le prénom que ma mère m'a donné. »

Gracie grimace, mal à l'aise, avant d'ajouter :

« Elle n'a jamais voulu m'avoir, alors pourquoi je devrais porter le prénom qu'elle a choisi ?

– Moi, ma mère a été assassinée », dit Pearl – et elle est la première surprise par cet aveu.

S'ensuivent quelques secondes de silence, avant que Pearl reprenne :

« Quand j'étais à la fac, j'ai changé de prénom, moi aussi. Je suis devenue Skye.

– Pourtant, c'est joli, Pearl.

– J'imagine.

– Alors ? Pourquoi en changer ?

– Je devais me sentir un peu prétentieuse, ce jour-là. Ou peut-être que j'en avais assez de qui j'étais. J'ai repris mon vrai prénom au bout de quelques mois.

– C'est vous qui écrivez tous ces livres. Je vous reconnais.

– Oui, c'est moi. »

Gracie a une grimace de douleur. L'effet anesthésique de la décharge d'adrénaline initiale est en train de se dissiper.

« Mon meilleur livre, c'était le premier, s'empresse de dire Pearl, tout en continuant à scier le plancher. Tout ce que j'ai écrit après, c'est de la merde. »

Gracie esquisse un petit sourire, comme le font les adolescents quand un adulte essaie d'avoir l'air cool en disant un gros mot devant eux.

« Dans ce premier livre, j'évoque ce qui s'est passé ici, poursuit Pearl. Dans cette ville. Dans cette région. Ou plutôt, un peu plus haut sur la côte, à Whistler Bay. Mais j'ai changé le nom. Je l'ai appelé Mirror Bay. C'était un livre sur les meurtres.

– Je sais, je l'ai lu. J'ai lu tout ce qui concerne cette histoire, d'ailleurs.

– J'aurais dû m'en douter », soupire Pearl.

Elle sait que Gracie est jeune et qu'elle ne peut pas lui en vouloir, mais pourquoi les gens s'obstinent-ils à venir ici ? Pourquoi ressentent-ils ce besoin de voir, d'imaginer la souffrance ? C'est comme s'ils nourrissaient cette maison, comme s'ils la maintenaient en vie. En même temps, c'est aussi ce qu'elle fait, d'une certaine manière.

« D'où tu viens, Gracie ?

– D'un peu partout. »

La réponse, succincte, a quelque chose de lourd. Pearl voit alors les signes : les mains propres mais les ongles sales, la crasse accumulée autour du cou... Le résultat d'une toilette rapide effectuée dans une station-service, du genre on se dépêche et on ne retire pas ses vêtements. Le tee-shirt que porte Gracie est beaucoup trop grand pour elle, et le pied que Pearl peut voir est chaussé d'une tennis sale dont la semelle est maintenue en place par plusieurs tours de ruban adhésif. Une sans domicile fixe, probablement. En tout cas, une miséreuse. La colère de Pearl retombe aussi vite qu'elle est montée.

« Quel âge as-tu, Gracie ?

– Vingt ans. »

*Si jeune*, songe Pearl, le cœur serré, avant de se reprendre.

« Et voilà, c'est terminé ! »

Avec la scie, elle a découpé un cercle dans le plancher tout autour de la jambe de Gracie. Elle espère que c'était la bonne chose à faire. Maintenant, ne reste plus qu'à extraire la jambe de sa couronne de planches, et peut-être qu'elles réussiront à sortir de cette maison sans dommages supplémentaires.

« Comme un emporte-pièce », commente Gracie en observant le résultat.

Elle cligne rapidement des paupières et sa tête bascule sur le côté quelques instants. Pearl s'inquiète, elle craint que Gracie ne soit en train de s'endormir.

« Eh oui, tu as raison, comme un emporte-pièce ! » s'exclame-t-elle.

Elle glisse une lame en métal en différents points du cercle qu'elle a scié et, le plus délicatement possible, elle essaie de le soulever. Régulièrement, de la poussière et des gravats tombent dans la cuisine, en contrebas. Gracie grimace. Pousse un gémissement de douleur.

« J'arrête, dit Pearl, soudain terrifiée. C'était une mauvaise idée. »

Mais, pile à cet instant, le disque de plancher cède avec un craquement et un trou béant apparaît au milieu de la pièce. Gracie essaie de lever la jambe. Sa cheville est toujours emprisonnée dans un petit morceau de planche, mais elle peut enfin bouger librement.

Pearl passe les bras sous les épaules de Gracie et la tire en arrière pour l'asseoir sur la porte, puis elle entreprend de la traîner vers la sortie. Elle sent la cage thoracique de la jeune fille se soulever à chaque respiration et elle comprend que celle-ci fait de son mieux pour ne pas céder à la panique.

Une fois qu'elles ont atteint le palier et son plancher plus solide, elles prennent quelques secondes pour souffler. Pearl est presque euphorique.

« On a réussi ! » s'exclame-t-elle.

Gracie se laisse alors tomber contre elle, et Pearl se rend compte qu'elle vient de perdre connaissance.

Heureusement, elle entend des bruits de pas précipités à l'extérieur. Des voix qui appellent de la plage. Les secours sont là.

Le petit centre de soins de Castine est calme. La nuit est en train de tomber. Assise sur une chaise en plastique orange très inconfortable, Pearl patiente.

Les médecins referment la plaie de Gracie avec un morceau de peau. Ils expliquent que si l'os reste exposé, il devient vite sec et cassant. Pearl trouve à la fois étrange et logique que le meilleur moyen de soigner une blessure soit de la dissimuler.

Gracie n'a pas de mutuelle, alors, dès qu'elle est recousue, elle doit partir.

« Tu peux venir chez moi », propose Pearl.

Elle n'en revient pas elle-même. C'est la dernière chose dont elle a envie.

« Juste pour une nuit », ajoute-t-elle.

Lorsqu'elles atteignent le cottage, les pierres sifflent en contrebas. L'érable à sucre semble rouge dans la lumière déclinante.

Pearl a racheté la maison à la mère de Wilder après la mort de celui-ci, mais elle ne vient que rarement. Si elle a fait une exception cette année, c'était pour écrire le livre. Harper habite toujours la région, dans sa grande bâtisse blanche qui ressemble à de la chantilly. Pearl ressent une pointe de culpabilité en songeant que, dans son livre, elle a installé le personnage de Harper dans l'ancienne maison des Pelletier.

Depuis le jour où Harper a appelé Pearl pour l'informer de la mort de Wilder, il y a des années de cela, elles ne se sont pas reparlé.

« Qu'est-ce que c'est que ce bruit ? » souffle Gracie.

La jeune fille est une tache blanche dans le crépuscule. Elle s'appuie sur de vieilles béquilles en bois que le personnel du centre de soins lui a cédées de mauvaise grâce.

« C'est le vent qui fait ça, la rassure Pearl. Ne t'inquiète pas. »

Elle n'arrive pas à savoir si Gracie est inquiète. La jeune fille ne laisse rien paraître – une attitude que Pearl connaît bien. C'est un moyen à la fois de se protéger des autres et de dissimuler toutes les choses qui bouillonnent à l'intérieur.

Gracie est presque endormie, mais Pearl lui apporte une soupe en conserve qu'elle a fait réchauffer et dans laquelle elle a émietté des petits biscuits salés.

« Je n'ai jamais été une grande cuisinière, s'excuse-t-elle malgré un léger ton de défi dans la voix. Mais il faut que tu manges, tu as perdu beaucoup de sang.

– C'est très bon », dit Gracie après la première cuillerée.

Puis, une fois le bol terminé, elle ajoute poliment :

« Merci pour le dîner. »

Pearl l'installe dans la chambre au hublot. Alors qu'elle s'apprête à fermer la petite lucarne – le fond de l'air est frais à cette période de l'année –, Gracie proteste :

« Je veux bien que vous laissiez ouvert. J'aime le bruit que font les rochers. On dirait des chouettes qui hululent.

– Tiens, c'est vrai. Je n'avais jamais vu les choses comme ça, mais maintenant que tu le dis… »

Jusqu'à cet instant, Pearl avait toujours trouvé que le son émis par les pierres avait quelque chose de lugubre. Un sifflement synonyme de destruction. Mais peut-être qu'elle avait tort et que, depuis le début, le bruit ressemble effectivement à un cri de chouette.

Pearl se réveille brusquement. Dans un premier temps, elle ne comprend pas ce qui l'a dérangée – la maison est plongée dans le silence. Jusqu'à ce que le bruit recommence.

Le *ding* bien reconnaissable qu'émet son ordinateur portable chaque fois qu'on atteint la fin d'un document. Un son très agaçant, mais Pearl a eu beau fouiller dans les paramètres, elle n'a jamais trouvé comment s'en débarrasser.

Elle se lève sans faire de bruit et, alors qu'elle traverse le couloir sur la pointe des pieds, une pensée étrange lui vient… *Wilder* ? Non, il est mort.

La tête de Gracie se découpe sur l'écran rétroéclairé. Elle est voûtée, en pleine lecture. Pearl s'approche, constate qu'il s'agit du manuscrit qu'elle vient d'achever

« On peut savoir ce que tu fous ? » demande-t-elle, glaciale.

Gracie sursaute.

« Vous… Vous m'avez fait peur.

– Ça se voit.

– Je sais que je n'aurais pas… Je sais que…

– Je crois qu'il est temps que tu t'en ailles.

– S'il vous plaît, je peux tout vous expliquer.

– Les gens comme toi, vous... Vous me dégoûtez. »

Des gens comme Gracie, Pearl a eu plusieurs fois l'occasion d'en croiser. Ils viennent jusque-là pour voir la maison qui a inspiré le cottage du *Rôdeur de la côte*. Au début, elle s'est sentie flattée. Puis ça l'a agacée. Et enfin, à partir du jour où quelqu'un lui a volé du linge qu'elle avait mis à sécher dehors, elle a commencé à avoir peur. Très vite, elle a fait retirer le panneau indiquant « WHISTLER COTTAGE » à l'entrée du chemin sablonneux, au pied de la colline. Et ça a plutôt bien fonctionné. À Castine, les gens ne répondent plus aux inconnus qui leur posent des questions sur elle, ils n'indiquent plus le chemin de sa maison. Avec les années, Pearl est devenue une source de fierté pour les habitants de la région. Une espèce de mascotte qu'il faut protéger.

Les yeux de la jeune femme sont embués de larmes. Mais c'est surtout la résignation dans son regard qui radoucit Pearl. Cette fille a l'habitude d'être mise à la porte en pleine nuit.

Pearl s'assoit. Gracie reste à proximité, incertaine de son sort.

« Gracie, c'est ton vrai prénom, au moins ? demande Pearl.

– Oui !

– Est-ce que tu es venue jusqu'ici pour me rencontrer ?

– Non. Enfin, j'espérais que...

– Est-ce que c'était une ruse ? Tu m'as fait croire que tu t'étais coincé la jambe pour que je te ramène ici ? »

Pearl sait que c'est absurde, qu'un tel projet aurait été impossible à planifier. Mais elle a peur et elle est furieuse. Elle a ouvert sa porte à cette inconnue.

« Mais non, proteste Gracie, en larmes. Je suis venue à cause de mon père. Il était de la région. Et il... Il était lié à cette vieille maison sur la jetée. J'avais besoin de la voir. »

Pearl a l'impression que le temps ralentit, comme cela arrive parfois lorsqu'on est sous le choc. Elle s'en veut d'avoir été aussi stupide. Aussi aveugle.

« Ta mère, bredouille-t-elle. Qui était ta mère ? »

Gracie lève les yeux et Pearl sent la panique l'envahir. Il y a une étrange lueur dans le regard de la jeune fille tandis que celle-ci secoue lentement la tête.

« Qui… est-elle ? réitère Pearl.

– Je crois que vous l'avez déjà deviné. »

Une mèche de cheveux tombe devant la joue de Gracie et, à la lueur de la lampe, Pearl se rend compte d'à quel point ils sont rouges. Rouge sang. Les lèvres de Gracie sont serrées en un bourgeon tremblant. Elle essaie de ne pas pleurer.

« Elle refuse de me voir, lâche Gracie d'une voix forte, le visage cramoisi. Elle m'a interdit de venir ici. »

Pearl s'efforce de prendre un ton le plus froid possible.

« Demain, je veux que tu sois partie à la première heure. »

Elle n'a pas le temps de comprendre ce qui est en train de se passer que, déjà, Gracie enfouit son visage dans son épaule et se met à pleurer. Machinalement, Pearl lui caresse les cheveux – une sensation de paille sous ses doigts. La morve et les larmes de la jeune fille imprègnent peu à peu son haut de pyjama. Le dos de Gracie tressaille à chaque sanglot ; à travers la maigre cage thoracique, Pearl perçoit les battements de son cœur et sa respiration saccadée. Elle se fait alors la réflexion qu'elle a eu plus de contact physique avec cette fille en quelques heures qu'avec quiconque en plusieurs années. *Non*, songe-t-elle, déterminée. *Je ne suis pas arrivée jusque-là, je ne me suis pas bâti cette carapace pour ressentir ça aujourd'hui.*

« Je vous demande pardon d'avoir regardé, sanglote Gracie. Je sais que ce n'était pas bien, mais je voulais seulement lire ce que vous aviez écrit sur lui. Et sur elle. J'ai tellement de… de questions à l'intérieur de moi. C'est comme un cœur qui bat. Est-ce qu'il m'aurait aimée, même s'il était méchant ? »

Gracie essuie ses yeux rouges avec le dos de la main.

« Il y a des gens méchants qui sont quand même capables d'aimer. Moi, ça m'aurait suffi, je pense. En tout cas, ça aurait été mieux que… mieux que tout ça. »

Pearl ne ferme presque pas l'œil de la nuit. Elle écoute. Elle se demande si Gracie va essayer de partir avant le lever du jour, peut-être après lui avoir volé son portefeuille ou son ordinateur portable. Elle l'espère presque. Un portefeuille, un ordinateur, ça se remplace. En tout cas, elle préférerait ça à une nouvelle confrontation.

Elle repense à la poupée qu'elle a fabriquée il y a toutes ces années avec les cheveux de Harper, au chewing-gum de Wilder. À la perle provenant de la boucle d'oreille de sa mère, ronde comme un petit nombril. Le tout enveloppé dans une lettre d'Alton Pelletier tirée du classeur volé à Wilder. Croyait-elle vraiment qu'elle parviendrait à ramener les morts à la vie grâce à la sorcellerie ? La magie n'existe pas et n'a jamais existé. Les fantômes ne sont que des souvenirs, de vagues traces. Rien ne dure.

Lorsqu'elle pénètre dans la cuisine au petit matin, Gracie est là, ses béquilles et son sac à dos appuyés contre la table.

« Tu peux emporter de quoi manger, si tu veux », propose Pearl.

Elle fouille dans les placards et finit par dénicher une boîte de biscottes qu'elle tend à Gracie.

« Je voudrais vous proposer un marché, déclare Gracie d'une voix ferme.

– Il n'y a pas de marché. Tu t'en vas, et c'est tout.

– Hier soir, j'ai lu votre livre en diagonale et j'ai trouvé ça bizarre.

– Merci pour le compliment.

– Non, non, je voulais dire, c'est bizarre d'écrire un livre qui parle de votre premier livre, non ?

– Ça s'est fait comme ça, dit Pearl. J'ai pensé que ça serait intéressant d'imaginer les choses de son point de vue à lui. »

Pourquoi essaie-t-elle de se justifier ?

« Qu'est-ce qui lui est arrivé, dans la vraie vie, à votre ami ?

– Je n'ai pas envie d'en parler.

– Vous avez besoin d'une fin.

– Le livre a une fin. Sky et Wilder sont ensemble, ils sont heureux. Fin.

– Non, mais une fin pour vous. Et je crois que j'ai quelque chose qui pourrait vous intéresser. »

Pearl ouvre la porte. La journée s'annonce grise et venteuse. Une bourrasque s'engouffre dans la maison.

« Il est temps que tu t'en ailles.

– Je vous jure que ça vaut le coup, insiste Gracie. C'est la seule chose que ma mère m'a laissée, quand elle m'a confiée à mes parents adoptifs. Avec, il y avait une lettre où elle disait que j'avais le droit de récupérer quelque chose de mon père. »

Elle prend une grande inspiration et ajoute :

« Cette chose, c'est ce que je possède de plus précieux au monde mais, si vous acceptez que je reste, je vous la donne. »

Pearl frissonne. Elle essaie de se convaincre que c'est le choc, mais elle sait, au fond, que c'est de la curiosité.

« D'accord, cède-t-elle sans réfléchir, sans savoir ce qu'elle vient d'accepter. Montre-moi. Tu peux rester quelques jours de plus. »

Gracie ouvre la poche avant de son sac à dos et en sort une vieille enveloppe toute sale et abîmée. Avec mille précautions, elle en extrait une unique photo. Pearl voudrait la lui arracher, mais elle se contient. Elle s'essuie les mains avec un torchon et attend que Gracie la lui tende pour la saisir délicatement par les bords.

Pearl la reconnaît tout de suite grâce à la description que lui en a faite Wilder – c'est la fameuse photo que Nathaniel Pelletier gardait dans son portefeuille. Un Polaroid plié en deux. Une femme à la longue chevelure blonde, dont son fils hériterait quelques années plus tard. Elle est dans un bar, les joues rosies par la bière et la chaleur ambiante. Elle a l'air heureuse. Elle ignore encore qu'elle va bientôt disparaître. Pearl sait de qui il s'agit. La femme qui n'a jamais été retrouvée, celle qu'on soupçonne d'avoir été enfermée dans le dernier baril.

La mère de Nat.

Un bras anonyme est enroulé autour de son épaule, mais les mains et le visage de son propriétaire sont invisibles.

Les doigts tremblants, Pearl déplie l'image. L'homme apparaît.

Son visage est caché par un pouce, large, rose et flou. Pearl n'a aucun mal à deviner qui a pris la photo. Vernon. L'oncle de Wilder ne s'était pas amélioré avec les années.

Cependant, un des poignets de l'inconnu est désormais visible. Il porte des boutons de manchette fabriqués à partir de capsules de Coca-Cola. Pearl se souvient que la mère de Wilder était convaincue que son mari avait eu d'autres liaisons avant Edith. Et elle songe à l'affection instantanée que Wilder a éprouvée pour Nathaniel Pelletier, à cette attraction mutuelle qu'ils exerçaient l'un sur l'autre. On dit que deux frères séparés à la naissance sont capables de se reconnaître même s'ils ne se sont jamais vus. Peut-être que ça fonctionne aussi avec les demi-frères...

Pearl se tourne vers Gracie, tremblante.

Au début, à cause des cheveux rouge sang de Gracie, elle n'y avait pas prêté attention. Mais cela lui paraît évident, désormais. Les yeux pâles, quasiment de la même couleur que sa peau. Et immenses, presque globuleux. Le « look Harlow ».

« Tu peux aller remettre tes affaires dans la chambre », dit Pearl avant de se retourner.

C'est maintenant à son tour de décrocher son téléphone. Elle espère que Harper répondra. Elles ne se sont pas reparlé depuis le jour où Pearl a renversé le lait sur le carrelage de la cuisine, depuis le jour où elle a mis le feu à sa salle de bains.

Pearl a décidé d'appeler son livre *Mirror Bay*.

Pour la première partie, elle se sert des mémoires de Wilder qu'elle a conservés toutes ces années dans le coffre-fort de son appartement de New York – le classeur avec l'image d'Aphrodite sur la couverture, contenant les feuillets soigneusement écrits à la main où il relate ce qui s'est passé ces deux fameux étés. Et donc, à nouveau, elle est retournée à ces vieilles pages cornées. Sauf que, cette fois, elle les a retranscrites mot pour mot.

La partie qui se passe à l'université est assez fidèle à la réalité, elle n'a pas modifié grand-chose. Essayer d'imaginer les sentiments de Wilder, de voir par ses yeux... L'exercice s'est révélé une torture douce-amère. Elle s'est forcée à entrer dans son corps. Revivre ces événements a été à la fois une catharsis et un acte de cannibalisme. La visite à Alton Pelletier à la prison. Et ensuite, sa fuite, son abandon, lorsqu'elle est partie avec ses écrits. Elle a changé son genre, évidemment, afin de devenir Sky. C'était logique, après tout. Elle l'avait déjà fait des années plus tôt pour *Le Rôdeur de la côte*, quand elle s'était donné le rôle de Skandar. C'est un déguisement qui la protège, cette modification. Sinon, ces livres ne seraient que des fenêtres ouvertes sur sa douleur.

Peut-être qu'elle a rendu l'histoire de Sky et de Wilder trop romantique. Elle veut que Wilder connaisse un peu le bonheur, même s'il est imaginaire, même s'il n'existe que dans un livre.

Wilder est mort. Il n'a pas eu l'occasion de vieillir, de se marier, de devenir professeur d'université. C'est cette partie que Pearl a préféré écrire ; ça lui a procuré beaucoup de plaisir de lui offrir toutes ces choses. Et puis, c'était agréable d'imaginer Wilder trois décennies plus tard, cinquantenaire un peu bougon. Par contre, elle a eu plus de mal à imaginer comment aurait évolué la technologie en douze ans – il faut dire qu'elle n'a jamais été très douée pour tous ces machins de science-fiction. D'ailleurs, les critiques s'accordent là-dessus.

Dans *Mirror Bay*, elle se sert d'extraits de son premier roman, *Le Rôdeur de la côte*, pour hanter son Wilder fictionnel, de la même manière que les événements qui ont inspiré ce premier roman l'ont hanté, lui, à l'époque.

La véritable histoire de Wilder s'est terminée ici, à Whistler Bay. Plus précisément, dans la prairie inclinée qui surplombe la mer, là où poussent quelques plants de grande ciguë. C'est Harper qui a dû lui en donner l'idée. Les derniers instants de Wilder, Pearl les a imaginés mille fois. Elle se force à ne pas penser à ce qu'elle sait sur la ciguë. La brûlure, la douleur, la faiblesse musculaire, la bave, les convulsions...

Pearl se rappelle encore la dernière chose que Harper lui a dite avant de raccrocher, la dernière fois qu'elles se sont parlé.

« C'est à cause de toi. »

Pearl a offert une meilleure fin à Wilder. Il se rend effectivement à la prairie fleurie mais, dans sa version, il y retrouve Sky, emprisonné dans la roche, et son histoire s'achève sur un happy end.

Le plus étonnant – et le plus absurde –, c'est que depuis qu'elle a commencé à écrire, elle a le sentiment que cette version est devenue la réalité. Elle imagine Wilder heureux dans cette maison, avec Sky. Ces derniers mois, elle croit – non, elle sait – qu'enfin tout va bien pour lui. Dans un monde parallèle séparé du monde réel par une fine membrane, Wilder est vivant et comblé. Quand la membrane s'étire jusqu'à devenir presque transparente, Pearl peut même percevoir sa présence. Il la frôle dans la cuisine en allant chercher une boîte de conserve dans le placard. Il respire de manière lente et régulière, endormi dans le lit à côté d'elle. Lorsqu'elle se réveille juste avant le lever du jour, elle peut même entendre le cliquetis de sa vieille Remington.

Bien sûr, elle a conscience qu'elle prend ses désirs pour des réalités. Son nouveau livre n'est rien d'autre qu'un livre. Et

Wilder est mort. Ça fait dix-neuf ans, maintenant. Il arrive qu'il se passe toute une journée sans qu'elle pense à lui.

Elle l'a lu sur son visage, ce matin-là, après la nuit passée avec lui dans la suite luxueuse avec la baignoire à pieds, le lendemain de leur visite à la prison. Elle a compris que ce qu'elle ressentait pour lui n'était pas réciproque. Ce n'était pas que Wilder n'aimait pas les femmes. Mais il n'aimait pas Pearl. Pas de la manière qu'elle espérait, en tout cas.

Parfois, elle essaie de se convaincre que ce qu'elle lui a fait ensuite n'était pas une vengeance pour cette humiliation.

Sandra Harlow a laissé les dernières pages des mémoires de Wilder sur la table de la cuisine de Whistler Cottage. C'est la première chose que Pearl a vue quand elle a ouvert la porte de sa nouvelle maison. Aujourd'hui encore, elle ne sait toujours pas si l'intention de Sandra était de lui apporter du réconfort ou de la faire culpabiliser.

Pearl s'est aussi servie de ces feuillets. Au fil des années, elle en a décortiqué chaque mot. Aujourd'hui, elle les intègre à son nouveau livre. *Les écrivains sont des monstres*, songe-t-elle. *Ils dévorent tout ce qui passe à leur portée.* La fin des mémoires de Wilder lui a toujours paru étrange, compte tenu des circonstances. Il dit qu'il va retourner à Whistler Bay, ce qu'il a fait. Mais il n'a pas l'air triste ni désespéré, il semble plutôt en colère. Il a dû se rendre compte, une fois sur place, qu'il était incapable d'écrire son roman vengeur. Le syndrome de la page blanche peut vous suivre partout, Pearl est bien placée pour le savoir.

Parfois, elle se demande ce qu'il est advenu du manuscrit dactylographié du *Rôdeur de la côte* qu'elle a envoyé à Wilder. Son Wilder de fiction le brûle dans *Mirror Bay* mais, en réalité, personne ne l'a jamais retrouvé.

Les flammes crépitent et lèchent le ciel noir. La mer silencieuse est remplie d'étoiles. Quelque part, dans l'obscurité, un phoque pousse un grognement.

Pearl attend, les yeux rivés sur le sentier. Évidemment, c'est au moment où elle se penche pour se servir un verre que Harper apparaît sans un bruit. Soudain, elle est là, à côté du feu.

Elle est plus âgée, bien sûr. Ses cheveux roux sont désormais zébrés de gris, mais son visage n'est pas ridé et il a l'air aussi malicieux qu'autrefois. La lueur du feu joue avec ses traits, transforme ses yeux en deux trous noirs. Pearl essaie de passer en revue toutes les entrées en matière qu'elle a imaginées pour la conversation à venir, mais aucune ne lui revient. Finalement, c'est Harper qui prend la parole.

« Bonsoir, Pearl. Ça fait longtemps. »

Pearl prend une grande inspiration.

« Je croyais que tu avais avorté, Harper. Au lycée, tu m'as toujours laissé croire que… »

Harper se fige, plus pâle que jamais.

« Elle est là, pas vrai ? »

Pearl acquiesce. Il y a tellement de chagrin sur le visage de son ancienne amie.

« Je l'ai trouvée dans l'ancienne maison des Pelletier.

– Je lui avais pourtant défendu de venir ici, lâche Harper en s'asseyant sur le sable. Je ne veux pas la voir. Tu m'as tendu un piège. Comment as-tu pu me faire une chose pareille ?

– Bois un verre, tu en as besoin », suggère Pearl, et elle rougit aussitôt – elle avait oublié.

Mais Harper ne l'écoute pas.

« J'aurais dû me douter qu'elle allait me retrouver.

– Il y a autre chose », la coupe Pearl en lui tendant le Polaroid. Elle l'a glissé dans un sachet transparent, un sac à scellés, en quelque sorte. Harper jette un coup d'œil rapide à l'image.

« C'est une pauvre gamine dans le pétrin, dit-elle. Il lui fallait un endroit où dormir, elle a deviné ce dont tu avais besoin et elle t'a proposé un échange. »

Harper et Pearl ne se sont pas vues depuis des années, mais elles sont toujours capables de lire en l'autre comme dans un livre ouvert. Peut-être que c'est normal quand on a connu quelqu'un de manière aussi intime, aussi profonde.

« Plus de mensonges, Harper, dit Pearl d'une voix douce. Nat est mort. Plus rien ne t'oblige à garder ses secrets. Est-ce qu'il s'agit bien de la photo que Wilder a vue dans son portefeuille ?

– Oui. Vernon l'a donnée un jour à Nat en lui expliquant que c'était sa mère et son père biologique. Vernon a toujours trouvé injuste que Nat ne connaisse pas l'identité de son père, mais il avait promis à son frère de ne jamais trahir son secret. Il se contentait de distiller des indices à droite et à gauche. Le soir où Nat est venu au cottage et qu'il a vu le père de Wilder avec ses boutons de manchette en capsules de Coca, il a enfin compris. Il a volé les boutons de manchette et il les a cachés avec les Polaroid derrière la plinthe. »

Harper soupire, avant de reprendre :

« La dernière fois que j'ai vu Nat, c'était au centre de soins. Ce jour-là, je lui ai annoncé que j'étais enceinte. Je crois qu'il aurait voulu que notre enfant garde une trace de son passé. Sauf que c'est la police qui a retrouvé les boutons de manchette. De son vrai père, il ne lui restait plus que cette photo dans son portefeuille.

– Est-ce que quelqu'un d'autre était au courant ? demande Pearl, le cœur battant.

– Non. Nat avait trop peur de la réaction d'Alton si celui-ci venait à apprendre la vérité. Mais il savait aussi que son temps était compté, d'une manière ou d'une autre. »

Harper s'essuie les yeux avec le dos de la main.

« Dans sa chambre d'hôpital, il m'a demandé de révéler à Wilder qu'ils étaient frères. Je comptais le faire, je te jure que c'est la vérité. Mais j'ai attendu, j'ai attendu, et ensuite il était trop tard. »

Elle marque une pause.

« C'est moi qui ai retrouvé le corps de Wilder. Tu le savais, ça ?

– Non, répond Pearl, ébranlée. Je suis désolée. Il t'a paru comment, avant de... »

Elle cherche comment lui demander si Wilder avait l'air suicidaire.

« De ce que j'ai lu dans ses mémoires, il avait l'intention de revenir ici pour écrire sa version de l'histoire et se venger. Mais il faut croire que quelque chose l'a fait changer d'avis.

– Il était en colère, dit Harper.

– Contre moi.

– Oui, contre toi. Mais il était très... vivant.

– Il a peut-être une nièce. On en sera sûres une fois qu'on aura reçu les résultats ADN. Gracie a accepté de faire un test. J'ai quelques cheveux de Wilder, pour la comparaison.

– Comment tu les as eus ? s'exclame soudain Harper, l'air choqué.

– Je les lui ai arrachés, le matin après notre visite à...

– Tu aurais dû m'en parler, la coupe Harper – à la lueur des flammes, son visage est blanc de colère.

– Qu'est-ce que ça change ? »

Pearl aussi sent la colère monter.

« Tu te rends compte de tout ce que tu m'as caché, Harper ? Ta fille, bon sang ! Tu n'as jamais eu envie de la retrouver ?

– Je n'ai pas besoin de tes leçons de morale, Pearl.

– Moi, je te fais des leçons de morale ? Tu me reproches la mort de Wilder depuis si longtemps – depuis presque vingt ans ! – alors que ce n'était pas ma faute !

– Tu as mis le grappin sur un gamin vulnérable et traumatisé et tu t'es servie de lui, crache Harper. Tu lui as soutiré des informations, tu as couché avec lui, tu l'as forcé à revivre des événements traumatisants... Tout ça pour ton fichu bouquin. Et tu as essayé de faire la même chose avec moi. »

Leurs visages sont si proches que Pearl se demande *Est-ce qu'elle va me mordre ?*

Un bruit de pas en provenance du sentier de la falaise les interrompt. Pearl et Harper tournent brusquement la tête, juste à temps pour voir une fine silhouette émerger de l'obscurité.

« Je me demandais où vous étiez passée, dit Gracie à Pearl.

– On a décidé de faire un feu sur la plage », répond Pearl.

Elle essaie de respirer de manière régulière, de se calmer.

« Je te présente mon am… Je te présente Harper. »

L'atmosphère se transforme tandis que Gracie et Harper s'observent en silence.

« Je n'ai rien à lui dire, finit par lâcher Gracie en piochant un chamallow dans le sachet pour l'embrocher sur une pique en bois.

– Ces choses-là peuvent prendre du temps, chuchote Pearl, bouleversée par la tristesse qu'elle lit sur le visage de la jeune fille. Mais vous allez devoir vous habituer l'une à l'autre. Vous apprivoiser. Et toi, Harper, tu t'en sens capable ? »

Mais Harper n'écoute plus. Elle scrute le visage de Gracie illuminé par les flammes, elle la regarde porter à sa bouche les longs fils roses de chamallow fondu. Gracie doit se sentir observée, car elle redresse légèrement la tête. L'espace d'un instant, c'est Wilder que Pearl voit dans ses grands yeux pâles. Comment a-t-elle pu ne pas s'en rendre compte immédiatement ? Puis Gracie se penche en arrière pour admirer la lune et Wilder disparaît, aussitôt remplacé par Nathaniel Pelletier et son épaisse tignasse.

Pearl s'apprête à dire à Harper *Tu as vu ça ? Est-ce que tu t'en rends compte, maintenant ?* Mais ce n'est pas nécessaire. Les joues de Harper scintillent de larmes.

« Ça a marché, murmure-t-elle. La magie. Nous avons fini par être tous les trois réunis. »

Après avoir englouti trois hot dogs et presque tous les chamallows, Gracie va se coucher. Pearl se tourne alors vers Harper.

« Je vais faire en sorte que le nom de Wilder soit mentionné, tu sais, promet-elle. Certains passages sont entièrement de sa plume, après tout. Peut-être même que je vais demander qu'il soit considéré comme coauteur.

– Et pour elle, qu'est-ce que tu comptes faire ? demande Harper.

– Je ne sais pas. J'ai pensé qu'elle pourrait peut-être rester ici quand je rentrerai à New York. Au moins pendant un temps... »

Elle n'a aucune idée de comment Harper va réagir.

« Si elle décide de rester, dit Harper, je viendrai régulièrement vérifier que tout se passe bien.

– Tu pourrais lui proposer de dormir chez toi, à l'occasion.

– Peut-être.

– Bon », dit Pearl.

Harper se tourne vers elle, surprise. Pearl a beau essayer de contenir ses larmes, de les empêcher de couler, elles remontent de partout et lui bouchent la gorge.

« Je l'aimais, finit-elle par lâcher, la voix étranglée. Je voulais être avec lui et... Oh, j'étais tellement paumée, à cette époque. Je n'ai pas su comment réagir. Tu as raison, c'est ma faute s'il est mort. C'est moi qui l'ai tué.

– Non, murmure Harper. J'étais en colère quand je t'ai dit ça. Tu étais jeune. Tu étais en deuil. C'est Alton Pelletier qui a tué Wilder. Wilder ne s'est jamais remis de tout ce qui s'était passé. Il ne s'est jamais remis de ce qui était arrivé à Nat.

– J'aime bien aller me promener là-haut, une fois de temps en temps, lance Pearl après un long silence. Est-ce que tu veux venir avec moi ? »

Harper et Pearl progressent sur le sentier noir aux reflets d'argent qui monte en serpentant vers la prairie. Elles trébuchent un peu dans l'obscurité, elles rient. Pearl se sent légère comme une plume, ce qui ne lui est pas arrivé depuis si longtemps. Elles pourraient être de retour au lycée, arpentant le terrain de hockey sur gazon en pleine nuit.

La prairie est large et blanche. La lune est une lampe accrochée au-dessus de l'océan.

Pearl ignore où son corps a été retrouvé, précisément. Elle n'a jamais voulu le savoir. Mais lorsqu'elle voit Harper scruter intensément le pied d'un très beau hêtre, elle songe *Là, donc*, et elle se remet à pleurer de plus belle, parce que l'endroit est si paisible, si douillet, avec les petites étoiles pâles du jasmin de nuit qui sont en train de s'ouvrir juste à côté, et elle est heureuse que ça se soit passé là. Les sources de satisfaction sont peu nombreuses, mais il y au moins ça, cette petite chose : savoir qu'il est mort entouré de fleurs et face au bleu de la mer.

« Pourquoi est-il venu ici pour en finir ? demande Pearl – c'est une question qu'elle s'est souvent posée. Je croyais qu'il détestait cette prairie.

– Peut-être que c'est justement parce qu'il la détestait qu'il l'a choisie, suggère Harper. C'est difficile de partir quand on est entouré de choses qu'on aime. »

Elle soupire ; le printemps est déjà perceptible dans l'air de la nuit.

« À l'époque, on aurait fait de la magie ici, tu ne crois pas ? murmure-t-elle.

– Je trouve que plus on vieillit, plus les choses perdent de leur magie. C'est triste.

– C'est aussi un soulagement.

– Aussi, acquiesce Pearl.

– Après la mort de Wilder, j'ai complètement abandonné la sorcellerie. C'était trop dur de continuer à espérer. Trop dur d'accumuler les échecs. Une partie de moi est morte avec lui. Je sais qu'il en est de même pour toi. »

Harper pose une main sur le bras de Pearl.

« Je suis contente de t'avoir retrouvée », conclut-elle.

Pearl est émue. Elle étreint la main de Harper, laquelle se raidit aussitôt. Pearl songe *Je suis allée trop loin*, avant de se rendre compte que c'est autre chose qui a capté l'attention de sa vieille amie.

« Tu peux sortir de ta cachette, Gracie ! » s'écrie Harper.

La jeune fille émerge du bosquet de hêtres plongé dans l'obscurité.

« Je vous ai entendues parler de magie, dit-elle. Moi aussi, je suis une sorcière, vous savez ? »

Gracie dévale le sentier éclairé par la lune d'un pas bondissant et assuré. *Je suis devenue vieille*, songe Pearl, vaguement jalouse. *Vieille et peureuse.* Harper reste à sa hauteur. Régulièrement, Pearl a l'impression de voir les pieds de son amie s'élever du sentier, jusqu'à ce qu'il n'y ait plus que la pointe de ses orteils sur le sable.

*J'ai besoin de sommeil*, se dit-elle. *Je commence à avoir des hallucinations.*

« Je voudrais te donner quelque chose, annonce Pearl à Harper lorsqu'elles arrivent au cottage. Attends-moi, j'en ai pour une seconde. »

Elle se rend dans sa chambre et ouvre le tiroir où se trouve le médaillon contenant la mèche de cheveux de Wilder ainsi que la boîte où elle range la perle de sa mère – enfin, ce qui a été la perle de sa mère, et qui n'est désormais plus qu'une petite sphère carbonisée. Elle repense au mélange de surprise et d'agacement dans le regard endormi de Wilder le matin où elle lui a arraché la mèche de cheveux.

De cette mèche, il ne reste que quelques brins lisses et noirs que Pearl sépare en deux petites touffes égales. Étrange de songer que ces cheveux détiennent la réponse à tant de questions. Pearl va en garder la moitié pour le test ADN, mais l'autre moitié devrait revenir à Harper.

Alors qu'elle s'apprête à refermer le tiroir, elle décide sur un coup de tête d'ouvrir la boîte contenant la perle. Elle aime bien la regarder lors des moments de grande tension. Cela lui procure un certain apaisement.

La perle n'est plus là.

La respiration de Pearl s'accélère. Gracie, peut-être. Ou peut-être pas. Peut-être que Pearl a oublié de la remettre à sa place, un soir. Ou qu'elle a simplement roulé sous un meuble. Les choses ne sont pas toujours la faute de quelqu'un. Elle prend quelques secondes pour réfléchir, pour tâter les vieilles blessures, et elle est surprise de se rendre compte que ça va. Qu'elle n'a plus besoin de cette perle. Si Gracie l'a prise et veut la garder, alors qu'elle la garde. Il est temps pour Pearl de passer à autre chose.

Harper et Gracie se tiennent côte à côte, leurs silhouettes se découpant contre l'océan éclairé par la lune. Gracie murmure quelque chose à l'oreille de Harper. En entendant Pearl arriver, elles s'écartent vivement l'une de l'autre.

« Tiens », dit Pearl.

La main de Harper est douce. Plus petite que dans les souvenirs de Pearl. Il faut dire qu'elle s'attend à ce que tout chez Harper soit dur et rugueux, mais ce n'est pas le cas, évidemment. Elle aussi a énormément souffert.

« J'imagine qu'il te manque beaucoup, dit-elle. Qu'ils te manquent beaucoup tous les deux. »

Elle glisse les quelques cheveux de Wilder dans la paume ouverte de Harper.

« Pour toi. »

Après une pause, elle ajoute :

« Tu sais, le jour où tu m'as appelée pour m'annoncer qu'il était mort, eh bien, juste après, j'ai essayé de faire de la magie avec ses cheveux. Comme quand on était au lycée. J'espérais que ça le ramènerait à la vie. Ce jour-là, j'ai aussi brûlé la perle de ma mère. Le seul souvenir qu'il me restait d'elle.

– Qui sait ? dit Harper d'une voix douce. Peut-être que ça marchera. Peut-être qu'un jour vous serez réunis. »

Pearl rit et prend Harper dans les bras et, après quelques secondes, Harper lui rend son étreinte.

« Quand tu seras prête, il t'attendra », ajoute Harper.

Pearl est étonnée. Elle ne pensait pas que Harper était du genre à croire en Dieu. De toute évidence, elles ont toutes les deux beaucoup changé.

« Je suis tellement contente qu'on soit à nouveau proches, dit Pearl. Tu es la meilleure amie que j'aie jamais eue. Et je suis désolée si, à l'époque, je ne m'en suis pas rendu compte.

– Tu parles, on ne se rendait compte de rien. On était deux idiotes. Mais heureusement, parfois, la vie nous offre une seconde chance. »

*C'est bizarre*, songe Pearl, *toutes ces choses qu'on perçoit mieux quand on est dans le noir.* Ainsi, elle sait que Harper est en train de sourire, et elle sent que l'énorme poids qui l'écrasait depuis des années a disparu.

« S'il te plaît, ne pars pas tout de suite », dit Gracie en se tournant vers Harper.

Le désespoir dans la voix de la jeune fille est si puissant que Pearl peut presque le voir, comme une touche de couleur dans la nuit.

« Je vous laisse à votre discussion », dit-elle avant de s'éloigner.

Pearl essaie de dormir, mais son esprit bouillonne. Elle entend le bruissement étouffé d'une conversation, à l'extérieur de la maison – Harper et Gracie qui discutent. Pour finir, elle se relève, sort le classeur avec l'image d'Aphrodite du placard et le caresse délicatement du bout des doigts. Elle ne le voit plus comme un rappel de sa culpabilité, désormais, mais comme une relique à chérir. Elle le pose sur la table de la cuisine, l'ouvre et étale devant elle les feuillets du *Rôdeur de Whistler Bay*. Cette touche de machine à écrire cassée – chaque fois, ça la rend folle.

*Je pense qu'on ne devrait pas vivre au bord de l'océan. C'est un espace trop vaste pour être compréhensible.*

*Mais qu'est-ce qu'on est censé faire*, songe Pearl, *à part revenir ici, encore et encore, et essayer de comprendre ?*

Et elle s'immerge dans le bleu et l'or de ce fameux été.

Une phrase dans la nuit l'arrache à sa lecture.

« Je ne sais pas si j'y arriverai. »

Il y a tellement de souffrance dans la voix de Harper.

Gracie répond quelque chose. Pearl ne distingue pas les mots ; par contre, elle entend les larmes. Vite, elle tâche de se reconcentrer sur les pages disposées devant elle. Certaines choses relèvent de l'intimité.

Quelques heures plus tard, alors que les premières lueurs blafardes de l'aube apparaissent à l'est, Pearl entend les pas de Harper qui s'éloignent du cottage. Gracie pénètre dans la cuisine sans faire de bruit. Elle a pleuré et elle a encore les joues rouges, mais ses yeux sont deux étoiles au milieu de son visage.

« Je vais te préparer un chocolat chaud », annonce Pearl.

Elle ne voit pas ce qu'elle pourrait dire d'autre, mais elle a dû viser juste, car Gracie se jette dans ses bras.

Pearl se réveille en sursaut. La lueur bleue de la neige s'insinue par la lucarne en forme de hublot. Il y a quelqu'un dans le lit à côté d'elle.

« Ah, tu es là », dit-elle, et elle passe un bras autour de lui, lui tapote le torse. *Tap tap*, font ses doigts, manière de dire *Suis-moi*. Mais, alors qu'il s'apprête à se tourner vers elle, il disparaît.

Le réveil est un déchirement.

*Ce n'est pas Wilder*, se rappelle-t-elle. *Et ce n'est pas non plus un fantôme, parce que les fantômes n'existent pas.* Non, c'est simplement un rêve qu'il lui arrive de faire. Une nuit, il y a vingt ans, quand elle était jeune et que Wilder était encore en vie. Elle le connaissait à peine, en réalité. La dernière fois qu'ils se sont parlé, qu'ils se sont touchés... Cela remonte à il y a si longtemps – et quel était le sens de leur histoire, en fin de compte ?

*Un jour, je serai une vieille femme de quatre-vingts ans*, songe Pearl. *Mais ma tristesse sera la même, et cet étudiant maigrichon continuera de me manquer.*

Debout sous l'érable à sucre, Pearl observe Mirror Bay. *Non*, se corrige-t-elle. *Whistler Bay.* C'est si facile de se tromper. L'océan l'observe en retour derrière son voile d'acier. Les pierres sont silencieuses. Il est temps de revenir à la vie réelle.

« Ça va ? lui demande Harper.

– Est-ce que tu l'aimes ? réplique Pearl sans s'embarrasser de politesses. J'ai bien conscience que je n'ai pas du tout la fibre maternelle, mais je t'en prie, si tu sais déjà que tu ne pourras jamais l'aimer en retour, ne lui donne pas de faux espoirs. Ne la laisse pas rester ici pour toi.

– C'est ma fille, Pearl, répond Harper d'une voix douce. Ne t'en mêle pas.

– D'accord. Compris. »

Harper et Gracie se sont beaucoup rapprochées, ces dernières semaines. Tous les jours, elles vont marcher sur le sentier côtier. Régulièrement, quand Pearl rentre à la maison, des odeurs flottent dans la cuisine : fumée, résine, herbes aromatiques... Il semblerait que Harper soit retournée à ses premières passions. *Bah, ce n'est pas bien méchant*, songe Pearl. Wiccanisme, druidisme, magie blanche... Elle ne connaît pas les termes exacts, mais elle sent bien qu'il n'est plus question de maléfices sanglants.

Le soir, il arrive à Gracie et à Harper de s'éclipser pour une longue promenade sous la lune. Une fois ou deux, Pearl a même été réveillée par des hurlements lointains en provenance de la baie. Elle est contente que Harper se réapproprie cette partie d'elle-même et qu'elle la partage avec Gracie.

Quand Pearl repartira à New York, Gracie restera au cottage – ça arrange tout le monde. Mère et fille pourront continuer à tisser des liens et à les renforcer, et Pearl gagne une gardienne à l'année.

Gracie sort de la maison, un pilon de poulet à la main. Dans l'autre, elle tient le manuscrit de *Mirror Bay*. Pearl en a imprimé deux exemplaires, un pour Gracie et l'autre pour Harper. Celui de Gracie est déjà plein de taches de graisse.

« Tu es sûre que tu ne vas pas te sentir trop seule, ici ? » insiste Pearl.

Tous les soirs, Gracie continue à fourrer tout ce qu'elle possède dans son sac à dos et à se servir de celui-ci comme oreiller. Pas parce qu'elle a peur que Pearl lui vole ses affaires, mais parce qu'il faut du temps pour se départir de ses habitudes. Pour s'accoutumer au sentiment de sécurité.

« Je serai seule, mais pas isolée, dit Gracie. Ce n'est pas du tout la même chose. Et puis, il y a Harper. »

Alors que la mère et la fille échangent un rapide regard, un courant d'émotion silencieux passe entre elles.

« Tu es prête, Pearl ? s'enquiert Gracie.

– Je suis prête. »

Elle se retient de demander à la jeune fille ce que celle-ci a pensé de son livre, mais Gracie esquisse un sourire. Elle a le don de deviner ce que les gens taisent – une forme d'instinct de survie, probablement.

« Je ne comprends pas, dit-elle d'ailleurs. Dans ce livre, tu as forcé Wilder à faire des choses pour toi. Tu t'es servi de lui, en quelque sorte.

– C'est vrai.

– Mais c'était ton ami. Tu étais genre, amoureuse de lui. Ça ne t'a pas arrêtée ?

– Ça aurait dû ? demande Pearl, sincèrement surprise.

– J'ai bien aimé qu'on la retrouve, reprend Gracie après quelques secondes de réflexion. La dernière victime. Ma grand-mère, dans son baril coincé sous la falaise. Tu imagines, si ça se passait comme ça, dans la vraie vie ?

– Malheureusement, je ne pense pas qu'on la retrouvera un jour. On ne sait même pas si c'est ce qui lui est arrivé. Et cette grotte sous la falaise n'existe pas, je l'ai inventée. »

Gracie hausse les épaules.

« J'ai bien aimé aussi les petits chapitres que tu as insérés un peu partout avec les jeux sur les mots. »

Harper se tourne vers Gracie, un sourire aux lèvres.

« Pardon ? fait Pearl.

– Ben, tu sais, les chapitres où ça fait juste des listes de mots.

– Non, Gracie. Enfin, j'ai bien évoqué ce jeu que m'a appris mon père, mais…

– Tu as aussi mis des colonnes de mots », insiste Gracie.

Elle semble à la fois perplexe et vexée, comme si Pearl l'accusait de mentir.

« J'y peux rien, moi, reprend-elle. En plus, ça rend bien, t'as fait comme s'ils avaient été tapés à la machine à écrire.

– Gracie, il faut que tu arrêtes, maintenant. »

Parfois, quand Pearl s'apprête à changer de pièce ou à quitter la maison, Gracie s'affole et invente des excuses pour l'inciter à rester plus longtemps.

« Je dois vraiment y aller, ajoute Pearl. Je ne tiens pas à rater mon avion.

– Non ! s'exclame Gracie. Tu as dû oublier, c'est tout. Regarde, tu verras que j'ai raison. Tiens ! »

Et elle fourre le manuscrit entre les mains de Pearl.

« Au fait, est-ce que je peux prendre le deuxième pilon de poulet ? »

Un autre réflexe de Gracie : elle demande la permission de manger. À l'évidence, elle a été habituée à ce que la nourriture soit rationnée.

« Bien sûr », marmonne Pearl en feuilletant la liasse de papiers, et la jeune fille disparaît à l'intérieur du cottage avec un petit pas de danse.

Au bout de quelques secondes, Pearl se fige. Ses mains se mettent à trembler.

Noue
Nue
Ne

Sel
Ses
Les

Chics
Chocs
Crocs
Crois

Gale
Gare
Pare
Par
Pas

Rail
Ail
Aile
Aide

Mi
Moi

Pearl n'a pas écrit ça. Elle le sait.

Selon les règles de son père, ce jeu comporte une particularité : si on assemble les derniers mots de chaque groupe, on doit obtenir un message.

*Ne les crois pas*
*Aide-moi*

« J'ai dû oublier, alors, dit-elle pour elle-même, paniquée. Il n'y a pas d'autre explication. »

Mais le haut des *l* est manquant, de sorte qu'on dirait plutôt des *i* ratés. Et la couleur légèrement verdâtre des lettres trahit un ruban de machine à écrire en fin de vie.

« Wilder ? » murmure Pearl.

Elle regarde autour d'elle, envahie par... par quoi, d'ailleurs ? L'océan et le ciel brillent plus fort, on dirait qu'ils s'apprêtent à lui répondre.

Harper l'observe.

« Oui, c'est bien lui, dit-elle à Pearl. Je l'ai mis à l'intérieur. Je me suis servie des cheveux que tu m'as donnés. »

Le ciel s'obscurcit. Les yeux de Harper se parent du même éclat argenté que les derniers reflets du soleil sur la mer.

Pearl se rend soudain compte qu'elle ne connaît absolument pas cette femme qui se tient devant elle – ce visage n'appartient plus à celle qui a été sa meilleure amie. D'ailleurs, il ne semble même plus humain.

« Tu voulais vivre éternellement, poursuit Harper d'une voix tranquille. Wilder aussi. Les écrivains ont beau prétendre le contraire, c'est leur souhait le plus cher. Ce souhait, je vais le réaliser pour vous. Ici, dans ce livre. J'ai un échantillon de ton sang et, quand tu seras morte, je t'ajouterai à ton tour, et vous pourrez passer l'éternité à arpenter les pages, main dans la main.

– Comment ça, un échantillon de mon sang ? »

Les muscles de Pearl tremblent autour de ses os comme une mer agitée.

« Tu pourras remercier Gracie, explique Harper. Tu as fait tomber une goutte de sang sur son jean, le jour où tu l'as secourue chez les Pelletier. Elle me l'a donné, ainsi que la perle de ta mère.

– Elle n'aurait jamais osé. Après tout ce que j'ai fait pour...
– Tu n'as rien fait pour elle, tu n'as pensé qu'à toi depuis le début. Gracie t'a manipulée pour se rapprocher de moi. C'est ma fille, Pearl. MA fille. »

Harper marque une courte pause.

« Et toi, tu es un monstre. Heureusement, les livres sont des cages où on peut vous enfermer. Vous le méritez autant l'un que l'autre, Wilder et toi. Vous avez couché toute ma peine sur le papier sans vous soucier de moi une seule seconde. Ces femmes sont mortes, Pearl. Elles ne méritent pas que vous vous serviez d'elles. C'est du vol. Il s'agit de ta propre mère, et tu ne t'intéresses même pas à son histoire ! Non, tu as préféré te focaliser sur l'assassin et son fils.

– Ce que tu dis est absurde ! s'exclame Pearl. Wilder est mort il y a des années. Je ne t'ai donné ses cheveux qu'il y a quelques semaines.

– Si j'avais essayé de l'enfermer dans un rocher ou dans un arbre, effectivement, ça n'aurait pas marché. Mais un roman, ce n'est pas pareil. Les livres sont en dehors du temps. Ils sont partout.

– Mais... »

Le cerveau de Pearl est en ébullition. Elle perçoit l'énergie noire qui émane de Harper, et elle entend chaque particule de son être lui hurler *Va-t'en, vite !*

Harper sourit.

« Écoute ce que te dit ton corps, acquiesce-t-elle. Monte dans ta voiture et pars. Je ne veux plus jamais te revoir. C'est chez moi, ici. Il me semblait pourtant que tu l'avais compris. Alors pourquoi es-tu revenue ? Wilder et toi, vous étiez chacun persuadé que cette histoire tournait autour de vous, mais vous aviez tort. Il s'agit de mon histoire. Vous n'avez pas eu une seule pensée pour moi. Les choses que j'ai dû... Personne ne sait ce que j'ai dû faire, ce que j'ai enduré. »

Harper a les joues roses et humides.

« Nat aurait détesté la prison, reprend-elle, les mâchoires serrées. Je ne pouvais pas le laisser dépérir entre quatre murs. C'est lui qui avait pris les photos de ces enfants endormis. Il me l'a avoué. Ou plutôt, je l'ai forcé à me l'avouer. Il voulait que je lui pardonne, alors je lui ai pardonné – et ensuite je l'ai nourri. C'était la seule solution. »

Harper se tourne vers Pearl. Son visage n'est plus qu'un rideau de larmes.

« Est-ce que tu sais ce que ça fait, de tuer quelqu'un que tu aimes ? demande-t-elle d'une voix étranglée. C'est encore plus fort que l'amour. J'ai trouvé un moyen pour que nous soyons à nouveau tous les trois réunis. Nat, Wilder et moi. Un moyen de remonter jusqu'à avant tout ça. »

Elle prend une grande inspiration et conclut :

« La dernière fois, je me suis terriblement mal débrouillée, mais j'ai enfin réussi à réparer mon erreur. »

# Harper

## *Automne 1992*

Elle est presque prête.

La baie scintille, la prairie s'est parée de reflets d'or dans la lumière rasante. Harper hume l'odeur de la terre chaude. L'été a été particulièrement torride, cette année. Tant mieux. La grande ciguë pousse mieux dans ces conditions. Le cœur de Harper est plus sec que la terre. Elle sait que pour cette épreuve, la dernière, elle va devoir repousser ses propres limites et s'approcher comme jamais du précipice.

Quand elle est passée devant Whistler Cottage, les fenêtres étaient ouvertes. Un locataire, certainement. Elle a baissé la tête et elle a pressé le pas. Elle ne veut pas attirer l'attention.

Elle déballe les différents objets les uns après les autres. Le couteau en argent, le bar rayé qu'elle a acheté à Castine – il faut quelque chose de la mer, et Nat adorait la pêche. Avec d'infinies précautions, elle déroule le pull dans lequel elle a emmailloté le bocal de teinture mère. La mixture a pris une couleur rouge sang, elle ne sait pas pourquoi. Peut-être qu'elle s'est trompée quelque part.

Elle a trouvé les instructions dans le *Manuel du botaniste* de John King, dans la bibliothèque de son père.

*... le broyat dans un erlenmeyer en verre et versez graduellement l'alcool dilué jusqu'à obtenir mille grammes de teinture mère...*

Heureusement, Harper s'est toujours à peu près débrouillée en sciences. Bien sûr, elle n'avait pas d'erlenmeyer, alors elle s'est servie d'un verre gradué qu'elle a brisé après coup, avant d'emballer les morceaux dans trois sacs plastique qu'elle a dissimulés au fond de la poubelle.

Elle dévisse le couvercle du bocal et plonge délicatement la lame dans le liquide, jusqu'à ce qu'elle soit entièrement imbibée.

Harper est revenue dans la région pour surveiller la baie, pour en être la gardienne. Elle est convaincue – mais peut-être qu'elle se trompe, la magie n'est pas une science exacte – que l'océan lui-même l'a appelée et que c'est désormais son rôle, sa vocation. Parfois, elle a le sentiment que c'est la baie qui la surveille. Ou alors, elle est en train de sombrer dans la folie. Toujours est-il qu'après avoir été renvoyée de Fairview, elle a emménagé dans la grande maison blanche. C'est comme si le temps s'était arrêté pour Harper. Même Pearl a fait quelque chose de sa vie. Le livre – Harper a lu dans le journal local qu'il serait publié dans quelques mois. Au moins, elle n'a pas bu une goutte d'alcool depuis plus d'un an. C'est déjà ça.

« Est-ce que tu es fier de moi, Natty ? » demande-t-elle.

Elle s'adresse à lui régulièrement. Peut-être qu'un jour il lui répondra.

« Harper ? »

Elle fait volte-face, le cœur battant. Elle n'a même pas encore commencé le rituel, pourtant, mais elle connaît cette voix.

Wilder se tient à quelques mètres d'elle au milieu des hautes herbes, l'air hésitant. Il porte une sacoche en cuir en bandoulière. Harper ouvre la bouche pour le saluer mais, à la place, elle dit :

« Quelqu'un est tombé amoureux de toi depuis la dernière fois qu'on s'est parlé. Je le vois. »

Et c'est vrai, il y a comme un halo de lumière tout autour de lui.

« Je ne savais pas que tu étais revenu, ajoute-t-elle.

– Je viens d'arriver, répond Wilder. Je regardais l'océan et je pensais à toi. Je pensais au passé. À un moment, j'ai levé la tête et je t'ai vue sur le chemin. Alors je t'ai suivie. Dans la précipitation, j'ai même oublié mes lunettes sur la table. Je ne m'attendais pas à ce que tu ailles à la prairie.

– Tu détestes toujours autant cet endroit ? Tu disais que tu avais l'impression que quelqu'un était mort ici.

– Bizarrement, non. Il faut croire que j'ai grandi. »

Il avise le petit tas de bois qu'elle a préparé. Le couteau. C'est elle qui a gravé les poissons sur le manche en noyer. Les dessins sont moins réussis que sur l'original, mais l'ensemble reste très ressemblant.

« Qu'est-ce que tu fais ? demande Wilder en détachant chaque syllabe.

– Un essai. Je... Je crois que j'ai trouvé le moyen de faire revenir Nat. Le problème, c'est qu'il me manque encore un élément. Alors, en attendant de l'obtenir, je m'entraîne.

– Tu t'entraînes à quoi ?

– Laisse tomber, je sais bien que tu ne crois pas à tout ça, toi.

– On s'en fiche, de ce que je crois. »

Elle soupire. Elle a envie d'en parler ; elle a travaillé tellement dur pour trouver la bonne formule.

« Pour commencer, on a le couteau – ce n'est pas celui que Nat a utilisé, mais je me suis appliquée pour que ça y ressemble le plus possible. Ensuite, on se trouve dans un endroit où Nat a versé son sang, tu te souviens ? Le pacte. Donc le rituel sera à la fois lié au sang, au lieu et à la propriété. Il ne me manque plus que l'objet à ensorceler. Il s'agit d'un objet bien spécifique : un livre sur... Tu sais, tout ce qui s'est passé, et qui a été écrit par... Ça n'a pas d'importance. Ça s'appelle *Le Rôdeur de la côte* et ça sortira l'année prochaine. En attendant, comme je t'expliquais, je m'entraîne. Il faut que tout soit prêt, parce que je n'aurai pas droit à l'erreur. »

Harper se tourne vers l'océan. Elle ne veut pas qu'il la voie pleurer.

« Je sais que c'est stupide, reprend-elle. Je sais que je ne peux rien changer. Mais j'ai besoin d'un but. D'un peu d'espoir. »

Wilder l'observe. Sans un mot, il ouvre sa sacoche et en sort une liasse de feuilles de papier. Sur la première page, un titre : *Le Rôdeur de la côte*.

« Maintenant, tu peux le faire, dit-il.

– Comment est-ce que tu as… ? »

Harper sent le monde se désintégrer autour d'elle.

« C'est moi qui lui ai raconté toute notre histoire, explique Wilder. On a atterri dans la même fac. »

Il secoue la tête et ajoute :

« Drôle de coïncidence, hein ? Que je débarque ici avec ce dont tu as besoin, pile au moment où tu en as besoin.

– Non, c'est le fonctionnement de la magie, répond Harper. Et sinon, on… On est comment, dans le livre ?

– À vrai dire, ça parle plus d'elle que de nous. Ton alter ego se nomme Helen. Regarde, juste là. Et moi, je suis Wiley. Elle s'est greffée à notre histoire – son personnage s'appelle Skandar.

– Beurk, fait Harper avec une grimace.

– C'est une vulgaire voleuse, dit Wilder. Je suis venu ici pour la retrouver.

– Tu as l'intention de la tuer ? demande Harper, soudain très intéressée.

– Non, je vais lui pardonner », répond Wilder avec dignité.

Harper pouffe et, devant l'expression de Wilder, elle ne peut s'empêcher d'éclater de rire.

« Tu n'as pas changé. J'ai une meilleure idée, dit-elle en tendant sa paume ouverte. Donne-moi ce manuscrit. »

Il hésite et, soudain, Harper voit rouge.

« Donne-le-moi, Wilder ! Je sais que tu ne crois pas à ces histoires de magie, et peut-être même que tu me prends pour une folle, mais accepte de jouer le jeu, s'il te plaît. Rien qu'une fois. »

Tremblante, elle se saisit de la liasse.

« Ça va beaucoup te plaire, promet-elle. Je vais le brûler.

– Harper… »

Elle sourit et lui prend la main.

« On discutera après, d'accord ? Il y a des choses qu'il faut que tu saches. Des choses que j'ai promis à Nat de te dire. »

Tellement de promesses qu'elle n'a pas tenues. Mais il n'est pas trop tard pour se rattraper.

Harper pose le manuscrit sur le petit tas de bois. Elle retire ensuite le couteau du bocal et prend soin de l'égoutter, avant de verser l'intégralité de la teinture mère au pied du bûcher. La mixture étant principalement constituée d'alcool, elle devrait faire office d'accélérant. Harper craque une allumette, et les flammes pâles s'élèvent aussitôt à la lumière du soleil.

Enfin, elle approche la lame de sa gorge. Une simple coupure suffirait, mais elle préfère mettre toutes les chances de son côté.

« Mais qu'est-ce que tu fais ? » s'écrie Wilder, horrifié.

Il se jette sur elle, mais elle parvient à l'esquiver.

« Harper, non !

– N'essaie pas de m'en empêcher, Wilder. Le rituel requiert mon sang. Je peux ramener Nat dans le livre. Je serai toujours vivante, je serai simplement… dans les pages. Je serai Helen. »

Wilder ne réagit pas. Il regarde le filet de sang qui coule le long de son avant-bras entaillé. Harper se fige.

« Je suis désolée. Oh, Wilder. Je suis tellement désolée.

– Ça ne fait pas mal. Ça devrait, pourtant. Qu'est-ce que tu as mis sur la lame ?

– Une décoction de grande ciguë, murmure-t-elle.

– Mon Dieu. Il faut appeler les secours. Vite, cours jusqu'au cottage… »

Elle sait qu'il est trop tard. Le poison est déjà dans son corps, déjà dans son sang.

« J'ai peur, gémit Wilder. Qu'est-ce qui va se passer ?

– Ça va aller, je peux encore tout arranger. »

Le cœur de Harper bat à toute allure. Maintenant que Wilder a gâché le sortilège, elle ne sait plus quoi faire. Tout est fichu.

Autour d'eux, des fragments de papier calciné tourbillonnent dans la brise.

« Je ne veux pas mourir, souffle Wilder – il a l'air si jeune, si terrifié.

– Assieds-toi », lui ordonne Harper.

Elle l'aide à s'installer au pied d'un joli hêtre, le dos contre le tronc. Elle espère que s'il reste immobile, cela ralentira la diffusion du poison.

Wilder se met à pleurer. Harper tend une main vers lui, mais il a un mouvement de recul. Il a compris à qui il avait affaire, il a senti la noirceur absolue qui se dégageait d'elle.

« Ne me touche pas, murmure-t-il.

– Comme tu préfères », dit gentiment Harper.

Elle garde un sourire accroché à son visage, tout en s'efforçant de ravaler les larmes qui lui brûlent la gorge. Il faut qu'elle trouve une solution. Il y en a forcément une.

« Attends ! » s'exclame-t-elle en s'élançant vers le feu.

Le manuscrit a presque intégralement été dévoré par les flammes. Elle retient sa respiration, plonge la main dans le brasier et parvient à récupérer un fragment de page. De la semelle de sa chaussure, elle tapote les bords incandescents pour les éteindre. C'est une scène entre Wiley et le fameux Skandar. *Des cheveux cuivrés en bataille. Un gros nez. Gentil.*

*Quelle créativité, Pearl*, songe Harper. *Ton personnage principal est une version masculine de toi.* Elle va devoir s'en contenter.

Harper aiguise son esprit et son cœur. Et soudain, le sentiment l'envahit, à la fois terrifiant et merveilleux. La magie est sur le point de se produire. Le monde vire au bleu, les sons disparaissent.

Elle étale un peu du sang de Wilder sur le fragment de papier, puis se mord l'intérieur de la joue et crache la salive rouge sur la page.

Quand elle est prête, elle déclare :

« Ouvre les yeux. »

Les yeux de Wilder sont immenses et noirs, les pupilles déjà dilatées par le poison.

« Qui es-tu ? demande-t-il. Est-ce que je suis mort ?

– Tu es Wiley », répond Harper, mais sa voix est grave.

Elle se touche la gorge, sent les poils rêches sous ses doigts, la bosse étrange que forme sa pomme d'Adam. Ses épaules sont larges, à présent. Puissantes. *Alors c'est ça que ça fait ?* Elle essaie de ne pas réfléchir. Il faut qu'elle y croie, il faut qu'elle y croie. C'est le seul moyen pour eux d'entrer dans le livre.

Elle se penche vers lui et souffle doucement sur sa bouche, puis elle écarte les lèvres et les pose sur celles de Wilder. Le râle qu'il pousse résonne dans l'âme de Harper ; ils s'aspirent l'un l'autre. Elle goûte sa langue, lisse et minérale. Quand elle attrape sa main, elle se rend compte que la sienne est devenue plus large, que ses doigts sont devenus plus longs.

« Touche mon cœur », chuchote-t-elle.

Wilder glisse une main sous le chemisier de Harper, arrachant plusieurs boutons au passage, et il s'arrête sur sa poitrine étrangement plate. Harper cesse de penser et laisse la magie l'emporter comme une avalanche. Le monde n'est plus qu'un mélange de couleurs qui tourbillonne autour du point fixe que forment leurs deux corps. Chaque cellule de Harper est concentrée sur la respiration de Wilder. Sur sa bouche, sur les battements de son cœur. Et elle essaie de forcer tous ces éléments à rentrer dans le livre.

L'espace de quelques instants, la prairie frémit. La baie en contrebas change de forme, des phoques apparaissent sur les rochers tièdes. *Ça fonctionne*, songe-t-elle. Harper et Wilder ne sont plus sous le hêtre, mais debout au milieu d'un ruisseau boueux. Elle est Skandar, il est Wiley.

Malheureusement, cela ne dure pas. Les lèvres de Wilder convulsent et se refroidissent sous les siennes. Il est en train de mourir.

Harper a beau continuer à forcer, elle sait déjà qu'il est trop tard. Le bleu qui avait envahi l'univers s'estompe peu à peu, les bruits reviennent. Elle sent ses cheveux pousser, son visage s'affine, se lisse. Elle se sent redevenir elle-même.

Wilder la regarde, la bouche figée, les yeux rendus vitreux par la peur. Une dernière étincelle de vie scintille dans ses pupilles, puis plus rien. Le vide. Harper sait que ça n'a pas marché. La page qu'elle tient à la main n'est qu'un morceau de papier.

Elle a beau savoir que cela est inutile, elle se met à secouer Wilder, à l'appeler, à marteler de coups de poing son torse immobile. Peu à peu, le corps qui abritait Wilder devient froid.

Harper caresse ses cheveux bruns.

« Ça va aller, lui murmure-t-elle à l'oreille. Je te promets que je vais tout arranger. »

# Pearl

« Je pensais qu'il était mort par ma faute, dit Pearl d'une voix blanche. Mais c'est toi qui l'as tué.

– C'était un accident, murmure Harper.

– Une vie gâchée pour quelque chose qui n'a même pas marché, continue Pearl, le cœur serré par le chagrin.

– Je pense que ça ne fonctionne qu'avec un livre qui n'est pas terminé. Mais surtout, il manquait Gracie. Gracie, c'est un mélange de nous trois, tu comprends ? Nat, Wilder et moi. Le sang de notre sang. Et maintenant qu'on va être à nouveau réunis, on pourra tout recommencer.

– Mais pourquoi voudrais-tu revivre ces événements tragiques ? Tu ne trouves pas ça horrible ?

– J'ai tellement hâte de les retrouver.

– Tu as aussi mis la perle de ma mère, se rappelle Pearl, le souffle court.

– Oui, tu vas pouvoir la revoir. »

Pearl est sur le point de s'évanouir, elle pousse un grognement rauque. Harper la dévisage.

« Je ne te comprends pas, Pearl. Tu devrais me remercier...

– Tu plaisantes ? Ça veut dire qu'elle va mourir à nouveau. En boucle, pour l'éternité...

– Tu vas t'y habituer. Mais tu as eu tort de faire revenir Rebecca sous la forme d'un fantôme, dans ton livre. Elle souffre tellement... »

Pearl regarde ses doigts et les imagine enserrant la gorge de Harper.

*Non.* La voix de Harper résonne dans le crâne de Pearl, qui se prend la tête à deux mains.

« Arrête d'écrire sur Whistler Bay, ordonne Harper en essuyant machinalement les larmes qui roulent sur ses joues. Ce n'est pas pour toi. Ça fait deux livres dans lesquels on est tous condamnés à vivre, maintenant. Essaie-toi à quelque chose de différent, lance-toi sur d'autres projets. Vis, aime. Écoute, observe. Et consigne tout ça dans des petits mondes de papier. Le moment venu, tu auras plus d'endroits où te promener. C'est toi l'autrice, alors tu seras dans tous les mondes que tu inventeras. Nous autres, on est limités à ceux où tu as décidé de nous faire apparaître.

– Ce que tu dis est impossible, dit Pearl faiblement. Tu cherches à me faire peur.

– Peut-être que oui, peut-être que non. Dans le doute, comme tu n'as aucune envie de te retrouver avec nous, je te conseille de vivre le plus longtemps possible et de créer autant de mondes habitables que tu le pourras. »

Son sourire s'étire peu à peu en une grimace terrifiante, tandis qu'elle tend les mains vers Pearl. Celle-ci voudrait hurler, mais son cri reste coincé dans sa gorge. Lorsque les bras de Harper l'étreignent, Pearl ressent alors tout le pouvoir maléfique qui se dégage de celle qu'elle croyait être son amie, tous ces vieux soleils et ces lunes et ces étoiles qui tournent à l'intérieur. Comment a-t-elle pu penser que Harper était inoffensive ?

« Laisse-moi partir, souffle-t-elle. Je t'en supplie, je ferai tout ce que tu voudras. Je ne reviendrai jamais. J'écrirai sur d'autres endroits.

– Pearl ? Harper ? »

Il y a de l'inquiétude dans la voix de Gracie. Elle se tient dans l'encadrement de la porte, son pilon de poulet à la main. Ses dents tranchantes nettoient l'os déjà décharné. Pearl tressaille.

« Harper se sert de toi, Gracie, dit-elle. Tout ce qui l'intéresse, c'est ton sang. »

Elle a conscience de sa cruauté, à cet instant. Mais Gracie secoue la tête.

« C'est ma mère », se contente-t-elle de répondre.

Quand Harper se tourne vers Gracie et esquisse un sourire discret, Pearl voit une lueur s'allumer dans son regard. Surprise, elle comprend que c'est de l'amour. Cela ne dure qu'un instant, un bref échange scintillant entre une mère et sa fille. Harper reporte son attention sur Pearl.

« Tu n'as plus beaucoup d'essence, mais il t'en reste assez pour atteindre la première aire d'autoroute. »

Pearl ne lui demande pas comment elle le sait. L'immensité obscure est de retour dans les pupilles de Harper. Du bout de l'index, celle-ci tapote le bras de Pearl. L'ongle est sec, tranchant, léger.

Pearl sursaute. Puis elle fait volte-face et dévale le sentier en courant, glissant sur les gravillons, accablée par le poids de ces yeux sur sa nuque.

Elle claque la portière et s'enferme dans l'habitacle, où elle prend le temps de respirer profondément, de humer l'odeur du cuir et les effluves sucrés et réconfortants du granité oublié dans le porte-gobelet. Des choses tangibles, des choses ordinaires. Mais le pouvoir de Harper est comme une nuée de mouches qui vient se poser sur ses épaules.

Le moteur démarre du premier coup et Pearl pousse un sanglot de soulagement. La voiture s'ébranle dans un nuage de poussière et de graviers. Pearl se force à respirer calmement et, peu à peu, la route finit par se stabiliser devant ses yeux. *Ne te retourne pas*, songe-t-elle. *Sous aucun prétexte*. Mais c'est plus fort qu'elle. À l'approche du premier virage, elle ne peut s'empêcher de jeter un regard par-dessus son épaule.

Sur la colline, deux silhouettes noires se découpent contre le ciel, bras dessus, bras dessous. Harper et Gracie. Pearl le sait, mais, l'espace d'un instant, le soleil l'aveugle et elle est prise d'un doute. Pourrait-il s'agir de deux adolescents à l'aube de l'âge adulte, qui la regardent partir ?

[ ]

Mou
Mu
Tu

Modes
Odes
Des
Es

Ces
Ce
Le
Là

Légalement
Également

# REMERCIEMENTS

Il n'existe pas de plus ardents défenseurs de mes livres que mes merveilleux agents, et ils méritent bien plus d'éloges que je ne peux leur en adresser ici. En premier lieu, merci à l'extraordinaire Jenny Savill, qui se sert toujours de son pouvoir au service du bien. Merci également à toute l'équipe d'Andrew Nurnberg Associates : Michael Dean, Barbara Barbieri, Rory Clarke, Lucy Flynn, Juliana Galvis, Halina Koscia, Ylva Monsen, Andrew Nurnberg, Sabine Pfannenstiel et Marei Pittner.

Un immense merci à Robin Straus et Danielle Metta chez Robin Straus Agency – vous avez tout changé pour moi !

Merci encore à mes éditrices américaines et britanniques Miranda Jewess et Kelly Lonesome O'Connor – je ne saurais chanter vos louanges assez fort. Ce livre a été une sacrée aventure. Merci pour votre confiance et votre patience, ainsi que pour votre ingéniosité et votre créativité inépuisables.

Je suis très reconnaissante aux virtuoses qui constituent l'équipe de Viper pour leur travail acharné – je pense en particulier à Andrew Franklin, Drew Jerrison, Flora Willis, Claire Beaumont et Niamh Murray. Lors des relectures, l'œil affûté de Hayley Shepherd m'a, comme souvent, évité bien des erreurs.

Merci à toute l'équipe de Tor Nightfire et Tor Books, aux États-Unis : Alexis Seraala, Devi Pillai, Michael Dudding, Jordan Hanley, Sarah Pannenberg, Kristin Temple et tous ceux que j'oublie. Je suis très honorée de vous avoir comme éditeurs.

Les couvertures aussi magnifiques qu'angoissantes de *Mirror Bay* sont la création de Steve Panton pour la version britannique et de Katie Klimowicz pour la version américaine.

Pour nos longues conversations, leur soutien indéfectible et leur bienveillance à toute épreuve, je tiens à remercier Emily Cavendish, Oriana Elia, Kate Griffin, Virginia Feito, Essie Fox, Lydia Leonard, Craig Leyenaar, Anna Mazzola, Andy Morwood, Thomas Olde Heuvelt, Natasha Pulley, Gillian Redfearn, Alice Slater, Holly Watt, Belinda Stewart-Wilson, Rachel Winterbottom et Anna Wood.

Merci à mes parents, Isabelle et Christopher, ainsi qu'à Antonia, Sam, Wolf et River – je vous aime de tout mon cœur.

Enfin, une pensée particulière pour mon cher Eugene Noone. Tu es dans tous les livres que j'écris, et tu me manques toujours autant.

CET OUVRAGE
A ÉTÉ ACHEVÉ D'IMPRIMER
SUR ROTO-PAGE
PAR L'IMPRIMERIE FLOCH À MAYENNE
EN FÉVRIER 2024

Pour plus d'information :
#lisez! engagé
www.lisez.com
Imprimé sur du papier issu de forêts gérées durablement.

N° d'impression : 104247
S99166/01
*Imprimé en France*